APRIL DAWSON

Proof of Hope

Die Romane von April Dawson bei LYX:

Die Boss-*Reihe:*
1. Pick the Boss
2. Love the Boss
3. Feel the Boss
4. Kiss the Boss

Die Royals-*Reihe:*
1. Royal Wedding
2. Royal Temptation

Die Up-All-Night-*Reihe:*
1. Up All Night
2. Next to You
3. More than This

Die Dare-to-Trust-*Reihe:*
1. Dare to Trust
2. Dare to Dream
3. Dare to Stay

Die Proof-of-Love-*Reihe:*
1. Proof of Hope
2. Proof of Faith *(erscheint 31. 03. 2023)*
3. Proof of Love *(erscheint 25. 08. 2023)*

Außerdem erschienen:
Still Broken

Weitere Romane der Autorin sind bei LYX in Vorbereitung.

APRIL DAWSON

PROOF OF *Hope*

ROMAN

LYX

LYX in der Bastei Lübbe AG
Dieser Titel ist auch als E-Book und Hörbuch erschienen.

Die Bastei Lübbe AG verfolgt eine nachhaltige Buchproduktion. Wir verwenden Papiere aus nachhaltiger Forstwirtschaft und verzichten darauf, Bücher einzeln in Folie zu verpacken. Wir stellen unsere Bücher in Deutschland und Europa (EU) her und arbeiten mit den Druckereien kontinuierlich an einer positiven Ökobilanz.

FSC www.fsc.org
MIX
Papier | Fördert gute Waldnutzung
FSC® C014496

Originalausgabe

Textredaktion: Silvana Schmidt
Covergestaltung: Giessel Design unter Verwendung von Motiven von Shutterstock (© tomertu / © trentemoller / © chainarongo6 / © The Hornbills Studio / © Ninja Artist / © ChonnieArtwork / © Oleksandr Drypsiak)
Satz: Greiner & Reichel, Köln
Gesetzt aus der Adobe Caslon
Druck und Einband: GGP Media GmbH, Pößneck

Printed in Germany
ISBN 978-3-7363-1866-3

1 3 5 7 6 4 2

Sie finden uns im Internet unter: lyx-verlag.de
Bitte beachten Sie auch: luebbe.de und lesejury.de

Liebe Leser*innen,

dieses Buch enthält potenziell triggernde Inhalte.
Deshalb findet ihr auf der letzten Seite eine Triggerwarnung.

Achtung: Diese enthält Spoiler für das gesamte Buch!

Wir wünschen uns für euch alle
das bestmögliche Leseerlebnis.

Eure April & euer LYX-Verlag

Für Betzy.
Weil unsere Freundschaft mir die Welt bedeutet.

PLAYLIST

Hoppipolla – The Love
James TW – Lipstick
10cm – Drawer
Mark Tuan – lonely
Why dont we – Lucid Dreams
Nina Nesbitt – Loyal to Me
Hurts – The Water
CITI – Today
BIBI – Maybe if
Jackson Wang – 100 Ways
Mad Clown feat. Sondia – My Love is Pain
Ed Sheeran – Autumn Leaves
V – Christmas Tree
88rising, Stephanie Poetri, Jackson Wang – I love You 3000 II
Shawn Mendes – Never Be Alone
Kim Kyung Hee – Our Beloved Summer
James TW – Easy
IU – My sea
Kacey Musgraves – camera roll
Minhyun – Universe
Harry Styles – Matilda
WINNER – PRICKED (MINO&TAEHYUN)
Taeyeon – Some Nights
Edwin McCain – I'll Be
James Morrison – Love is Hard
Sandeul – One More Step

1. KAPITEL

Rory

»Ich wette zehn Dollar, dass ich die Farbe deiner Unterwäsche erraten kann«, flüstert mir ein Typ ins Ohr, als ich mich endlich durch die Menschenmenge zur Bar gekämpft habe. Das *Loft*, meine Lieblingsbar, ist wie jedes Wochenende rappelvoll – das macht die Situation im Lokal unübersichtlich, weshalb mir dieser Mann neben mir nicht einmal aufgefallen ist. Ich hebe die Hand, um Fabrizio, meinen Lieblings-Barkeeper und guten Freund auf mich aufmerksam zu machen, ehe ich mich dem angeblichen Flirtmeister des Jahrhunderts zuwende.

Prüfend mustere ich seine breite Brust, bevor ich den Blick über seinen Hals zu seinem Gesicht gleiten lasse. Er sieht nicht schlecht aus, und wer weiß, vielleicht hätte ich ihm den miesen Anmachspruch verziehen, wenn er es scherzhaft gemeint hätte, doch seine kalten, blauen Augen mustern mich auf eine Art und Weise, wie keine Frau angesehen werden sollte. Als wäre ich ein Stück Fleisch, das er an sich reißen will – das ist es, was mir sein anzügliches Grinsen vermittelt.

»Kein Interesse. Aber danke«, antworte ich so freundlich, wie es in dieser Situation nur möglich ist, und hoffe, dass mein genervter Gesichtsausdruck reicht, damit er schnell das Weite sucht. Er stinkt nach Alkohol, dringt in meine Komfortzone ein, und sein Blick ist mir nach wie vor unangenehm. Es ist Abneigung auf den ersten Blick, also gebe ich mich gar nicht erst mit ihm ab.

»Hab dich nicht so. Ich mache doch nur Konversation.« Auch wenn ich ihn ignorieren wollte, entlockt mir seine Aussage ein empörtes Schnauben.

»Ach ja? Und das hältst du für einen passenden Gesprächseinstieg? Dein Boss muss sich ja freuen, dass du so offenherzig zu ihm bist.« Die Augen des Typen weiten sich, und er blickt sich panisch um, als wolle er überprüfen, ob jemand meine Worte gehört hat.

»Hey! So rede ich nicht mit ihm!«, zischt er empört und verzieht beleidigt das Gesicht. Ich blicke flehend in Fabrizios Richtung, hoffe, dass er mich endlich erkennt, doch er hat alle Hände voll mit der Kundschaft zu tun. Es würde auch nichts bringen, mit einem Winken auf mich aufmerksam zu machen, da er mit dem Rücken zu mir steht.

»Du warst derjenige, der behauptet hat, dass diese billige Anmache deine Art von Konversation ist, also spiel jetzt nicht den Beleidigten.« War ja klar, dass er austeilen, aber nicht einstecken kann, das ist so typisch für diese aufdringlichen Kerle.

»So war das nicht gemeint.«

»Wie dann? Du kennst mich nicht, redest von meiner Unterwäsche und gräbst mich mit dem schlimmsten Anmachspruch der Weltgeschichte an? Ist das für dich der Anfang eines normalen Gesprächs?«

»Ich …«

»Nichts du. Ich habe dir schon gesagt, dass ich kein Interesse an einer Unterhaltung mit dir habe, also wieso tust du uns beiden nicht einen Gefallen und trinkst einfach still deinen Drink. Okay?« Nun drehen sich tatsächlich ein paar Leute nach uns um, doch er ist es, der die missbilligenden Blicke erntet, nicht ich. Man kann ihm wohl ansehen, aus welchem Holz er geschnitzt ist. Mit meiner Reaktion hat er offensichtlich nicht gerechnet, denn seine Augen werden groß wie Untertassen, und er blickt beschämt auf seine Schuhe. Diese Art von Abweisung kann auf zwei Arten enden: Entweder ist er derjenige, der einfach weitertrinkt und sein Glück bei einer anderen versucht, oder er könnte es persönlich nehmen und einen Streit vom Zaun brechen. Zu meiner Erleichterung ist er eher der erste Typ. Er murmelt etwas Unverständliches und zieht in dem Moment Leine, als mich Fabrizio endlich entdeckt. Er kommt auf mich zu und zwinkert mir zu.

»Bellissima. Du siehst mal wieder unglaublich aus. Wartest du schon lange?«, begrüßt er mich fröhlich und gibt mir ein High Five, da wir uns nicht umarmen können. Normalerweise nehmen wir einander fest in den Arm, da er mit den Jahren ein wirklich guter Freund geworden ist.

»Danke, du Charmeur. Du bist aber auch nicht von schlechten Eltern«, gebe ich zurück und zwinkere ihm ebenfalls zu. Unsere Flirtereien sind nur Spaß.

»Ich bin von den besten Eltern«, erwidert er lachend und wischt den Tresen vor mir ab, ehe er seine muskulösen Arme auf der Theke abstützt.

»Sag ich doch. So etwas erkenne ich auf den ersten Blick.«

»Hör auf, mich anzubaggern«, sagt er belustigt und wirft das Tuch ins Waschbecken. *Pff, das sagt der Richtige.*

»Was? Du hast doch damit angefangen.«

»Schuldig, aber bei deinem Anblick werde ich schwach, also verzeih mir, ja?« Er zwinkert mir zu, und ich schwöre, ich höre die Frau neben mir verträumt seufzen, als wäre sie hin und weg von Fabrizio. Das wäre auch völlig legitim, immerhin ist er ein wirklich attraktiver und schöner Mann. Er flirtet gerne, lässt sich aber nie auf eine Kundin ein. Viele aus unserem Freundeskreis wollen eine Petition starten, dass wir beide zusammenkommen sollen, doch zwischen ist uns ist nie etwas passiert.

»Aber sicher doch.«

»Was darf ich dir bringen?«

»Ein Soda mit viel Zitrone.«

»Das ist alles? Sind deine Schwestern oder Piper nicht hier?« Er sieht an mir vorbei, kann aber natürlich niemanden erkennen, da ich heute allein und zudem beruflich unterwegs bin.

»Sie sind heute langweilig und machen einen Filmabend.«

»Was? An einem Samstag? Wie können die nur?!«, fragt er übertrieben schockiert, ehe er nach einem Glas greift, seine Augen dabei aber nicht von mir abwendet.

»Sag ich doch. Ich wollte einfach mal raus. Wie ich sehe, tritt heute wieder jemand auf?« Ich deute mit dem Kinn in Richtung der kleinen Bühne, die jedoch von hier aus kaum zu erkennen ist. Ich sehe nur Haarschöpfe, die sich hin und her bewegen.

»Ja, eine Indieband aus Chicago. Sie sind echt gut. Kerry hat uns ein paar ihrer Demos vorgespielt. Ich sag's dir, von denen werden wir in Zukunft noch viel hören.« Fabrizio hat, ähnlich wie meine Schwester Sierra, einen exzellenten und breit gefächerten Musikgeschmack. Wenn er sagt, dass die Band gut ist, dann habe ich keinen Zweifel daran.

»Wirklich? Das wäre nicht das erste Mal.« Tatsächlich gibt es drei Bands, die in diesem Lokal bei kleinem Publikum aufgetreten und in den folgenden Jahren groß rausgekommen sind. Der Laden ist so überfüllt, dass ich nicht mal das Banner der Band lesen könnte. Fabrizio reicht mir meinen Drink und zwinkert mir zu, ehe er weitere Bestellungen aufnimmt. Ich bin so oft hier, dass Kerry, der Besitzer des Ladens, mittlerweile wie ein großer Bruder für meine Schwestern und mich ist.

Unsere Bestellungen werden alle notiert und die Gesamtrechnung am Monatsende beglichen. Dieses Privileg haben nur wir und Kerrys Familienmitglieder.

Normalerweise gehe ich am Wochenende mit meiner besten Freundin Piper oder meinen Schwestern aus, doch heute bin ich allein, und das ist gar nicht so schlimm. Ich bin ein extrovertierter Mensch, dem es nicht schwerfällt, mit fremden Menschen in Kontakt zu treten. Viele meiner engsten Freund*innen habe ich so kennengelernt. Es ist Open Mic Night, und auch wenn ich keinen guten Blick auf die Musiker*innen habe, gefällt mir der erste Song, den sie singen. Es ist eine Mischung aus Softrock und Indie, die genau meinen Geschmack trifft.

Ich setze mich auf einen Barhocker, stütze den Ellbogen auf dem Tresen hinter mir ab und blicke in Richtung der Bühne. Ich schließe die Augen, um einfach die Melodie auf mich wirken zu lassen. Ich bin, was Liebesbeziehungen angeht, ein Kopfmensch, doch wenn es um Musik geht, fühle ich es mit meinem ganzen Körper bis tief in meine Seele. Ein Song kann jemanden tiefer berühren, als Worte es allein vermögen.

Ich bin begeistert von den simplen und doch eingängigen Melodien, die mir trotz des vollen Lokals das Gefühl geben, an einem ruhigen und fremden Ort zu sein. Ich träume mich weg aus New York City und ins Hotel meiner Eltern am Grand Lake in Colorado, zu meinen Pferden und den Erinnerungen an eine sorgenfreie Kindheit. Auch wenn wir wohlbehütet aufgewachsen sind und unsere Heimat lieben, strebte jede von uns Madigan-Schwestern nach mehr.

Es muss wohl Schicksal gewesen sein, dass es uns alle drei an ein New Yorker College verschlagen hat. Ich habe einen Collegeabschluss im Bereich Marketing und bilde mich in Workshops zum Thema Social Media Management weiter. Chelsea, meine älteste Schwester, hat an der NYU School of Law als Jahrgangsbeste abgeschlossen, während meine Zwillingsschwester Sierra ihr Literaturstudium abgebrochen hat.

Unsere beruflichen Ziele waren unterschiedlich, doch schlussendlich wurden wir durch einen Schicksalsschlag wieder zusammengeführt, privat wie beruflich. Chelsea war erfolgreiche Anwältin in einer Kanzlei, glücklich verlobt und schien ihr Leben im Griff zu haben. Sierra und ich haben sie immer ein klein wenig beneidet, weil sie das perfekte Leben zu führen schien, das wir uns als Kinder erträumt hatten.

Doch Chelsea verschwieg uns, dass es nicht mehr gut lief zwischen Wallace und ihr. Während wir dachten, dass unsere Schwester vollkommen glücklich ist, wuchsen bei ihr die Zweifel an der Treue ihres Exfreundes. Wochenlang lebte sie im Ungewissen, allein mit ihren Gedanken und Gefühlen. Erst als es unerträglich für sie wurde, vertraute sie sich uns an. Bis sie an diesen Punkt ankam, war viel Zeit vergangen. Sie hatte Hoffnung und versuchte, das Vertrauen in ihren Partner nicht zu verlieren, bis sie diesen Mistkerl schlussendlich in flagranti erwischte.

Sie hat Wallace abserviert und einen klaren Schnitt vollzogen.

Wir waren für sie da, doch ihre perfekte Welt, die sie immer wollte, und auch sie selbst zerbrachen. Noch nie hatte ich meine Schwester in so einem Zustand gesehen. Sie als Älteste war immer die Weise, die Vernünftige gewesen, diejenige, die für alles einen Plan hatte. Doch plötzlich war sie ein Wrack und kam nur mühsam wieder auf die Beine. Als wir schon dachten, dass sie wieder die Alte wäre, kündigte sie ihren Job und suchte das Gespräch mit der ganzen Familie. Chels wollte, dass niemand anderer diese Unsicherheit spüren sollte, wie sie es tat, und entschloss sich dazu, eine Treuetest-Agentur zu eröffnen. Sie hatte ein klares Ziel vor Augen und sogar einen

Businessplan erstellt. Mom und Dad waren begeistert und haben sie finanziell unterstützt. Sierra und ich haben ebenfalls einen Kredit aufgenommen, weil wir an ihre Idee glaubten und ebenfalls helfen wollten. Nun besitzen wir Anteile an der Proof of Love Agency, die Chelsea gegründet hat. Der Anfang war schwer, da wir nicht genug Geld für aufwändige Werbekampagnen hatten, uns die Reichweite fehlte und wir somit zu Beginn nur einen kleinen Kundenstamm hatten. Doch die Mundpropaganda hat uns im Laufe der Zeit sehr weitergeholfen. Und mit jedem Erfolg, den wir erzielten, kamen auch neue Aufträge hereingeflattert.

Durch das juristische Know-how meiner Schwester und unsere seriöse Vorgehensweise wurden wir mit den Jahren die beliebteste Treuetest-Agentur New Yorks.

Und auch heute führt mich die Arbeit hierher. Um zweiundzwanzig Uhr habe ich ein Fake-Date mit einer Zielperson in einem Pub. Zwar nicht in unserem Stammlokal, aber zwei Straßen weiter, sodass ich hier gemütlich etwas trinken und die Musik genießen kann, ehe es für mich an die Arbeit geht.

Eigentlich müsste ich nicht mehr auf Fake-Dates gehen, da ich in der Agentur für Marketing und Social-Media-Kanäle zuständig bin, aber ich kann es nicht lassen, Zielpersonen auf ihre Treue zu testen. Leider sind bei uns die Personen, bei denen sich der Verdacht auf Betrug bestätigt, in der Überzahl, aber so ist das Leben. Die persönlichen Umstände der Klient*innen sind nicht meine Angelegenheit. Wir testen nur – mit den Konsequenzen müssen die betroffenen Personen selbst umgehen.

Eine Stunde später habe ich meine Perücke auf, trage eine Brille und ein anderes Outfit, das ich mir im Auto angezogen habe. Heute treffe ich auf Cliff, einen Buchhalter, der seit zwanzig Jahren verheiratet ist und sich trotzdem mit mir trifft, nachdem er mich auf Social Media angeschrieben hat. Ich blicke zu unserem Security-Mitarbeiter Omar, der zwei Tische weiter sitzt und für meine Sicherheit zuständig ist. Mit einem Nicken signalisiert er mir, dass er wachsam ist und mir hilft, wenn ich ihn brauchen sollte. Zum Glück ist das erst ein Mal passiert.

»Cliff?«, frage ich und verstelle meine Stimme, sodass sie etwas höher klingt als üblich. Das Wichtigste bei den Fake-Dates und dem Auskundschaften der Zielpersonen ist es, tief in einer Rolle verankert zu sein. Sozusagen zu schauspielern, damit man denjenigen auf die Probe stellen kann, ohne die eigene Identität preiszugeben. Unsere Mitarbeitenden, die für die Testungen verantwortlich sind, haben alle viele Social-Media-Fotos, die auf die Perücken abgestimmt sind. Es sind Hunderte von Bildern, die so in Szene gesetzt werden, dass die Profile echt wirken.

Es gibt viele Wege, Kontakt zu Zielpersonen aufzubauen, denn es kommt immer darauf an, was der Partner oder die Partnerin der Person als Betrug ansieht. Im Fall von Cliff ist seine Frau der Meinung, wenn er auf ein Date mit einer anderen Frau geht, ist dies für sie Betrug, und natürlich auch, wenn er seine Ehefrau verleugnet. Ich trage eine Brosche, die so verarbeitet ist, dass man die kleine Kamera nicht sehen kann, die mein Gegenüber aufzeichnet.

Clifford ist ein groß gewachsener, schlaksiger Mann mit einer dunkel umrahmten Brille, braunen Augen und schwarzen Haaren. Er ist dreiundvierzig, ehrgeizig in seinem Job, geht gerne fischen und hat zwei Kinder. Auf den ersten Blick wirkt er sympathisch und sieht gar nicht übel aus, aber ich lasse mich schon seit Langem nicht mehr von dem Äußeren blenden.

»Shelly. Schön dich zu sehen. Bitte nimm doch Platz«, sagt er, erhebt sich und setzt sich erst, sobald ich mich niedergelassen habe.

»Danke für die Einladung. Die Location ist ansprechend. Es ist nicht so laut hier drin, sodass man sich unterhalten kann«, sage ich, obwohl ich schon des Öfteren hier war.

»Ich wollte dich in einer entspannten Umgebung kennenlernen.« Ich tue so, als wäre ich gerührt und blicke verlegen auf meinen Schoß. Mein Charakter Shelly ist eher introvertiert, schüchtern und eine Schönheit, ohne dass es ihr bewusst ist. Auf diesen Typ Frau steht Cliff laut Aussagen seiner Frau. Also habe ich mir dieses Profil zugelegt und seine Fotos auf Social Media gelikt und eines kommentiert. Es dauerte nicht lange, bis er mich privat anschrieb. Nach einer Woche wollte er sich schon mit Shelly treffen und tappte somit in meine Falle.

»Es ist perfekt.«

»Schön, dass du so denkst. Seitdem ich dich kenne, habe ich das Gefühl, als würde ich leichter atmen können, und fühle mich nicht mehr so erdrückt vom Alltag«, meint er und verliert keine Zeit, indem er gleich mit dem Süßholzraspeln anfängt. Er macht Anstalten, nach meiner Hand zu greifen, die ich auf dem Tisch abgelegt habe, doch ich ziehe sie zurück. Regel Nummer Eins in unserer Agency ist, dass jeglicher körperlicher Kontakt, der übers Händeschütteln hinausgeht, verboten ist. Und noch wichtiger: Ich möchte nicht von ihm angefasst werden. Er ist ein verheirateter Mann, der sich hinter dem Rücken seiner Frau zu einem Date mit mir verabredet hat. Noch abstoßender geht es für mich moralisch nicht.

»Entschuldige, ich bin etwas nervös. Ich war schon länger auf keinem Date«, sage ich schüchtern und streiche mir eine Strähne hinters Ohr. Sein Blick folgt meinen Fingern und bleibt dann an meinem Gesicht hängen.

»Das macht doch nichts. Auch ich bin etwas eingerostet nach meiner Scheidung«, sagt er und lügt dabei wie gedruckt. Doch das weiß ich natürlich längst.

Ich seufze auf, denn ich hatte so sehr gehofft, dass Cliff eine der Ausnahmen ist. Ich kann es einfach nicht verstehen, wie man seine Partnerin so hinterhältig betrügen kann.

Am Anfang gab sich Cliff mit seinen Nachrichten zurückhaltend, was aber kein Treuebeweis ist. Wir hätten abbrechen und seiner Ehefrau sagen können, dass er nicht angebissen hat, aber es beginnt immer mit Smalltalk. Gespräche, wie man sie mit Personen aus seiner Nachbarschaft führen würde. Wir als Testende müssen ein gewisses Vertrauensverhältnis und eine Bindung per Chat aufbauen, erst dann fragen wir, ob er oder sie in einer Beziehung ist.

Wir wären keine verlässliche und seriöse Treuetest-Agentur, wenn wir nach kurzem Geplänkel gleich mit der Frage kommen, ob die Zielperson in einer Beziehung ist. Die würden doch den Braten gleich riechen, und wir hätten keine Aufträge mehr. Unser Geheimrezept ist es, einfach alles langsam angehen zu lassen und ein gutes Händchen für das richtige Timing zu haben. Weil Cliff sich anfangs geziert hat, hatte ich die Hoffnung, dass er seiner Partnerin gegenüber loyal ist und sich nicht auf eine andere Frau einlässt. Doch ich lag falsch.

Seine Behauptung, er sei geschieden, ist Beweis genug für seine Untreue. Er hat sich somit selbst verraten, also habe ich alles, was ich wollte. Wenn wir den Beweis der Untreue aufgezeichnet haben, ist unsere Arbeit eigentlich schon erledigt. Für mich gibt es dann keinen Grund, mich hier weiter aufzuhalten. Denn eine der Regeln unserer Agentur ist es, den Kontakt augenblicklich abzubrechen, sobald wir die Beweise in der Tasche haben.

In unserem Handbuch gibt es verschiedene Möglichkeiten, ein Fake-Date abzubrechen. Unser Security-Mitarbeiter und ich haben uns für den Notfallanruf entschieden. Ich nicke Omar zu, um ihm zu signalisieren, dass ich bereit für den

müsste den Klient*innen diese Aufnahmen nicht zeigen, aber auf der anderen Seite bin ich froh, dass ich ihnen offenbaren kann, was für ein Typ Mensch ihre Partner*innen wirklich sind. Das erspart ihnen später viele Schmerzen.«

»Mit den Konsequenzen müssen wohl beide leben. Unser Job ist es, die Treue zu prüfen. Nicht mehr und nicht weniger.«

»Hmm, du hast recht. Kommst du vorbei? Wir haben erst einen Film geschafft.«

»Nein, ich gehe gleich nach Hause und leg mich hin.«

»Ach, und bevor ich es vergesse, denk an unser Date.«

»Date?«

»Mittagessen, morgen mit mir. Hast du das schon wieder verdrängt?«, meint sie kichernd, und ich höre auch Sierra im Hintergrund lachen.

»Sorry, ich habe es vergessen. Aber ich bin definitiv dabei.«

»Okay, das musst du auch, denn wir müssen reden. Gute Nacht, Küken.« Sie legt auf, ehe ich noch etwas sagen kann. Verblüfft sehe ich auf mein Smartphone, und es juckt mich in den Fingern, erneut ihre Nummer zu wählen.

Wir müssen reden. Echt jetzt?

Mit diesen Worten verbindet man eigentlich immer etwas Negatives und geht meist vom Schlimmsten aus. Auch wenn ich viele Fragezeichen im Kopf habe, lege ich das Smartphone zur Seite und fahre nach Hause.

Schon als ich das Restaurant am nächsten Tag betrete, merke ich an der Haltung meiner Schwester, dass sie nervös ist. Ihr Rücken ist zu straff, ihre Miene angespannt, und einzelne Strähnen habe sich aus ihrem Dutt gelöst, was nun wirklich eher selten vorkommt. Unsere große Schwester legt immer Wert auf ein professionelles und gepflegtes Aussehen – im Büro, aber auch zu Hause. Was so viel heißt wie, alles muss sitzen, und kein Härchen darf sich aus der perfekten Frisur lösen. »Da ist doch was im Busch«, sagt meine Zwillingsschwester Sierra, die wohl dasselbe denkt wie ich. Wir sind zeitgleich angekommen, auch wenn wir nicht gemeinsam losgefahren sind. Das ist wohl so ein Zwillings-Ding, das wir wohl nie wieder loswerden. Zur selben Zeit am selben Ort, ohne es zu planen.

»Vielleicht ist sie schwanger«, schlussfolgert Sierra, was mich aber das Gesicht verziehen lässt, ehe ich heftig den Kopf schüttle.

»Du weißt, dass sie seit Ewigkeiten keinen Sex hatte. Wie sollte sie da schwanger sein?«

»Noch nie was von künstlicher Befruchtung gehört? Man braucht nicht zwingend Sex, um schwanger zu werden«, sagt meine Schwester und verschränkt die Arme vor der Brust.

»Du hast ja recht, aber auch wenn sie es wäre, würde sie uns das normalerweise sofort erzählen. Wieso die Geheimniskrämerei?« Die ganze Nacht habe ich darüber nachgedacht, was so wichtig sein könnte, dass sie uns dafür extra hierher beordern musste.

»Du warst noch nie die Geduldige von uns. Du hast dir doch sicher die letzten Stunden den Kopf zerbrochen, was sie uns erzählen will, oder?« *Mist, sie kennt mich einfach zu gut.*

»Da ist was dran, aber ich verstehe trotzdem nicht, wieso sie uns in so ein feines Restaurant einlädt, wo wir doch sonst wichtige Dinge immer im Meetingraum der Agency besprechen.«

»Hier am Eingang weiter darüber zu rätseln und sie wie eine Stalkerin anzustarren wird uns nicht weiterhelfen«, antwortet meine Schwester und winkt unserer großen Schwester zu, die uns soeben entdeckt hat.

»Stimmt, dann mal los. Gleich werden wir mehr erfahren«, flüstere ich ihr ins Ohr und folge der Platzanweiserin.

»Hey, da seid ihr ja. Pünktlich auf die Minute«, begrüßt uns die Älteste der Madigan-Töchter und schenkt uns ihr Strahlelächeln, das sie glatt in einer Zahnpasta-Werbung präsentieren könnte. Wir umarmen uns kurz, und Zimtduft erfüllt meine Nase. Chelsea muss heute wieder ihr Zimt-Baked-Oatmeal zubereitet haben – ihr Lieblingsfrühstück.

»Du klangst so geheimnisvoll, als du dieses Treffen vorgeschlagen hast, da konnten wir keine Minute verlieren«, meint Sierra lachend, wirft mir einen vielsagenden Blick zu und nimmt auf dem Stuhl Platz.

»Stimmt, also schieß los. Was ist so wichtig, dass du es nicht in der Agency mit uns besprechen konntest?«, frage ich neugierig. Auch ich falle gleich mit der Tür ins Haus, weil ich nicht länger warten kann.

»Darf ich meine Schwestern nicht einfach zum Essen einladen, ohne dass ihr große Spekulationen anstellt?«, will sie wissen, hebt eine Braue und verschränkt die Arme vor der Brust.

»Du hast geschrieben, dass wir miteinander reden müssen«, sage ich nüchtern, doch ihre Miene bleibt unverändert.

»Ja und? Das ist nur eine Feststellung.«

»Chels. Diese Worte sagt man nur, wenn man über etwas Todernstes reden oder sich von jemandem trennen möchte«, erkläre ich und lege mein Smartphone auf dem Tisch ab.

»Willst du mit uns Schluss machen?«, fragt Sierra mit großen Augen, als wäre sie ein Kleinkind, das gleich in Tränen ausbrechen wird.

»Ach Quatsch. Hör nicht auf Rory, sie übertreibt mal wieder.« Ich zucke als Antwort nur mit der Schulter und blicke sie herausfordernd an.

»Na schön. Sie hat auch recht mit ihrer Aussage. Ich will mit euch über die Zukunft der Agency reden.« Nun ist sie wieder ganz die Bossin und sitzt so steif da, als hätte sie einen

Besen verschluckt. Auf ihre strenge Lehrerinnen-Art, wie ich sie immer nenne, zeigt sie sehr wohl, dass es sich um ein ernstes Thema handelt. Ein Blick zu Sierra, und ich weiß, dass auch sie es gemerkt hat und nun kein Raum mehr für Späße ist.

»Okay, wir sind ganz Ohr«, sage ich und lehne mich gespannt nach vorne, beide Hände auf dem Leinentischtuch abgelegt.

»Wie ihr wisst, läuft es in der Agency sehr gut. Wir sind ausgebucht und können uns vor Aufträgen kaum retten. Ich musste in den letzten Wochen sehr viele Anfragen ablehnen, weil wir weder die Kapazitäten noch das geschulte Personal haben, um die Nachfrage zu bedienen.«

»Also? Was könnte die Lösung für dieses Problem sein?«, fragt Sierra.

»Ich denke darüber nach, Investor*innen zu suchen, um eine Zweigstelle zu eröffnen, und neue Mitarbeiter*innen einzustellen.«

»Du willst eine Franchise eröffnen, oder wie soll ich mir das vorstellen?«, will Sierra etwas skeptisch wissen. Sie mag Veränderungen im Arbeitsbereich ganz und gar nicht.

»Die Leitung würde ich einer von euch überlassen, außerdem möchte ich einige unserer Mitarbeiter*innen versetzen.«

»Wieso ziehen wir nicht einfach um?«, äußere ich den ersten Gedanken, der mir dazu in den Sinn kommt.

»Das wäre auch eine Möglichkeit. Da will ich mich noch gar nicht so festlegen, sondern vorher einfach mit euch sprechen, was ihr zu dieser Idee sagt. Immerhin seid auch ihr Teilhaberinnen der Agency.« Ich blicke zu Sierra, die wiederum mich ansieht, da wir mit dieser Information, oder besser gesagt Offenbarung, mit Sicherheit nicht gerechnet haben. »Generell finde ich die Idee nicht schlecht, aber bevor es an die Investor*innensuche geht, müssen wir einen Businessplan erstellen, dazu eine Präsentation, die die Zuhörenden begeistert und sie dazu bringt, tief in die Tasche zu greifen«, zähle ich auf und tippe mir mit dem Finger ans Kinn. Ich überlege schon fieberhaft, was wir noch beachten müssen.

»Ich bin definitiv dafür. Es ist eine Möglichkeit, unser Unternehmen zu erweitern, und so können wir mehr Menschen helfen.« Typisch Sierra, sie ist die Wohltäterin, die zuerst an die Kundschaft denkt, während ich in erster Linie die Umsatzsteigerung im Kopf habe. Geld ist für mich nicht alles, aber wenn es ums Geschäft geht, ist es wichtig, alles professionell und durchdacht anzugehen. Deshalb will ich es nicht zulassen, dass mir bei meiner Arbeit Gefühle im Weg stehen.

»Das freut mich. Danke, Sierra. Diese Idee schwirrt schon seit einer Weile in meinem Kopf herum, aber wirklich klar wurde es mir, als ich die ganzen Absagen delegieren musste. Die Kund*innen kommen mit so viel Hoffnung in die Agency, und ich will sie einfach nicht mehr wegschicken müssen«, meint Chelsea, und mir wird erst jetzt klar, wie viel Arbeit sie wohl im Hintergrund hatte, ohne dass wir es mitbekommen haben. Wie immer will sie alle Last selbst tragen, auch wenn wir ihr immer wieder gesagt haben, dass sie mit allem zu uns kommen kann.

»Also von mir gibt es ein klares Ja zu der Idee, die Proof of Love Agency zu erweitern, auch wenn wir uns da reinhängen müssen, um das Konzept richtig in Angriff zu nehmen«, sage ich, was Chelsea vor Freude strahlen lässt, und auch Sierra scheint erleichtert, dass ich ohne lange Bedenkzeit mit im Boot bin.

»Genau das wollte ich hören«, jubelt Chelsea, was eher untypisch für sie ist. Sie klatscht begeistert in die Hände, als der Kellner zu unserem Tisch kommt. Ich wende mich ihm zu und bin positiv überrascht. Er sieht süß aus, wie ein Surferboy mitten im langsam kalt werdenden Manhattan, der dir die letzten Sonnenstrahlen verspricht. Kurz blinzelt er, erwidert aber mein

Lächeln, wobei zwei herrliche Grübchen zum Vorschein kommen, und fragt, was er uns bringen darf. Ja, er ist mega-süß, also zwinkere ich ihm zu, als er uns die Karte reicht.

Chelsea nennt als Erste ihre Bestellung, da sie immer weiß, was sie will, ohne überhaupt auf die Karte zu sehen. Ihre Wahl fällt auf den Salat der Saison, aber sie überrascht uns, als sie zusätzlich auch noch eine Flasche Champagner bestellt. Die Verblüffung ist uns wohl anzusehen – unsere Älteste meidet eigentlich Alkohol.

»Wenn das kein Grund ist, die Korken knallen zu lassen, dann weiß ich auch nicht«, erklärt sie, zuckt mit den Schultern und gibt die Karte lächelnd an den Kellner zurück, der aber nur Augen für mich zu haben scheint. Vielleicht war mein Grinsen etwas zu freundlich, doch ich genieße seine Aufmerksamkeit auch.

»Wo sie recht hat, hat sie recht. Wir erweitern unser Business, darauf müssen wir anstoßen«, antworte ich und blicke meine Schwester voller Bewunderung an.

Ohne sie würde es keine Agency geben, und ich wüsste vielleicht noch immer nicht, welchen beruflichen Weg ich einschlagen soll. Klar, ich wollte in einer Marketingabteilung arbeiten, aber ich wusste nie, in welchem Bereich. Welche Branche es werden sollte hat sich – so kann man sagen – wie von selbst gefügt, denn ich könnte mir nicht vorstellen, etwas anderes zu machen, als unser Familienunternehmen weiterhin an die Spitze zu bringen und Menschen Klarheit zu verschaffen.

Wir nennen Matt, wie es auf dem Namensschild des hübschen Kellners zu erkennen ist, unsere Bestellung, die er aufmerksam entgegennimmt. Nickend sammelt er die Karten wieder ein, wobei ich zufällig einen Blick auf einen tätowierten Schriftzug an seinem Handgelenk erhaschen kann, ehe er sich von uns abwendet. Ich blicke ihm nach, und auch er kann es nicht lassen und wirft mir noch einen Blick über die Schulter zu, ehe er in der Küche verschwindet.

»Den hast du ganz schön verzaubert, was?«, meint Chelsea, kann sich aber gerade noch das Lächeln verkneifen. Es ist wohl offensichtlich, dass wir uns mit Blicken abgetastet haben, bevor wir es später womöglich mit den Händen tun werden.

»Sieht ganz so aus«, antworte ich und streiche mir eine verirrte Strähne aus dem Gesicht.

»Egal, wo du hinkommst, scheinst du die Menschen für dich einzunehmen. Vor allem die Männer, die dir gefallen«, meint Sierra und sieht mich wissend an. Natürlich ist ihr nicht entgangen, dass ich seinen Flirt erwidert habe.

»Zum Glück, so wird es nie langweilig. Matts Hände waren einfach hinreißend.« Ich muss zugeben, dass ich mich, neben dem Duft eines Mannes, von gepflegten Händen angezogen fühle. Ich habe irgendwo mal einen Spruch gelesen: Wenn ein Mann seine Hände pflegt, dann hegt er auch seine Beziehung auf dieselbe Weise. Vielleicht ist es albern, aber es hat sich fest in meinem Inneren verankert.

»Ehrlich? Ich fand seine Augen faszinierend. Er hatte ein grünes und ein blaues Auge«, meint Sierra und blickt verträumt zu der Tür, durch die er verschwunden ist. Sie ist die Romantikerin unter uns, die noch von Disneyprinzen träumt, leider aber immer die Bösewichte abbekommt.

»So genau konnte ich das nicht erkennen«, sage ich.

»Du bist echt zu beneiden«, seufzt meine ältere Schwester auf, und ja, ich ziehe die Kleine-Schwester-Karte des Öfteren, da ich vier Minuten später als sie geboren wurde. Meistens, um meine Schwestern zu etwas zu überreden, das sie nicht von Anfang an machen wollten. Sie sieht verträumt zur Theke, wo einige Kellner*innen und Barkeeper*innen stehen.

»Wie meinst du das?«

»Na ja, du bist selbstbewusst, weißt, was du im Leben willst, und ziehst Männer an wie Magneten. Ich liebe meinen Job, aber mit Männern habe ich einfach kein Glück.« Wie ich schon sagte: Die Bösewichte stellen ihren Glauben an die Liebe auf eine harte Probe. Viele Partner hatte sie noch nicht, doch unser Berufsumfeld macht es ihr schwer, einem Mann voll und ganz zu vertrauen. Ob wir es wollen oder nicht, unser Beruf beeinflusst auch unser Privatleben.

»Das mit den Männern kann auch ein Fluch sein. Wenn ich mich mal für einen One-Night-Stand entscheide, entpuppen sich manche Kerle als eine riesige Enttäuschung, und ich muss trotzdem zu meinem Loki greifen.« Viele denken, dass mein liebster Vibrator nach der Marvel-Figur benannt ist, doch Loki ist auch der Gott der List.

»Bei diesem Mann würde Loki ganz schnell in Vergessenheit geraten, der wüsste schon, was er tut«, meint Chelsea und wirkt abwesend. Erst jetzt fällt mir auf, dass sie sich gar nicht ins Gespräch eingebracht hat, was eher untypisch ist. Sierra und ich sehen sie neugierig an, doch sie blickt nicht in die Richtung des Kellners, sondern zu einem Tisch hinter mir und Sierra. Es sieht ihr nicht ähnlich, jemanden offen zu beobachten, doch sie scheint tief in Gedanken versunken und vor allem fasziniert zu sein.

»Dreht euch nicht um!«, sagt unsere Älteste, doch es ist bereits zu spät. Wir sehen hin, und ich bin angenehm überrascht, als ich erkenne, was oder besser gesagt wen sie angestarrt hat. Einen Tisch hinter uns sitzen drei Männer in Anzügen, die eine anziehende Aura versprühen und beinahe die männliche Version von uns dreien darstellen. Es ist wie bei einem Unfall, man will wegsehen, doch man kann es einfach nicht. Einer von ihnen stellt die anderen durch sein gutes Auftreten in den Schatten. Er trägt einen marineblauen Anzug zu perlweißem

Hemd und einer blau-weiß karierten Krawatte, und sieht aus wie einem Modemagazin entsprungen. Er hat einen Dreitagebart und dichtes kupferfarbenes Haar.

Ihr Tisch ist zu weit weg, als dass ich seine Augenfarbe erkennen könnte, aber seine Hände sind groß und anziehend, das sehe ich trotz der Entfernung. Er sieht aus wie ein Mann von Welt, attraktiv, wohlhabend und aufregend. Ich bin so sehr von ihm fasziniert, dass ich die anderen zwei gar nicht wahrnehme. Zugegeben, er sieht zum Anbeißen aus, aber nachdem ich ein wenig gestarrt habe, wird mir wieder klar, dass Typen wie er nichts für mich sind. Männer wie ihn habe ich schon oft getroffen, und jedes Mal habe ich festgestellt, dass wir nicht zusammenpassen. Einer war so sehr in sich selbst verliebt, dass es keinen Platz für jemanden anderen in seinem Leben geben könnte. Ein anderer wiederum war zwar liebevoll und hatte echte Gefühle für mich, war aber ein Workaholic, der seine Arbeit über mich gestellt hatte. Dann ist da noch die Ego-Elite, wie ich sie nenne. Männer, die sich etwas darauf einbilden, dass sie reich sind, was ich absolut nicht ausstehen kann. Wie ich schon sagte, Männer wie er sind nichts für mich.

Also wende ich den Blick ab und sehe auf mein Smartphone, wo mir eine neue Nachricht angezeigt wird. Meine beste Freundin Piper hat mir geschrieben.

Piper: Wo bist du?
Rory: Essen mit meinen Schwestern im Spine. Möchtest du dazustoßen?
Piper: Nein, danke. Ich hatte nur eine Freistunde und muss wieder in die Uni, aber ich wollte dich unbedingt fragen, was Che s zu verkünden hatte. Ist sie Batman? ;)
Rory: Nein, leider keine Superkräfte, aber dafür will sie beruflich hoch hinaus.

Piper: Das ist sie doch schon längst. Oder will sie die Weltherrschaft an sich reißen?
Rory: So etwas in der Art. Für die Weltherrschaft bräuchte sie schätzungsweise noch ein oder zwei Jahre.
Piper: Das ist doch mal ein Plan. Ich bin dann für die Livehintergrundmusik zuständig.
Rory: Babe, du bekommst einen ganzen Soundtrack :)
Piper: Und ein Orchester. Schreib das auf und schlage es Chelsea vor.
Rory: Ist notiert.
Piper: Braves Mädchen. Lass uns später genauer darüber reden.
Rory: Bei einem Cocktail?
Piper: Wohl eher bei zwei ;)

Eine Bewegung lenkt mich ab. Ich hebe den Blick und sehe wieder den Kellner, der zu unserem Tisch zurückgekehrt ist und gerade die Getränke vor uns abstellt. Meine Schwestern haben sich an den Männern bereits sattgesehen und sind in ein Gespräch über die Arbeit vertieft, sodass sie Matt und mir keine Beachtung schenken.

»Hey«, begrüßt er mich, selbstbewusster diesmal, und schenkt jeder von uns schwungvoll ein Glas Champagner ein. Seine Bewegungen sind geschickt, und er hat die Ärmel hochgekrempelt, sodass ich einen herrlichen Blick auf seine Unterarme und Hände habe. Und dann trägt er noch ein weißes Hemd. Wenn er seine schwarze Hose durch eine Jeans ersetzen würde, wäre die tödliche Kombi perfekt. So nenne ich die Outfitkombination, die mich bei Männern schwach werden lässt.

»Hallo. Ich bin Rory.« Ich reiche ihm meine Hand, nachdem er die Getränke abgestellt hat.

»Matt«, antwortet er und blickt betreten zu Boden. Der

Arme ist nervös, aber ich weiß, was ich will, also übernehme ich das Reden.

»Möchtest du meine Nummer?«, frage ich und hoffe, dass meine offene Art ihm die Nervosität nehmen kann. Zuerst wirkt er ein wenig überrumpelt. Mit meiner Direktheit hat er wohl nicht gerechnet.

»Ähm, klar doch«, antwortet er dann und kratzt sich verlegen am Nacken. Dann kommt er zu sich und greift nach einem Notizblock, den er an seinem Gürtel trägt, und reicht ihn mir gemeinsam mit einem Stift.

»Mein Smartphone darf ich während der Arbeitszeit nicht benutzen, also müssen wir auf die altbewährte Methode zurückgreifen«, meint er und schenkt mir ein schiefes Lächeln, frei von Nervosität. Ich zögere nicht lange, notiere meine Nummer und gebe ihm den Block zurück.

»Danke. Ich melde mich, okay?«

»Unbedingt«, antworte ich, ehe er sich wieder aufrichtet und meinen Schwestern ebenfalls Aufmerksamkeit schenkt.

»Euer Essen wird in Kürze da sein.«

»Ist gut. Danke für die Info«, antworte ich und denke, dass er wieder gehen wird, doch er sieht sich um, als überprüfe er, ob jemand in seine Richtung blickt. Dann beugt er sich noch mal zu mir runter, um mir etwas ins Ohr zu flüstern.

»Du siehst wirklich bezaubernd aus«, sagt er leise und bringt mich zum Lächeln.

»Vielen Dank, Matt.« Nun zwinkert er mir zu, bevor er geht, und ich kann nicht anders, als ihm auf den knackigen Hintern zu starren. Ich stütze das Kinn auf meiner Handfläche ab und blicke ihm nach. Dieser Tag wird immer besser.

»Sieht so aus, als hättest du heute ein besonderes Händchen für Männer?«, stellt Sierra fest und sieht zwischen ihm und mir hin und her.

»Dem Anschein nach, ja. Er ist wirklich süß«, antworte ich wahrheitsgemäß und wende mich wieder meinen Schwestern zu.

»Ist er nicht etwas ... na ja, unbeholfen für dich?«, fragt mich Chelsea, die natürlich nur auf Männer steht, die mit beiden Beinen im Leben stehen und einen Zwanzig-Jahres-Plan vorweisen können. Also Typen wie sie selbst.

»Ich mag es, dass er schüchtern ist. So macht es Spaß, alle Facetten von ihm kennenzulernen.«

»Was ist, wenn er total langweilig ist?«, fragt nun Sierra, die unsere Unterhaltung wohl immer interessanter findet.

»Dann werden wir wohl ins Kino gehen müssen. Ehe ich ihm danach sage, dass er nett ist, es aber nicht zwischen uns funkt.«

»Wieso dann überhaupt dich mit ihm verabreden, wenn du in den Nachrichten schon herausfiltern könntest, ob er zu dir passt oder nicht?« Chelsea kann es einfach nicht lassen. Die Fragerei ist bei ihr berufsbedingt, doch mich ermüdet es mit der Zeit. »Was, wenn er einen schlechten Tag hatte und ich die Nachrichten falsch aufgefasst habe? Ich gebe jedem eine Chance, mich beim ersten Date zu überzeugen.«

»Dann hat Matt wohl großes Glück, dass er eine Frau wie dich für sich gewinnen konnte«, sagt Chelsea liebevoll und unterstreicht ihre Worte, indem sie kurz meine Hand drückt. Sie stellt meine Entscheidungen häufiger infrage, als mir lieb ist, doch sie meint es immer gut, das führe ich mir immer vor Augen, bevor ich drohe, an die Decke zu gehen. Doch es ist nicht einfach, wenn man zwei Schwestern hat, und noch schwerer, wenn man mit ihnen zusammenarbeitet. Wir lieben uns, doch wir sind manchmal unterschiedlicher Meinung, weshalb wir uns immer mal wieder in die Haare kriegen. Zum Glück legt sich das meist schnell wieder.

»Gewonnen ist noch nichts, aber ich freue mich auf das, was kommt.«

»Dann lasst uns mal anstoßen. Auf viele Chancen und Glück in allen Lebensbereichen«, meint meine große Schwester und hebt ihr Champagnerglas. Wir stoßen miteinander an. Kurz bevor ich einen Schluck nehme, schicke ich ein Stoßgebet gen Himmel und hoffe, dass die Erweiterung der Agency vom Glück verfolgt wird.

2. KAPITEL

Elijah

Stolz erfüllt mich, als ich meine Mutter auf der Bühne betrachte, die elegant das Haar zurückwirft und mit der Moderatorin um die Wette lächelt. Sie ist völlig in ihrem Element, lacht und scherzt und ist dabei, den ganzen Raum dazu zu bringen, verrückt nach ihr zu werden. Bis jetzt bin ich auf jedem Book-Release von Mom erschienen, auch wenn sie alle ähnlich ablaufen und mich manchmal langweilen. Zuerst wird über das Buch, dann über Privates geplaudert, ehe sie aus dem aktuellen Buch vorliest. Das wiederum vertrage ich nicht so gut, denn das, was sie vorliest, trifft nicht immer meinen Geschmack. Gerade als ich darüber nachdenke, weist die Moderatorin Mom an, vorzulesen. Und auch wenn ich ihr den Moment gönne, krame ich meiner Sakkotasche herum.

Ich ernte viele verwunderte Blicke von den Damen in meiner Sitzreihe, als ich mir EarPods ins Ohr stecke, die ich bei jedem Release mit mir mitschleppe. Dann beginnt Mom aus ihrem neuen Erotikroman vorzulesen. Den meisten mag mein Verhalten respektlos vorkommen, doch für mich ist es reiner Selbstschutz. Denn niemand, und ich wiederhole, absolut niemand will aus dem Mund seiner Mutter etwas über harte Schwänze und multiple Orgasmen hören. Bei der ersten Lesung habe ich das nicht bedacht und wäre fast schreiend aus dem Buchladen gerannt, denn natürlich hatte sie sich für eine erotische Szene entschieden, die sehr genau ins Detail ging. Meine Mom ist A. C. Gleeson, eine der bekanntesten Autorinnen der Staaten. Ihr Hauptgenre ist Erotik, wobei sie auch reine Liebesromane, Romantasy und sogar einen Krimi geschrieben hat, der mir persönlich am besten gefällt. Man kann ahnen wieso. Richtig, weil in dem Buch keine Sexszene vorkommt. Aus ihrem Krimi hätte sie stundenlang vorlesen können, und ich hätte jede Minute genossen. Für gewöhnlich liebe ich es, ihrer Stimme zu lauschen, da sie eigentlich Synchronsprecherin ist und beim Lesen in die Rolle der Figuren hineinschlüpft. Im Gegensatz zu den anderen Kids in meinem Umfeld habe ich früher nicht traurig geseufzt, als es Zeit fürs Bett war. Viel eher bin ich vor Freude herumgehüpft, denn ich wusste, dass Mom mir wieder aus einem meiner Kinderbücher vorlesen würde. Zu dieser eher züchtigen Lektüre hat sie schon lange nicht mehr gegriffen. Jetzt geht es eher heftiger zu.

Ihre Erotikbücher haben sich millionenfach verkauft und wurden in zwanzig Sprachen übersetzt. Ich habe jedes ihrer Bücher gelesen, muss aber zugeben, dass ich die erotischen Szenen übersprungen habe. Wäre sie eine andere Autorin gewesen, hätte ich das ganze Buch gelesen, doch da es sich um meine Mutter handelt, kann ich es einfach nicht über mich bringen. Mom hat Verständnis dafür und meinte auch, dass ich nicht all ihre Bücher lesen muss, um ihr einen Gefallen zu tun, aber ich bekräftige immer wieder, dass ich es gerne mache. Denn auch wenn ich die heißen Szenen überspringe, lässt es sich nicht leugnen, dass sie eine begnadete Autorin ist.

Das Schreiben hat sie erst nach der Scheidung von meinem Vater für sich entdeckt, als die Einsamkeit unerträglich wurde und sie drohte, den Halt zu verlieren. Meine Eltern haben sich geliebt, doch Dad hat es mit der Treue nicht so ernst genommen, was meine Mutter damals gebrochen zurückgelassen hat. Es hat sehr lange gedauert, bis sie die Scherben ihres Herzens wieder zusammengesetzt hatte, und doch ist sie seit der Trennung keine einzige Beziehung mehr eingegangen, als hätte mein Vater einen irreparablen Schaden angerichtet. Durch die Scheidung erhielt sie Dads halbes Vermögen, eine beträchtliche Summe, doch meine Mutter hat sich noch nie viel auf ihr Geld eingebildet. Jede ihrer Immobilien ist mit Ikea-Möbeln eingerichtet.

Ein Makler meinte mal, dass reiche Menschen keine Möbel bei Ikea kaufen. Meine Mutter erwiderte darauf, dass intelligente Menschen es tun sollten. Sie ist der Meinung, dass Geld allein nicht glücklich macht. Dass sie meinen Vater verloren hat, hat sie in eine tiefe Krise gestürzt, aus der nicht mal ich ihr raushelfen konnte. Als ich schon dachte, dass wir professionelle Hilfe benötigen, hat sie sich hingesetzt und eine Liebesgeschichte geschrieben, die im Gegensatz zu ihrem Leben ein Happy End bekommen hat. Sie hat Tag und Nacht geschrieben, war wie unter Strom und ähnelte plötzlich wieder mehr der lebenslustigen und fröhlichen Frau, die sie früher gewesen ist.

Als das Buch fertig war, hat sie es ohne Umschweife an einen der großen amerikanischen Verlage geschickt, sie hatte sich gar nicht die Mühe gemacht, es auch woanders zu probieren, denn für sie kam nur ein bestimmter Verleger infrage. Sie bekam lange keine Zu- oder Absage, doch das hat sie nicht daran gehindert, zwei weitere Bücher zu beenden, weil sie einfach nicht aufhören konnte, Geschichten zu Papier zu bringen. Als sie schon gar nicht mehr damit gerechnet hatte, erhielt sie endlich eine Antwort. Der Verlag war so begeistert von dem Skript, dass er sie unter Vertrag genommen hat. Seitdem geht es für Mom beruflich bergauf.

Wenn ich mich umsehe, habe ich beinahe ein schlechtes Gewissen, weil ich einen Sitzplatz habe, während Dutzende Frauen die Lesung im Stehen verfolgen. Sie hängen an den Lippen meiner Mutter und fiebern mit, während in meinem Ohr Jon Bon Jovi über eine Liebe singt, die wohl auch meine Mutter gerade auf der Bühne beschreibt. Da das Schreiben sie im wahrsten Sinne des Wortes gerettet hatte, habe ich es mir nicht nehmen lassen, bei jeder Lesung dabei zu sein, selbst als ich noch zur Uni ging. Wenn sie schon nicht mehr mit Dad zusammen ist, dann möchte ich derjenige aus der Familie sein, der sie unterstützt. Tante Geena, Moms einziges noch lebendes Familienmitglied neben mir, kann aufgrund der Arbeit heute nicht hier sein. Sie hätte mir einfach aus Spaß meine EarPods gestohlen, damit ich leide. Das hat sie schon einmal versucht. Aber ich liebe es, Zeit mit den zwei der drei wichtigsten Frauen in meinem Leben zu verbringen. Die dritte im Bunde, meine beste Freundin Mikaela, ist gerade auf Barbados und genießt ihren wohlverdienten Urlaub.

Etwa zwei Stunden später hat Mom unzählige Bücher signiert und in die Kameras gelächelt. Sie wirkt erschöpft, als ich schließlich als Letzter auf die Bühne trete und sie in den Arm nehme.

»Hast du die ganze Zeit über gewartet?«, fragt sie mich immer wieder, und ich antworte auch stets das Gleiche.

»Natürlich, ich will doch deinen großen Moment nicht verpassen.« Ich möchte sie wissen lassen, wie sehr ich ihre harte Arbeit schätze und dass ich sie immer unterstützen werde, egal, welche berufliche Richtung sie einschlagen wird.

»Du bist wirklich ein Schatz. Ich hole schnell meinen Mantel, dann können wir gehen, ja?« Sie sieht müde und aufgekratzt zugleich aus – die typische Mischung, wenn sie auf Lesungen, Messen oder Conventions ist. Bei ihrer allerersten

Lesung befürchtete sie, dass niemand erscheinen und sie die Peinlichkeit niemals überwinden würde. Doch dann kamen Dutzende Leser*innen und haben ihr vorgeschwärmt, wie sehr ihr Buch sie verzaubert hat. Es hat meiner Mutter die Tränen in die Augen getrieben, und sie erzählt heute noch, wie sehr sie diesen Moment genossen hat. Und wenn man sie jetzt ansieht, merkt man, wie viel selbstsicherer sie im Umgang mit der Moderation und den Leser*innen geworden ist. Sie ist dankbar, sich voll und ganz dem Schreiben widmen zu können. Nach der Scheidung, als Mom das Geld von Dad erhielt, meinten ihre Freundinnen, sie solle sich auf die faule Haut legen, doch das könnte sie nie.

Nur zu Hause zu sein und sich ausschließlich um den Haushalt zu kümmern würde meine Mutter in den Wahnsinn treiben. Deswegen hat das Schreiben sie nicht nur aus einer Krise geholt – es ist ihre Berufung, das, was sie bis ans Ende ihrer Tage tun möchte. Und dass es ihr Spaß macht, ist ihr deutlich anzusehen.

»Ist gut, ich warte draußen auf dich.« Ich trete hinaus in die Herbstsonne, die mich nicht zu wärmen vermag. Der Wind ist einfach zu stark. Mir ist schleierhaft, was Menschen am Herbst so großartig finden. Es ist kalt, ständig regnet es, und man muss sich im Zwiebellook anziehen, weil das Wetter unberechenbar ist. Heute habe ich mir freigenommen, doch die Mails und Anrufe, die ich auf stumm geschaltet habe, kann ich nur schwer ignorieren. Auch wenn ich es nicht zugeben will, bin ich ein waschechter Workaholic, der es genießt, sein Unternehmen zu leiten. Also greife ich nach meinem Smartphone und gehe die Anrufliste durch. Ich rufe meinen besten Freund Arthur zurück, der zweimal versucht hat, mich zu erreichen. Das ist eher untypisch für ihn, da er eigentlich lieber textet, statt sich das Ding ans Ohr zu halten, wie er immer so schön sagt.

»Hey, ich weiß du bist bei deiner Mom, aber ich wollte dich um einen riesigen Gefallen bitten.«

»Hey Mann. Schieß los. Wo brennt es?«

»Kannst du eine Kiste Champagner mitbringen, wenn du später kommst? Ich habe gerade die Torte abgeholt und im Stress die Kiste vergessen.«

»Klar, schick mir einfach die Adresse und sag Bescheid, dass ich sie gegen zwanzig Uhr abholen werde.«

»Danke, Mann. Du hast was gut bei mir.«

»Dann leih mir deinen Maserati.« Ich weiß, dass er niemals zustimmen wird, möchte ihn aber etwas aufziehen.

»Hey! Dann hole ich mir die Kiste wohl doch selbst.« Ich breche in Gelächter aus und genieße sein Zögern in vollen Zügen. Mir war klar, dass er seinen Schatz niemals in fremde Hände abgeben würde. Nicht mal seine Freundin darf damit fahren, obwohl er sie vergöttert.

»Mach dich locker, war nur ein Scherz. Aber dein Gesicht kann ich mir direkt vorstellen. Mit Sicherheit ist alle Farbe daraus gewichen.«

»Du bist so ein sadistischer Arsch.«

»Selber Arschl…« Ein Räuspern erklingt hinter mir, und ich weiß, dass es meine Mutter ist. Sie hasst es, wenn ich fluche, auch wenn ich schon erwachsen bin. Für sie bin ich immer noch der kleine Junge mit den Pausbäckchen. Dass die Figuren in ihren Büchern ständig fluchen und im Bett nicht selten Dirty Talk führen, ist Nebensache. Ihr einziges Kind darf das nicht. Punkt.

»Das war deine Mom, oder?«

»Mhmm«, antworte ich, als ich ihn schon seufzen höre.

»Jetzt bist du dran, mein Freund. Wir sehen uns heute Abend, wenn sie dir nicht das Fell über die Ohren gezogen hat. Grüß sie von mir, und sei pünktlich.« Als er auflegt, drehe ich mich um und sehe die erhobene Braue meiner Mutter. Ich bin dreißig Jahre alt, aber mir ist es ungeheuer wichtig, mit meiner Mom gut auszukommen, also blicke ich sie entschuldigend an.

»Entschuldige fürs Fluchen.«

»Schon gut. War das Arthur?«

»Ja, er lässt dich grüßen. Heute Abend ist seine Geburtstagsparty inklusive einer Überraschung, und ich muss noch eine Kiste Champagner vom Lieferanten für ihn abholen.«

»Will er Lola einen Antrag machen?« Verwundert blicke ich sie an, denn auf diesen Gedanken wäre ich gar nicht gekommen.

»Nicht, dass ich wüsste. Wie kommst du auf diese Idee?«

»Na ja, eine Kiste Champagner für eine Geburtstagsparty? Das ist eher unüblich, außer man will protzen, und das tut Arthur mit Sicherheit nicht.« Das hat er tatsächlich noch nie getan, aber da er seinen dreißigsten Geburtstag feiert, habe ich mir nichts dabei gedacht.

»Wir werden es heute Abend erfahren, aber jetzt führe ich dich mal zum Essen aus, Miss Bestseller-Autorin.«

»Hörst du wohl auf, mich so zu nennen?«

»Wieso? Es stimmt doch.«

»Weil ich nichts lieber höre, als wenn du mich Mom nennst.« Das liebe ich so an ihr. Sie ist nicht auf Komplimente oder Ansehen aus und verliert die wichtigen Dinge im Leben nie aus dem Auge.

Ich halte meiner Mutter die Autotür auf, damit sie einsteigen kann, öffne den Knopf meines Anzugs, ehe ich auf der Fahrerseite einsteige und mich anschnalle. Wenn ich zu geschäftlichen Terminen unterwegs bin, habe ich einen Fahrer, sodass ich auf dem Weg entspannen oder arbeiten kann, aber bei privaten Treffen fahre ich immer selbst. An die Staus in

Manhattan habe ich mich mittlerweile gewöhnt. Statt mich darüber zu ärgern, drehe ich lieber das Radio oder meine Songs auf Spotify lauter.

Wir fahren in ein mexikanisches Restaurant, in dem ich uns einen Tisch reserviert habe. Meine Sekretärin Blair schwört auf diese Location, denn hier hat ihr Mann damals um ihre Hand angehalten. Neben dem dunklen, aber elegant aussehenden Ambiente ist das Essen hier hervorragend, deshalb komme ich öfter hierher. So oft, dass mich das Personal bereits mit Vornamen anspricht. Auch Mom ist angetan vom Lokal, was ich beinahe geahnt habe. Wir haben einen ähnlichen Geschmack.

Als wir satt sind, lehnen wir uns zurück, genießen unseren Kaffee und warten auf das Dessert. Wir reden über Gott und die Welt, wobei ich es vermeide, über Dad und das Unternehmen zu sprechen, doch früher oder später ist auch dieses Thema fällig, selbst wenn ich weiß, dass es ihr immer noch wehtut, über ihn zu sprechen. Sie hat den Verlust nie überwunden.

»Wie läuft es auf der Arbeit?«, fragt sie mich, als unsere Nachspeise vor uns abgestellt wird.

»Ganz gut. Ich habe ein Team aus Pharmazeut*innen und Kosmetiker*innen in Aussicht, die natürliche Beautyprodukte herstellen und vertreiben.«

»Oh, ich wollte schon länger auf Naturkosmetik umsteigen. Wie ist die Resonanz?«

»Ich habe meinen Mitarbeitenden monatelang kostenlos die Produkte zur Verfügung gestellt und habe selbst gesehen, dass sich bei vielen das Hautbild deutlich verbessert hat. Danach habe ich einen Vertrag aufsetzen lassen. Das Gute ist, dass sie Koryphäen in Sachen Social Media sind und sich mit ihren ästhetischen Posts bereits einen Namen gemacht haben. Ich beschleunige ihren Erfolg einfach nur ein wenig.«

»Wann gehst du damit an die Presse?«

»Im Laufe der nächsten Woche, wenn alles gut läuft.«

»Bist du bereit, dich wieder der Meute zu stellen? Ich weiß ja, dass du diese Pressekonferenzen und Interviews nicht magst.«

»Ich werde mich wohl mental darauf vorbereiten müssen.«

Moms Aufmerksamkeit liegt immer noch auf mir, als würde ihr eine Frage auf der Seele brennen.

»Hat es eigentlich einen bestimmten Grund, dass du keine öffentlichen Auftritte magst?«

Ich denke eine Weile darüber nach, ob es je einen Moment gegeben hat, der mich so getriggert hat, dass öffentliche Ereignisse und das Sprechen vor größeren Gruppen mir jetzt so schwerfallen.

»Na ja, die fiese Mrs Bridesteen hat mich in der Highschool in einem Jahr drei Präsentationen vor der Klasse halten lassen. Das habe ich ihr wohl übelgenommen.«

»Aber alle in der Klasse haben sie doch halten müssen, oder?«

»Ja, aber sonst bekam jede Person nur eine aufgebrummt. Sie konnte mich aus einem mir unbekannten Grund nicht leiden und hat mir wohl einen reinwürgen wollen.«

»Du Armer. Wieso hast du damals nichts gesagt?«

»Weil ich es nicht für wichtig hielt. Du weißt, ich war der Klassenclown. Ich war zwar bei den anderen Kids beliebt, aber die Lehrpersonen haben mich immer getadelt. Ich hätte nicht gedacht, dass die Erfahrungen aus meiner Schulzeit eine solche Abneigung in mir auslösen würden.« Das ist mir jetzt erst bewusst geworden, als Mom es erwähnt hat. Es ist zwar nicht so schlimm, dass ich Schweißausbrüche bekomme oder meine Stimme zittert, wenn ich eine Rede halten muss, aber da ist immer dieses ungute Gefühl, das mich beim Sprechen begleitet.

»Ich werde mich wohl daran gewöhnen müssen. Wenn ich erfolgreich bleiben will, ist Öffentlichkeitsarbeit enorm wichtig, das weißt du.« Ich nehme einen Bissen von dem unglaublich leckeren Schokoladen-Kirsch-Kuchen.

»Das stimmt, man sollte aber nichts forcieren, nicht, dass die mentale Gesundheit darunter leidet. In Zeiten wie diesen ist das so wichtig.« Wie recht sie doch hat. Viele meiner Kolleg*innen in anderen Unternehmen lassen sich beurlauben, weil sie unter Burnout leiden. Sie sind ausgebrannt und können mental nicht mehr das leisten, was sie wollen. Ein CEO, den ich gut kenne, hatte sogar einen Herzinfarkt, weil die Arbeit ihn überlastet hat. Ich gehe deshalb immer zu meiner Psychotherapeutin Jane, wenn ich den Bedarf sehe.

Nach der Scheidung wollte meine Mom, dass ich mit jemandem über die Situation rede. Jane war damals erst achtundzwanzig und hatte gerade ihre Praxis eröffnet. Nun ist sie seit fast zwanzig Jahren meine Therapeutin und kennt mich gut. Ich sehe sie vielleicht nur einige Male im Jahr, aber dafür kann sie mich nun gut einschätzen und hat mir schon häufig hilfreiche Ratschläge gegeben.

»Ich kann dir versichern, sobald ich den Punkt erreiche, an dem alles schwer wird und ich das Gefühl habe, erdrückt zu werden, werde ich wieder zu Jane gehen und dich in Kenntnis setzen. Ich weiß, dass ich darauf achten muss, mich nicht zu übernehmen.«

»Da bin ich beruhigt. Manchmal erwische ich mich dabei, dass ich in der Vergangenheit feststecke, und dann sehe ich den Teenie-Elijah, der nicht wusste, in welche Richtung er sich entwickeln würde. Und dann schaue ich dich jetzt an und bin so unheimlich stolz.«

»Ich habe schon gehört, dass deine Lobgesänge auf mich wieder zugenommen haben.«

»Tante Geena?«, fragt sie und hebt eine Braue.

»Jep. Sie meinte, wenn du nicht bald aufhörst, klebt sie dir den Mund zu.«

»Charmant wie immer, meine große Schwester.«

»Sie würde sagen, es ist zum Wohle ihrer Ohren.«

»Oder sie will einfach nur einen blöden Spruch ablassen.« Ihr Lächeln wirkt müde, auch wenn sie einen ausgeruhten Eindruck macht.

»Hat dich das Event ausgelaugt?«

»Ein wenig. Ich liebe, was ich tue, und mag es, mit meinen Fans zu interagieren, aber es ist auch anstrengend, im Mittelpunkt des Geschehens zu stehen.«

»Dein neues Buch wird erneut die Bestsellerlisten erklimmen, und dann kannst du entspannen.«

»Wer weiß das schon? Ich freue mich einfach, dass ich ein weiteres Buch in den Händen halten darf. Dann kann ich in den Chill-Modus wechseln.«

»Weinst du etwa noch immer, wenn deine Belegexemplare ankommen?«, frage ich überrascht und sehe, wie sie verlegen den Kopf senkt. Sie scheint ihren Kuchen plötzlich ziemlich spannend zu finden.

»Womöglich.« Und das, nachdem sie über dreißig Bücher geschrieben hat. Unglaublich.

»Aber wieso?«, frage ich, da ich immer dachte, je mehr Bände sie schreibe, desto leichter gewöhne sie sich an diese Momente.

»Wenn man Schriftstellerin oder Künstlerin ist oder leidenschaftlich einem Hobby nachgeht, dann investiert man Stunden, Tage, Wochen in ein Projekt. Man erlebt viele Ups und Downs während des Entstehungsprozesses, doch am Ende haben sie alle etwas gemeinsam. Es kommt der Tag, an dem man den Beweis für seine harte Arbeit endlich in den Händen halten darf, und dieser Moment überwältigt mich jedes Mal aufs Neue.« Da die Arbeit so viel Raum in meinem Leben einnimmt, bleibt kaum Zeit für ein Hobby. In meiner Freizeit halte ich meinen Körper durch Krafttraining fit, fahre gerne Auto und treffe mich mit den Menschen in meinem Leben. Früher habe ich mich viel mit Kunst beschäftigt und habe auch selbst gemalt, aber sobald ich in der Arbeitswelt Fuß gefasst hatte, rückte dieses Hobby weiter in den Hintergrund. Wenn ich darüber nachdenke, vermisse ich die alten Zeiten manchmal. Doch mein Terminkalender ist so voll, dass ich kaum Zeit für mein Krafttraining finde, das ich als Ausgleich zu meiner Arbeit am Schreibtisch brauche.

Ich genieße Musik, Bücher und Filme und meine Arbeit. Auch wenn das meinen Status als Workaholic womöglich unterstreicht, liebe ich das, was ich tue. Denn ich fördere Talente. Und diese Liebe spiegelt sich auch in meiner Arbeitsphilosophie wider. Es ist mein Job, Ideen, Unternehmen oder Projekte zu fördern, deren Konzepte so erfolgversprechend sind, dass ich über kurz oder lang Gewinne erzielen werde. Sobald ich etwas finde, in das ich mit einsteigen kann, liefere ich das Startkapital und stelle einen meiner Mitarbeitenden ein, der alles im normalen Rahmen überwacht und mir Meldung gibt. Die Leitung der Projekte überlasse ich gerne einer anderen Person, denn mein Team ist bestens geschult.

»Manchmal beneide ich dich darum, mit wie viel Leidenschaft du an die Arbeit gehst.«

»Ist bei dir die Luft raus?«

»Nein, das nicht, aber manchmal habe ich das Gefühl, mich im Kreis zu drehen. Die Projekte sind sicher, wir befinden uns auf dem Erfolgskurs und sind längst über das Jahresziel hinausgeschossen, aber ich habe das Gefühl, als würde etwas fehlen.«

»Meinst du nicht vielleicht, dass dir *jemand* fehlt?«, fragt sie und löst mich aus meinen Gedanken an die Firma.

»Nein, wie kommst du darauf?«

»Gibt es denn keine Partnerin in deinem Leben?«

»Nein, es gibt keine Frau an meiner Seite. Nicht, dass ich überhaupt Zeit für eine Freundin hätte. Bei meinem Arbeitspensum würde die Arme wohl nicht viel von mir sehen. Aber ich bedaure es manchmal, dass ich unter all den tollen und einzigartigen Frauen, die ich gedatet habe, noch nicht diejenige gefunden habe, die mein Herz höher schlagen lässt.«

»Wie ich das sehe, brauchst du einen Regenbogen.«

»Einen was?«, frage ich perplex. Diese Metapher will ich nun unbedingt hören.

»Jemanden, der dich wieder Farben sehen lässt und dein Leben verändert. Eine Frau, die dir zeigt, dass Arbeit allein nicht glücklich macht, und mit der du den Spagat zwischen Arbeits- und Privatleben schaffst.«

»Du meinst eine der Heldinnen aus deinen Romanen?«, erwidere ich amüsiert. Solche Frauen gibt es nicht wirklich, zumindest ist mir bis jetzt keine begegnet.

»In jeder meiner Figuren steckt viel von Frauen, die ich auf Lesereisen und Messen kennengelernt habe, also glaub nicht, dass sie alle fiktiv sind. Aber du wirst es sehen, wenn du ihr begegnest.«

»Falls ich ihr je begegne«, stelle ich klar, denn ich halte es beinahe für ausgeschlossen, dass in meinem Leben eine Person auftaucht, die meine Welt in ihren Grundfesten erschüttern könnte, wie Mom es wahrscheinlich ausdrücken würde. Aber ich lasse ihr die Träume, auch wenn mir bewusst ist, dass so eine Frau wohl nur in Büchern existiert.

3. KAPITEL

Rory

»Findest du dieses Diagramm ansprechend?«, frage ich meine beste Freundin und tippe mir nachdenklich mit dem Stift gegen die Lippen. Sie lässt sich neben mich aufs Bett plumpsen, dreht sich wie ich auf den Bauch und kneift die Augen etwas zusammen, um sich meine Präsentationsseite anzusehen.

»Hmm, also für mich sieht es wie ein beliebiges Diagramm aus. Ich weiß nicht, wie du das noch ansprechender gestalten könntest?«

»Ich könnte mit den Farben spielen, sodass sie weicher aussehen.«

»Meiner Meinung nach solltest du bei den kräftigen Farbnuancen bleiben, damit man einen genauen Blick auf die jeweiligen Abschnitte werfen kann.«

»Du hast recht. Vergiss, was ich gesagt habe.« Ich puste mir eine lästige Strähne aus der Stirn, doch sie landet wieder mitten auf meinem Gesicht, sodass ich sie mit einer Handbewegung wegstreichen muss.

»Wieso bist du so nervös?«, fragt Piper, dreht sich auf die Seite und bettet den Kopf auf ihrer Handfläche. Sie runzelt die Stirn, als wäre ich ein Rätsel, das sie unbedingt lösen muss.

»Es geht hier um die Zukunft der Agency, und ich will alles richtig machen.«

»Das leuchtet mir ein, aber wieso machst du das noch mal? Ich dachte, dass Chelsea der Kopf des Unternehmens ist?«

»Das stimmt auch. Die Agency gehört im Grunde ihr«, antworte ich seufzend und ahme ihre Haltung nach, sodass wir im Bett einander zugewandt liegen.

»Aber meine Schwestern haben abgestimmt, dass ich mit meinem Charme mehr Chancen habe, die Investor*innen für uns zu gewinnen. Und ich bin auch die beste Sprecherin von uns dreien.«

»Das macht es aber nicht besser, oder?«, fragt sie mitfühlend, auch wenn sie weiß, dass es kein Weltuntergang für mich ist. Ich habe bereits unzählige Präsentationen gehalten und auch Schulungen für die Mitarbeitenden durchgeführt. Das stellt kein Problem für mich dar. Es ist einfach noch mehr Arbeit, die zu der hinzukommt, die ich ohnehin schon habe.

»Herausforderungen haben mich noch nie abgeschreckt, wie du ja weißt. Es spornt mich an, das Beste aus der Präsentation und auch aus mir selbst herauszuholen.«

»Du wirst sie alle um den Finger wickeln, wie immer.« Sie streicht sanft über meine Arme, was mich gleich etwas ruhiger werden lässt. Seit der Verkündung, dass Chelsea die Agency vergrößern will, liegen meine Nerven blank.

»Das ist es ja. Ich will nicht, dass sie nur begeistert von meinem Aussehen und Charme sind, sondern dass meine Worte sie umhauen.«

»Ich bin mir sicher, das wird auch zutreffen. So etwas wie eure Agentur habe ich in der Form noch nie gesehen.« Ihre Aussage bringt mich zum Schmunzeln.

»Weil du nicht aktiv danach suchst. Es gibt tatsächlich einige Treuetest-Agenturen, doch was in unserer Branche wichtig ist, ist der Ruf. Bei vielen Agenturen kam heraus, dass sie die Leute betrügen, dass sie nicht gründlich recherchieren oder auffliegen, ohne dass die Treue getestet wurde. Agenturen unserer Art wird vorgeworfen, Beziehungen und ganze Familien zu zerstören, doch wir geben nur das preis, was wir aufgezeichnet haben. Schlussendlich sind es doch die untreuen Personen, die ihr eigenes Glück zerstören. Da gibt es sehr viele Horrorgeschichten, die einen großen Schatten auf unsere Branche werfen, auch wenn es nicht auf unser Unternehmen zutrifft.«

»Das kann ich mir vorstellen. Das ist so ein schmaler Grat … da kann man viel richtig, aber auch einiges falsch machen.« Piper erkennt, wie schon so oft, wie heikel es ist, sich in unserer Branche zu behaupten. Durch Chelseas juristisches Know-how und das professionelle Vorgehen beim Testen hatten wir jedoch bisher keine Schwierigkeiten, wofür ich sehr dankbar bin.

»Eben, und wir genießen einen unglaublich guten Ruf, weshalb ich es nicht verbocken will.«

»Dein Eifer in allen Ehren, aber du sitzt hier seit zwei Stunden und arbeitest, dabei wollten wir eigentlich Essen gehen.«

Ich richte mich erschrocken auf.

»Was? So lange wartest du schon auf mich?«, frage ich schuldbewusst und sehe auf meine Armbanduhr. Tatsächlich. Zwei Stunden und zwanzig Minuten wartet sie und hat nicht ein Wort gesagt.

»Und da bist du einfach still? Dir muss doch langweilig sein.«

»Ach was, ich habe selbst ein paar Mails meiner Schüler*innen beantwortet, und mir TikTok-Videos reingezogen.«

»Ich dachte, du hast die App deinstalliert, weil du sonst nichts gebacken bekommst?«, frage ich, speichere die Präsentation und klappe den Laptop zu, um ihn auf meinem Nachtkästchen abzulegen.

»Ich bin süchtig und komme nicht davon los. Meist möchte ich mir nur ein oder zwei Videos ansehen, und dann sind auf einmal zwei Stunden vergangen.« Piper steht auf und streckt sich, ehe sie sich ihre Handtasche schnappt.

»Ach, diese kleinen Laster machen das Leben interessanter. Solange es dich nicht von der Arbeit abhält, kannst du es dir gönnen.«

»Noch ein Laster? Diese Liste ist ziemlich lang geworden, wie du weißt.«

»Das macht dich nur interessanter.«

»Für wen? Jemanden, der auch nur auf sein Handy starrt?«, erwidert sie lachend und folgt mir ins Wohnzimmer.

»Womöglich, aber vielleicht ist das genau der Typ Mann, den du brauchst.«

»Das, was ich brauche, werde ich wohl schwer bekommen, aber das ist auch in Ordnung so. Die Trennung von Lars war übel, also will ich mir Zeit lassen.«

»Man kann auch ohne einen Mann ein gutes Leben führen«, sage ich und schenke ihr ein aufmunterndes Lächeln. Ihr Ex hat tiefe Narben an ihrem Herzen zurückgelassen, als er sie für eine andere Frau verlassen hat. *Was ist nur los mit den Beziehungen meiner Freund*innen und Klient*innen?* Gefühlt gehen alle in die Brüche, wegen Dingen wie Betrug und Vernachlässigung. Meine Nachbarin wurde sogar verlassen, weil ihr Exmann nicht damit klarkam, dass sie mehr Geld verdiente als er. Es scheint beinahe, als wäre die romantische Vorstellung von Liebe ausgestorben. Vielleicht ist das der Grund, wieso ich mich noch nie wirklich auf eine Beziehung eingelassen habe und diese bewusst meide. Da ich nicht will, dass die Erinnerung an dieses Arschloch, oder generell an gescheiterte Beziehungen, unseren Abend versaut, wechsle ich das Thema.

»Hast du auch schon das neue Buch von A. C. Gleeson runtergeladen?«, frage ich sie stattdessen, doch sie schüttelt den Kopf.

»Nein, ich habe es mir als Hardcover bestellt.«

»Ich ja auch.« Trotzdem kann ich seit gestern stolz das E-Book mein Eigen nennen und habe schon die Hälfte verschlungen.

»Und wieso lädst du dir das E-Book runter?«

»Weil ich nicht auf die Printausgabe warten kann. Ich muss unbedingt wissen, wie es mit Norah und Payne weitergeht.«

»Du ungeduldiges Ding.«

»Jap, aber ich bereue nichts, immerhin habe ich letzte Nacht noch bis ein Uhr morgens gelesen.« Das bringt uns beide zum Lachen, denn dieses Laster teilen wir, und wir gehen ihm mit Leidenschaft nach. Wir ziehen uns unsere Trenchcoats und Stiefel an und werfen, wie immer, noch einen Blick in den Spiegel, wobei wir uns gegenseitig zuzwinkern, ehe wir in die Stadt gehen, um uns genüsslich den Bauch vollzuschlagen.

Unsere Wahl fällt auf ein thailändisches Restaurant, das wir das letzte Mal in unserem Abschlussjahr an der Uni besucht haben. An der Einrichtung hat sich seitdem nichts verändert, was hoffentlich auch auf das Essen zutrifft, denn das ist uns besonders im Gedächtnis geblieben. Während wir uns unterhalten, versuche ich, nicht an die bevorstehende Präsentation zu denken. Das tue ich wirklich, aber ich habe das Gefühl, als würden die Hoffnungen und Erwartungen meiner Schwestern auf meinen Schultern lasten. Ich verspüre eine Mischung aus Freude und Angst, wenn ich daran denke, dass ich Wildfremden unser Konzept vortragen muss.

Werden sie auch merken, wie kostbar und wichtig unser Unternehmen ist? Das ist die Frage, die mir am relevantesten erscheint. Wir wollen die Vergrößerung nicht von jemandem finanziert bekommen, der nicht die Leidenschaft sieht, sondern nur den Profit, den er damit erzielen kann. Das sind alles

Dinge, die mir durch den Kopf gehen, selbst in meiner Freizeit.

»Wie läuft es eigentlich mit Matt?«, fragt Piper, als sie einen Bissen von ihrem Pad Thai nimmt. Ich stochere die ganze Zeit in meinem Pad Kra Pao herum, ohne einen Bissen zu nehmen. Dabei sieht es so lecker aus.

»Unsere Dates waren schön. Wir waren im Kino und sind dann Essen gegangen. Waren spazieren und tanzen. Er ist süß und ein echt guter Kerl.«

»Was wohl bedeutet, dass du ihn absägst, oder?«, fragt sie und hebt eine Braue. Ich lege die Gabel beiseite und nehme einen tiefen Atemzug.

»Ich versuche, uns beiden eine Chance zu geben, mich auf ihn einzulassen, aber ich denke nicht, dass es zwischen uns funktionieren könnte.«

»Wieso genau?«

»Ich denke, weil die Harmonie nicht stimmt. Er ist ein guter Kerl und eher einer von der braven Sorte, und wir wissen beide, dass ich nicht unter diese Kategorie falle.«

»Das mit Sicherheit nicht, und darauf solltest du stolz sein. Du bist wild, aber du versteckst es nicht.«

»Ich bin stolz auf die Person, die ich bin, und ich werde mich für niemanden verbiegen. Matt hatte auch nichts dagegen, dass wir nur locker daten. Doch ich glaube, dass er mehr will, als ich ihm geben kann.«

»Dann sei ehrlich und sag es ihm.«

»Etwas anderes wird mir nicht übrig bleiben. Ich will niemanden hinhalten oder verletzen.«

»Er wird es verstehen, auch wenn er mit Sicherheit traurig sein wird. Jemanden wie dich will man nicht verlieren.«

»Matt wird eine Person finden, die besser zu ihm passt.«

»Du ebenfalls.«

»Ich denke, da ist der Zug längst abgefahren. Wenn ich bis jetzt keine funktionierende Beziehung gehabt habe, wird es in naher Zukunft auch nicht passieren.«

»Manche verlieben sich früher, andere später.« Pipers mitfühlender Blick geht mir unter die Haut. Ich befinde mich im Zweispalt. Ich möchte gerne eine Beziehung führen mit einem Partner, der das Beste in mir hervorbringt und mich liebt, so wie ich bin. Doch ich schätze auch meine Freiheit, die Möglichkeit, daten zu können, wen ich will, auch wenn mich das manchmal einsam macht. Ich denke, ich weiß noch nicht so genau was ich will. Ich schätze, wenn es mir vorbestimmt ist, mich zu verlieben, wird es mich wie ein Blitzschlag treffen. Wie auch immer, ich freue mich, wenn der Moment endlich kommt und ich das erleben darf, wovon alle so schwärmen.

»Wenn es passiert, wirst du die Erste sein, die es erfährt.« Diese Aussage bringt sie zum Lachen.

»Ich denke, das solltest du dann zuerst dem Mann sagen. Er sollte erfahren, dass er der Glückliche ist, der Aurora Madigan dazu gebracht hat, sich zum ersten Mal so sehr zu verlieben, dass sie bewusst eine Beziehung eingehen will.«

»Lass uns nicht mehr darüber reden. Erzähl mir lieber, wann du das nächste Mal auftrittst.« Die Erwähnung des Orchesters lässt meine beste Freundin übers ganze Gesicht strahlen. Sie ist Musik-Dozentin an der Manhattan School of Music und unterrichtet dort Violine. In ihrer Jugend hat sie viele Preise für ihr ausgezeichnetes Spiel bekommen, und ihr Ansehen in der klassischen Musikszene wuchs immer weiter. Ihr Traum war es, eines Tages beim New Yorker Philharmoniker Orchester zu spielen. Nun wurde ihr größter Wunsch wahr – im Orchester war ein Platz frei geworden.

»Es ist unglaublich. Im Lincoln Center haben wir schon in der Alice Tully Hall geprobt, und in zwei Monaten ist mein erstes Konzert als Teil des New Yorker Philharmoniker Orchesters.« Sie schäumt wahrlich über vor Glück, und ich gönne ihr jede einzelne Sekunde, da ich weiß, wie hart sie gekämpft und vor allem geübt hat, um jetzt an diesem Punkt in ihrem Leben zu stehen.

»Ich kann es kaum erwarten, dich in einem spießigen Outfit zu sehen, wie du neben den anderen Musiker*innen glänzt, sodass alle nur Augen für dich haben werden.«

»Das Outfit ist leider vorgeschrieben, aber ich werde rebellieren. Irgendwie.«

»Du könntest roten Lippenstift tragen und allen zeigen, dass du nicht so züchtig bist wie das Outfit.«

»Uh, das werde ich tun. Dafür müsste ich mir einen knallroten kaufen. Aber das wäre eine Möglichkeit.«

»Ich freue mich schon auf diesen herrlichen Anblick«, sage ich und kann mir ein Grinsen nicht verkneifen.

»Ich denke, du bist ein schlechter Einfluss für mich. Wir sollten uns nicht mehr treffen«, sagt sie todernst, und ich tue so, als hätte sie mich tief verletzt.

»Mit wem wirst du dann um die Häuser ziehen und bis in die Morgenstunden feiern?«, fragt sie herausfordernd, doch ich wende mich schulterzuckend ab.

»Das wirst du dann noch sehen.« Wir müssen beide lachen, denn Piper und ich sind ein eingeschweißtes Team. Man sieht uns fast immer gemeinsam. Sie ist die dritte Schwester, die ich nie hatte, und auch Sierra und Chelsea verstehen sich super mit ihr. Ja, ich fühle mich in letzter Zeit sehr gesegnet, einen soliden Job und liebevolle Menschen um mich herum zu haben. Das ist mehr, als manch einer hat.

»Aber jetzt mal im Ernst«, sage ich zwischen zwei Bissen. Das Reden macht mich hungrig. Ich schlucke herunter und suche ihren Blick.

»Ist es so, wie du es dir immer erträumt hast?«

In ihre Augen tritt dieses Leuchten, das immer dann bei ihr zu sehen ist, wenn sie Geige spielt oder davon redet.

»Sogar noch besser. In diesen ehrwürdigen Hallen zu proben, Menschen aus der ganzen Welt kennenzulernen und Seite an Seite mit ihnen zu spielen – das macht mich so unglaublich glücklich. Ich weiß jetzt schon, dass ich es nie vergessen werde.«

Wie zufrieden sie aussieht. Ist das bei mir auch so, wenn ich über meinen Job rede? Als kleines Mädchen wollte ich Prinzessin werden, aber da Prince William geheiratet hat, fiel das weg. Ob meine Arbeit als Social-Media-Managerin und COO in der Proof of Love Agency meine wahre Berufung ist, kann ich nicht sagen, was ich aber weiß, ist, dass mich mein Job glücklich macht.

»Worauf hast du heute Lust? Es ist Freitagabend, da können wir doch nicht vor Mitternacht nach Hause gehen, oder?«, fragt mich Piper, die ihren Teller bereits geleert hat und nach ihrem Weinglas greift.

»Ich bin offen für alles.«

»Wir könnten heute mal in einen Club gehen?«, schlägt Piper vor und hat mich gleich an der Angel. Die Chance auf eine Nacht voller Musik und Tanzmöglichkeiten lasse ich mir nicht entgehen. Außerdem ist Wochenende, da können wir tatsächlich nicht einfach so früh schlafen gehen.

»Deal. Einen besseren Vorschlag hättest du nicht machen können«, sage ich und verschlinge mein Essen im Nu. Diese sorgenvollen Fragen und Gedanken lasse ich links liegen und nehme mir vor, die Nacht einfach zu genießen.

Nachdem ich ein schönes Wochenende mit meiner besten Freundin verbracht habe, betrete ich gut gelaunt mit einem

Sechser-Tray Kaffee beladen das Gebäude der Agency. Die Wärme ist eine Wohltat nach dem kalten Herbstwind, der mir bis in die Glieder gefahren ist. Neben meinem warmen burgunderroten Mantel, der mir bis über die Knie reicht, trage ich eine weiße Seidenbluse mit Spitze zu schwarzen Jeans, dazu meine schwarzen Samtstiefel, die mir bis knapp unter die Knie reichen.

Als ich die Glastüren öffne, die zum Eingangsbereich der Agency führen, begrüße ich unsere Empfangsdame Lindsay und wünsche ihr einen guten Morgen, genauso wie den anderen Mitarbeitenden im Großraumbüro, die sich um die Zielpersonen und andere Dinge rund um die Agency kümmern. Bevor ich den Büros meiner Schwestern einen Besuch abstatte, gehe ich zur Marketingabteilung, was im Großen und Ganzen mein Büro ist. Wie meine Schwestern habe auch ich meinen eigenen Büroraum, doch ich bin eigentlich immer hier, wo meine engsten Mitarbeitenden auch sind.

»Guten Morgen«, begrüße ich meine rechte Hand Min-Ah, die auf mich zukommt. Sie trägt heute ein wunderschönes Strickkleid. Ihr langes schwarzes Haar reicht ihr bis unter die Brust und verdeckt wie ein weicher Fächer ihr züchtiges Dekolleté.

»Morgen. Warte, ich nehme dir das mal ab«, sie greift nach dem Tray und stellt ihn auf meinen Schreibtisch.

»Danke. Wie war dein Wochenende?« Ich ziehe meinen Mantel aus und hänge ihn an den Garderobenständer in der Ecke des Büroraums, ehe ich mich zu ihr geselle.

»Es war wie immer zu kurz. Wir waren mit unserer Tochter auf Coney Island.«

»Da war ich schon seit Jahren nicht mehr. Hat es ihr gefallen?«

»Und wie. Sie kam aus dem Staunen nicht heraus. Wir waren ein paar Stunden dort, und ich habe mich echt gefragt, wie viel Energie eine Fünfjährige wohl haben kann. Sie war wie unter Strom.«

»Aber dann ist sie sicher im Auto eingeschlafen.«

»Wir hatten sie noch nicht einmal angeschnallt, da war sie schon weg.«

»Das dachte ich mir schon. Greift ruhig zu, der Kaffee ist für euch. Ich schnappe mir nur diese zwei Becher für meine Schwestern.« Ich nehme zwei Karamell Latte macchiato aus dem Halter.

»Danke, das ist lieb von dir. Morgen bin ich dann dran und bringe uns Erfrischungen mit.«

»Ist gebongt. Bis später dann.« Ich gehe weiter und klopfe an Chelseas Tür.

»Herein« höre ich gedämpft durch die Tür, also öffne ich sie und trete ein. Meine Schwester sitzt wie immer perfekt gestylt und frisiert an ihrem Schreibtisch und schaut konzentriert auf den Bildschirm. Erst als ich die Tür hinter mir schließe, blickt sie auf und lächelt mich an.

»Rory, schön dich zu sehen.«

»Guten Morgen, Chels. Wie ich sehe, bist du schon vor dem offiziellen Arbeitsbeginn fleißig.«

»Du kennst mich doch. Ich kann einfach nicht anders, als in meinem Mailordner zu versinken.«

»Hier, ich habe dir und Sierra Kaffee mitgebracht. Eklig süß, wie ihr es gern habt.« Ich reiche ihr einen Becher und stelle den für meine Zwillingsschwester auf dem Tisch ab.

»Danke dir. Du machst heute einen entspannteren Eindruck als am Freitag.« Sie spielt wohl darauf an, dass ich vor ein paar Tagen noch panisch auf meine Präsentation geblickt und das Gesicht in meinen Handflächen vergraben habe. Abwechselnd.

»Ja, das Wochenende hat gutgetan und mich von der Erstellung der Präsentation abgelenkt.«

»Macht es dir sehr zu schaffen, dass du diesen Part übernimmst? Ich kann das sonst auch machen.« Der besorgte Ausdruck in ihrem Gesicht hält sich eisern, selbst als ich eine wegwerfende Bewegung mache und sie anstrahle.

»Es ist nur die Nervosität, die mich ein wenig hemmt. Es steht viel auf dem Spiel.«

»Na ja, eigentlich steht nichts auf dem Spiel, Rory. Wir werden versuchen, Investor*innen für uns zu gewinnen, sollte das aber nicht klappen, dann bleibt alles so, wie es ist.«

»Aber es wäre eine Niederlage.«

»Ganz und gar nicht. Wir kämpfen, und sollte uns dieser Kampf nicht voranbringen, gibt es keine Verluste. Also mach dir keinen Kopf, ja? Tu einfach das, was du immer tust. Die Menschen durch deine fröhliche Art für unsere Sache gewinnen. Wenn es funktioniert, wäre das wunderbar, und wenn nicht, dann haben wir es zumindest versucht.«

»Wärst du nicht am Boden zerstört?«

»Nein. Betrachten wir es einfach als Pilotprojekt. Es ist ein Versuch. Sollte es diesmal nichts werden, dann sicher in ein paar Jahren. Okay?«

Ich sehe meine Schwester voller Erstaunen an. Sie ist immer diejenige, die alles gibt, um die Agency voranzutreiben und weiterhin auf Erfolgskurs zu bleiben. Es wundert mich stark, dass sie jetzt einen Gang zurückschaltet. *Tut sie das nur mir zuliebe?*

»Du sagst das, um mir die Sorgen zu nehmen, nicht wahr?«

»Ich teile dir das mit, weil ich dich liebhabe.« Sie sieht mich mit einem warmen Blick an. Ihre Augen sind denen von Mom so ähnlich, dass sich sofort ein Gefühl von Geborgenheit in meiner Brust ausbreitet. Plötzlich löst sich der Knoten, der mich zurückgehalten hat, denn ich weiß, dass meine Familie hinter mir steht – auch wenn ich alles vermassle.

4. KAPITEL

Elijah

Als ich mein Büro betrete, wünsche ich allen, die mir auf dem Weg begegnen, einen guten Morgen. Auch wenn im Gebäude meines Vaters genügend Räume zur Verfügung stehen, habe ich mich abgekapselt und eine Straße weiter vier Stockwerke in einem Bürogebäude gemietet.

Nach der Scheidung meiner Eltern wollte ich mit meinem Vater nichts mehr zu tun haben. Nachdem rausgekommen war, dass er neben einigen anderen Affären auch etwas mit seiner Sekretärin angefangen hatte, die daraufhin schwanger geworden war, habe ich zu meiner Mutter gehalten und meinen Dad aus Prinzip geächtet.

Erst als ich reifer wurde und aufs College ging, begannen wir uns einander wieder anzunähern. Mit den Jahren wurde meine Wut schwächer, und auch wenn ich nie vergessen werde, was er uns angetan hat, habe ich ihm verziehen und wieder Kontakt gesucht. Was aber nicht heißen soll, dass wir nun ein Herz und eine Seele sind. Während meiner Jahre an der Uni wurde er mir ein Mentor, da er sehr gut in dem ist, was er tut. Jede Woche hat er mich angerufen, selbst als ich monatelang nicht abgehoben habe, hat er nie aufgehört, sich bei mir zu melden. Vielleicht lag es an seiner Hartnäckigkeit, dass ich seine Anrufe schließlich doch entgegengenommen habe und wir uns damals getroffen haben. Nachdem er sich noch mal in aller Form bei mir entschuldigt hat und auch meiner Mom Entschuldigungsbriefe hat zukommen lassen, erweichte er mich schließlich, und wir fingen an, uns ab und an zu treffen. Und als er mich bat, ins Unternehmen mit einzusteigen, habe ich es als Chance gesehen und zugestimmt.

Baron James & Son, nicht Sons, wie man annehmen würde, weil er ja zwei Söhne hat, kauft schwache Unternehmen auf, um sie nach einer Sanierung gewinnbringend weiterzuverkaufen. Mit diesem Geschäftsmodell ist mein Vater ein sehr wohlhabender und erfolgreicher Mann geworden. Ich habe seit meinem College-Abschluss im Unternehmen meines Vaters gearbeitet, mir Wissen angeeignet und meine Rolle als verlorener Sohn und Teilhaber des Unternehmens gespielt. Doch ich wusste schnell, dass ich seine Arbeitsweise nicht übernehmen wollte.

Anstatt das Unternehmen Stück für Stück auseinanderzunehmen und zu verscherbeln, habe ich einen anderen Weg eingeschlagen und investiere in Start-ups. Anfangs lief das Ganze noch holprig, und die Erfolge fielen eher gering aus. Erst im Laufe der folgenden Jahre habe ich dazugelernt und ein gutes Händchen für Jungunternehmer*innen entwickelt, die ich nun bei der Realisierung ihrer beruflichen Träume unterstütze. Eines meiner Start-ups wurde sogar im *Forbes Magazin* als Durchstarter des Jahres gelobt und das mit einem durch mich gefördertes Konzept.

Meine Sekretärin Blair begrüßt mich mit einer gewissen Anspannung im Gesicht, und ich ahne sofort, was sie mir sagen will. »Mein Vater hat angerufen, oder?«, frage ich, woraufhin sie seufzend nickt. Er macht sie mit seiner autoritären Art nervös. Blair ist eine intelligente, aber stille Person, und ich habe lange nicht gemerkt, dass mein Dad ein rotes Tuch für sie ist. Es hat sie zwei Jahre gekostet, mir das zu sagen, da sie Angst hatte, dass ich es ihr übel nehme. Aber ich komme ja selbst nicht immer mit ihm klar, also habe ich sie beruhigt und ihr versichert, dass sie nicht mehr Zeit als nötig mit ihm in einem Raum verbringen muss. Blair ist die beste Sekretärin, die ich je gehabt habe. Auch wenn sie ein eher stiller Typ ist, ist die Zusammenarbeit mit ihr angenehm, ebenso wie mit dem Rest meiner Mitarbeitenden.

»Er wünscht, Sie bereits heute beim Familientreffen zu sehen.« Ich muss unweigerlich lächeln. Mein Vater versteht die Investor*innentreffen immer noch als freundschaftliche Zusammenkommen, doch meiner Meinung nach trifft das nicht wirklich zu. Hardin hasst mich und war nie daran interessiert, mich näher kennenzulernen, was auch auf Gegenseitigkeit beruht. Dad hat immer wieder versucht, uns zu gemeinsamen Unternehmungen zu animieren, doch er war mit diesem Vorhaben nicht erfolgreich und wird es wohl auch nie sein. Hardin wollte einfach keinerlei Kontakt, und vor allem wollte er Dad und das Unternehmen nicht teilen.

»Wie sieht es mit meinen Terminen aus? Können wir das Treffen mit den Rechtsanwält*innen auf morgen verschieben?«

»Ich war so frei und habe die Kund*innen bereits kontaktiert und nachgefragt, ob es eventuell morgen ginge. Für sie wäre es kein Problem.«

»Vielen Dank, dann machen wir das so. Je eher ich es hinter mir habe, desto besser.« Meine Aussage bringt sie zum Schmunzeln, doch sie räuspert sich schnell und notiert mit ernster Miene etwas auf ihrem iPad. Wir besprechen den heutigen Tag. Es steht einiges an, und ich bin gut ausgelastet, was mir aber nichts ausmacht. Meine Arbeit und alles, was damit verbunden ist, macht mir Spaß, und wenn ich mich manchmal dabei ertappe, zu einem Workaholic zu mutieren, bremse ich mich selbst und mache bewusst eine Pause. Manchmal verbringe ich einfach Zeit im Freien, um den Kopf wieder freizubekommen. Oder ich besuche ein Museum oder eine Galerie.

Während Blair wieder ihrer Arbeit nachgeht, kontrolliere ich noch einmal meine Mails und entdecke sogar eine von meinem Vater, oder besser gesagt von seiner Sekretärin. Ich will schon das Mailprogramm schließen, überlege es mir dann jedoch anders. Vielleicht ist es etwas Wichtiges, das er heute besprechen will, also klicke ich auf die Mail. Diese beinhaltet die Bitte, mir ein Unternehmen anzusehen, das kein Start-up in dem Sinne ist, sondern einfach nur auf Investor*innensuche ist. Ich klicke auf den Link und komme auf die Homepage einer Treuetest-Agentur. Zuerst denke ich, dass Dad sich einen Scherz mit mir erlauben will, doch beim Stöbern auf der Homepage merke ich, dass ich auf einer seriösen Seite gelandet bin. Das Design ist minimalistisch, aber ansprechend, und ich ertappe mich dabei, wie ich nach den Kontaktinformationen und einem Foto der Inhaber*innen Ausschau halte. Doch ich werde enttäuscht.

Außer den Kontaktinformationen und der Adresse werden keine weiteren Informationen angeführt. Doch mein Interesse ist geweckt, da ich die Arbeit von Treuetest-Agenturen sehr wertschätze. Ich erinnere mich an all das Leid, das meine Mutter ertragen musste, weil mein Vater sie nach Strich und Faden betrog, und damals wäre so eine Agentur Mom eine große Hilfe gewesen. Nun sind die Zeiten anders, und darüber bin ich sehr froh.

Da sich das Büro meines Vaters nur eine Straße weiter befindet, verzichte ich selbstverständlich aufs Auto und gehe zu Fuß. Es ist kälter geworden, und die Blätter an den Bäumen sind eine Mischung aus Orange, Braun und Gelb. Es ist herrlich anzusehen, aber die Kälte, die der Herbst mitbringt, mag ich so ganz und gar nicht. Ich beschleunige meine Schritte und trete hastig in das warme Foyer von Baron James & Son. Die Tatsache, dass er den Namen nicht auf Sons ändert, zerfrisst Hardin – auch wenn er es nicht zugeben würde, weiß ich, dass es so ist. Wäre ich der jüngere Sohn, würde es mich auch sehr verletzen, ausgegrenzt zu werden.

Als ich den Besprechungsraum betrete, ernte ich von meinem Vater ein warmes Lächeln, während Hardin keine Miene verzieht. Er zeigt ganz offen, dass er nichts mit mir zu tun haben will, was meinem Vater leider gegen den Strich geht. Doch wenn Hardin sich etwas in den Kopf gesetzt hat, ist es unmöglich, ihn vom Gegenteil zu überzeugen. Ich will Dad die Hand schütteln, doch er zieht mich in eine väterliche Umarmung, was Hardin die Augen verdrehen lässt. Seine Arme ruhen noch auf meiner Schulter, als er mich ansieht und kurz mustert.

»Wie geht es dir, mein Sohn?«, fragt er mich mit seiner tiefen Stimme und klopft mir ein letztes Mal auf den Oberarm.

»Ganz gut. Ich habe wie immer viel zu tun.«

»Das ist mir auch zu Ohren gekommen. Dein Deal mit Zinoa Cosmetics hat große Wellen geschlagen.« Wir haben nicht mehr so viel Kontakt wie damals am College, weil wir beide viel mit der Arbeit beschäftigt sind, aber seitdem ich mich selbstständig gemacht habe, hat er immer ein Auge auf die Artikel, die über mein Unternehmen die Runde machen.

»Ich bin zufrieden, das Team leistet hervorragende Arbeit. Es könnte nicht besser laufen.«

»Hast du meine E-Mail bekommen?«, fragt er mich daraufhin, woraufhin ich mir die Mineralwasserflasche vor mir schnappe und einschenke, um ihn etwas zappeln zu lassen.

»Das habe ich, die Frage ist aber, wieso du sie mir geschickt hast? Es handelt sich um kein Start-up, die sind schon mit beiden Beinen im Geschäft und machen einen seriösen

Eindruck.« Hardin blickt verblüfft zwischen unserem Vater und mir hin und her, was mich darauf schließen lässt, dass er nichts von dieser E-Mail wusste. Die Eifersucht, die wellenartig von ihm ausgeht, ist deutlich zu spüren. Aber er schweigt, zumindest so lange, bis die Wut aus ihm heraussprudelt. Wäre nicht das erste Mal.

»Sie suchen nach Investor*innen und machen ihre Sache offensichtlich gut. Da wäre einiges rauszuholen, wenn man es richtig anpackt.«

»Aber wieso ich? Wäre das nicht interessanter für euch?« Ich sage bewusst euch, da mein Vater seinen zweiten Sohn gar nicht mit ins Gespräch einbezieht. Ich kann ihn zwar nicht ausstehen, aber ich respektiere trotzdem die Arbeit, die er im Unternehmen meines Vaters leistet. Ich trenne Berufliches und Privates.

»Bei diesem Projekt möchte ich ebenfalls investieren, jedoch privat. Du sollst für mich mal auf den Zahn fühlen, ob es sich lohnt, und mir dann Bericht erstatten.« Dass mein Vater in eine Treuetest-Agentur investieren will, ergibt in etwa so viel Sinn wie das Investment eines Diabetikers in eine Schokoladenfabrik.

»Warum um alles in der Welt willst du in ein Unternehmen investieren, das Betrüger auffliegen lässt?«, fragt Hardin plötzlich. Ja meinem Vater hängt sein Ruf noch immer nach, auch wenn er seit der Trennung von Mom keine Beziehung mehr hatte. Zumindest glaube ich das.

»Weil ich es eben will«, lautet seine knappe Antwort, die Hardin zum Verstummen bringt. Ich denke, er würde auch auf einem Bein hüpfen, wenn mein Vater das wollen würde, und das vor dem Rest des Vorstandes, der bei diesen privaten Treffen außen vor ist. Bei den privaten muss ich persönlich erscheinen, bei den anderen Treffen bin ich online dabei.

»Na schön, dann werde ich Blair bitten, einen Termin zu vereinbaren. Danach werde ich dir Bericht erstatten.«

»Mach das. Ich bin gespannt auf deine Einschätzung.«

»Und du willst wirklich nicht über dein Unternehmen finanzieren?« Es ist merkwürdig, dass er mit seinem privaten Einkommen investieren will, obwohl er selbst es mit der Treue nicht so genau genommen hat. Zumindest damals. Mittlerweile sind zwanzig Jahre vergangen, und natürlich kann man sich in dieser langen Zeitspanne durchaus ändern.

»Nein, es fühlt sich richtig an, wenn ich es auf meine Weise mache.« Seine Ehrlichkeit verwundert mich, denn er wirkt beinahe so, als würde ihm diese Agentur oder der Part, dass er sie unterstützen will, viel bedeuten. Doch diese Gedanken werden schnell abgelöst, als er auch schon über die Erfolge und Misserfolge von Baron James & Son berichtet. Mit diesem Ritual beginnen alle Meetings – ob nun privat oder geschäftlich. Ich hole mein Tablet und mache mir Notizen, wenn ich es für nötig erachte, aber heute geht es nur um die Social-Media-Präsenz, die bald anstehende Spendengala und natürlich die Umsätze, die weit über das Ziel hinausgeschossen sind, was Hardin und auch meinen Vater glücklich stimmt.

Ich bin froh, als das Meeting wieder beendet ist und ich nicht länger den kalten Blicken meines Halbbruders ausgesetzt bin. Es ist eine Sache, sich nicht ausstehen zu können, aber eine völlig andere, jemanden so sehr zu hassen, dass man dieser Person eine geschlagene Stunde lang böse Blicke zuwirft. Es ist zwar ein trauriger Umstand, aber ich habe mich mittlerweile dran gewöhnt, kaum ein Wort mit ihm zu wechseln und einen Bogen um ihn zu machen. Mein Vater hat einige Zeit lang versucht, den Vermittler zu spielen. Doch er hat dieses Vorhaben schnell wieder verworfen, denn ihm war klar, dass wir uns einander nur annähern können, wenn wir es auch wirklich wollen.

Heute Abend ist es so weit: Mein bester Freund wird seiner langjährigen Freundin Lola einen Antrag machen. Mikaela und ich sind die Einzigen, die davon wissen. Eigentlich wollte er sie, wie meine Mutter schon richtig geraten hat, an seinem Geburtstag fragen, doch genau an dem Tag fühlte sie sich nicht wohl. Heute ist sozusagen der zweite Versuch. Deshalb befinden wir uns an einem Sonntagabend in einer Bar, wo wir uns gemütlich auf einen Drink treffen wollten. Zwar eine ungünstige Zeit für mich, da ich morgen ein wichtiges Meeting habe, aber für meine Freund*innen nehme ich mir immer Zeit. Sollte ich eines Tages meiner Partnerin öffentlich einen Antrag machen wollen, wäre ich ebenfalls auf die moralische Unterstützung meines besten Freundes angewiesen.

Mikaela und Lola tanzen in der Bar, kippen ein oder zwei alkoholfreie Drinks und stecken uns alle mit ihrer guten Laune an. Da weder Arthur noch ich Tänzer sind, bleiben wir sitzen und gucken den Mädels zu. Dabei kann mein Freund nicht aufhören, neben mir herumzuzappeln.

»Bist du nervös?«, frage ich ihn über die laute Musik hinweg. Die Bar ist heute eher mäßig besucht, was die Atmosphäre entspannter und sein Vorhaben intimer macht. Man hat einen schönen Überblick über die Bar, und die Stimmung ist ausgelassen.

»Siehst du nicht, wie meine Finger zittern? Klar bin ich nervös.«

»Aber wieso? Sie wird bestimmt Ja sagen.«

»Was macht dich da so sicher?«, fragt er mich angespannt und pult am Etikett seiner Bierflasche, das er schon fast vollständig abgekratzt hat.

»Sie liebt dich, das merkt doch jeder.«

»Das ist kein Garant dafür, dass sie meinen Antrag annimmt.«

»Jetzt bist du ganz schön pessimistisch, Mann«, sage ich und verziehe das Gesicht. Er ist sonst nicht so unsicher drauf, sondern strahlt vor Entscheidungsfreude und Zuversicht.

»Du hast keine Ahnung, weil du noch nie wirklich jemanden so geliebt hast wie ich.«

»Wägst du jetzt deine Beziehung mit meinen ehemaligen Freundinnen ab?« Nicht, dass ich es ihm übel nehme, denn da gibt es nicht viel abzuwägen. Ich hatte Freundinnen und Beziehungen, die länger als zwei Jahre gehalten haben, und jede war auf die eine oder andere Weise besonders. Doch in keiner dieser Beziehungen hatte ich das Gefühl, dass ich den Rest meines Lebens mit der Person verbringen wollte.

Sobald uns der Alltag eingeholt hatte, war immer etwas aufgetaucht, was gegen unsere Beziehung gesprochen hatte. Teils auf meiner Seite und noch häufiger auf der der Frau. Zwei haben mich abserviert, weil ich ihnen keinen Ring an den Finger stecken wollte.

»Ja, vielleicht, aber ich meine das nicht böse. Ich will einfach, dass du verstehst, wieso ich drauf und dran bin, in eine Papiertüte zu atmen.«

»Na, dann mal los, Romeo«, sage ich und weise ihn mit einem Kopfnicken an weiterzureden.

»Lola ist alles für mich. Auf körperlicher Ebene verstehen wir uns blind, doch das vergeht mit der Zeit. Wirklich wichtig ist doch, dass die Person an deiner Seite auch dann noch da ist, wenn du am Boden bist. Sollte ich all meinen Reichtum verlieren, weiß ich, dass sie für mich da wäre, wenn ich krank werden würde, wäre sie bis zum Schluss an meiner Seite, und wenn ich Mist baue, in welchem Bereich auch immer, ist sie da und wäscht mir den Kopf. Das macht eine Beziehung, eine Liebe für mich aus. Ich weiß, in unseren Junggesellentagen haben wir die Männer als Weicheier bezeichnet, die ihr ganzes Leben nach einer Frau ausrichten, aber das war alles nur Müll, weil wir es nicht besser wussten.«

»Und jetzt sind wir schlauer?«, frage ich ihn belustigt, denn für mich scheint eine solche Bindung in weiter Ferne zu liegen. Nicht, dass ich sie nicht wollen würde, aber ich kann es mir nicht vorstellen, einer Frau so heftig zu verfallen.

»Ich für meinen Teil ja. Wenn Lola jetzt Nein sagen würde, weil sie vielleicht nicht bereit ist zu heiraten, würde eine Welt für mich zusammenbrechen. Wir lieben uns, doch die Angst, dass sie Nein sagen könnte, ist immer noch da.«

»Dann solltest du dich selbst nicht auf die Folter spannen und sie fragen.«

»Jetzt schon?«

»Wieso warten, wenn du dir so sicher bist? Außerdem kann ich dein Gezappel nicht mehr ertragen«, scherze ich und klopfe ihm aufmunternd auf die Schulter. Es wird Zeit, Nägel mit Köpfen zu machen, denn niemand verdient das Glück mehr als die beiden.

Ich signalisiere Mikaela mit einem Blick, dass Arthur so weit ist, und sie flüstert Lola etwas ins Ohr, woraufhin die beiden wieder an unseren Tisch kommen. Während sich Mikaela neben mich auf die Bank setzt, wendet sich mein bester Freund seiner Herzensdame zu. Er wirkt jetzt noch nervöser als vorher. Doch seine Sorgen sind unbegründet, denn ein Blick zu Lola reicht aus, und ich weiß sofort, dass sie niemals Nein sagen würde, wenn er sie fragt. Vielleicht liegt es an dem Gespräch, das wir gerade geführt haben, aber jetzt sehe ich die tiefe Verbindung, von der er geredet hat.

Als er auf die Knie fällt und den Ring herausholt, überrascht mich Lola damit, dass sie nur einen kurzen Blick auf den Diamantring wirft, dann aber wieder in Arthurs Augen versinkt. Ich schlucke bei diesem Anblick, der auch die Aufmerksamkeit der anderen Menschen in der Bar auf sich zieht. Alle warten gespannt auf ihre Antwort, und als Lola meinen armen Freund schließlich erlöst, bricht Jubel aus, und die ganze Bar gratuliert den beiden. Angetan von all der guten Energie, bestelle ich eine Flasche Champagner. Während wir auf die Flasche und Gläser warten, wendet sich Lola Arthur zu, nimmt eine kleine Geschenkschachtel von Mikaela entgegen und lächelt verlegen. »Ich liebe dich, Arthur. Das war so, als wir jünger waren, das ist heute so, und das wird auch noch andauern, bis wir alt und grau sind. Und weil du mir diese wundervolle Erinnerung geschenkt hast, möchte auch ich dir ein Geschenk machen.« Sie reicht ihm die Schatulle, die er vorsichtig öffnet und deren Inhalt er beäugt. Er blinzelt, dann blickt er von der Box zu Lola und wieder zurück. Tränen sammeln sich in seinen Augen, die ich nicht einmal bei ihm gesehen habe, als er vor ein paar Augenblicken auf die Knie gegangen ist. Lola nickt nur, weint ebenfalls, ehe er das Geschenk auf dem Tisch ablegt, ihre Wangen mit seinen Händen umfasst und sie überschwänglich küsst.

Das Verlangen, den Inhalt zu sehen, ist groß, doch ich bleibe, wo ich bin. »Wir werden Eltern«, ruft Arthur überglücklich aus, und ich erhebe mich hastig, mit geweiteten Augen.

»Wirklich?«, frage ich ungläubig und gehe auf meinen Freund und seine Verlobte zu.

»Ja, ich bin schwanger«, antwortet Lola, ehe ich die beiden in eine feste Umarmung ziehe und selbst feuchte Augen bekomme. Mein bester Freund baut sich gemeinsam mit seiner großen Liebe das Leben auf, das er sich immer gewünscht hat, und ich werde Onkel. Die Tatsache nistet sich nur langsam in meinem Bewusstsein ein.

»Ich werde Onkel! Die nächste Runde geht auf mich«, brülle ich voller Freude und nicke der Kellnerin zu, die den Champagner bereits auf dem Tisch abgestellt hat und jedem eine Flöte reicht. Lola bekommt selbstverständlich ein Glas Orangensaft, sodass wir miteinander anstoßen können. Ich trinke mein Glas in einem Zug aus, darauf folgt das nächste. Wenn heute Nacht kein Grund ist, sich zu betrinken, dann weiß ich es auch nicht.

Am nächsten Tag wache ich auf dem Tisch der Bar auf und blinzle, um meine Augen vor dem fiesen Tageslicht zu schützen. Ich setze mich gerade auf und ächze, als die Schmerzen in meinem Nacken sich zu erkennen geben. Ich habe wohl in der Bar, am Tisch, geschlafen. Ich spüre etwas auf meiner Stirn, was sich als Post-it herausstellt.

War unmöglich, dich wach zu bekommen, du hast um dich geschlagen, weil du einfach schlafen wolltest, deshalb hat dich Maurice am Tisch schlafen lassen.

Das habe ich nun davon. Mein Bartschatten hat sich zu einem Dreitagebart entwickelt, und ich stinke wie ein Fass Whiskey.

Ich lehne mich nach hinten an die Sitzbank und stöhne auf, weil der Montag einfach nicht so läuft, wie ich das will. Aber ich bereue nichts, denn ich werde Onkel. Gestern habe ich stundenlang darüber gefaselt, dass ich das Baby mit Liebe und Aufmerksamkeit überhäufen und immer die coolsten Weihnachtsgeschenke unter den Baum legen werde. Ich bin so aufgeregt, dass ein kleines Lebewesen meine Familie erweitern wird, denn meine besten Freund*innen sind wie Geschwister für mich. Doch die Kopfschmerzen trüben meine Vorfreude etwas, sie stürzen sich auf mich und lassen meine Sicht verschwimmen.

Plötzlich bekomme ich einen heftigen Schreck und blicke auf mein Smartphone. »Verdammte Scheiße«, fluche ich laut, sodass der Kneipenbesitzer lachen muss, der noch am Tresen steht und allem Anschein nach die Abrechnung macht. Da wir uns schon länger kennen, hat er sich wohl gedacht, er tue mir einen Gefallen, indem er mich ausschlafen lässt. Doch das ist eine Katastrophe, denn heute ist der Termin mit der Proof of Love Agency, den meine Sekretärin vor einer Woche ausgemacht hat. Mein Vater liegt mir seit Tagen damit in den Ohren, dass ich mich nach dem Termin gleich bei ihm melden soll, also stufe ich ihn als wichtig ein.

Ich habe noch eine halbe Stunde, wenn ich es pünktlich dorthin schaffen will, den Verkehr bereits eingerechnet. Über meine Aufmachung denke ich gar nicht nach, sondern verabschiede mich kurz von Maurice, dem Besitzer, und springe in das erstbeste Taxi. Ich versuche, meine Haare und meine zerknitterte Kleidung in Ordnung zu bringen, sodass ich vorzeigbar bin. Das war anders geplant. Ich wollte ursprünglich zu Hause bleiben, mich rasieren, mir einen Anzug raussuchen und fit und selbstbewusst zur Agency fahren, doch jetzt komme ich übernächtigt und mit Alkoholfahne daher. Auch wenn ich aus einem erfreulichen Grund getrunken habe, ist das Timing denkbar ungünstig.

Nicht nur, dass mein Vater darauf brennt, meine Einschätzung zum Unternehmen zu hören – ich bin auch selbst neugierig auf das Konzept und die Arbeitsweise. Ich könnte das Meeting verschieben, aber ich bin ein verbissener Geschäftsmann und möchte mir nicht die Blöße geben und so kurzfristig den Termin absagen. Das habe ich noch nie und werde ich auch nicht. Das ist nicht mein Stil. Ich sehe zwar etwas ramponiert aus, aber meine Auffassungsgabe ist wie eh und je, und wenn ich mir meinen vollen Terminkalender so ansehe, weiß ich nicht, wann ich das Meeting sonst einschieben könnte.

Meine Sekretärin hat mir mehrmals gesagt, dass die nächsten Wochen anstrengend werden. Zwar habe ich meine rechte Hand Tyler, der die Termine ebenfalls wahrnehmen kann, aber ich mache meine Arbeit meist selbst und delegiere eher selten. Deshalb kann mich nichts davon abhalten, zur Proof of Love Agency zu fahren. Zum Glück komme ich um fünf vor zehn Uhr an und atme tief durch, ehe ich den Fahrer bezahle und das Gebäude betrete, in dem sich die Agency befindet. Ich bin völlig durchgefroren und stelle erst jetzt fest, dass ich in der Eile meinen Wintermantel vergessen habe.

Im Fahrstuhl blicke ich erneut in den Spiegel und erschrecke ein wenig, denn mein Jackett weist einen Riss oben an der Schulterpartie auf, was natürlich nicht gerade zu meinen Gunsten ausfallen wird. Bevor das Meeting anfängt, werde ich es wohl ausziehen müssen. Die Fahrstuhltüren öffnen sich, und als ich die Etage betrete, melden sich erneut meine Kopfschmerzen.

»Habe ich ganz Manhattan leergesoffen?«, frage ich mich selbst und möchte mir am liebsten selbst in den Arsch treten. Wahrscheinlich ist es besser, heute nur diesen einen Termin wahrzunehmen. Danach werde ich wohl oder übel nach Hause gehen und die anderen Treffen verschieben müssen. Die Dame am Empfang lächelt mich freundlich an und scheint sich über meine Aufmachung nicht zu wundern. Ich beschließe, vor dem Termin noch auf die Toilette zu verschwinden, um zu retten, was noch zu retten ist.

»Schön, dass Sie da sind, Mr James. Darf ich Sie zum Besprechungsraum geleiten?«

»Eigentlich wollte ich …«

»Die Madigan-Schwestern werden natürlich gleich bei Ihnen sein.« Ehe ich es mich versehe, stehe ich auch schon allein in einem Besprechungsraum, dessen eine Wand aus grauen

Backsteinziegeln besteht, die zum Teil von der Leinwand verdeckt wird. Die rechte Seite ist komplett verglast, während die restlichen Wände beigefarbene Tapeten zieren. Es ist ein gemütliches Ambiente, das mich ein wenig an den Meetingraum in meinem Unternehmen erinnert. Direkt werde ich etwas ruhiger. Ich blicke gerade aus dem Fenster, als ich eine Frauenstimme vernehme.

»Was machen Sie hier drin?«, fragt sie perplex, sodass ich mich, verwundert über ihre Worte, umdrehe. Im Türrahmen sehe ich eine attraktive Frau mit schulterlangem blondem Haar. Sie ist mir von Anfang an sympathisch, doch ihr Blick lässt mich schlucken – mir wird schnell klar, dass sie alles andere als erfreut ist, mich hier zu sehen.

5. KAPITEL

Rory

Wieso bin ich nur so nervös?

Ich habe mich stundenlang auf die Präsentation vorbereitet, kann den Text in- und auswendig und habe mir heute sehr viel Mühe gegeben, gut und professionell auszusehen. Ich habe mich für einen cremefarbenen, weit geschnitten Businessanzug mit einer weißen Seidenbluse darunter entschieden. Mein Haar trage ich offen, und ich habe nur etwas Mascara aufgetragen, da ich mich so gut wie nie schminke, außer wenn ich Lust darauf habe. Meine Haut ist zum Glück frei von Unreinheiten, wofür mich meine Schwestern immer beneiden.

Ich achte darauf, dass nichts verläuft, als ich mir die Wangen vor dem Spiegel mit kaltem Wasser betupfe. Ich habe mich im Badezimmer versteckt, damit niemand meinen Nervositätsanfall mitbekommt, aber meine Hände zittern noch immer heftig, auch wenn ich nicht weiß, wieso. Ich atme tief durch und blicke in den Spiegel, als würde ich dort eine andere Person als mich selbst sehen. »Du schaffst das. Chelsea meinte, dass es nicht schlimm wäre, sollte ich es vermasseln. Warum bist du gerade am Hyperventilieren?«, murmle ich zu mir selbst, als bestünde tatsächlich die Möglichkeit, eine Antwort von meinem Spiegelbild zu erhalten. Doch sie bleibt aus. Wenn ich Erfolg haben möchte, muss ich mich zusammenreißen. Heute kann der Beginn von etwas Großartigem sein, und das lasse ich mir von meinen flatternden Nerven nicht nehmen.

»Du schaffst das, Rory«, flüstere ich und baue mich selbst auf, was sonst immer Sierra macht. Meine Zwillingsschwester schafft es stets, mich mit einfachen Worten zu beruhigen. Ich nicke mir selbst zu und fühle mich direkt viel besser, nachdem ich die Worte laut ausgesprochen habe. Dann schnappe ich mir meine kleine Handtasche und will schon in mein Büro gehen, um meine Unterlagen zu holen und die Tasche abzulegen, als ich plötzlich einen Mann im Besprechungsraum entdecke, den ich noch nie gesehen habe.

Komischerweise scheint keiner der anderen Mitarbeitenden ihn zu bemerken. Ich sehe von Weitem, dass er wackelig auf den Beinen ist, als wäre er betrunken. Da ich mir heute keine Patzer erlauben will, gehe ich auf ihn zu, und das, was ich mir schon gedacht habe, wird mir schließlich bestätigt. Er sieht verwahrlost aus und riecht unangenehm nach Alkohol, sein Jackett war mit Sicherheit einmal teuer, ist aber eingerissen. *Wer ist dieser Mann nur?*

»Was machen Sie hier drin?«, frage ich schroff und verschränke die Arme vor der Brust. Bis jetzt habe ich ihn nur im Profil betrachtet, doch als er sich mir zuwendet, runzle ich verwirrt die Stirn. Er sieht aus, als wäre er in meinem Alter, und unweigerlich frage ich mich, was ihm widerfahren ist. Meine harten Worte erschrecken ihn, und sofort tut es mir leid, so abweisend reagiert zu haben, denn er greift sich augenblicklich auf den Nasenrücken, als würde meine laute Stimme ihm Kopfschmerzen bescheren. Ein schlechtes Gewissen macht sich breit, sodass ich tief einatme und versuche, sanftere Töne anzuschlagen.

»Ich wollte …«, setzt er an, doch ich unterbreche ihn und gehe auf ihn zu. Dieser Mann mag ein Fremder sein, aber er sieht nicht gefährlich aus, sondern einfach nur verloren. Und ich werde nicht diejenige sein, die ihn einfach rausschmeißt, weil er sich in unser Büro verirrt hat.

»Es tut mir leid. Ihnen muss kalt sein, und dann fahre ich Sie auch noch so an. Das wollte ich nicht.« Er sieht an sich herab und runzelt die Stirn, als würde er sich für sein Outfit schämen.

»Nun …«, setzt er an, aber er muss es nicht ausführen, ich erkenne jemanden, der meine Hilfe braucht, wenn ich ihn sehe. Ich lege meine Tasche auf dem Tisch ab, nehme mein Portemonnaie heraus und greife nach meinen gesamten Geldscheinen.

»Hier, nehmen Sie das. Es reicht für eine warme Mahlzeit und einen Wintermantel. Bitte, Sie würden mir eine Freude machen.« Perplex blickt er auf die Scheine, die ich ihm in die Hand drücke. Seine Augen wandern zu meinen Händen, die seine streifen. Er kann nicht wissen, dass ich keine Berührungsängste habe.

Schließlich sieht er wieder auf das Geld. »Das sind vierhundert Dollar!«, ruft er aus, als hätte er noch nie eine so hohe Summe gesehen.

»Nicht der Rede wert. Auch wenn ich mich gerne mit Ihnen unterhalten würde, haben wir gleich eine wichtige Besprechung, auf der ich anwesend sein muss. Deshalb würde ich Sie bitten zu gehen.« Diesmal sind meine Worte ruhig und bedacht. Es widerstrebt mir, dass er glauben könnte, ich wolle ihn einfach loswerden.

»Ähm. Okay?«, fragt er verwundert und lässt es zu, dass ich ihn zum Aufzug begleite. Seine Schritte sind zögerlich, und noch immer hält er die Geldscheine mit eisernem Griff fest. Nun macht er tatsächlich einen verlorenen Eindruck. Die Fahrstuhltüren öffnen sich, woraufhin er einsteigt und sich mir wieder zuwendet. In seinem Gesicht sehe ich Verwunderung, aber auch Dankbarkeit und Faszination.

»Passen Sie gut auf sich auf. Vielleicht sehen wir uns eines Tages wieder. Und dann tragen Sie hoffentlich einen Wintermantel, der Sie vor der Kälte schützt.« Dann lächelt er zum ersten Mal, und sein Lächeln ist so ansteckend, dass ich es einfach erwidern muss.

»Mach ich. Danke!«

»Gern geschehen«, antworte ich und winke ihm zu. Auch er hebt langsam den Arm, als schon die Türen zugleiten. Ich atme tief durch und wünsche ihm in Gedanken viel Glück für seine Zukunft. Diese Begegnung war etwas merkwürdig, aber irgendwie hat sie mir dabei geholfen, meine Nervosität ein wenig abzuschütteln. Jetzt sehe ich der Präsentation entspannter entgegen. Trotzdem kann ich es kaum erwarten, sie hinter mir zu haben.

Chelsea, Sierra und ich sitzen im Besprechungsraum und blicken einander an. Es ist schon über eine halbe Stunde vergangen, aber Elijah James glänzt mit Abwesenheit. Dabei hat er den Ruf, sehr professionell und verbissen zu sein, weshalb ich auch ein wenig Bammel vor unserer Begegnung hatte.

»Sollen wir ihn mal anrufen?«, fragt Sierra vorsichtig, da wir alle irgendwie angespannt und nervös sind. Es ist für uns das erste Mal, dass wir nach Investor*innen suchen, und da wäre das ziemlich niederschmetternd, wenn der erste mögliche Anleger uns abserviert, ohne sich unsere Präsentation überhaupt anzuhören.

»Nein, noch nicht. Wir warten ein paar Minuten, und dann werden wir ihm eine Mail schreiben. Vielleicht hat er eine gute Erklärung dafür, und wir vertagen den Termin einfach«, meint Chelsea ruhig, als wäre es keine Frechheit, zu einem Meeting einfach nicht zu erscheinen. Ich koche jedoch innerlich, was vielleicht auch auf meine Enttäuschung zurückzuführen ist.

»Fragt doch mal bei Lindsay nach. Vielleicht wartet er noch am Eingang«, schlägt Sierra vor, als unsere besagte Rezeptionistin auch schon die Glastür öffnet und sich verwundert umsieht.

»Ist Mr James schon gegangen?«, fragt sie und schließt die Tür hinter sich.

»War er denn überhaupt hier?«, will ich wissen, denn ich bin noch immer wütend auf diesen Kerl, der uns warten lässt. Nichts hasse ich mehr, als versetzt zu werden.

»Ja, er war vorhin bereits da, und ich habe ihn in den Besprechungsraum gebracht.«

»Das kann nicht sein, denn da war niemand außer …« Ich verstumme, denn mir ist heute nur ein Mensch begegnet, der kein Teil der Agency ist. Aber das kann nicht sein. Doch eine andere Möglichkeit gibt es nicht. Dieser Mann, den ich als verwahrlost angesehen habe, ist ein möglicher Investor. Oder er kann es zumindest gewesen sein, deshalb brauche ich mehr Informationen.

»Wie hat er denn ausgesehen?« Die Frage kommt mir zu laut und zu panisch über die Lippen. Denn ich werde nervös bei dem Gedanken, einen möglichen Kandidaten für das Investment einfach weggeschickt zu haben. Gleichzeitig bin ich wütend darüber, dass er nichts gesagt hat und einfach mit meinem Geld abgehauen ist.

»Nicht gerade gepflegt, aber ich kannte ja sein Aussehen noch von Interviews, also wusste ich, dass er es ist, wenn auch etwas zerknautscht.« Zerknautscht? Er sah aus, als hätte er in einem Baumstumpf geschlafen. Natürlich sagt das nichts über ihn als Menschen aus, trotzdem ärgert es mich.

»Okay, ich bin schuld«, gebe ich zu und suche den Blick meiner Schwestern.

»Woran?«, will Chels wissen.

»Dass Mr James nicht da ist, haben wir mir zu verdanken. Er war vorhin im Besprechungsraum, und ich war etwas nervös und habe ihn angefahren, was er hier zu suchen hat.«

»Du hast was?«, fragt Sierra und richtet sich kerzengerade auf.

»Er hat völlig hinüber ausgesehen. Seine Haare standen in alle Richtungen ab, er hatte einen Dreitagebart, seine Kleidung war fleckig und sein Jackett zerrissen. Ich dachte, er wolle sich hier nur aufwärmen.« Ich möchte nicht oberflächlich sein, aber wenn ich einen Investor einlade, erwarte ich nicht, dass er verdreckt und verwirrt erscheint.

»Das heißt, du hast ihn angeschrien und rausgeschmissen? Das sieht dir gar nicht ähnlich.« Chelsea schenkt sich ein Glas Wasser ein und trinkt einen Schluck, während sie auf meine Antwort wartet.

»Nein, ich habe ihm Geld gegeben, damit er sich etwas zu Essen kaufen kann, und habe ihn bis zum Aufzug begleitet, weil wir ja mit dem Meeting anfangen wollten. Wie konnte ich ahnen, dass er der mögliche Investor sein könnte?«

»Offensichtlich war er es, und jetzt liegt es an dir, dich bei ihm zu melden und ihn erneut einzuladen«, antwortet Chelsea und sieht mich eindringlich an. Sie ist ganz und gar nicht zufrieden damit, wie alles gelaufen ist, und ich noch weniger.

»Und dich bei ihm zu entschuldigen«, fügt Sierra noch an, doch ihre Worte machen mich wütend. Okay, ich habe ihn rausbeordert, aber er hätte die Sache auch direkt klarstellen können.

»Hmm«, antworte ich, aber in Gedanken bin ich mir nicht sicher, ob nicht eigentlich er derjenige ist, der sich entschuldigen sollte.

»Rory? Ist alles in Ordnung?« Ich spüre eine Hand auf meiner Schulter und erschrecke, weil mich Min-Ah aus meinen Gedanken reißt, die sich alle um einen fiesen Typen gedreht haben, der vorgegeben hat, etwas zu sein, was er nicht ist.

»Klar, alles bestens. Wieso?«, frage ich, da ich in den letzten Minuten völlig in meinem Kopf abgedriftet bin. Das kommt normalerweise eher selten vor.

»Wir wollten dein Okay für die Freigabe für das Layout für den Social-Media-Post, aber du hast uns nicht gehört.«

»Entschuldigt, mich beschäftigt etwas. Schickt es mir gerne schon, ich sehe es mir gleich an, dann könnt ihr weiterarbeiten.«

»Super, danke dir. Und wenn du über dein Dilemma reden möchtest, wir sind da«, antwortet Min-Ah und deutet mit dem Kinn auf die anderen zwei in unserem Gespann. Dean und Wyatt salutieren und bringen mich mit der Geste zum Schmunzeln. Ich liebe diese Quatschköpfe, mit denen ich die beste Arbeit abliefere und die zu engen Freund*innen geworden sind.

»Hmm, ich weiß nicht, ob ich euch von meinen Problemchen erzählen sollte, denn sonst lacht ihr mich sicher aus.«

»Geht es darum, dass du unseren Investor nicht erkannt und ihn aufgrund seines Aufzugs rausgeschmissen hast?«, fasst es Wyatt kurz und knapp zusammen. Ich verdrehe die Augen und würde mich am liebsten unter dem Tisch verkriechen.

»Jap, genau darum geht es«, sage ich nickend und kratze mich am Hinterkopf.

»Du hast nicht die Security gerufen, als du ihn entdeckt hast, und das ist dir hoch anzurechnen. Würde ich eine betriebsfremde Person in unseren Räumlichkeiten sehen, dann wäre das meine erste Reaktion«, meint Dean nachdenklich und blickt an die Decke, als würde er sich vorstellen, selbst in eine solche Situation zu kommen.

»Ist das nicht ein bisschen zu drastisch?«, frage ich in die Runde, doch alle Anwesenden schütteln den Kopf. Okay, es ist interessant, wie unterschiedlich andere auf die Situation reagiert hätten, doch auch wenn es peinlich wird, wenn ich ihn anrufe und nochmals einlade, bin ich froh darüber, herzlich mit ihm umgegangen zu sein. Nicht, weil ich auf seine Investition hoffe, sondern weil ich die Art von Mensch bin, die jedem, unabhängig vom Äußeren, eine Chance gibt.

»Gut, dann lassen wir jetzt dieses Thema und gehen unserer Arbeit nach, okay?«, sage ich hoffnungsvoll, da ich nicht mehr darüber reden, geschweige denn darüber nachdenken möchte. Die Arbeit lenkt mich hervorragend ab, sodass die Begegnung keinen Raum mehr in meinem Kopf hat.

Nach dem Mittagessen sieht das allerdings wieder anders aus. Ich sitze schon seit Längerem wieder in meinem Einzelbüro und starre das Telefon an. Nun ist es an mir, Elijah James anzurufen und ihn erneut um einen Termin zu bitten. Ich hätte auch Lindsay darum bitten können, doch ich sehe ein, dass ich mich entschuldigen muss, wenn ich eine Chance haben möchte, ihn für unsere Sache zu gewinnen.

Ich wähle die Nummer, die Lindsay mir notiert hat, und nach dem zweiten Klingeln meldet sich eine helle Stimme. »James Investment Holdings. Mein Name ist Blair, was kann ich für Sie tun?«

»Guten Tag, Aurora Madigan am Apparat. Kann ich Mr James sprechen? Es geht um unseren Termin heute Morgen.«

»Das tut mir leid, Mr James ist nicht im Büro und hat alle Termine für heute abgesagt. Darf ich einen Rückruf notieren?« Er ist nicht da? Laut meinen Recherchen ist Elijah James ein wahres Arbeitstier, und da wundert es mich stark, dass er heute nicht im Büro anzufinden ist.

»Das wäre wunderbar. Er soll sich einfach bei mir melden, sobald er wieder da ist.«

»Soll er eine bestimmte Durchwahl nutzen? Oder reicht die Nummer, die mir angezeigt wird?«

»Diese Nummer ist ausreichend, die wird auf mein Smartphone weitergeleitet.«

»Ist notiert. Darf ich sonst noch etwas für Sie tun?«

»Nein, danke, das war es schon.«

»Gern geschehen. Auf Wiederhören, Miss Madigan.«

»Bye«, sage ich und lege auf. Ich bin nicht sonderlich traurig, dass er nicht da war, denn so kann ich endlich meiner Arbeit nachgehen, ohne dass dieser Mann in meinem Kopf herumspukt.

6. KAPITEL

Elijah

Wie lange ist es her, dass ich einen Tag blaugemacht habe? Das ist eine gute Frage, denn ich kann mich beim besten Willen nicht mehr erinnern. Ich bin so gewissenhaft, dass ich zu Hause bleibe, wenn ich krank bin, damit ich mich auskuriere und niemanden anstecke. Aber einfach die Termine zu verschieben, damit ich mich daheim ausschlafen kann? Das hier ist wirklich ein Highlight, das bitter nötig war. Nachdem diese Frau aus der Agency mich zum Fahrstuhl eskortiert hat, bin ich noch einige Minuten einfach dagestanden und habe auf das Geld in meiner Hand geblickt.

Wer ist die Frau, dass sie einem Wildfremden, der weder gut riecht noch einen gepflegten Eindruck macht, so viel Geld in die Hand drückt, damit er sich etwas zum Essen kaufen kann? Ich glaube stets an das Gute im Menschen, so wie es mich meine Mutter gelehrt hat, doch sobald man sich in bestimmten Kreisen bewegt, kann es sehr wohl passieren, dass gewisse Werte in Vergessenheit geraten. Das wird mir durch unsere Begegnung bewusst, denn ich hätte mich womöglich falsch verhalten, während die unbekannte, faszinierende Frau alles richtig gemacht und sich mir gegenüber respektvoll gegeben hat. Wer sie auch war, sie hat einen bleibenden Eindruck bei mir hinterlassen.

Weil ich müde und verkatert war, bin ich einfach gegangen, anstatt wieder zurückzugehen und alles richtigzustellen. Nachdem ich vier Stunden geschlafen habe, stelle ich fest, dass ich drei Anrufe von meinem Vater verpasst habe. Ich gähne ausgiebig, gehe ins Badezimmer, um mir kaltes Wasser ins Gesicht zu schütten und munterer zu werden, ehe ich mich in meinen Chefsessel setze und die Nummer meines Vaters wähle.

»Da bist du ja. Hattest du ein Meeting?«, fragt er mich gut gelaunt. Im Hintergrund höre ich Papier rascheln.

»Nein, hatte ich nicht. Ich habe mir spontan freigenommen und habe zu Hause etwas geschlafen.«

»Geht es dir gut?«, fragt er besorgt, da auch er weiß, dass so ein Fall noch nie eingetreten ist. Sollte ich mir Sorgen machen, weil es so selten vorkommt, dass ich mir spontan freinehme? Ja, ich arbeite gerne und liebe das, was ich tue, aber vielleicht sollte ich mir einmal in zwei Wochen wirklich einen Tag für mich nehmen. Es könnte meiner mentalen Gesundheit guttun, auch wenn ich mich nicht überlastet fühle.

»Alles bestens. Ich hatte nur eine lange Nacht und brauche noch etwas Schlaf.« Das ist die Wahrheit, aber ich nehme mir vor, mit Blair meine Termine durchzugehen und sie so zu managen, dass ich einen zusätzlichen Tag Freizeit habe.

»Gut, gut. Obwohl, warte mal. Hattest du heute nicht das Treffen mit der Treuetest-Agentur?« Sein reges Interesse an dieser Agentur macht mich langsam stutzig. Es ist eher untypisch für ihn, dass er sich in eine Firma reinhängt, die er nicht weiterverkaufen kann.

»Da es mir nicht gut ging, habe ich den Termin verschoben.« Zu genau muss er es nicht erfahren. Es ist auch so schon peinlich genug, dass ich mich so von der Frau im Besprechungsraum habe ablenken lassen, dass ich einfach gegangen bin. Ich weiß nicht, wer sie ist, aber offensichtlich wusste sie von dem

Meeting. Ich möchte mir gar nicht ausmalen, wie unangenehm es für mich werden wird, wieder hinzugehen und alles klarzustellen.

»Na schön, wenn das so ist, melde dich, wenn du weitere Informationen hast. Dieses Projekt interessiert mich besonders.«

»Willst du mir immer noch nicht sagen, wieso du so scharf darauf bist, dass ich mir diese Agency ansehe?« Normalerweise würde er gleich mit der Tür ins Haus fallen, aber diesmal hält er sich bedeckt, was die Hintergrundinformationen angeht.

»Da gibt es nichts zu erzählen. Es geht ums Business, wenn Geld im Spiel ist, muss ich auf dein Urteil als Unternehmer vertrauen.« Dass er mir so viel Vertrauen schenkt, zeigt mir, welche Fortschritte wir in den letzten zwölf Jahren gemacht haben. Als er in meinem ersten Collegejahr den Kontakt mit mir suchte, wollte ich nichts mit ihm zu tun haben. Und nun arbeiten wir zusammen. Ich respektiere ihn als Vorgesetzten und habe ihn als Vater wieder liebgewonnen, auch wenn ich nie gedacht hätte, dass es so kommen würde.

»Ich muss auch schon wieder los. War schön, mit dir zu plaudern. Pass auf dich auf«, sagt er in Eile, und ich höre seinen ledernen Bürostuhl knarzen.

»Mach ich. Bye und viel Erfolg heute.«

»Danke, mein Sohn.«

Mein Sohn.

So hat er mich immer genannt, als ich ein Kind war. Als meine Mom und er glücklich verheiratet waren und er nicht das Bedürfnis hatte, andere Frauen zu treffen. Wir hatten damals nicht viel Geld, aber das war auch nicht wichtig. Für mich war es genug, meine Eltern glücklich zu sehen. Bei unserem Gespräch meinte mein Vater, dass mit dem Erfolg auch sein Ego gewachsen sei und er geblendet war von dem Reichtum und der Attraktivität, die er plötzlich auf andere Frauen ausstrahlte.

Dass er meine Mutter betrogen hat, war der größte Fehler seines Lebens, aber diese Erkenntnis kam zu spät. Als er uns verlor, war nichts mehr, wie es war. So lauteten seine Worte. Ich hätte ihm fast nicht geglaubt, doch seine Augen sagten mir, dass es die Wahrheit war. Ich glaube, dass er es wirklich bereut und dass er seitdem keine Beziehung eingegangen ist, weil niemand meine Mom ersetzen kann. Aber ob das wirklich so ist, hat er nie gesagt. Er meinte zwar, dass er Kontakt mit meiner Mutter hat, doch weiter ins Detail ist er nicht gegangen. Das ist auch okay, denn mit diesem Thema verbinde ich immer noch einen gewissen Schmerz, an den ich ungern zurückdenke.

Der Vorteil an meinen Wohnverhältnissen ist, dass ich jederzeit ins Fitnessstudio gehen kann, ohne das Gebäude zu verlassen. Mein Kopf wird immer klarer, nachdem ich etwas Vernünftiges gegessen, eine Schmerztablette gegen meine Kopfschmerzen genommen und viel getrunken habe.

Sobald ich meine Gedanken etwas geordnet habe, wird mir bewusst, wie verantwortungslos es von mir war, mich am Abend vor einem wichtigen Meeting zu betrinken und es derart eskalieren zu lassen. Eigentlich wollte ich nur einen Drink, doch die Verlobung und die Tatsache, dass Arthur und Lola ein Baby bekommen werden, haben mich euphorisch werden lassen. Arthur und Mikaela sind wie Geschwister für mich. Ich sehe Arthurs Glück so direkt vor mir. Wie er am Altar mit Tränen in den Augen auf Lola warten wird. Wie Lolas Bauch wachsen und sie ein wunderschönes Baby zur Welt bringen wird.

Ich liebe Kinder, spiele mit jedem Kind auf Familienfeiern meiner Freund*innen und halte Babys, weil ich es einfach mag. Da meine Familie leider klein ist, schleppen mich meine Freund*innen gern mit zu allen möglichen Feiern. Mittlerweile kenne ich fast alle Familienmitglieder beim Namen. Und ich weiß jetzt schon, dass wir das Kind von Lola und Arthur mit Liebe überschütten werden.

Mein Körper lechzt nun nach Bewegung und Action. Mit meiner Sporttasche betrete ich den Trainingsraum und seufze erleichtert, da ich heute wohl der Einzige in den Räumlichkeiten bin. Ich lege meine Tasche ab und gehe zum Laufband, um langsam zu starten und mich dann aufs Krafttraining zu konzentrieren, denn ich liebe es, mich selbst zu pushen und an meine körperlichen Grenzen zu gehen.

Mit einem Brüllen gebe ich schließlich auf und lege mich auf den Boden, wo ich keuchend nach Atem ringe. Meine Muskeln schmerzen, und beinahe bereue ich es, mit einem Kater trainiert zu haben, doch die körperliche Anstrengung hat auch etwas Gutes. Ich fühle mich lebendig und zufrieden. Nach einigen Augenblicken rappele ich mich wieder auf und greife nach meiner Wasserflasche, um einen kräftigen Schluck zu trinken. Ich schüttle den Kopf, um den Schweiß in meinem Gesicht und Haar loszuwerden, und blicke auf meine Smartwatch, die mir eine neue E-Mail von Blair anzeigt. Betreff: Aurora Madigan bittet um einen Rückruf. *Aurora?* War sie diejenige, der ich in der Agency begegnet bin? Der Name passt zu ihr. Selbstbewusstes Auftreten, ein attraktives Lächeln, und ihr Duft war eine Mischung aus leichtem, blumigem Parfüm und ihrem Eigengeruch, der für mich noch anziehender wirkt. Ihr schulterlanges blondes Haar lässt sie jung aussehen, weshalb es mir schwerfällt, ihr Alter einzuschätzen. Die großen, blauen Augen blickten mich anfangs skeptisch, später aber freundlicher an, und auch ihre Haltung hat sich während unseres kurzen Aufeinandertreffens verändert. Es ist interessant, dass ich mich trotz meines Zustandes an so viele Details unserer Begegnung erinnern kann.

Ich wische mir mit einem Handtuch Gesicht und Hände ab, ehe ich mir meine Sporttasche schnappe und direkt auf den Fahrstuhl zusteuere. Ich habe mich noch nie wohl dabei gefühlt, mich in einer Gemeinschaftsdusche zu waschen, und bevorzuge meine eigene. Nachdem ich wieder sauber bin, ziehe ich Unterwäsche und Jogginghose an und schnappe mir mein Smartphone, um es mir auf der Couch gemütlich zu machen. Ich öffne die E-Mail von Blair, kopiere mir die Telefonnummer und werfe einen Blick auf die Uhr. Die Dunkelheit draußen hätte es mir schon verraten sollen, doch nun stelle ich fest, dass es bereits sechs Uhr abends ist. Kurz denke ich darüber nach, den Rückruf auf morgen zu verschieben, aber ich bin nun mal ein Mensch, der seine To-dos am liebsten sofort erledigt.

»Rory Madigan«, begrüßt mich die weiche Stimme der Frau, der ich heute Vormittag schon begegnet bin. Ich weiß nicht wieso, aber ich erkenne ihren Klang sofort wieder.

»Aurora Madigan?«, frage ich zur Sicherheit nach, da ich mir nicht erneut einen peinlichen Patzer erlauben will.

»Am Apparat.«

»Das ist gut, hier spricht Elijah James.«

»Ah«, antwortet sie. Der Tonfall macht mich etwas stutzig, da es ein wenig so klingt, als würde sie sich nicht gerade über meinen Anruf freuen.

»Sie haben um einen Rückruf gebeten. Ich nehme an, es geht um einen neuen Termin?«

»Das tut es unter anderem. Wir würden Sie gern erneut in unserer Agentur willkommen heißen.« Ihre Worte sind freundlich, doch ich habe das Gefühl, als würde es sie Kraft kosten, sie auszusprechen. Als würde sie sie überhaupt nicht sagen wollen.

Seitdem ich offenbart habe, wer ich bin, benimmt sie sich kühl mir gegenüber, anders als bei ihrer Begrüßung am Anfang.

»Ich komme sehr gern vorbei, meine Sekretärin wird sich morgen früh erneut mit Ihnen in Verbindung setzen und einen Termin vereinbaren.« Danach ist es eine Weile still, weshalb ich kurz fürchte, sie könnte schon aufgelegt haben. Doch ich höre ihren schnellen Atem.

»Wäre das in Ordnung für Sie?«

»Das wäre es«, sagt sie gepresst, und ich frage mich schon, was mit ihr nicht stimmt, bis mir wieder einfällt, wie unsere erste Begegnung abgelaufen ist. Natürlich erwartet sie hier mehr als ein geschäftliches Gespräch. *Wieso habe ich das nicht gleich erkannt?*

»Miss Madigan. Bitte verzeihen Sie mein Verhalten heute Morgen. Für Verwirrung zu sorgen und dann einfach zu gehen, war nicht meine ursprüngliche Absicht.«

»Sie hätten etwas sagen und sich ausweisen können.«

»Ich befürchte, zu rationalem Denken war ich nicht in der Lage. Es war eine lange Nacht.«

»Das habe ich gerochen«, sagt sie und schnappt daraufhin nach Luft, als würde es sie schockieren, dass sie diese Worte laut ausgesprochen hat.

»Verzeihung, das wollte ich nicht sagen.«

»Nicht? Für mich hat es ehrlich geklungen.«

»Ehrlichkeit ist etwas, was ich gerne praktiziere. Das Gleiche erwarte ich auch von meinem Gegenüber.« Oh, sie ist ziemlich angepisst wegen heute Morgen, so viel ist schon mal klar.

»Meine Gedanken und das, was ich von mir gebe, sind zwei Paar Schuhe. Bitte verzeihen Sie, Mr James.«

»Ich bevorzuge es, wenn Menschen aussprechen, was sie denken.«

»Im privaten Rahmen wäre das auch in Ordnung, doch

wenn es ums Geschäftliche geht, wird Ihnen niemand immer die ehrliche Meinung ins Gesicht sagen.« Okay, dieses Gespräch wird mit jeder Minute interessanter. Sie scheint es darauf anzulegen, mich aus der Reserve zu locken.

»Wirklich? Was macht Sie da so sicher?«

»Die Menschen, mit denen wir in unserem Berufsleben zu tun haben, wollen auf die oder andere Weise etwas von uns. Da wird niemand Ihnen sagen, dass Sie zugenommen haben oder unangenehm riechen.«

»Punkt für Sie. Trotzdem erhoffe ich mir, dass Sie wenigstens offen darüber reden können, was Sie an mir stört.«

»Dafür kann ich nicht garantieren.«

»Wie schade, und ich dachte, dass ich in Ihnen eine zukünftige Geschäftspartnerin gefunden habe, mit der ich keine steifen Gespräche führen muss.«

»Tut mir leid, Sie enttäuschen zu müssen, aber ich trenne Privates und Berufliches.«

»Ich tue das ebenso.«

»Nun, dann kam es für mich wohl anders rüber, Mr James.«

»Sie können mich Elijah nennen.«

»Mr James, ich hoffe, Sie bald wieder bei uns begrüßen zu dürfen.« Natürlich würde sie mich nicht beim Vornamen nennen, das passt nicht zu der Einstellung, mit der sie mir gerade gegenübertritt. Auch wenn das hier weit von einem Gespräch unter Unternehmer*innen entfernt ist, genieße ich den Schlagabtausch.

»Sollten wir uns nicht vorher auf einen Kaffee treffen?«, frage ich stattdessen und lehne meinen Kopf gegen das Kopfende des Sofas. Ich höre sie empört nach Luft schnappen. Offensichtlich lande ich mit meiner Frage einen Treffer.

»Wie bitte? Sie wollen ein privates Treffen mit mir?« Sagt sie zwar, doch eigentlich meint sie: *Hast du sie noch alle, James?*

»Ja, immerhin muss ich Ihnen das Geld wieder zurückgeben.«

»Oh, das können wir natürlich alles in der Agency besprechen, nachdem Sie sich unser Konzept angehört haben.«

»Da wären wir aber nicht unter uns. Immerhin haben Sie Mitarbeitende, und die sollten doch nicht erfahren, was passiert ist, oder?«

»Die wissen es schon längst. Ich war die Lachnummer des Tages, weil ich Sie nicht erkannt habe.«

»Glauben Sie mir, selbst meine eigene Mutter hätte Schwierigkeiten gehabt, mich heute Morgen zu erkennen.«

»Soll mich das etwa aufheitern?«

»Nur, wenn Sie möchten«, antworte ich lässig und verkneife mir ein Lächeln. Wer hätte gedacht, dass ich Gefallen daran finden würde, Aurora Madigan aufzuziehen?

»Sie machen es mir nicht leicht, ruhig zu bleiben, Mr James.«

»Ach ja? Dann gibt es noch eine Sache, für die ich mich bei unserem Kaffee entschuldigen muss.«

»Kein Kaffee«, zischt sie, und ich höre an ihrer Stimme, dass sie sich richtig zusammenreißen muss.

»Wenn Sie darauf bestehen, können wir auch Tee trinken, manchmal bin ich sogar der cremige Kakao-Typ«, sage ich und höre am anderen Ende ein Schnauben.

»Schön für Sie. Wie gesagt, ich freue mich auf Ihren Besuch bei uns, bis dahin wünsche ich Ihnen einen schönen Abend.«

»Danke, ebenfalls. Es war mir eine Freude und ein Vergnügen, mich mit Ihnen zu unterhalten«, antworte ich und lächle in mich hinein.

»Hmm. Na dann«, murmelt sie, und ich schwöre, ich kann ein geflüstertes *Was auch immer* hören, ehe sie auflegt und ich loslache. Es war mit Sicherheit nicht meine Absicht, dieses Gespräch in einen privateren und lockeren Rahmen zu lenken.

Es ist einfach passiert. Nachdem wir ein paar Sätze miteinander gewechselt hatten, wollte ich nicht, dass das Gespräch zu schnell endet. Woran es lag, weiß ich nicht, aber das Gefühl, sie länger in der Leitung halten zu wollen, konnte ich nicht abschütteln.

Nach dem Gespräch schiebe ich das Smartphone weg und lege mir den Arm über die Augen. Aurora hat auf jeden Fall etwas Anziehendes an sich. Nicht im körperlichen Sinne, schließlich bin ich ihr erst ein Mal begegnet, sondern menschlich. Ihre weiche Stimme, ihr Sarkasmus und Humor. Sagen wir es mal so, sie ist genau der Typ Mensch, den ich mag. Deshalb habe ich sie zum Kaffee eingeladen. Weil ich sie besser kennenlernen will, auch wenn diese Gedanken in meinem Berufsleben völlig fehl am Platz sind.

Eine Woche später steige ich erneut in den Fahrstuhl, der mich zur Agency bringt, blicke auf mein Spiegelbild und bin zufrieden mit dem, was ich sehe. Die ganze Woche habe ich mich unter Arbeit begraben, doch ab und an haben sich Aurora Madigan, unsere Begegnung und das Telefongespräch in meine Gedanken geschlichen. Jedes Mal ließ mich die Erinnerung an sie schmunzeln, und die Vorfreude auf diesen Termin stieg. Als die freundliche Dame am Empfang mich erkennt, lächelt sie und kommt auf mich zu. Wie schon beim letzten Mal weiß sie sofort, wer ich bin, nur dass mein Anblick heute gepflegter ist als vor ein paar Tagen.

»Mr James. Schön Sie wiederzusehen. Darf ich Sie in den Besprechungsraum begleiten? Die CEOs warten dort bereits auf Sie.«

»Gerne«, antworte ich und stelle fest, dass ihre Begrüßung damals wie heute warm und herzlich ist. Sie ist eine exzellente Empfangsdame, sodass ich das Gefühl habe, hier wirklich willkommen zu sein. Laut meinen Recherchen über die

Agentur wird hier Emanzipation großgeschrieben, da nicht nur die Inhaberinnen weiblich sind, sondern auch zwei Drittel der Belegschaft. Im Besprechungsraum finde ich drei junge Frauen vor, die sich augenblicklich erheben, als ich eintrete. Aurora reckt das Kinn, als sie mich erblickt, doch ihr Lächeln ist echt.

»Guten Morgen, Mr James. Schön, Sie wiederzusehen«, sagt sie freundlich und kommt auf mich zu, um mir fest die Hand zu schütteln. Ihr Duft nach Frühlingsblumen umweht mich, doch sie löst sich schnell von mir und deutet mit der Hand auf die Frau, die am Kopfende des Tisches sitzt.

»Das ist meine Schwester Chelsea und die Inhaberin der Proof of Love Agency.« Chelsea Madigan ist der Typ Frau, der mir in meiner Branche sehr oft begegnet. Zielstrebiger Blick, professionelles Auftreten und perfekt sitzendes Outfit. Ihr rotes Haar hat sie zu einem Dutt zusammengebunden, sodass sie ein wenig wie eine Ballerina wirkt. Wir schütteln einander die Hände, ehe wir uns der letzten Dame in der Runde zuwenden.

»Das ist unsere Schwester Sierra. Sie ist für das Personalmanagement und für die Verwaltung der Treuetestung zuständig«, klärt mich Chelsea auf, und auch ihr reiche ich die Hand. Sie hat kaffeebraunes, leicht gewelltes Haar, das ihr bis zur Brust fällt, und warme bernsteinfarbene Augen, die mir nichts als Freundlichkeit vermitteln. Im Gegensatz zu ihren Schwestern trägt sie ein Casual Outfit aus locker sitzendem Pulli zu Jeans und Sneakers. Die drei wirken auf mich auf Anhieb sympathisch und kompetent, was ein guter Start in eine mögliche Geschäftsbeziehung ist.

»Es freut mich sehr, Sie alle kennenzulernen«, antworte ich wahrheitsgemäß und setze mich auf den mir zugewiesenen Stuhl, von dem aus ich einen guten Blick auf Aurora habe, die nun neben dem Beamer steht und eine eher kühle Haltung eingenommen hat. *Oder ist sie nervös?* Es fällt mir schwer, das zu beurteilen.

»Dürfen wir Ihnen einen Kaffee anbieten?«, fragt mich Sierra freundlich, doch ich schüttle den Kopf.

»Nein, danke, ich habe vorhin eine Tasse getrunken.« Dass ich heute bereits vier Tassen getrunken habe, bevor ich um zehn Uhr vormittags hierhergekommen bin, müssen sie ja nicht wissen. Wir sitzen an einem ovalen Tisch, der so ausgerichtet ist, dass wir alle einen guten Blick auf die Leinwand haben, die mich persönlich begrüßt. Vor jedem belegten Platz sind Gläser, eine Flasche Mineralwasser und eine Flasche Orangensaft, doch meine Aufmerksamkeit liegt auf Aurora Madigan, die heute einen Bleistiftrock zu pastellrosafarbener Bluse und Heels trägt.

»Zunächst möchte ich mich nochmals für das Missverständnis von letzter Woche entschuldigen«, sage ich, bevor wir anfangen, über das Geschäft zu reden. Es ist mir ein Anliegen, diese Sache nochmals auf den Tisch zu bringen, damit sie danach ein für alle Male geklärt ist.

»Ja, wir haben schon von Rory gehört, dass sie Sie sozusagen sanft aus dem Büro eskortiert hat«, meint Chelsea und kann sich ein Grinsen nicht verkneifen. Sie musste wegen des Vorfalls wohl einige Witze über sich ergehen lassen. Aber Aurora, oder Rory, wie sie sich am Telefon anfangs gemeldet hat, scheint das nichts auszumachen.

»Sanft und um vierhundert Dollar reicher«, sage ich und stimme in das Lachen der Ladys ein.

»Vierhundert?«, fragt Sierra erstaunt.

»Wussten Sie das nicht?«, frage ich neugierig und sehe zu Rory, die mich anschaut, als wüsste sie nicht, ob sie lachen oder mich erneut rausschmeißen soll.

»Doch«, meint Chelsea kichernd. »Aber dass es so eine hohe Summe ist, hat sie uns verschwiegen.«

»Ich nehme mich eben der ärmeren Bevölkerung New Yorks an«, meint sie, und ich sehe den Schalk in ihren Augen aufblitzen. Oh, Rory Madigan ist definitiv eine Frau mit Feuer, und sie hat mir nicht verziehen, egal was ich auch sage.

»Wie schon erwähnt, es war ein Missverständnis«, sagt Chelsea augenblicklich. Auch ihr ist das Lodern in den Augen ihrer Schwester wohl nicht entgangen.

»Stimmt, aber es hat mir gezeigt, dass Miss Madigan ein warmherziger Mensch ist. Und wenn ich in ein Unternehmen investieren möchte, hat der menschliche Eindruck für mich mehr Bedeutung als der geschäftliche.«

»Da bin ich anderer Meinung«, meint Rory und reckt das Kinn in die Höhe, was ihren Schwestern aber ganz und gar nicht zu gefallen scheint, denn sie versteifen sich augenblicklich. Doch die Augen der Frau neben dem Beamer sind auf mich gerichtet. Es ist so leicht, sie auf die Palme zu bringen.

»Ach ja?«

»Ja. Das Konzept und die Geschäftsbeziehung sind wichtiger für das Unternehmen, da kann es egal sein, ob die Geschäftsführerin ein sympathischer Mensch ist oder nicht. Am Ende kommt es darauf an, gute Arbeit abzuliefern.«

»Auf menschlicher Ebene zu harmonieren verbessert aber das Verhältnis zueinander.«

»Ansichtssache«, antwortet sie, doch weitere Aussagen werden im Keim erstickt, als sich Chelsea räuspert und Rory wieder bewusst zu werden scheint, dass wir beide nicht allein in diesem Raum sind.

»Nun, dieses Thema sollten wir vielleicht beenden, denn wir haben ja aus einem anderen Grund zusammengefunden.

Deshalb möchte ich Sie herzlich willkommen heißen bei der Proof of Love Agency.« Sie drückt auf ihrer Fernbedienung herum, und das nächste Sheet ihrer Präsentation erscheint.

»Unser Unternehmen testet die Treue der Partner*innen unserer Klient*innen, in einigen Fällen lassen wir durch qualifizierte Detektiv*innen testen, ob bereits fremdgegangen wird. Dabei gibt es unterschiedliche Vorgehensweisen. Zuerst führen wir ein langes Gespräch mit den Personen, die uns aufsuchen. Dabei ist die wichtigste Frage von allen, ab wann der eigentliche Betrug für sie beginnt. Bei manchen Menschen ist es bereits der Nachrichtenaustausch mit jemand anderem, bei manchen ist es das Versenden eindeutiger Bilder oder die Verleumdung der Partnerschaft. Alle Informationen werden von uns gespeichert, die Zielperson analysiert, ehe sich jemand dransetzt, um die Treue zu überprüfen. Bei uns gilt die eiserne Regel, dass Körperkontakt, der über ein Händeschütteln oder eine freundschaftliche Umarmung hinausgeht, verboten ist.« Sie erzählt noch etwas ausführlicher, wie eine Testung aussieht und was danach passiert, ehe sie zur Geschichte des Unternehmens übergeht.

»Chelsea wollte vor vier Jahren ein Unternehmen gründen, damit Menschen, die an der Treue ihres Partners oder ihrer Partnerin zweifeln, die Möglichkeit bekommen, sich Klarheit zu verschaffen. So wurde die Proof of Love Agency ins Leben gerufen, und mittlerweile sind wir die beliebteste Agentur New Yorks.« Sie beginnt über die Konkurrenz zu erzählen und nennt die Punkte, in denen sich ihr Unternehmen von anderen Agenturen unterscheidet. Ich stelle fest, dass mir gefällt, was ich höre und sehe. Die Präsentation ist schlicht gehalten, nicht zu überladen, und die Zahlen sowie das, was die Agentur ausmacht, wecken tatsächlich mein Interesse. Dieses Unternehmen hat Potenzial, das ist schnell zu erkennen.

Auch wenn ich der Präsentation aufmerksam folge, komme ich nicht umhin, Rory zu mustern. Dass sie gut aussieht, steht außer Frage, aber es sind ihre angenehme Stimme und fröhliche Art, die mich aufmerksam auf sie machen. Sie hat eine Stimme, der man gerne lauscht, ähnlich wie bei Radiomoderator*innen oder Schauspieler*innen.

Sie gestikuliert mit ihren Händen, wenn sie etwas besonders hervorheben möchte, und verliert nie den Faden. Sie wird immer interessanter, je häufiger ich ihr begegne, und das sollte mir Sorgen bereiten. Tut es aber nicht. Zumindest noch nicht, denn ich genieße es, ihre volle Aufmerksamkeit zu haben. Aurora beendet ihren Vortrag, indem sie das Wort direkt an mich richtet. »Wir sind eine Agentur, die Klarheit verschafft. Mit Ihrer Unterstützung können wir mehr Menschen vor Herzschmerz und Verrat bewahren.« Ihre Abschlussworte sind klug gewählt und runden das Gesagte hervorragend ab. Ich applaudiere als Wertschätzung ihrer Arbeit, und ihre Schwestern tun es mir gleich und blicken voller Stolz auf eine glücklich und erleichtert wirkende Rory.

»Danke für diese informative und ansprechende Präsentation. Sie haben in der Tat mein Interesse geweckt«, sage ich und sehe jeder der drei CEOs der Proof of Love Agency in die Augen. Jetzt geht es ums Geschäftliche, und hier wird Klartext geredet, da möchte ich ihre volle Aufmerksamkeit. Rory nimmt mir gegenüber Platz und reicht mir einen Folder, der wohl die Präsentation noch mal zusammenfasst. Ich nicke ihr dankbar zu, wende mich aber Chelsea zu, die laut den Informationen von vorhin sechzig Prozent der Geschäftsanteile besitzt und somit meine erste Ansprechperson sein wird.

»Vielen Dank«, sagt Rory, legt die Hände in den Schoß und sieht ebenfalls zu ihrer rothaarigen Schwester.

»Nun habe ich alle Fakten und Informationen gehört, doch

was mich interessiert, ist, wieso Sie dieses Unternehmen gegründet haben? Wieso sollte ich in Ihr Unternehmen investieren?«, frage ich Chelsea nun direkt und rede nicht um den heißen Brei herum. Was hat sie dazu bewegt, dieses eher außergewöhnliche Projekt in Angriff zu nehmen?

»Das ist eine äußerst private Frage, oder nicht?«, sagt Rory, doch ich blicke weiterhin zu Chelsea, die nicht mit der Wimper zuckt. Vielleicht mache ich mich mit meiner Frage nicht besonders beliebt, aber wie ich vorhin schon gesagt habe, möchte ich die Menschen hinter den Unternehmen kennenlernen und einschätzen, wie sie ticken, und das tue ich gerade. Ich analysiere die Personen, mit denen ich womöglich über Jahre zusammenarbeiten werde.

»Mein Verlobter hat mich jahrelang betrogen, doch ich hatte einerseits Angst, dem auf den Grund zu gehen, und andererseits wusste ich nicht, wie ich ihn entlarven kann. Nachdem die Wahrheit ans Licht kam, war ich am Boden zerstört. Ich wollte, dass niemand jemals wieder das erleiden muss, was ich durchmachen musste.« Ihre Stimme zittert nicht. Es sind ihre Augen, die den Sturm an Gefühlen preisgeben und mir genau die Information liefern, die ich brauche.

7. KAPITEL

Rory

Als Elijah James den Raum betritt, sind all meine Sinne auf ihn ausgerichtet. Tagelang habe ich mich gefragt, wie dieses Treffen wohl verlaufen wird. Wird er sich öffentlich entschuldigen und einsehen, dass er einen Fehler gemacht hat? Ich kannte ihn persönlich nur in ungepflegter Erscheinung, muss aber zugeben, dass er in seinem marineblauen Anzug und dem strahlend weißen Hemd wirklich gut aussieht. Sein kupferfarbenes, gewelltes Haar hat er perfekt frisiert, und seinen angenehmen Geruch nehme ich schon von Weitem wahr. Wenn ich nach seiner Optik gehe, hat er nichts mit dem Mann gemeinsam, den ich vor ein paar Tagen getroffen haben, doch ich erkenne ihn an seinen smaragdgrünen Augen, die das auffälligste Merkmal an ihm sind.

Er begrüßt uns alle und nimmt Platz. Erst als er sich wirklich hingesetzt hat, breitet sich Nervosität in mir aus. Ich gebe mich zwar cool und selbstsicher, aber innerlich habe ich Lampenfieber. Doch ein Blick in die Augen meiner Schwestern reicht, um dieses Gefühl der Unsicherheit in die Ecke zu drängen. Beide nicken mir unauffällig zu, so als wollten sie mir vermitteln, dass alles gut wird. Doch dann gibt er wieder diese großspurigen Worte von sich, und ich kann mich nicht bremsen und provoziere ihn, worauf er sofort eingeht. Ich weiß nicht, wieso er es so einfach schafft, mich zu reizen, aber er tut es. Vielleicht liegt es daran, dass ich noch immer sauer bin, weil er mich bei unserer ersten Begegnung zum Narren gehalten hat. Erst als Chelsea mich mit einem Räuspern wieder auf das Wesentliche hinweist, beginne ich mit der Präsentation.

Während ich das vortrage, woran ich wochenlang gearbeitet habe, schenkt er mir seine ungeteilte Aufmerksamkeit. Ich gebe alles und lege Power und Überzeugungskraft in meine Worte, um Elijah für unser Unternehmen zu gewinnen. Wenn Elijah konzentriert ist, sieht er dabei äußerst attraktiv aus. Seine Miene ist ernst, hohe Wangenknochen enden in einer markanten, aber hübschen Kinnpartie, und seine Augen sind so klar und grün, wie ich es sonst nur aus Filmen kenne.

Er ist ein äußerst schöner Mann, das muss man ihm lassen, auch wenn er mich reizt, ist das eine Tatsache, die ich schwer ignorieren kann. Nicht, dass das irgendetwas an unserer Geschäftsbeziehung ändern würde, aber es ist schön, einem hübschen Mann gegenüberzustehen. Das Auge isst ja bekanntlich mit, wenn auch nur zum Spaß.

Wir hatten einfach einen schlechten Start, und jetzt liegt es an uns, das Ganze wieder geradezubiegen. Nachdem ich meinen Vortrag beendet habe, sitzen wir alle an einem Tisch, und ich gehe davon aus, dass wir jetzt übers Geschäftliche reden. Doch er beginnt das Gespräch mit einer privaten Frage an Chelsea, erkundigt sich bei ihr, wieso sie die Agentur gegründet hat. Diese Erinnerung versuchen wir meist vor unserer Schwester nicht auszugraben, da Chelsea das Erlebte nur mühsam überwunden hat, doch Elijah bleibt hartnäckig. Chels antwortet ehrlich, dass ihr verdammter Exfreund sie betrogen und verlassen hat, was Elijah mitfühlend nicken lässt, als wäre er live dabei gewesen, als wir die Scherben ihres Herzens zusammengefegt haben.

Erst danach widmet er sich dem Geschäft und stellt Fragen

bezüglich der Finanzen sowie zu der Idee, mit der Agency eine Zweigstelle zu eröffnen. Auch wenn ich ihn nicht mögen will, muss ich zugeben, dass er sich souverän und professionell präsentiert. Im Laufe meiner Karriere habe ich auf Veranstaltungen viele von seinem Schlag kennengelernt und schnell gemerkt, dass wir selten auf einer Wellenlänge sind. Wenn wir über die Arbeit reden, dann sind sie Feuer und Flamme, bei Fragen zu Hobbys oder anderen Themen sind sie dann nicht mehr so redegewandt, weil sie meist nicht viel Privatleben haben. Viele neigen dazu, zu Workaholics zu mutieren.

Ob Elijah auch einer ist, weiß ich nicht, aber das muss ich auch nicht erfahren. Sollte er sich für eine Investition entscheiden, werden wir ihn nur bei Vorstandsmeetings und vielleicht eine Woche in der Entscheidungszeit sehen, was lang genug für mich ist. Ich musste seit unserer ersten Begegnung oft an ihn denken, meist war ich da wütend auf ihn, und in den anderen Momenten habe ich ihn gegoogelt und festgestellt, dass er gar nicht so schlecht aussieht und beruflich schon einiges erreicht hat. Er interessiert mich, und das lässt in meinem Hinterkopf die Alarmglocken schrillen. Ich darf einen Geschäftspartner nicht attraktiv finden, das ist ein großes Tabu in unserem Unternehmen. Kolleg*innen und Kund*innen werden nicht gedatet. Wer sich nicht daran hält, dem droht die Kündigung. Aber das wird nicht passieren, denn auch wenn er Interesse an einem Investment hätte, haben wir noch andere Investor*innen eingeladen, die ihn überbieten können, womit wir uns nie wiedersehen müssten.

»Rory, was sagst du dazu?«, fragt mich Chelsea, und ich erschrecke, da ich so tief in Gedanken versunken war, dass ich mich am Gespräch nicht mehr beteiligt habe.

»Hmm? Entschuldige, ich habe nicht verstanden, um was es genau ging.«

»Mr James wollte wissen, ob es möglich wäre, eine Führung zu bekommen, bevor er geht.«

»Klar, ich frage Min-Ah, ob sie Zeit hat.«

»Eigentlich wollte ich gerne mit Ihnen diese Führung machen«, meint Elijah und zwingt mich somit, ihn anzusehen. *Wieso will ich ihn nicht begleiten?* Ich meine, er ist nett anzusehen, und es könnte nicht schaden, mich mit ihm zu unterhalten, um ihn für uns zu gewinnen. Doch je länger ich ihn ansehe, desto mehr finde ich ihn zum Anbeißen. Es sind meine heimlichen Gedanken, und ich zeige mich professionell, aber meine Fantasie spielt mir wohl einen Streich. Ich hätte gestern nicht so lange aufbleiben sollen. Aber hier geht es ums Geschäft, und der Kunde will eine Führung von mir, also wird er sie auch bekommen.

»Natürlich kann ich Sie begleiten. Es wäre mir eine Freude«, sage ich und erhebe mich. Wir verlassen gemeinsam den Besprechungsraum, wo sich Chelsea und Sierra verabschieden und in ihre Büros gehen. Nun stehe ich Elijah James gegenüber, der, um ehrlich zu sein, in natura besser aussieht als auf den Fotos, die ich auf Google gefunden habe. Er braucht kein Photoshop, denn sein Gesicht ist im Gegensatz zum letzten Mal glatt rasiert, die Haut gepflegt, und sein markantes Kinn verleiht ihm eine große Portion Männlichkeit. Als er sich räuspert, wird mir klar, dass ich ihn unverhohlen anstarre.

»Ähm, Verzeihung. Bitte folgen Sie mir.« Ich deute ihm mit der Hand die Richtung an und gehe voraus. Er ist sofort an meiner Seite, als ich auch schon auf die verschlossenen Türen deute, die sich gleich neben dem Besprechungsraum befinden.

»Wie Sie sehen konnten, sind das die Büros meiner Schwestern. Dieses hier ist meines.« Ich deute auf die offene Tür.

»Lassen Sie die Tür zu Ihrem Büro immer offen?«, fragt er neugierig, als wir auch schon weitergehen.

»Ich benutze es sehr selten, und ich mag verschlossene Türen nicht so gerne, wenn ich allein bin.«

»Und was ist dann mit Privatsphäre und Datenschutz?«, will er wissen und sucht meinen Blick. Seine Hände hat er in den Taschen seiner Anzughose vergraben, und seine Haltung ist lässig, als würde er sich in meiner Gesellschaft wohl fühlen.

»Das nehmen wir, wie Sie meiner Präsentation entnehmen konnten, sehr ernst. In den Meetingräumen brainstormen wir auch viel, wenn bei einem Klienten oder einer Klientin mehr Input benötigt wird.«

»Verstehe.«

»Das sind die Pausenräume, wobei es in diesem Gebäude auch eine Gemeinschaftskantine gibt, in der alle Mitarbeitenden des Unternehmens essen gehen können. Dort werden gesunde und abwechslungsreiche Menüs angeboten.«

»Das klingt gut.«

»Das Angebot wird gut genutzt.« Ich zeige ihm den zweiten Besprechungsraum sowie die Büros unserer Buchhalter*innen und IT-Fachkräfte. Wir beenden die Führung in dem Großraumbüro, wo unsere fünfzehn Mitarbeiter*innen sich mit den jeweiligen Zielpersonen und der Recherche beschäftigen.

»Hier wird die Treue getestet?«, fragt Elijah und reckt den Kopf, um auch jeden der Plätze zu sehen, die durch eine Glaswand getrennt sind.

»Genau, online wird recherchiert und mit den Zielpersonen geschrieben. Und von hier aus gehen die Mitarbeiter*innen auch zu Fake-Dates, in Begleitung einer Security-Person.«

»Wie kann ich mir das vorstellen?«

»Für manche Kund*innen ist das Treffen mit einer fremden Person der Beweis der Untreue, weshalb wir uns mit den Zielpersonen in öffentlichen Lokalen treffen. Niemals in Privaträumen.«

»Was, wenn ein Klient einen Kuss als Beweis der Untreue sieht?«

»Dann lehnen wir den Auftrag ab. Küsse sind verboten.«

»Das wir strikt eingehalten?«

»Ausnahmslos.«

»Verstehe. Und die Security ist für die Sicherheit zuständig?«

»Das Security-Personal hält sich im Hintergrund. Sobald der Beweis auf den heimlichen Kameras festgehalten wird, erfolgt ein Anruf von einem unserer Mitarbeiter*innen, und ein Notfall wird vorgetäuscht, sodass das Date abgebrochen wird. Wobei jedes Date auf die Zielperson ausgerichtet ist und anders verlaufen und enden kann.«

»Wie es aussieht, sind Sie auf alles vorbereitet.«

»Der Schutz unserer Mitarbeiter*innen und unseres Rufs ist das Wichtigste für uns.« Elijah nickt beeindruckt und sieht noch mal zum Großraumbüro und zu meinen Kolleg*innen.

»Stört es die anderen nicht, durch das Glas beobachtet zu werden?«

»Die Wände sind auf Knopfdruck dimmbar. Natürlich wäre es förderlich, wenn jeder hier ein eigenes Büro hätte, oder zumindest eines, wo maximal vier Mitarbeitende gemeinsam arbeiten. Aber dafür fehlt uns das Kapital.«

»Deswegen bin ich ja da«, sagt er selbstbewusst, als hätte er sich bereits für unsere Sache entschieden. Ich könnte das jetzt unkommentiert lassen, aber ich brenne darauf, zu hören, wie die Chancen stehen.

»Ach, haben Sie schon eine Antwort für uns?«

Er hebt einen Mundwinkel und grinst frech.

»Noch nicht, aber sagen wir es mal so, mir gefällt, was ich hier sehe.« Er könnte jetzt einen Blick durch den Raum schweifen lassen, doch er sieht nur mich an. Als wäre sein Interesse nur auf mich ausgerichtet. Ich halte seinem Blick für eine

Weile stand, bin zu meiner Schande aber die Erste, die wieder wegschaut. Denn dieser Blickwechsel ist verboten und zu intim für eine Geschäftsbeziehung.

»Schön, dass Sie Interesse an unserem Unternehmen haben. Wir wären jetzt mit der Führung durch. Danke, dass Sie sich die Zeit genommen haben, sich einen Überblick zu verschaffen.«

»Ihr Konzept und Ihre Arbeitsphilosophie gefallen mir außerordentlich gut.«

»Dann freuen wir uns auf Ihre baldige Antwort.«

»Wollen Sie mich jetzt schon loswerden?«, fragt er, und da ist wieder dieses spitzbübische Lächeln, das er bis jetzt nur mir gezeigt hat.

»Ich sehe Parallelen zu unserer ersten Begegnung, Miss Madigan.«

»Nein, gar nicht, wir haben tatsächlich alles von den Räumlichkeiten der Agentur gesehen.«

»Wollen Sie nicht über unser erstes Treffen sprechen?« Ach, stimmt, wir wollten ja persönlich darüber reden.

»Gut, dass Sie es nicht vergessen haben.«

»Wie könnte ich? Sie haben an dem Tag einen mächtigen Eindruck auf mich gemacht.«

»Habe ich das?«, frage ich, auch wenn ich es eigentlich gar nicht so genau wissen will, oder besser gesagt, darf.

»Und wie. Das Treffen mit Ihnen hat mir gezeigt, dass Sie in solchen Situationen ganz anders handeln als ich, denn ich hätte die Security gerufen, wenn sich eine betriebsfremde Person in meinen Räumlichkeiten befunden hätte.«

»Das habe ich schon öfter gehört. Auf diese Idee wäre ich nie gekommen.«

»Weil Sie ein guter Mensch sind«, sagt er beinahe liebevoll.

»Sie etwa nicht?«

»Definitiv nicht so gut wie Sie.«

»Man sollte die Menschen nicht nach nur einer guten Tat beurteilen, sondern sich ein besseres Bild über denjenigen machen.«

»Das ist ein Argument.« Er sieht sich um, und auch ich realisiere, dass wir mitten in Großraumbüro stehen und uns unterhalten.

»Wollen wir nicht einen Kaffee trinken?«

»Ach daher weht der Wind«, sage ich scherzhaft und beziehe mich damit auf die Anspielung am Telefon.

»Ich habe keinerlei Hintergedanken. Ich will mich nur erklären«, sagt er ehrlich und hebt abwehrend die Hände. *Wieso fühle ich mich bloß zu diesem Mann hingezogen, wenn ich doch genau weiß, dass er verboten ist?*

»Das heißt, es könnte ein langes Kaffeedate werden?«, sage ich und kichere, ehe mir klar wird, dass ich das Wort »Date« verwendet habe. *Bei mir ist doch eine Schraube locker!* Wie komme ich nur darauf, so etwas im Großraumbüro der Agentur zu einem möglichen Investor zu sagen? Dass es nur scherzhaft gemeint war, macht die Sache auch nicht besser. Genervt über mich selbst, kneife ich die Augen zusammen und öffne sie zaghaft wieder. Elijah James lächelt mich an, als wäre ich ein Kleinkind, das er süß findet.

»Gehen wir«, sage ich seufzend und frage mich, was zum Teufel mit mir los ist, denn eigentlich lege ich nie ein solch unprofessionelles Verhalten an den Tag. Ich gehe ein paar Schritte voraus, um der peinlichen Situation zu entfliehen und meine Gedanken zu sortieren. Ich habe viele Dates, ich weiß, wie ich mit Männern umgehen muss, und ich flirte gerne, aber bei Elijah scheine ich nicht klar denken zu können. Ich schüttele heftig den Kopf und zwinge mich selbst, wieder zur Vernunft zu kommen. *Wieso bin ich bei ihm so sprunghaft?*

Ich sage Lindsay, dass ich zu einem Geschäftsmeeting aufbreche und gehe eilig zu den Aufzügen. Jetzt muss ich Elijah zu einer Tasse Kaffee einladen und hoffe, dass die Zeit schnell vorbeigeht und ich wieder in meinem Büro sein kann, um meiner Arbeit nachzugehen. Plötzlich wird mir schlagartig klar, dass mein Mantel und meine Tasche noch im Marketingbüro sind. Ich bleibe abrupt stehen, scheinbar zu schnell, sodass Elijah mit seinem Oberkörper gegen meinen Rücken prallt. Ich keuche erschrocken auf, da ich drohe, das Gleichgewicht zu verlieren und zu fallen. Plötzlich legen sich Elijahs Hände um meine Taille und halten mich an Ort und Stelle.

Wohl aus Reflex will er mich wieder aufrichten, doch er ist zu schnell, sodass ich erneut gegen seine harte Brust pralle und dort auch bleibe. Meine Atmung beschleunigt sich, und ich reiße die Augen auf. Ich bin zu erschrocken, um mich zu bewegen, und auch Elijahs schneller Atmen deutet darauf hin, dass er überrumpelt wurde. Ich drehe meinen Kopf zur Seite, damit ich ihm in die Augen sehen kann, und dabei berühren sich unsere Nasen beinahe. Ungewollt sind wir einander nähergekommen, und auch wenn es ein Versehen war, versteift sich niemand von uns, was sehr wohl angebracht wäre. Nein, wir scheinen trotz der Überraschung die Nähe des anderen zu genießen, und das gefällt mir ganz und gar nicht. Während ich tief in seine smaragdgrünen Augen sehe, drohe ich mich darin zu verlieren, und in meinem Kopf beginnen die Alarmglocken zu schrillen.

8. KAPITEL

Elijah

Meine Hände ruhen auf Auroras schmaler Taille, und ich halte sie an Ort und Stelle, nachdem sie fast gestürzt wäre. Halte sie immer noch, als sie ihren Kopf in meine Richtung dreht und mich aus großen Augen ansieht. Jedes Mal, wenn ich ihr Gesicht genauer betrachte, fällt mir dieses einzigartige Funkeln in ihren Augen auf, das ihre fröhliche Natur widerspiegelt. Sie ist der Typ Frau, der scharfsinnig ist und sich in jeder Lebenssituation zurechtfinden würde, das vermittelt mir ihre Körpersprache. Sie ist tough, selbstbewusst und genau die Sorte Frau, auf die ich stehe.

Wenn ich eine Frau kennenlerne, dann sind mir drei Punkte wichtig. Sie muss mit beiden Beinen im Leben stehen, wissen was sie will und loyal sein. Nichts ist für mich anziehender als eine selbstbewusste Frau. Und meine Hände umklammern gerade die Taille solch einer Lady, die von Anfang an etwas an sich hatte, das mir den Kopf verdreht. Das zu denken ist falsch, aber wen kümmert das, denn es fühlt sich einfach zu gut an, sie zu berühren. Deshalb warte ich, bis sie sich von mir löst, was erst ein paar Augenblicke später passiert.

»Es tut mir so leid, dass ich einfach stehen geblieben bin. Mir ist nur klar geworden, dass ich meinen Mantel und meine Tasche vergessen habe«, meint sie mit rosigen Wangen und einem scheuen Lächeln. Ich weiß nicht, wieso ich das Gefühl habe, bereits zu wissen, wie Rory tickt. Denn auch wenn ihr Lächeln eher schüchtern wirkt, ahne ich, dass sie eher das Gegenteil davon ist, da ich das Feuer, das in ihrem Inneren schlummert, gesehen habe.

»Alles gut, ich habe mich nur erschrocken. Innerlich habe ich Sie schon auf dem Boden liegen sehen.«

»Ach was, so schnell zieht man mich nicht aus dem Verkehr«, antwortet sie etwas atemlos und geht einen Schritt zurück, weit weg von mir. Schade eigentlich.

»Zum Glück. Ihre Heels sind ziemlich hoch, da hätte das böse ausgehen können.« Dass mir das überhaupt aufgefallen ist, verwundert mich. Ich mag Frauen in Heels, da sie einen sexy Hauch verleihen, aber eigentlich bin ich hier wegen der Arbeit und nicht, um meine Geschäftspartnerin abzuchecken.

»Das wirkt vielleicht nur so, denn sie sind sehr bequem.« Stolz hebt sie ein Bein leicht an und sieht dabei unglaublich sexy aus. Es sind einfache Gesten wie diese, die mich anziehen.

»Ich bin kein Schuhexperte, aber kann das wirklich gemütlich sein?«

»Ich trage Schuhe mit hohen Absätzen seit ich fünfzehn bin. Es ist wie eine natürliche Verlängerung meines Fußes«, sagt sie, was mich zum Lachen bringt, da meine Mutter ebenfalls einen Schuhtick hat und ich in meiner Jugend schon über sehr viele davon gestolpert bin, wenn sie mal wieder am Sortieren war.

»Jeder braucht eine Leidenschaft in seinem Leben«, sage ich und merke, dass sich die angespannte Stimmung langsam wieder löst. Uns beide hat das Aneinanderprallen unserer Körper überrascht, doch auf die eine oder andere Art hat es uns auch gefallen. Und ihre Körpersprache hat mir gezeigt, dass er ihr genauso ging. Dass es sich um die falsche Zeit, den falschen

Ort und die falsche Person handelt, muss ich wohl nicht weiter verdeutlichen. Nicht, dass an Rory etwas falsch wäre.

»Welche ist Ihre?«, fragt sie mich, doch ich hebe nur den Mundwinkel und schüttle leicht den Kopf.

»Das soll ich Ihnen hier verkünden?«

»Ich habe auch etwas Persönliches preisgegeben, also wäre es nur fair, wenn Sie sich anschließen.«

»Ich weiß nicht«, sage ich, obwohl es mich nicht stören würde, ich will mich einfach nur etwas zieren.

»Wissen Sie was. Ich hole meinen Mantel und meine Tasche, und Sie überlegen es sich noch, okay?« Sie wartet keine Antwort ab, sondern geht wieder in Richtung des Büros, und bei Gott, ich sollte nicht auf ihren Hintern starren, aber ich tue es. *Wieso?* Weil ich ein böser, böser Junge bin, der sich wohl gerne die Finger verbrennen will. Sie kommt zurück und geht mit mir zum Aufzug, wobei sie einen fröhlichen Gesichtsausdruck aufgesetzt hat. Als wir eintreten und Rory auf den Knopf drückt, wendet sie sich mir zu und wartet ab. Sie lechzt nach meiner Antwort, die ich ihr nicht länger verwehren will.

»Ich habe zwei Katzen namens Sher und Lock. Ist das persönlich genug?«, frage ich und stopfe meine Hände in die Hosentaschen.

»Sherlock? Ernsthaft? Die Namen sind ja genial.« Ihre Augen leuchten auf, als wäre sie ein genauso großer Fan wie ich.

»Danke, ich habe die zwei geholt, als ich gerade angefangen habe, die BBC-Serie *Sherlock* zu sehen. Nicht den Film.« Ich finde, es ist immer wichtig, das zu betonen, da die Unterschiede einfach zu groß sind, von der Qualität ganz zu schweigen.

»Das wusste ich sofort. Ich habe schon geahnt, dass Sie cool sind, aber jetzt wo Sie ihre Katzen nach meiner Lieblingsserie benannt haben, ist die Sache glasklar.«

»Die zwei Katzen sind bei mir, seit sie zwölf Wochen alt sind, und da beide einen sehr eigenwilligen Charakter haben, schienen mir die Namen perfekt.«

»Wie süß. Wie alt sind sie jetzt?«

»Drei Jahre alt, aber immer noch verspielt wie eh und je. Ich weiß gar nicht, wie oft sie mich in der Woche um zwei Uhr früh aufwecken, weil sie durch die Gegend laufen und ihre Krallen ein scharrendes Geräusch auf dem Holzboden hinterlassen, das mich aufweckt.«

»Darüber will ich mehr erfahren.«

»Sehnsucht nach einem Tier im Haus?«

»Ja, und wie. Aber meine Lieblingstiere würden nicht mal in meine Wohnung passen.« Ihr Lächeln wird breiter, als würde sie in Erinnerungen schwelgen.

»Wollen Sie sich einen Elefanten anschaffen?«, frage ich frech und bekomme dafür ein glockenhelles Lachen, das zu ihrer fröhlichen Art passt.

»Nein, aber ich hätte gerne meine Pferde ganz in der Nähe, doch die sind alle auf dem Hof meiner Eltern.«

»Das heißt, Sie sind keine gebürtige New Yorkerin?«

»Nein, aufgewachsen sind wir in Grand Lake, Colorado.«

»Colorado? Dann sind Sie ganz schön weit weg von zu Hause.«

»Sehr weit, und es wäre schwer zu ertragen, wenn ich nicht meine Schwestern hier hätte.«

»Ich kenne dieses Gefühl. Meine Familie ist zwar in New York, aber wenn ich mich nicht wenigstens ein Mal im Monat mit ihnen treffe, würde ich nichts gebacken bekommen.«

»Ich mag es, einen Teil meiner Familie immer in meiner Nähe zu haben. So fühle ich mich weniger allein.« Ihre Worte haben einen tieferen Sinn, wie mir scheint, und unwillkürlich muss ich an meine Mutter, Tante Geena, Dad und meine

Freund*innen denken, die mein Ruhepol sind. Bei denen ich toben, aber auch meine Batterien aufladen kann. Jetzt, wo sie es erwähnt, merke ich wieder einmal, dass ich mich glücklich schätzen kann.

Wir betreten einen der typischen Coffeeshops, die es in Manhattan zuhauf gibt. Edles Ambiente, gemütliche Sitzgelegenheiten, und der Kaffee duftet so gut, wie er hoffentlich auch schmeckt. Nicht, dass ich diese Locations leid wäre, aber mittlerweile sehen sie für mich alle gleich aus. Wir nehmen Platz, ziehen unsere Mäntel aus und lächeln die Bedienung an, die auf uns zukommt und unsere Bestellung entgegennimmt. Als wir dann wieder allein sind, greife ich in meine Jackettasche, hole ein Kästchen raus und schiebe es ihr über den Tisch zu.

»Was ist das?«, fragt sie überrascht und fährt sich durchs Haar, da der Wind ihre Frisur vorhin durcheinandergebracht hat.

»Meine Entschuldigung«, sage ich etwas reumütig, denn mir ist mit der Zeit klar geworden, dass das Missverständnis allein meine Schuld war. Sie öffnet es und findet den kleinen Schlüsselanhänger aus Holz in Form eines Engels, den ich gemeinsam mit den vierhundert Dollar ins Kästchen gelegt habe. Sie nimmt es in ihre schlanken Finger und bestaunt es.

»Ein Engel?«, fragt sie mich mit großen Augen. Das Lächeln auf ihren Lippen ist echt und wunderschön.

»Das ist der erste Eindruck, den ich von Ihnen gewonnen habe.«

»Wie denn das? Ich habe Sie immerhin rausgeschmissen.«

»Es geht nicht darum, dass Sie das getan haben, sondern dass Sie sich erst um mich gekümmert haben, indem Sie mir Geld angeboten haben, mit dem Sie einer tatsächlich bedürftigen Person sehr geholfen hätten.«

»Womöglich. Ich habe gar nicht auf die Summe geachtet, aber ich habe selbst gefroren, als ich ins Büro gekommen bin, und da standen Sie nur mit einem Jackett am Körper, und ich hatte einfach Mitleid.«

»Dafür bin ich Ihnen dankbar, aber wie Sie nun wissen, brauche ich das Geld nicht, also gebe ich es Ihnen zurück, und der Engel ist sozusagen der Zinssatz.« Sie kichert, holt ihren Schlüsselbund aus der Tasche und legt ihn sofort an. Sie fackelt nicht lange bei Dingen, und das mag ich an ihr. Sie verliert keine Zeit, mir zu zeigen, dass sie sich über mein Geschenk freut.

»Das wäre nicht nötig gewesen, trotzdem danke, ich freue mich sehr.«

»Ich hoffe, das Missverständnis ist nun endlich aus der Welt geschafft.«

»Ist es, also Schwamm drüber«, sagt sie. Im gleichen Moment kommt unsere Bestellung an. Wir haben uns beide für einen Chai Latte Pumpkin Spice entschieden. Während ich einen Blaubeer-Muffin bestellt habe, fiel ihre Wahl auf ein Stück Brownie-Kuchen.

»Und? Wie stehen unsere Chancen, dass Sie in uns investieren?«, fragt sie mich schließlich, und ich verschlucke mich fast an meinem Latte.

»Sie wollen keine Zeit verlieren, was?«, frage ich und wische mir mit einer Serviette den Mund ab. Aurora sitzt aufrecht vor mir, mit diesem Ausdruck in den Augen, der mir zeigt, dass sie darauf brennt, meine Antwort zu erfahren.

»Ich bin neugierig, und da wir in einem neutralen Umfeld sind, dachte ich, dass ich Sie auch einfach fragen könnte, bevor wir über Umwege etwas von Ihnen hören.«

»Miss Madigan, erst mal muss ich anmerken, dass ich Ihren Eifer mag. Sie nehmen kein Blatt vor den Mund, das gefällt mir. Es ist nicht leicht, jemanden zu treffen, der wahrlich sein Herz auf der Zunge trägt.«

»Ach, das sagen Sie jetzt. Mir wurde schon oft gesagt, dass meine scharfe Zunge mich irgendwann noch in Schwierigkeiten bringen wird.«

»Da könnte was dran sein, aber wie ich schon sagte, finde ich Menschen, die nicht um den heißen Brei reden, erfrischend und echt. Ich kann Ihnen versichern, dass ich sehr angetan bin von Ihrer Agentur. Das, was Sie und Ihre Schwestern auf die Beine gestellt haben, ist erstaunlich. Der Erfolg ist die Bestätigung, dass Sie auf dem Weg nach oben sind.« Sie schnaubt und blickt kurz zur Seite, als würde sie sich an etwas erinnern, das sie traurig stimmt.

»Es war bei Weitem nicht immer so, müssen Sie wissen. Die ersten Jahre waren hart.«

»Alle Unternehmen gehen durch eine Krise, manche am Anfang, andere später.« Ich hoffe, dass meine Worte ihre trüben Erinnerungen vertreiben.

»Es ist ein tröstender Gedanke, dass viele vor uns das Gleiche durchgemacht haben.«

»Sehr viele. Aber sehen Sie sich an, wo Sie jetzt stehen. Sie können stolz auf sich sein.«

»Das sind wir auch. Ich bin froh, dass Sie den Wert unserer Agentur erkennen.«

»Was macht Sie so sicher, dass ich das tue?«, frage ich neugierig, auch wenn sie vollkommen recht hat. Ich bin überzeugt vom Potenzial der Agentur und den Expandierungsplänen.

»Ich weiß es einfach«, sagt sie und nimmt einen Bissen von ihrem Brownie, sodass mein Blick an dem Krümel an ihrer Oberlippe hängen bleibt. Gedankenverloren lehne ich mich vor und greife danach, sodass meine Finger ihre Haut berühren. Sie hört auf zu kauen und sieht mich mit großen Augen an. Unsere Blicke treffen sich, und plötzlich ist es, als wären wir wieder im Büro, wo ich gegen ihren Rücken geprallt bin und wir uns plötzlich so nah waren. Das Knistern ist wieder da, baut sich auf und hindert mich daran, klar zu denken.

Ich stelle fest, dass Rory eine kleine Narbe unter dem rechten Auge hat, die man leicht übersehen könnte, doch aus der Nähe erkenne ich es sofort. Ihre Augen sind wie die Tiefen des Meeres. Sie scheinen klar, und doch verbirgt sich dahinter so viel. Ich kenne Aurora Madigan nicht wirklich, aber etwas in mir will diesen Umstand ändern. Rory blinzelt und schluckt, bewegt sich aber kein Stück. Schließlich bin ich es, der sich wieder besinnt, den Krümel wegstreicht und sich zurücklehnt.

»Sie hatten da etwas«, ich deute mit den Fingern auf das Stückchen Brownie, ehe ich es auf die Serviette lege.

»Danke«, sagt sie, und innerhalb eines Wimpernschlags ist sie nicht mehr die junge Frau, die überrascht war, dass ich ihr nähergekommen bin, sondern wieder die toughe Geschäftsfrau, als die ich sie kennengelernt habe. Und in diesem Modus bleibt sie auch, bis wir ausgetrunken haben und getrennte Wege gehen.

Einen Tag später betrete ich gut gelaunt das Büro, wo mir schon von Weitem eine nervöse Blair entgegenblickt. Das tut sie normalerweise nie, außer wenn mein Vater anwesend ist. Sie wäre der perfekte Baron-James-Alarm, den aus ein paar Metern Entfernung nur ich deuten kann.

»Guten Morgen, Blair. An Ihrem Gesicht sehe ich doch, dass mein Dad hier ist.«

»Das ist er tatsächlich. Er wartet in Ihrem Büro.«

»War er etwa schroff Ihnen gegenüber?«, frage ich interessiert, denn mein Vater neigt manchmal dazu, seine üble Laune an anderen auszulassen, wenn ihn etwas mitnimmt.

»Nein, das ist nur einmal passiert, als ich noch im Unternehmen Ihres Vaters gearbeitet habe. Ich weiß selbst nicht, wieso er mich so einschüchtert. Es ist einfach so. Bitte verzeihen Sie.«

»Da gibt es nichts zu verzeihen. Manchmal kommen wir mit gewissen Menschen nicht klar, dass sollte kein Grund sein, sich unwohl zu fühlen.«

»Okay, danke für Ihr Verständnis.«

»Gerne doch, Blair. Lassen Sie sich nicht verunsichern. Sie schaffen alles, was Sie sich vornehmen.« Meine Sekretärin strahlt über das ganze Gesicht und nickt mir selbstbewusst zu. Sie ist eine wahre Bereicherung für mein Unternehmen, und ich wüsste nicht, was ich ohne ihr Talent und ihre freundliche Art tun würde. Tyler und sie managen das Unternehmen im Hintergrund, wenn ich nicht da bin, und ich vertraue darauf, dass sie die richtigen Entscheidungen treffen. Durch unsere jahrelange Zusammenarbeit haben wir ein enges Vertrauensverhältnis aufgebaut.

Ich lasse sie allein und betrete mein Büro, wo ich meinen Vater vorfinde, der am Panoramafenster steht und hinausblickt.

Er hat die Hände in den Hosentaschen vergraben und macht einen entspannten Eindruck auf mich. Ihn in dieser Haltung zu sehen, lässt mich an die alten Zeiten denken, bevor er durch seinen Erfolg geblendet wurde und meine Mutter betrogen hat. Damals, als er einfach nur mein Dad war. Die gemeinsamen Mittag- und Abendessen waren für ihn ungeschriebene Gesetze, und er ließ sie nie aus. Damals waren wir eine glückliche Familie. Mittlerweile ist es so lange her, dass ich mich nur noch verschwommen an die Gesprächsthemen erinnern kann, doch ich sehe immer noch Moms Lächeln vor mir. Damals war sie so sorglos und zufrieden. Nach der Scheidung hat es lange gedauert, bis sie wieder die Alte wurde.

Sie war so lange verletzt, und er war nie da, damit ich ihn

anschreien konnte, wenn mir alles zu viel wurde. Ich war so wütend, dass er sich auf eine andere Frau eingelassen und uns somit verloren hat. Also habe ich in der Highschool rebelliert, mich geprügelt, Gras geraucht und wurde beinahe wegen Diebstahls festgenommen. Ich bin selbst für meine Handlungen verantwortlich, doch auf die eine oder andere Art wollte ich meinen Vater so dazu bringen, sich wieder an meinem Leben zu beteiligen. Trotzdem habe ich ihn wütend von mir gestoßen, wenn er es versucht hat. Ich war verloren und wusste nicht, wohin mit meinen Emotionen, sodass ich ihn auf Distanz hielt. Ich lechzte einerseits nach seiner Aufmerksamkeit, und andererseits wollte ich nichts mit ihm zu tun haben.

Erst als ich älter wurde, verschwand die Rebellion, und ich sah viele Dinge mit anderen Augen. Als ich sein Angebot annahm, in seinem Unternehmen zu arbeiten, hielt ich es erst für ein Eigentor, da wir so unterschiedlich sind, doch ich konnte viel von ihm lernen, denn egal wie er als Mensch ist, im Arbeitsleben ist er ein Ass. Er hat mir damals nicht nur einen Job besorgt, sondern mir und meinem Halbbruder auch einen Teil der Firma überschrieben. Die Erfahrungen, die ich in Dads Unternehmen sammeln durfte, haben mir sehr bei der Gründung meines eigenen Unternehmens geholfen.

Wenn ich an meine Anfänge denke, kommt mir wieder Aurora Madigan in den Sinn. Als sie von ihrem Start mit der Treuetest-Agentur erzählt hatte, sah ich vor meinem inneren Auge mich selbst. Das erste Jahr war mager, und auch wenn ich mich darauf eingestellt hatte, hat es weh getan.

»Willst du mich die ganze Zeit anstarren oder kommst du näher und begrüßt deinen Vater?«, sagt er ruhig, ehe er sich langsam umdreht. Heutzutage sehe ich an seinem Äußeren nie einen Makel, aber als ich noch ein kleiner Junge war, kam er ständig mit Kaffeeflecken auf der Kleidung nach Hause, wobei meine Mutter nur liebevoll den Kopf schüttelte und ihn voller Wärme ansah. Damals spürte ich die Liebe meiner Eltern stets um mich herum. Sei es eine zufällige Berührung hier oder ein Kuss da, ich zweifelte keine Sekunde daran, dass die Liebe meiner Eltern etwas Besonderes war. Damals war mein Vater aber auch ein einfacher Angestellter, der zwar gut verdiente, aber wenig Anerkennung in seiner Firma erhielt. Mir hat es damals an nichts gefehlt, und ich war glücklich. Ich kann gar nicht aufzählen, wie oft Mom, Dad und ich eng aneinander gekuschelt vor dem Fernseher eingeschlafen sind.

Wir bemerkten erst spät, wie unglücklich Dad mit seiner beruflichen Situation war. Er fing an, härter und vor allem länger zu arbeiten, sodass er manchmal zwei Tage gar nicht nach Hause kam. Seine harte Arbeit zahlte sich aus, da er schnell befördert wurde, doch je höher er aufstieg, desto mehr fiel unsere Familie in sich zusammen. Anstatt gemeinsam einen Film anzusehen, stritten meine Eltern oft so laut, dass ich mich weinend in meinem Schrank versteckte und mir so fest die Ohren zuhielt, dass sie noch lange gerötet waren. Auch diese Hürde hätte meine Mutter verkraftet, weil sie wusste, dass es wert war, um ihre Liebe zu kämpfen, doch als seine Affären ans Licht kamen, war alles zerstört.

All diese Erinnerungen scheinen nun so weit weg und sind doch tief in mir verankert. Ich könnte meinem Vater bis an mein Lebensende böse sein und jeglichen Kontakt mit ihm abbrechen, doch ich habe gelernt, dass die Familie, so verkorkst sie auch sein mag, ein wichtiger Teil von mir selbst ist. Als meine Mutter ihn verließ, traf das meinen Vater sehr hart, auch wenn er wusste, dass er der Grund für das Ende ihrer Ehe war.

»Guten Morgen, was führt dich zu mir?«, frage ich und gehe auf ihn zu, um ihm die Hand zu schütteln. Ich freue mich, ihn wiederzusehen. Die Meetings in seinem Unternehmen, bei denen Hardin anwesend ist, bringen eine Anspannung mit sich, die auf mich und Dad übergeht, deshalb bin ich froh, wenn wir uns allein treffen. So können wir uns in Ruhe unterhalten, ohne dass ich böse Blicke von meinem Halbbruder ernte, der in allem, was ich tue, eine Bedrohung sieht.

»Neben der Tatsache, dass ich dich sehen wollte, wollte ich mich erkundigen, wie das Treffen mit der Agency gelaufen ist. Hast du einen besseren Einblick in die Struktur bekommen?«, will er wissen. Er wirkt interessiert.

Da dies ein längeres Gespräch werden wird, gehe ich an ihm vorbei und setze mich auf meinen Drehstuhl. Mein Vater tut es mir gleich und setzt sich auf den Stuhl mir gegenüber. Wir lehnen uns entspannt zurück, als Blair reinkommt und zwei Tassen Kaffee vor uns abstellt. Mein Vater bedankt sich freundlich und nimmt einen Schluck.

»Danke, Blair«, sage ich und nicke ihr freundlich zu. Sie erwidert die Geste und geht wieder nach draußen, sodass Dad und ich uns endlich über die Agency unterhalten können.

»Es war sehr aufschlussreich. Mir wurde ein tiefer Einblick in die Arbeitsweise und das Konzept der Agentur gewährt. Ich denke, dass dieses Unternehmen durchaus noch erfolgreicher sein könnte, als es ohnehin schon ist, wenn es expandiert.«

»Das hast du alles innerhalb einer Präsentation festgestellt?«

»Ich habe die wichtigsten Informationen in Schriftform erhalten. Außerdem gibt es, wie du ja weißt, eine Testphase in meinem Unternehmen.« Sie besteht darin, dass ich oder besser gesagt meine rechte Hand Tyler eine Woche ein Start-up überprüft. So verschaffen wir uns einen Überblick, erhalten Einblicke in das Arbeitsumfeld, reden mit den Angestellten und prüfen die Firma auf Herz und Nieren, ehe wir Millionen investieren. Dieser Vorgang ist mir sehr wichtig, denn ich entscheide nicht leichtfertig und nach nur wenigen Treffen, ob ich mein hart verdientes Geld investiere.

»Was kannst du mir über das Unternehmen erzählen?«

Ich habe einiges über diese Treuetest-Agentur erfahren und könnte ihm einen ausführlichen Bericht erstatten, doch mein erster Gedanke gilt Aurora Madigan. Als wir uns nach dem Kaffee-Treffen verabschiedet haben, war ich so frech und habe ihr meine Visitenkarte zugesteckt, zusammen mit meinem Passfoto, auf dessen Rückseite ich notiert habe: Nur um sicherzugehen, dass Sie mich beim nächsten Mal auch wiedererkennen.

Rory hat herzlich gelacht und mir zum Abschied gewunken. Es fällt mir nicht schwer, meinem Vater eine Antwort zu geben.

»Es ist ein solides Unternehmen, was einem Familienbetrieb gleichkommt. Sie nehmen ihre Arbeit sehr ernst, und die höchste Priorität ist der Datenschutz. Es würde mich nicht wundern, wenn sie auch Aufträge für hochrangige Politiker*innen oder Prominente durchführen. Ich habe mich vor dem Termin bei anderen Agenturen umgehört, und auch wenn der Neid sehr groß ist, haben sie nur Positives über die Agency berichten können.«

»Das heißt, ich kann ruhigen Gewissens mit dir in diese Agentur investieren?«

»Ich denke schon.«

»Du denkst? Normalerweise bist du für neue Projekte Feuer und Flamme. Was ist hier anders?«

»Ich überlege, diesmal alles anders zu machen.«

»Inwiefern?«

»Das weiß ich noch nicht genau.« Generell bin ich planlos, wie ich die Sache mit der Proof of Love Agency angehen soll. Mein Unternehmen geht so vor, dass wir nach dem geschäftlichen Meeting einen meiner besten Mitarbeitenden für eine Woche in das Unternehmen schicken, damit er sich einen Überblick über die internen Abläufe verschaffen und mir Bericht erstatten kann. Erst dann werden die Verträge aufgesetzt. Das ist ungewöhnlich in der Branche, aber eben meine Vorgehensweise, mit der ich bis jetzt immer Erfolg hatte. Aurora hat mich bei ihrer Präsentation völlig überzeugt, und es wäre taktisch unklug, nicht zu investieren. *Was also hindert mich?*

»Eine Woche wird wohl nicht genug sein, um mir einen Einblick zu verschaffen.«

»Dann schick jemanden länger hin.«

»Nein. Diesmal werde ich mir das Unternehmen selbst ansehen.« Ungläubig verschränkt mein Vater die Arme vor der Brust und hebt seine buschigen Brauen.

»Du? Hast du überhaupt Zeit dafür?«

»Nein, eigentlich nicht. Mein Terminkalender sollte mich abschrecken, überhaupt darüber nachzudenken, aber diese Agentur ist etwas Besonderes, und ich möchte mir selbst einen Eindruck verschaffen.« Ich versuche, Dad davon zu überzeugen, dass für mich das Unternehmen im Vordergrund steht, und das tut es bis zu einem gewissen Grad ja auch, aber ich würde lügen, wenn ich leugnen würde, dass mein Interesse nicht nur der Agency sondern auch Aurora Madigan gilt. Diese Frau hat mich bei unseren bisherigen Begegnungen immer mehr in ihren Bann gezogen, und ich brauche mehr davon. Mehr von ihr.

9. KAPITEL

Rory

Eine Woche lang haben wir nichts von Elijah James gehört. Das ist an sich nicht ungewöhnlich, da einige potenzielle Investor*innen eine Bedenkzeit von rund einem Monat in Anspruch nehmen. In den letzten Tagen habe ich meine Präsentation drei weiteren Kandidat*innen vorgestellt, und mit jedem Mal fiel es mir leichter. Die Nervosität ist nun fast verflogen, doch dass ich jedes Mal, wenn ich den Vortrag halte, Elijah vor mir sehe, gefällt mir ganz und gar nicht. Männer zu treffen, mit ihnen auszugehen und unglaublich viel Spaß mit ihnen zu haben – das ist meine Welt. Ich mache ihnen nichts vor, und es ist unglaublich, wie viel weniger Druck das Daten mit sich bringt, wenn die Fronten von vornherein geklärt sind. Ab und zu passiert es, dass sie mehr wollen, dass sie mir ihre Liebe gestehen und mit mir zusammen sein wollen.

Ich habe sie allerdings jedes Mal höflich, aber bestimmt zurückgewiesen. Nachdem die Beziehungen um mich herum alle in die Brüche gegangen sind, wollte ich mir dieses Drama ersparen. Also habe ich die Typen von mir gewiesen, sobald ich festgestellt hatte, dass etwas Lockeres ihnen nicht ausreicht. Sobald ich die Entscheidung treffe, nach vorn zu blicken, verschwinden sie auch aus meinen Gedanken. Ich habe mich dazu entschieden, in Elijah James einen möglichen Geschäftspartner und nicht mehr zu sehen. Doch zum ersten Mal in all den Jahren will mein Herz nicht auf meinem Kopf hören. In schwachen Momenten habe ich mich gefragt, was er wohl macht oder mit wem er seine Freizeit verbringt. Ich habe mich dabei erwischt, seine Bilder auf Social Media länger anzustarren, als gut für unsere Geschäftsbeziehung ist. Was genau mich so an ihm fesselt, kann ich nicht sagen, aber ich weiß, dass ich ihn unbedingt wiedersehen möchte.

»Na? Was oder besser gesagt wer spukt dir jetzt im Kopf herum?«, ruft Piper in mein Ohr, da die Musik in der Bar immer lauter geworden ist.

»Niemand. Ich habe nur schon wieder an die Arbeit gedacht.« Meine beste Freundin wirft mir einen ungläubigen Blick zu und gibt ein Schnauben von sich. Ihr ist anzusehen, dass sie mir kein einziges Wort glaubt.

»Veräppeln kannst du jemand anderen. Seit Tagen bist du unkonzentriert, merkst nicht mal, dass jemand mit dir spricht, bist mit den Gedanken völlig woanders. Ich weiß, dass es nicht Matt sein kann, da du ihn schon längst in den Wind geschossen hast.«

»Ich habe ihm gesagt, dass er sich eine Frau suchen soll, die besser zu ihm passt. Ich habe ihn nicht kaltherzig abgesägt, so wie du es darstellst.« Aus welchem Grund auch immer – ich fühle mich persönlich angegriffen. Obwohl sie recht hat: Es bin immer ich, die mit den Männern Schluss macht.

»Du weißt, dass ich das nicht so gemeint habe. Das war nur ein Scherz, aber dieser junge Mann muss ziemlich außergewöhnlich sein, wenn du dein Verhalten infrage stellst.«

»Ich stelle nichts infrage. Und es geht nicht um einen Mann.« Ich weiß nicht wieso, aber ich will nicht, dass Piper weiß, dass mich jemand schwach macht. Als wäre Elijah ein süßes Geheimnis, das ich noch nicht bereit bin zu teilen.

»Was beschäftigt dich sonst?« Sie kennt mich und weiß ganz genau, wie es gerade in mir aussieht. Sie weiß, dass mich etwas oder besser gesagt jemand beschäftigt, aber ich möchte noch nicht über meine wirren Gefühle reden. Ich weiß ja selbst nicht, was mit mir los ist.

»Ich glaube, dass es an der Zeit ist, mein Herz zu verschenken.«

Piper verschluckt sich an ihrem Cocktail und klopft wild auf ihre Brust, um ihren Husten unter Kontrolle zu bringen. Ich streiche ihr über den Rücken und kann mir ein Lächeln nicht verkneifen.

»Du willst was?«, fragt sie ungläubig und bekommt große Augen. Nicht, dass ich kalt wie ein Stein wäre, wenn ich Männer date, aber dass ich mich bewusst verlieben will, habe ich noch nicht gesagt.

»Ich bin fast dreißig Jahre alt und habe noch nie die große Liebe getroffen.«

»Das war eine bewusste Entscheidung deinerseits. Und ich weiß, dass ein paar der Jungs dein Herz haben höher schlagen lassen. Trotzdem hast du dich von ihnen abgewandt.«

»Die Katastrophe mit Chelsea hat mir wohl den Glauben an die Liebe genommen, oder besser gesagt den kleinen Funken, der damals noch übrig war. Dabei kann ich mir selbst nicht erklären, wieso ich innerlich so gehemmt bin. Meine Eltern sind seit über vierzig Jahren glücklich verheiratet. Mir hat noch nie jemand das Herz gebrochen, und doch habe ich panische Angst, jemanden nah an mich ranzulassen.«

»Liegt es vielleicht an deinem Job? Als Treuetest-Agentur habt ihr doch einiges erlebt. Ich weiß, du darfst nicht darüber reden, und ich stelle auch keine Fragen über deine Kund*innen, doch ich ahne, dass der Prozentsatz derer, die wirklich betrügen, wesentlich höher ist als die Quote treuer Partner*innen.«

Ich seufze und wende den Blick ab. In der Bar befinden sich Menschen jeden Alters. Und viele davon sind wohl dabei, ihre Partner*innen zu betrügen, ohne dass ihre Liebsten es je erfahren werden. Das ist die traurige Wahrheit, mit der ich oft konfrontiert werde. Und ja, sie beeinflusst zu einem gewissen Teil auch mein Leben.

»Vielleicht hat der Job tatsächlich eine Auswirkung auf meine Einstellung zu Beziehungen.«

»Oder es ist einfach noch nicht der Richtige gekommen, der dich von den Socken haut.«

»Oder das«, antworte ich und hebe meine Mineralflasche hoch, um mit ihr anzustoßen.

»Egal, was es ist, ich werde es zum Teufel jagen. Denn ich werde meinen Erfahrungen nicht die Macht geben, mein Glück zu trüben«, sage ich entschlossen, nachdem ich einen kräftigen Schluck genommen habe. Da meine Gedanken noch immer um Elijah kreisen, greife ich nach der Hand meiner besten Freundin und grinse sie an.

»Mir ist langweilig. Lass uns woanders hingehen.« Ich wackle mit den Brauen, um sie dazu zu bringen, mit mir die Location zu wechseln.

»Was schwebt dir vor?«, will sie wissen und ist meinem Vorschlag gar nicht abgeneigt.

»Ich will tanzen.« Allein der Gedanke daran, meine Sorgen wegzutanzen, ist verlockender denn je.

»Du weißt schon, dass morgen Montag ist? Wie ich dich kenne, wirst du vor zwei Uhr morgens nicht nach Hause gehen wollen.«

»Ist mir egal. Tanzen hilft, den Kopf freizukriegen.«

»Mein Kurs für morgen ist ausgefallen, also bin ich down for it«, antwortet sie und macht mir eine unglaubliche Freude damit.

»Worauf warten wir dann noch?«

»Ich habe keinen blassen Schimmer«, sagt sie und erhebt sich, damit wir endlich losgehen können.

Wir betreten den Club, in dem uns bunte Lichter, laute Musik und viele Menschen erwarten. Genau die Location, die ich heute brauche. Wir suchen uns einen der Stehtische aus, von dem aus wir erst mal die Lage checken und der Musik lauschen. Piper holt uns zwei Flaschen Bier, und es dauert keine zwei Minuten, bis ich spüre, dass mich jemand beobachtet. Ich merke schnell, wenn jemandes Aufmerksamkeit auf mir liegt. Das ist für mich Segen und Fluch zugleich. Denn an manchen Tagen will ich einfach nicht angesprochen werden, und heute ist einer davon. Es reicht schon, wenn Elijah James in meinem Kopf herumspukt, da brauche ich keinen weiteren.

»Wo bleibt die denn?«, frage ich mich und sehe mich um. Ich spüre den Blick noch immer auf meinem Rücken und muss sagen, dass es mir eine Gänsehaut bereitet, doch der Raum ist zu voll, als dass ich die Person ausfindig machen könnte. Ich schüttle das Gefühl ab und entdecke an der Bar meine beste Freundin, die sich mit jemandem unterhält, den ich aber nicht erkennen kann. Die Musik wechselt zu einem sanften Klavierton, der beinahe zu ruhig für einen Club wie diesen ist. Doch die Melodie gefällt mir. Ich bin gefangen in dem Song, der immer schneller wird, sich von der Ballade zu einem Dance-Track verwandelt, sodass ich die Wärme in meinem Rücken nicht sofort spüre.

»Miss Madigan, was für eine Überraschung«, flüstert mir eine bekannte Stimme ins Ohr, und da ist sie erneut. Diese Gänsehaut, die ich vorhin schon gespürt habe. Ich drehe den Kopf zur Seite und blicke auf breite Schultern. Ich neige den Kopf zurück, um das Gesicht des Fremden zu sehen, der plötzlich gar nicht mehr so fremd ist.

»Sie?«, frage ich und klinge wohl alles andere als begeistert, Elijah James hier zu sehen.

»Ja, ich«, antworte er mit einem charmanten Lächeln, das so anders ist als beim letzten Mal. Wir blicken einander in die Augen, und ich kann nicht verhindern, dass mein Herz stolpert, als er einen Mundwinkel anhebt und mich anlächelt. Das hier ist nicht Elijah James, der CEO und Investor, das ist einfach Elijah. Ein überaus attraktiver und sympathischer Mann.

»Das ist eine Überraschung«, sage ich und löse als Erste den intensiven Blickkontakt.

»Ich bin auch angenehm überrascht, Sie hier zu treffen. Sie sehen wunderschön aus.« Ich kann mit Komplimenten umgehen, bekomme öfter welche zu hören, doch ich kann nicht verhindern, dass eines aus Elijahs Mund meine Wangen zum Erröten bringt. Er sah schon im Anzug gut aus, doch heute trägt er eine dunkle Jeans zu weißem Hemd. Eine tödliche Kombi, die mich bei Männern schwach werden lässt.

»Wie geht es Ihnen?«, frage ich und zwinge mich so dazu, ihm ins Gesicht zu sehen und nicht an den Adern an seinem Unterarm hängen zu bleiben, die eine weitere meiner Schwachstellen bei Männern sind. Dieser Mann scheint ein richtiges Minenfeld für meine Selbstbeherrschung zu sein.

»Ganz gut. Ich war diese Woche auf Geschäftsreise und bin am Freitag nach Hause gekommen.« Klar, dass er gearbeitet hat. In den Interviews, die ich von ihm gelesen habe, hat sich schnell herauskristallisiert, dass er ein Arbeitstier ist.

»Wie war Ihre Woche?«, fragt er und stellt sich neben mich, sodass ich mir nicht den Hals verrenken muss, während ich mich mit ihm unterhalte.

»Zufriedenstellend, aber auch arbeitsintensiv. Es ist nicht einfach, die Treue von Menschen zu testen.«

»Das kann ich mir gut vorstellen. Ich entspanne nach einer

anstrengenden Arbeitswoche am besten mit Sport oder Filmabenden mit Sher und Lock.«

»Ich entspanne beim Tanzen, langen Schaumbädern und einem guten Buch.«

»Darf ich Sie zu einem Drink einladen?«, fragt er mich, doch ich schüttle den Kopf.

»Meine beste Freundin holt uns gerade etwas dort …« Ich blicke dorthin, wo sie bis eben noch gestanden hat, sehe sie aber nicht. Ich schnappe mir mein Smartphone und entdecke eine neue Chatnachricht von ihr.

Piper: Ich bin mit Lars unten im Restaurant.
Er möchte mit mir reden.

Oh nein. Wenn ihr Exfreund wieder auf der Bildfläche erscheint, ist das sicher mit Tränen verbunden, aber ich lasse sie da immer selbst ihre Erfahrungen machen. Ich habe ihr einmal gesagt, was ich von ihm halte. Fehler müssen die Menschen selbst begehen, damit sie daraus lernen.

»Ist alles in Ordnung?«, fragt Elijah und sieht mich besorgt an. Mein Gesicht muss wohl unheilvoll aussehen, doch ich setzte schnell ein Lächeln auf.

»Ja, meine Freundin ist nach unten gegangen, weil sie Hunger hat.«

»Gut, dass ich hier bin. Dann sind Sie nicht allein.«

»Ja. Das ist super«, sage ich freundlich, doch es ist eher sarkastisch gemeint. *Wie kann ich ihn aus meinem Kopf verbannen, wenn wir uns ständig über den Weg laufen?*

Er sieht nicht nur gut aus, sondern duftet auch nach einem verboten guten Männerparfüm, das meine Nase umschmeichelt.

»Was möchten Sie trinken?«

»Ein Bier.«

»Welche Marke?«

»Das ist egal, ich mag es, alle Sorten wieder neu zu entdecken.«

»Okay, bis gleich.« Ich sollte nicht auf seinen Hintern starren, während er sich zur Bar aufmacht, aber ich bin schwach. Sein Po sieht knackig aus in dieser engen Jeans, und mein Mund wird trocken, wenn ich daran denke, wie es sich wohl anfühlen würde, ihn zu greifen. *Soll ich einfach vergessen, dass wir beruflich miteinander zu tun haben werden, und ihn mir schnappen?* Ich stehe auf ihn und er anscheinend auch auf mich, wir könnten für eine Nacht vergessen, wer wir sind, und einfach Spaß haben. Doch schon der Gedanke fühlt sich falsch an, also werde ich wohl weiterhin meine Sehnsucht nach diesem Mann verschleiern müssen, denn etwas mit ihm anzufangen wäre falsch. Falsch, und zugleich unwiderstehlich verlockend.

10. KAPITEL

Elijah

»Verdammt, sie ist umwerfend«, flüstere ich, als ich nach hinten zu ihrem Tisch blicke. Sie steht genau dort, wo sich die beste Beleuchtung im Club befindet, sodass ich und auch alle anderen sehen können, wie wunderschön sie ist. Ich wollte heute mit Arthur ausgehen, um auf andere Gedanken zu kommen und nicht ständig an Aurora denken zu müssen. Schon als sie mich das erste Mal in der Agency angelächelt hat, hat sie mir den Kopf verdreht. Ich kann nicht aufhören, an ihr Lachen zu denken, an ihre warmherzige Art, die sie mir entgegenbrachte, als sie glaubte, ich sei mittellos, und ihre beruhigende Stimme, der ich während ihrer Präsentation lauschen durfte.

Ich stecke in Schwierigkeiten, und zwar in großen, denn morgen möchte ich den Schwestern mitteilen, dass ich investieren werde. Es handelt sich um eine kluge und berechtigte Investition, doch es wird wie ein Eigentor für mich sein, denn sobald alles unter Dach und Fach ist, wird Rory für mich tabu sein. Mein Vater konnte das Private nicht vom Beruflichen trennen, und das hat seine Ehe zerstört. Ich will nicht so werden wie er, selbst wenn ich keine Frau an meiner Seite habe.

Ich will rational handeln und an die Arbeit denken. Doch ein Blick in ihre Augen reicht aus, und ich will all meine Prinzipien über Bord werfen. Ich will ihren Nacken packen und sie an mich ziehen, um sie so zu küssen, dass uns beiden die Luft wegbleibt. Das ist es, was ich will, doch was ich will und was richtig ist, sind zwei verschiedene Dinge. Ich teile dem Barkeeper unsere Bestellung mit und warte dann ungeduldig, da ich unbedingt wieder zu Rory zurück möchte. Ich habe das Gefühl, als wäre unsere gemeinsame Zeit begrenzt, und ich möchte sie voll und ganz auskosten.

Ich drehe mich um und blicke erneut zu Rory, die zu meinem Leidwesen nicht mehr allein am Tisch steht. Ein Mann hat sich zu ihr gesellt und unterhält sich angeregt mit ihr. Sie scheint froh zu sein, ihn zu sehen. Ich gehe auf die beiden zu und stelle mich neben den Mann, der ein Glas Whiskey in der Hand schwenkt.

»Mr James. Darf ich Ihnen meinen guten Freund Andrew Wheeler vorstellen?«

»Elijah James. Freut mich«, sage ich und schüttle ihm die Hand. Sein Händedruck ist fest und sein Blick aufmerksam, so als wisse er genau, dass ich an Rory interessiert bin. Guter Freund ist zumindest nicht fester Freund. Damit kann ich leben. Er trägt einen Anzug und ist von Kopf bis Fuß perfekt gestylt. Jede Haarsträhne sitzt. Ich will ihm gerade eine Frage stellen, als er sich Rory zuwendet und ihre Hand nimmt.

»So, meine Schöne, hat mich gefreut, dich zu sehen, aber ich muss zu meiner Verabredung. Euch zweien noch viel Spaß.«

»Danke, den werden wir haben«, antwortet Rory lachend und haucht ihm einen flüchtigen Kuss auf die Wange.

»Bis dann«, sage ich und nicke ihm zu, als er auch schon in der Menge verschwindet.

»Das ist der beste Freund von Chelsea und seit Jahren ein Teil unserer Familie.«

Ich reiche ihr Bierflasche und Strohhalm, den sie jedoch ablehnt.

»Das wäre eine Schande für die Biergöttin. Niemals.«

»Es gibt eine Biergöttin?«, frage ich lachend, da ich ihren Humor erst jetzt wirklich erleben darf.

»Aber klar, und sie sagt, dass Strohhalme und warmes Bier eine Sünde sind, die mit einem Fluch geahndet werden.«

»Gut, dass Sie mich darüber in Kenntnis setzen, das erspart mir einiges an Ärger.«

»Gern geschehen. Prost.« Wir stoßen kurz an, ehe wir einen großen Schluck trinken. Eine Weile genießen wir still unser Bier und die Musik, doch mit jeder Minute, die verstreicht, wird es lauter um uns herum.

»Wollen wir in die Lounge wechseln?«, frage ich. »Da ist die Musik leiser, und es ist gemütlicher.« Ich möchte die kurze Zeit, die wir miteinander haben, nicht mit Schweigen verbringen.

»Aber sicher.« Ich lasse ihr den Vortritt, und wir begeben uns zusammen in die Lounge, wo wir eine gemütliche Sitzecke ergattern können. Als wir uns setzen und die Musik endlich nicht mehr so laut ist, fühle ich mich gleich viel wohler.

»Wie geht es Sher und Lock?«

»Fragen Sie lieber nicht«, sage ich und denke erneut an letzte Nacht, wo sie mich auf Trab gehalten haben.

»Oje, das klingt nicht gut.«

»Ist es auch nicht. Gegen zwei Uhr früh dachten sich die beiden, dass ich keinen weiteren Schlaf benötige, und haben eine sehr laute Jagd unternommen.«

»So mit Miauen und Kratzspuren inklusive?«

»Und wie, und sie hatten noch einen Bonus. Sie haben sich einfach beide auf mich gestürzt und sich auf mir weitergekabbelt.« Das bringt sie noch heftiger zum Lachen, doch ich wünschte, es wäre nur ein Scherz, den ich gerissen habe.

»Man kann darüber lachen, wenn man selbst nicht das Opfer ist.«

»Das Herumrennen hätte mich womöglich nicht aufgeweckt, aber wenn sie mich als Trampolin benutzen würden, wäre es auch mit meiner Nachtruhe vorbei gewesen.«

»Haben Sie einen tiefen Schlaf?«

»Ja, zum Glück. Meine Wohnung ist in der Nähe der Polizeistation, und da hört man so einiges, doch sobald ich schlafe, kann eine Massenschießerei stattfinden, ich würde sie nicht hören.«

»Neid. Ich empfinde puren Neid.«

»Ich denke, das war reiner Selbsterhaltungstrieb. Ich bin auf einer Farm aufgewachsen, und der Hahn kräht sehr früh. Dann hat unser Hund Donny bei jeder noch so kleinen Bewegung gebellt, als wäre Pablo Escobar hinter uns her. Wenn man da einen leichten Schlaf hat, schläft man einfach überhaupt nicht mehr.«

»Das heißt, Sie sind durch eine harte Schule gegangen.«

»Ich finde, das Sie können wir hinter uns lassen, oder? Ich bin Rory. Zumindest außerhalb der Agency«, sagt sie und reicht mir ihre Hand, die ich nur zu gerne ergreife, um sie sanft zu schütteln.

»Elijah«, antworte ich und bin versucht, mit dem Daumen über ihre weiche Hand zu streicheln. Auch ihre Lider flattern, als würde sie diese Berührung genauso genießen wie ich.

»Vermisst du es? Das Landleben meine ich«, sage ich. Ich muss dringend das Gespräch beleben, um mich vom Anblick ihrer vollen Unterlippe abzulenken.

»Eigentlich nicht. Ich wohne gerne in Queens, so weiß ich die Besuche bei meinen Eltern umso mehr zu schätzen. Und du? Steckt tief in dir ein Farmerboy?«

»Schön wäre es, aber leider nein. Ich bin in Staten Island aufgewachsen und habe dort das Haus meiner Eltern übernommen.«

»Also auch ein halber Stadtmensch, wenn es dich nach Staten Island verschlagen hat?«

»Ich habe auch eine Wohnung in Manhattan, doch dort bin ich nicht oft anzutreffen. Je nach Verkehr brauche ich so zwar fast vierzig Minuten bis nach Hause, aber ich liebe es, dass ich seit dreißig Jahren in demselben Haus wohne. Ich habe es nach der Scheidung meiner Eltern und dem Auszug meiner Mom, als ich aufs College ging, zwar renoviert und nach meinem Geschmack eingerichtet, aber die Geschichten, die dieses Haus in sich trägt, sind immer noch dieselben.«

»Schöner Gedanke. Ich möchte gar nicht wissen, wie viele und welche Sorte Menschen schon in meiner Wohnung gelebt haben. Das wäre überaus gruselig, aber ich mag mein kleines Reich in Queens sehr gerne.«

»Also lebst du allein?«, frage ich vorsichtig, da ich keine Ahnung habe, ob sie in einer Beziehung ist oder nicht. Und das ist die Frage, die ich mir schon seit unserer Begegnung stelle.

»Ja, anfangs haben Sierra und ich zusammengewohnt, doch das ist schnell schiefgegangen, also haben wir uns jede eine eigene Wohnung gesucht.« Sie streicht das Kondenswasser von ihrer Bierflasche und blickt mit einem seligen Lächeln auf den Lippen darauf. Sie sieht glücklich aus, aber ich bin immer noch nicht schlauer, denn ich brenne darauf, zu erfahren, ob sie Single ist.

»Wie läuft das so bei euch? Also mit der Familie zusammenzuarbeiten?«, frage ich neugierig, da es bei meinem Dad, Halbbruder und mir eher mäßig geklappt hat.

»Da wir uns die Arbeit aufteilen und jede von uns für einen anderen Bereich zuständig ist, läuft es sehr gut. Klar, manchmal muss man gewisse Dinge runterschlucken, die man der Schwester sonst direkt ins Gesicht sagen würde, aber im Großen und Ganzen kommen wir super zurecht. Es läuft gut, wie du ja erfahren hast.«

»Das stimmt. Ich muss zugeben, dass du die Präsentation gerockt hast. Ich habe unzählige davon gehört und gesehen.«

»Wow, ein Kompliment vom SU-Gott.«

»Wie bitte?«, frage ich erstaunt, da ich diese Beschreibung in Bezug auf mich noch nicht gehört habe.

»Hast du nicht gewusst, dass du im Internet als ›Start-up-Gott‹ beschrieben wirst?«

Ihre Aussage bringt mich herzlich zum Lachen. Bei der Vorstellung, dass mich jemand als Gott bezeichnet, kann ich einfach nicht anders, als loszuprusten.

»Nein, davon habe ich tatsächlich noch nichts gehört, aber ich lese auch keine Artikel über mich, und vor allem google ich mich nicht selbst.« Sie blickt kurz auf ihren Schoß und schluckt, ehe sie mir wieder in die Augen sieht, ganz so, als hätte sie das getan. *Sehr interessant.*

»Wie dem auch sei, deine Arbeit wird in den Kreisen, in denen wir uns bewegen, wertgeschätzt.«

»Schön, wenn man in einer Zeit, wo viel Kritik geäußert wird, auch Lob abbekommt. Möchtest du noch etwas trinken?«, frage ich Rory, da sie in Windeseile ihre Flasche geleert hat. Auch sie blickt erschrocken darauf, als hätte sie gar nicht vorgehabt, sie so schnell auszutrinken.

»Alles gut. Ich habe genug für heute. Morgen ist ein Arbeitstag, da will ich es nicht übertreiben«, sagt sie, und ich sehe den Schalk in ihren Augen aufblitzen. Sie spielt auf meine Eskapade an.

»Ich habe wohl nicht den besten ersten Eindruck hinterlassen, oder?«, frage ich etwas verlegen und streiche mir durchs Haar.

»Ich habe dir keine Chance dazu gegeben.«

»Das stimmt, dafür hast du Eindruck auf mich gemacht, so sehr, dass ich völlig in deinem Bann war, bis ich dann plötzlich im Aufzug stand.« Da wir auf derselben Bank sitzen, habe ich mich Rory unbewusst immer mehr genähert, sodass sich unsere Knie fast berühren.

»Habe ich das?«, fragt sie und sieht mir ebenso tief in die Augen, sodass ich schlucken muss. In ihre blauen Augen zu sehen ist wie ein Ausflug ans Meer, wo mich kristallklares blaues Wasser, Palmen und ein Cocktail erwarten. Es ist wie Magie.

»Ja, das hast du«, flüstere ich. Es ist, als wären wir beide zwei Magnete, die einander anziehen. Ich will ihr näherkommen, einen tiefen Atemzug nehmen, um ihren Duft einzuatmen, und vor allem will ich mehr von ihr, was allerdings gegen mein mir selbst auferlegtes Verbot verstößt. Ich wollte sie doch nicht begehren, wollte nicht Privates und Berufliches vermischen, und doch bin ich nun hier und flehe sie mit den Augen an, einen Schritt auf mich zuzugehen, denn sollte sie ihn machen, würde ich alle Prinzipien über Bord werfen und die Chance ergreifen, mit dieser wunderbaren Frau zusammen zu sein.

Dass ich hier gegen meine Prinzipien verstoßen will, spielt keine Rolle, denn Rory lehnt sich zurück, den Mund leicht geöffnet. Es wirkt so, als erschrecke es sie, dass so etwas zwischen uns fast möglich gewesen wäre, und ich fühle Enttäuschung in mir aufsteigen. Ich will mehr von ihr erfahren, will mich locker unterhalten, wenn ich sie schon nicht halten darf, aber dann gesellt sich ihre beste Freundin dazu, und unsere schöne Blase, die wir uns aufgebaut haben, zerplatzt.

Doch das heißt noch lange nicht, dass wir getrennte Wege gehen, denn Piper, Rory, Arthur und ich unterhalten uns noch ausgiebig, trinken gemütlich etwas und haben einfach eine gute Zeit. Genauso wie es geplant war, doch mein persönlicher Bonus ist es, Rory wiedergetroffen zu haben und sie näher kennenlernen zu dürfen, was im Büro wohl nie passiert wäre. Vielleicht war das auch die einzige Möglichkeit, dies zu tun, denn ab morgen wird sich alles ändern. Ab morgen werden wir arbeitstechnisch eng miteinander verbunden sein, was mich einerseits freut. Andererseits wünschte ich, sie wäre jemand anderes. Jemand, der nicht verboten ist.

11. KAPITEL

Rory

»Er ist einfach umwerfend«, flüstert mir Piper ins Ohr, als wir den Club verlassen und draußen auf Elijah und Arthur warten.

»Erzähl mir was Neues. Ich habe Augen im Kopf.« Meine Worte kommen mir mürrischer über die Lippen als beabsichtigt, und natürlich macht das meine beste Freundin ziemlich neugierig.

»Und wieso sagst du das so frustriert? Solltest du nicht eigentlich längst was mit ihm am Laufen haben?«, will sie wissen, und ich verdrehe die Augen. Nicht weil sie mich nervt, sondern weil mir die Situation zu schaffen macht. Wäre er nicht derjenige, der er ist, dann würde ich nicht lange überlegen und mir einfach nehmen, was ich will.

»Er könnte einer der Investor*innen sein, und somit kann nie etwas zwischen uns laufen.«

»Was? Er will in die Agency investieren?«

»Ja, er war sogar der Erste, dem ich unsere Präsentation vorgestellt habe.«

»Warte mal! Willst du damit sagen, dass er derjenige war, den du in der Agentur verwechselt und rausgeschmissen hast?«

»Genau der.« Überrascht öffnet Piper den Mund und blickt auf die geschlossene Tür des Clubs, als würde er dort leibhaftig stehen.

»Oh. Jetzt verstehe ich deinen Frust. Wenn ihr durch die Arbeit miteinander verbunden seid, dann ist eine Affäre unmöglich. Das würde mich auch ärgern.«

»Dieser Mann fasziniert mich so sehr, dass ich mir zum ersten Mal mehr als nur eine kurzzeitige Liebelei vorstellen könnte.« Das lässt sie nun komplett erstaunt zurück, was ich ihr nicht verübeln kann. Bis jetzt sind mir diese Worte nur als Teenie über die Lippen gekommen, und aus den Plänen wurde meistens nichts.

»Das sagst du jetzt so leicht, weil er verboten ist. Du würdest doch schnell wieder das Interesse an ihm verlieren, oder?«

»Vielleicht, und weil er verboten ist, solltest du als beste Freundin kein Salz in die Wunde streuen und mich weiter leiden lassen.« Ich schmolle, weil ich vernünftig bin, aber eigentlich etwas komplett anderes tun möchte.

»Okay, okay. So sensibel bist du sonst nie drauf, was wohl heißt, dass du wirklich auf ihn stehst.«

»Ja, das tue ich«, gebe ich ehrlich zu, woraufhin Piper mir eine Hand auf die Schulter legt.

»Das wusste ich nicht. Es tut mir leid.«

»Was tut dir leid?«, fragt Elijah und gesellt sich zu uns, mit einem fröhlichen Gesichtsausdruck, der aber verblasst, als er unsere Mienen sieht.

»Ach, nicht so wichtig. Wo ist dein Freund?«, fragt Piper und blickt hinter ihm zum Eingangsbereich, doch außer dem Türsteher ist niemand zu sehen. Die beiden sind direkt zum Du übergegangen.

»Er wird von seiner Verlobten abgeholt, also sind wir nur noch zu dritt.« Dieser Umstand scheint ihm nichts auszumachen, es scheint eher, dass er sich sehr darüber freut, mit uns allein zu sein.

»Eigentlich seid ihr nur zu zweit«, sagt Piper, die verdammte

Verräterin und sieht zu Elijah und nicht zu mir, weil ich sie mit den Augen erstechen werde, sobald sie es tut.

»Du verlässt uns? Wie schade.« Er sagt diese eher traurigen Worte, doch seine Miene erhellt sich. *Will er mit mir allein sein?* Dieser Gedanke verursacht mir Herzflattern, und meine Wangen werden plötzlich ganz warm. Das darf doch nicht wahr sein. Alles, nur nicht das.

»Ja, ich wollte mich noch mit einer Freundin in einer anderen Bar treffen.«

»Wer soll das denn bitte sein?«, werfe ich ein und lache dabei, als wäre es ein Scherz, aber ich meine das ernst. Sie hat viele Bekannte, aber wirklich ausgehen tut sie nur mit mir oder meinen Schwestern, die heute nicht unterwegs sind.

»Rory, unser kleiner Scherzkeks. Ist sie nicht lustig?«, fragt sie und legt ihre kalten Hände an meine Wangen, um sie zu kneifen, als wäre ich ein Kleinkind. Wir liefern uns einen feurigen Blickaustausch.

»Lass mich los oder ich verschlucke meine Zunge«, murmle ich, und sie lässt mich mit einem Zwinkern los. Ich jedoch koche innerlich und würde ihr am liebsten die Ohren langziehen.

»Elijah, meine beste Freundin friert leicht, also bring sie sicher und wohlbehalten nach Hause, ja?«

»Klar, mach dir keine Gedanken. Ich sorge dafür, dass sie gut nach Hause kommt.«

»Vielen Dank. Dann sehen wir uns die Tage. Hat mich sehr gefreut.«

Sie winkt uns zu und entfernt sich schnellen Schrittes von uns. *Lauf, du Verräterin, sonst trete ich dir in den Hintern dafür, dass du mich in diese Lage gebracht hast.*

»Dann lass uns gehen. Mein Auto steht hinter dem Gebäude.« Er hebt die Hand und lässt mir den Vortritt. Erst als wir in die Nähe seines Wagens kommen, geht er neben mir und geleitet mich zu seinem schwarzen Sportwagen. Im Auto erfüllt mich sein Duft von allen Seiten und lässt mich gierig nach Luft schnappen, während er die Tür schließt und das Auto umrundet. Er öffnet die Tür zum Rücksitz, zieht seinen langen Mantel aus, ehe er sich wieder in Hemd und Jeans hinters Steuer setzt.

»Ich kann nicht mit Mantel fahren«, erklärt er, während er selbst auf der Fahrerseite Platz nimmt. Er startet den Wagen, und ich nenne ihm meine Adresse, als er sich in den Verkehr einfädelt. Während der Fahrt unterhalten wir uns über Belangloses und führen Small Talk, doch ich beteilige mich nur halbherzig, denn ich kann nicht aufhören, ihn von der Seite aus anzusehen. Er hat die Ärmel seines weißen Hemdes hochgekrempelt, sodass ich seine Unterarme bestaunen kann, die stark wirken und doch weich aussehen. Er hat eine gerade Nase, eine markante Kinnpartie und fein geschwungene Lippen. Und diese Grübchen, die sich zeigen, wenn er lächelt, sind mein Untergang, weil sie so unfassbar süß sind.

Sein kupferfarbenes Haar ist dicht und gewellt, aber er hat es wohl mit Gel zu einer stylischen Frisur frisiert. Alles an ihm lässt meine Alarmglocken schrillen, denn Männer wie er brechen meinen Freundinnen meist das Herz. Ausnahmen bestätigen die Regel, doch ich bin nicht bereit, dieses Risiko einzugehen. Das muss ich mir vor Augen halten und darf mich nicht durch seine weiche Stimme und seine humorvolle Art einlullen lassen.

Als er vor meinem Gebäude anhält, stellt er den Motor ab und wendet sich mir zu. Mittlerweile ist es angenehm warm im Auto, und es graut mir davor, nach draußen in die Kälte zu gehen. Trotzdem befehle ich meinen Füßen, sich in Bewegung zu setzen, doch nichts passiert.

Wieso muss er so gut aussehen und mir diesen Blick zuwerfen, der voller Neugier, Sehnsucht und Wärme ist?

»Jetzt heißt es wohl Abschied nehmen«, flüstere ich und greife nach meiner Clutch, um mich an etwas festzuhalten, denn ich will nicht gehen. Die Nacht ist noch jung, und ich habe so viele Fragen an ihn, will mehr über ihn erfahren. Aber ich bin in einem Zwiespalt gefangen wie noch nie.

»Wieso so traurig? Sehen wir uns denn nie wieder?«, fragt er mich und setzt einen Welpenblick auf, der meine Knie weich werden lässt. Elijah lässt keinen Zweifel aufkommen, dass er mehr Zeit mit mir verbringen will. Doch was wir wollen und was gut für uns ist, sind zwei verschiedene Dinge.

»Doch schon, aber nicht mehr im privaten Rahmen«, spreche ich das aus, was mir durch den Kopf geht.

»Weil du es nicht möchtest?«

»Weil wir privat die Distanz wahren müssen. Was ich will, spielt hier keine Rolle.« Ich blicke auf die Tasche auf meinem Schoß.

»Das wird immer eine Rolle spielen. Zumindest für mich.« Damit entlockt er mir ein stummes Seufzen und lässt mich langsam den Kopf heben. Meine Augen gleiten über seinen Bauch, die feste Brust und seine starken Schultern, bis mein Blick schließlich seinen fein wirkenden Hals hinaufwandert und bei seinen grünen Augen innehält. Mir bleibt für kurze Zeit die Luft weg, als auch er seufzt und alles an ihm danach schreit, sich mir zu nähern. Aber er bleibt, wo er ist. Zuerst denke ich, dass er keinen Versuch unternehmen wird, doch wie um seine Worte zu unterstreichen, greift er plötzlich nach meiner Hand und drückt sie sanft, was mich vor Überraschung nach Luft schnappen lässt.

Mit langsamen Bewegungen streichelt er über meinen erhitzten Handrücken und lächelt plötzlich.

»Hmm?«, murmle ich fragend.

»Es ist eine Weile her, dass ich so gefühlt habe.«

»Wie fühlst du dich?«, hauche ich, und meine Stimme droht zu versagen.

»Als würde ich auf der Stelle vergehen, wenn du mir nicht erlaubst, dich zu küssen.«

»Was? Wir sollten das nicht …«, flüstere ich, was aber in ein sehsüchtiges Seufzen umschlägt. Mit einer schnellen Bewegung kommt er näher, so nah, dass sich unsere Nasen berühren. Ich schnappe nach Luft vor Überraschung, doch jede Faser in meinem Körper möchte, dass er sich mir nähert. Dass er mit seinem Mund meinen bedeckt. Er hält meine Hand, sieht mir dabei so tief in die Augen, dass es beinahe als zu intim eingestuft werden könnte.

Meine Atmung beschleunigt sich, als er noch näher rückt und mit seiner Wange sanft meine berührt. Wieso kann etwas, was sich so gut anfühlt, falsch sein? *Was passiert hier?* Ich sollte schon längst ausgestiegen sein, aber ich kann mich nicht bewegen, und vor allem will es ein Teil von mir einfach nicht. Ich bin völlig gefangen in dem Bann, den Elijah geschaffen hat.

Mittlerweile ist meine Atmung abgehackt und unkontrolliert, sodass meine Brust bei jedem Einatmen seinen Oberkörper berührt. *Das hier ist so falsch, unprofessionell und zu viel, wieso also kann ich nicht von ihm abrücken? Wieso will ich, dass er weitermacht und mit seiner Wange meinen Hals erkundet?*

Er nähert sich mit den Lippen langsam meinem Ohr, sodass ich seinem Atem lauschen kann.

»Fühlst du das?«, raunt er verführerisch, und ich umgreife meine Tasche mit der freien Hand, um sie nicht in seinem Haar zu vergraben. Das hier ist reinste Folter für meine Selbstbeherrschung.

»Hmm«, murmle ich, denn ich könnte kein Wort rausbringen, auch wenn ich es wollte. Ich versinke einfach in dem Gefühl, und es ist beinahe zu viel.

»Das, was du gerade empfindest, kann sich wiederholen, wenn du es möchtest.« Ich will, großer Gott, ich will es so sehr. Meine Selbstbeherrschung geht beinahe über Bord, als seine Lippen mein Ohrläppchen streifen und eine Gänsehaut meinen Körper überzieht, doch ich bleibe standhaft, löse meine Hand aus seiner und schiebe ihn sanft, aber bestimmt von mir.

»Das ist falsch.«

»Für mich fühlt es sich aber grandios richtig an«, sagt er, die Augen noch immer auf mich gerichtet, und auch ich fühle so viele Emotionen auf einmal, aber vorrangig ist da dieses Unwohlsein, das ich dabei verspüre, ihm so nah zu sein, obwohl ich doch heute einen Schlussstrich ziehen wollte.

»Ich sollte jetzt gehen«, flüstere ich heiser und nicht gerade überzeugend. Das Kribbeln, das unser Hautkontakt ausgelöst hat, lässt Wärme in mir aufsteigen, und wenn ich jetzt nicht gehe, werde ich etwas tun, was ich später bereuen werde. Also bedanke ich mich bei Elijah fürs nach Hause bringen und öffne die Tür, wo mir ein Schwall kalten Herbstwinds eine Gänsehaut beschert – oder ist es Elijah selbst? Ich weiß es nicht. Was ich jedoch weiß, ist, dass ich hier raus muss.

»Wir sehen uns«, sagt er zum Abschied, schenkt mir ein warmes Lächeln und wirft mir einen Blick zu, der beinahe herausfordernd ist. So als wäre das letzte Wort in dieser Sache noch nicht gesprochen.

»Chelsea ist so stolz auf dich, mein Schatz.« Die Stimme meiner Mutter dringt am nächsten Morgen aus meinen Autolautsprechern, während ich meine Sporttasche nach hinten auf den Rücksitz werfe und das Auto starte.

»Das ist das Mindeste. Ich habe mir den Mund fusselig geredet, um Investor*innen an Land zu ziehen.«

»Und, habt ihr schon jemanden gefunden?«

»Ja, drei haben uns ein Angebot von zwei Millionen Dollar gemacht. Einer sogar drei.«

»Drei Mill…« Sie schnappt nach Luft, als könnte sie sich so eine hohe Summe gar nicht vorstellen. »Ja, unsere Branche ist sehr gefragt.«

»Könnt ihr euch eine Zusammenarbeit mit einem von denen auch vorstellen? Ich meine, das Geld ist schön und gut, aber es muss auch die Chemie stimmen. Oder sehe ich das falsch?« Das ist es ja. Sie waren allesamt seriös und interessiert, und egal wer uns bei der Expandierung helfen wird, wir werden überaus dankbar sein und weiterhin unser Bestes geben. Wenn Elijah nicht in unsere Agentur investiert, würden die Sorgen, die mich in der letzten Nacht wach gehalten haben, einfach verschwinden. Auf der anderen Seite genießt Elijah James Holdings einen ausgezeichneten Ruf. Wenn er in uns investieren würde, dann würden wir vom Besten unterstützt werden. Aber wieso mache ich mir überhaupt so viele Gedanken darum? Habe ich nicht für mich beschlossen, Elijah und die Gefühle, die er in mir weckt, einfach hinter mir zu lassen? *Wieso führe ich mich so auf?* In der Agency habe ich den Ruf, äußerst professionell und zuverlässig zu sein. *Warum tue ich dann jetzt genau das Gegenteil?*

»Klar, es sind einige interessante Personen dabei, die uns helfen können zu wachsen.« Ich denke, so kann ich es am besten formulieren.

»Ihr drei werdet noch die Welt erobern und eure Eltern im schönen Colorado vergessen.« Ihre Stimme wird leise, fast so als könnte dieser Fall wirklich eintreten, was natürlich völliger Quatsch ist.

»Das würdest du uns doch nie durchgehen lassen. Der Telefonterror wäre nicht auszuhalten. Ich meine, weißt du noch, wie wir uns vor lauter Arbeit eine Woche nicht gemeldet haben? Da hast du allen Ernstes die Polizei gerufen.«

»Es war ja auch verdächtig.«

»Du hättest uns auch einfach anrufen können.«

»Vergessen wir das jetzt einfach, okay? Ich habe eigentlich auch nur angerufen, um zu sehen, ob es euch auch gut geht.«

»Alles bestens. Wir arbeiten daran, die Agentur an die Spitze zu bringen.«

»Das ist alles schön und gut, aber Großmutter werde ich durch die Arbeit auch nicht.«

»Wie bitte?«, frage ich zwar, doch diese Art von Gesprächen haben wir schon unzählige Male geführt. Meine Mutter ist jung Mama geworden, und sie sieht uns als ihren größten Segen an. Es wäre wohl ihre Traumvorstellung, dass wir drei gleichzeitig heiraten und sie mit vielen Enkelkindern beglücken. Sie wäre eine Vollblutgroßmutter, die herumtollt und eine Schar Enkelkinder leichter in Schach hält als ihre eigenen Kinder.

»Ihr drei seid Single, und so sehr ich euren Arbeitseifer liebe, wünschte ich, dass eine von euch mir ein Enkelkind schenken würde.« Sage ich doch, das ist ihr Lieblingsthema, wenn wir am Esstisch sitzen. Dass wir den Richtigen dafür noch nicht gefunden haben, blendet sie aus.

»Dafür bräuchten wir erst mal einen Mann.« Ich fahre auf die Interstate auf und halte mein Tempo gering, weil ich eher eine gemütliche Fahrerin bin.

»Dann haltet die Augen offen und verliebt euch.«

»Als wäre das so einfach.« Ich war noch nie so sehr verliebt, dass ich sagen könnte, dass ich den Rest meines Lebens mit demjenigen verbringen möchte.

»Ist es auch, wenn ihr endlich euren Kopf ausschaltet und nicht länger zulasst, dass eure Arbeit euer Privatleben beeinflusst.«

»Ich bin kein Workaholic, wenn du das meinst.« Mir sind

meine Wochenenden heilig, und das wissen auch alle. Anders als Chelsea bin ich nicht 24/7 in Bereitschaft.

»Das meinte ich damit auch nicht.«

»Was dann?«

»Euer Unternehmen ist darauf ausgerichtet, die Untreue von Menschen aufzudecken, und ich habe Angst, dass ihr durch diese Tätigkeit in jedem einen potenziellen Betrüger sehen könntet.«

»Darüber brauchst du dir bei mir keine Sorgen zu machen, aber ich kann natürlich nicht für die anderen sprechen.«

»Es wäre schön, wenn ihr uns bald wieder besuchen kommen würdet.«

»Das werden wir tun, versprochen. Spätestens zu Thanksgiving sind wir da.«

»Und Weihnachten auch.«

»Natürlich. Wir würden niemals die Weihnachtsfeiertage ohne euch verbringen wollen.«

»Schön, dass ihre eure alten Eltern nicht vergessen habt.«

»Keine Sorge.«

»Ich habe dich lieb, mein Küken.«

»Ich dich mehr, Mom. Machs gut und sag Dad, dass ich ihn liebe, ja?«

»Klar, mach ich. Fahr vorsichtig. Bye.«

Eine Stunde später parke ich meinen Renault Zoe in der Parkgarage des Gebäudes, ehe ich in den Aufzug steige und den Knopf für die Etage drücke, in der sich unsere Agency befindet. Heute habe ich mich für einen schwarzen, knielangen Tüllrock entschieden, dazu ein pastellrosa ärmelloses Rollkragenshirt. Darüber trage ich eine leichte Lederjacke, die sich perfekt für das unbeständige Herbstwetter eignet. An einem Tag hat es Minusgrade und dann wieder zwanzig Grad über null.

Während ich mich im Spiegel des Aufzugs beobachte, gleitet mein Blick zu meiner Wange, die vor ein paar Stunden noch an Elijahs Wange gelehnt hat. Augenblicklich wird mir warm, und ich lege meine Hand auf meine erhitzte Haut. Dieser Mann ist unglaublich, und das auf so vielen Ebenen, aber vor allem macht er mir gerade das Leben schwer. Ich will nur meinen Prinzipien treu bleiben, aber er erschwert mein Vorhaben, indem er mir nahekommt und so wunderbare Dinge zu mir sagt. Aber wie ich schon gesagt habe, war gestern Nacht eine Ausnahme. Denn ab heute werde ich ihn nur auf geschäftlicher Basis treffen und ihm reserviert entgegentreten.

Mein Plan ist perfekt, und ich bin mir sicher, dass ich das mit Leichtigkeit durchziehen werde, immerhin werde ich ihn so schnell nicht mehr sehen. Wir werden die Ärmel hochkrempeln und die Agency an die Spitze bringen, mit seiner Unterstützung oder ohne. Das sollten die einzigen Gedanken sein, die ich ihm widme.

Die Türen gleiten auf, und ich nehme einen tiefen Atemzug, ehe ich aus dem Fahrstuhl trete und auf die Glastüren zugehe. Ich öffne sie und mache ein paar Schritte, als ich seine Stimme höre. Ich hebe den Blick und sehe Elijah und Chelsea, die zufrieden und glücklich aussehen und sich die Hand reichen, als hätten sie gerade ein wichtiges Geschäft abgeschlossen. Einen Deal, der mich mit Sicherheit ins Verderben stürzen wird.

12. KAPITEL

Elijah

»Einen wunderschönen guten Morgen.« Ich begrüße Lindsay, die junge Frau am Empfang, die keinen Hehl daraus macht, dass sie mich attraktiv findet. Sie erhebt sich und reicht mir die Hand. Ich konzentriere mich darauf, ihr weiterhin ins Gesicht zu blicken und mich nicht nach Rory umzusehen. Gestern Nacht fiel es mir so schwer, sie gehen zu lassen, dass ich heute umso mehr den Drang verspürte, sie wiederzusehen.

»Schön, dass Sie uns wieder besuchen. Haben Sie einen Termin?« Ich schüttle den Kopf, doch ihr Lächeln verblasst nicht. Blair wäre mit Sicherheit angepisst, wenn jemand einfach ohne Termin aufkreuzen würde. Sie ist dann zwar weiterhin nett und höflich, doch es legt sich ein Zug um ihren Mund, den nur die Leute als Wut erkennen, die sie besser kennen.

»Nein, ich habe tatsächlich vor, die Damen des Hauses mit meinem Besuch zu überraschen.«

»Da haben Sie Glück, denn der nächste Termin der Madigan-Schwestern ist erst in einer Stunde.«

»Perfekt«, sage ich und folge ihr ins Großraumbüro, wo ich schon auf Chelsea treffe, die aus ihrem Büro gekommen ist und mich herzlich begrüßt. Die anderen Mitarbeitenden begrüße ich mit einem Nicken. Doch die Person, die ich unbedingt sehen will, finde ich in diesem Raum nicht.

»Mr James, schön Sie wiederzusehen. Wie kann ich Ihnen helfen?« Wir schütteln uns die Hände.

»Eigentlich will ich Ihnen helfen. Leider schaffe ich es erst jetzt, da ich auf Geschäftsreise war.«

»Das müssen Sie jetzt ausführlicher erklären«, meint sie mit einem breiten Lächeln im Gesicht.

»Ich möchte investieren und Ihnen das Angebot persönlich mitteilen. Im Business geht es meist um Zahlen und Prognosen, doch hier habe ich aus dem Bauch heraus entschieden.«

»Tatsächlich? Das freut uns aber. Lassen Sie uns das an einem ruhigeren Ort ausführlicher besprechen.«

»Das wird nicht nötig sein«, höre ich Rory sagen und drehe mich verblüfft über ihre Aussage um. Da steht sie, eine geballte Ladung Power mit Feuer in den Augen. Ihr blondes Haar trägt sie wie so häufig offen und sieht einfach wunderschön aus.

»Wie bitte?«, fragt Chelsea nun erstaunt und nimmt mir die Worte aus dem Mund. Es scheint, als wäre sie überrascht über Rorys Tonfall und Aussage.

»Da es unfair den anderen Investor*innen gegenüber wäre, wenn Sie Ihr Angebot einfach spontan und persönlich übermitteln, sollten Sie einen Termin ausmachen, wie es sich gehört.« *Höre ich richtig oder bilde ich mir das ein?* Sie wollen doch etwas von mir. Meine Investition soll das Unternehmen erweitern und unterstützen, wieso habe ich dann das Gefühl, als wollte sie das alles nicht mehr?

»Ich wusste nicht, dass hier so strenge Regeln herrschen«, sage ich eher belustigt, denn die Rory, die vor mir steht, hat nichts mit der Frau von gestern zu tun. Vielleicht erlaubt sie sich einfach einen Scherz, weil ich sie gestern küssen wollte.

»Das tut es aber, denn hier wird alles professionell und fair abgewickelt. Sie können uns gern in einer Mail alles erörtern, oder einen Termin ausmachen, bei dem Sie alles ausführlich erklären und ein Angebot vorlegen können.«

»Rory?«, fragt Chelsea sie besorgt, doch sie schüttelt leicht den Kopf, als wäre sie nicht bereit, dieses Thema fallen zu lassen.

»Ist das nicht ein großes Risiko, wenn Sie mich erneut wegschicken?«, frage ich nun eingeschnappt, da ich mir ihre kühle Art einfach nicht erklären kann. Gestern haben wir so gut miteinander harmoniert und hätten uns beinahe geküsst. *Was ist nur geschehen, dass sie meine Anwesenheit nicht ertragen kann?*

»Als es das erste Mal passiert ist, war es nicht nur meine Schuld.«

»Aber beim zweiten könnte es das sein.«

»Dann soll es so sein.« Aus dem Augenwinkel sehe ich, dass ihre Schwester Sierra auch dazugekommen ist und besorgt zwischen Rory und mir hin und her schaut.

»Sie klingen ziemlich selbstbewusst, als hätten Sie schon eine Investition und würden mich nur hinhalten.« Ich verschränke die Arme vor der Brust, da ich meine Hände zu Fäusten ballen will, und nicht möchte, dass es erkennbar ist. Ich will keinen aggressiven Eindruck hinterlassen, aber ihre Worte schüren Wut in mir.

»Denken Sie, was Sie wollen. Sie können hier nicht reinschneien und Angebote mündlich verteilen. Das ist nicht der richtige Weg.«

»Glauben Sie etwa, ich möchte Sie über den Tisch ziehen?« Ich reiße die Augen auf und werde lauter, sodass es mit Sicherheit alle im Großraumbüro hören können. Wir sorgen hier für eine Szene, aber das scheint Rory egal zu sein. Offensichtlich will sie mich dringend loswerden, aber ich gebe nicht klein bei.

»Das habe ich nicht behauptet. Ich habe Sie lediglich darum gebeten, sich einen Termin geben zu lassen.« Nun ist sie wieder ruhig und sagt die Worte ohne jegliche Emotion. *Was passiert hier gerade, und wieso stört mich ihre abweisende Art so sehr?*

»Ich werde mir einen Termin geben lassen, doch vorher will ich wissen, wieso Sie heute so kritisch mir gegenüber sind?«

»Ich bin nicht kritisch, sondern will nur alles richtig machen.«

»Indem Sie mich vergraulen?« Sie fühlt sich durch meine Nachfragen provoziert, das merke ich sofort an ihrem Gesichtsausdruck und ihrem tiefen Einatmen.

»Eigentlich brauchen wir Ihre Investition gar nicht, wir haben Investor*innen in Aussicht, die drei Millionen zahlen möchten, also lassen Sie es gut sein.« Die Wut, die ich spüre, sollte eigentlich nicht eintreten, denn hier geht es ums Geschäft, und wenn sie wirklich ein gutes Angebot haben, würde ich das auch verstehen, doch ihre kalte Art hindert mich daran, nachzugeben. Sie könnte mir das alles in Ruhe mitteilen, doch sie zieht es vor, mir ihre Worte entgegenzuschleudern. Ich sollte gehen und die Sache abhaken. Ihr Verhalten mag unprofessionell sein, doch das heißt nicht, dass ich es auch sein muss. Doch ich will nicht aufgeben. Nicht so.

»Gut, denn ich wollte vier Millionen bieten und Ihnen das Angebot persönlich übermitteln, da ich Ihre Arbeit hier sehr schätze, und Ihnen die frohe Nachricht verkünden…«

»Wir …«

»Rory! Es reicht jetzt!«, zischt Chelsea, was Rory blinzeln lässt. Es wirkt auf mich beinahe so, als wäre sie in unserer Diskussion so gefangen gewesen, dass ihr gar nicht bewusst war, dass alle ihren Worten lauschen konnten. Sie öffnet den Mund und sieht mich mit einer Mischung aus Argwohn und Schock an. Offensichtlich ist Rory übers Ziel hinausgeschossen, denn plötzlich wird sie ganz zahm und ruhig, als wäre diese verbale Explosion ihrerseits nie geschehen.

»Ich bin in meinem Büro, wenn ihr mich braucht«, sagt sie leise zu ihren Schwestern, wobei ich nur ein kurzes Nicken abbekomme. Ich blinzle und blicke ihr lange nach, selbst als sich die Tür zu ihrem Büro längst geschlossen hat.

»Bitte entschuldigen Sie Auroras Verhalten. Die Präsentation, die Suche nach Investor*innen, das musste sie neben ihrer Arbeit vorbereiten, und anscheinend war es zu viel für sie. Wir werden sie wohl in Zwangsurlaub schicken müssen, damit sie wieder Kraft und Energie schöpft«, meint Chelsea und kichert nervös. *Was sollte sie auch sonst sagen?* Ihre Schwester hat einem Geschäftspartner die kalte Schulter gezeigt und ihn vorgeführt. Wäre ich wie mein Vater, hätte ich die gesamte Geschäftsführung angeschrien und wäre beleidigt abgezischt, in dem Wissen, dass ich fertig mit diesem Unternehmen bin.

Doch ich bin nicht mein Vater. Etwas muss Rory beschäftigen, denn dieses Verhalten passt so gar nicht zu ihr. Ich weiß, sie ist eine toughe Frau, das merkt man einfach, wenn man mehr Zeit mit ihr verbringt, doch das vorhin hat nichts damit zu tun. Und es macht mich unruhig, nicht zu wissen, was los ist. Ich wünschte, ich könnte mit ihr reden und ihre Sorgen anhören, verpasse mir aber aufgrund meines Gedankengangs innerlich eine Ohrfeige.

Ich sollte diese ganze Sache abbrechen und weiterziehen, sollte Rory und die Agency vergessen.

»Mr James, ich möchte mich aufrichtig für das Verhalten meiner Schwester entschuldigen. Es ist unverzeihlich, dass sie in diesem frechen Ton mit Ihnen gesprochen hat«, sagt Sierra schließlich und kommt noch näher. Ich habe das Gefühl, es steckt mehr dahinter, dass sie so abweisend mir gegenüber war, und ich treffe die Entscheidung, dass ich so schnell nicht aufgeben werde.

»Ich werde Rorys Bitte nachkommen und mir einen Termin geben lassen. Vorher werde ich ein Angebot und die Bedingungen dazu direkt an Sie per Mail verschicken, wenn das so in Ordnung ist.« Chelseas Brauen wandern in die Höhe. Vielleicht hat auch sie erwartet, dass ich an die Decke gehe und mich aufrege, weil Rory mich provoziert hat.

»Sie wissen gar nicht, wie dankbar ich für Ihr Verständnis bin. Sobald ich Ihr Angebot vorliegen habe, werde ich es sofort prüfen lassen und mich umgehend bei Ihnen melden.«

»Gut, dann hätten wir das Wichtigste somit besprochen. Den Überraschungsbesuch habe ich mir zwar anders vorgestellt, doch ich bin trotzdem froh, Sie alle noch mal gesehen zu haben.«

»Kommen Sie gut nach Hause. Wir freuen uns auf ein Wiedersehen«, meint Sierra lächelnd. Ich nicke den beiden freundlich zu und reiche ihnen zum Abschied die Hand, doch meine Augen wandern immer wieder zu der weißen Bürotür, hinter der sich Rory befindet. Normalerweise steht sie weit offen, da Rory geschlossene Türen nicht mag, und dass ich mir diesen Tick von ihr gemerkt habe, ist die Höhe, aber ich kann nicht anders. Wenn es um sie geht, scheine ich nicht ich selbst zu sein. Ich zwinge mich, zu gehen und nicht weiter über diese Diskussion nachzudenken. Mein Fahrer Heath wartet vor dem Bürogebäude im Wartebereich und steigt augenblicklich aus, als er mich entdeckt.

»Sie sind schon wieder hier? Ist der Termin gut verlaufen?«, fragt er überrascht und öffnet mir die Tür.

»Es gab keinen Termin. Es ist alles etwas anders gekommen als erwartet.« Bevor ich einsteige, blicke ich erneut am Gebäude hinauf – dorthin, wo ich die Etage der Agentur vermute. Seit ich dieser Frau begegnet bin, läuft nichts nach Plan. Dieser Umstand hat mir nichts ausgemacht, sondern mein

Interesse sogar noch verstärkt. Nun stehe ich planlos vor dem Bürogebäude und habe keine Ahnung, wie ich mich jetzt verhalten soll.

»Ist das gut oder schlecht?«, fragt er verwirrt. Ich denke kurz über die Worte meines Fahrers nach, komme aber schnell zu dem Schluss, dass ich absolut keine Ahnung habe. »Ich denke, das wird sich noch herausstellen.« Ich steige in den Wagen und greife nach meinem Smartphone, das mir eine E-Mail von Blair anzeigt, die mir bestätigt, dass sie, wie gewünscht, alle Termine nach hinten verschoben hat, die meine persönliche Anwesenheit erfordern, und die anderen delegiert hat. Für ein erfolgreiches Unternehmen sind die Mitarbeitenden einer der wichtigsten Aspekte. Ohne verlässliche Menschen kann auch das beste Unternehmen schnell vor die Hunde gehen. Deshalb bin ich froh, in meinem Unternehmen die Personen eingestellt zu haben, zu denen mir mein Bauchgefühl geraten hat.

Ich stecke das Smartphone wieder in meine Brusttasche und blicke nachdenklich aus dem Fenster. Eigentlich hatte ich geplant, ein oder zwei Stunden mit Rory zu verbringen. Doch nun sitze ich hier allein und habe den Rest des Vormittags frei. Die Blätter fallen langsam von den Bäumen, und bald ist der Winter da, der nicht gerade meine Lieblingsjahreszeit ist. New York ist schon hektisch genug, und wenn die Straßen ohnehin schon voller Menschen sind, kann ich es nicht ausstehen, wenn auch noch der Schnee das Vorankommen erschwert. Außerdem friere ich sehr leicht, und die wärmeren Jahreszeiten sind für mich leichter zu ertragen.

»Wohin soll es gehen?«, fragt mich Heath, der das Radio leiser stellt und mich durch den Rückspiegel ansieht. Ich wische mir geistesabwesend über den Oberschenkel und blicke ins Nichts. *Wieso will ich nicht arbeiten?* Normalerweise nutze ich jede freie Minute, um meine Projekte voranzutreiben und Ausschau nach förderungswerten Unternehmen zu halten. *Wieso habe ich nun das Gefühl, dass ich am liebsten blaumachen möchte?*

»Bring mich ins Metropolitan Museum.« Als Student und vor dem Erfolg meines Unternehmens habe ich mich durch die Kunstwerke des Met Museums inspirieren lassen. Als Geschichtsliebhaber war es stets ein Highlight für mich, die Artefakte und Schätze der alten Zeit leibhaftig zu betrachten. Als ich damals mit dem Malen anfing, versuchte ich berühmte Kunstwerke nachzumalen. Egal wie oft ich es tat, ich kam nicht im Entferntesten ans Original ran, aber das war auch gar nicht das Ziel.

Irgendwie hinterfrage ich heute alles. Doch ich bin froh, auf dem Weg zu dem Ort zu sein, der mir immer Ruhe verspricht, denn heute werde ich ein Angebot schreiben, das ich so noch nie vorgelegt habe. Vielleicht mag Rory mit mir fertig sein, aber ich möchte Geschäftliches von Privatem trennen. Nicht in diese Agentur zu investieren wäre ein großer Fehler, und ich werde mich nicht von meinen Gefühlen leiten lassen. Ja, wir werden zusammenarbeiten, und es wird schwer sein, nicht erneut schwach zu werden, wenn sie in meiner Nähe ist. Aber ich bin ein Profi, und das werde ich allen beweisen. Vor allem mir selbst.

13. KAPITEL

Rory

Es war die richtige Entscheidung. Diese Worte sage ich mir im Kopf immer wieder vor, in der Hoffnung, dass das schlechte Gewissen, das an mir nagt, von selbst wieder verschwindet. Als ich vorhin in der Agency Elijah gesehen habe, wie er meiner Schwester die Hand geschüttelt hat, wurde mir klar, dass dies ein täglicher Anblick werden könnte. Dass wir einander jeden Tag sehen werden, er jedoch weiterhin tabu für mich ist. Es wäre die reinste Hölle, vor allem nach gestern Nacht – nachdem wir uns besser kennengelernt haben und beinahe geküsst hätten. Ich bin eigentlich nicht der zurückhaltende Typ, doch diesmal bin ich froh, dass ich es war. Mich auf Elijah einzulassen wäre aus so vielen Gründen falsch, vor allem da er darauf zu brennen scheint, dass wir uns näherkommen. Das war der Moment, in dem ich mich für mich selbst entschieden habe, was bedeutet, dass Elijah nicht investieren darf.

Er wäre ein zu großes Risiko für meine Selbstbeherrschung und mein Herz. Da ich weiß, dass er mich mag und mich besser kennenlernen will, blieb mir nichts anderes übrig, als alles in meiner Macht Stehende zu tun, um ihn zu vergraulen.

Es mag nicht die professionellste Entscheidung gewesen sein, doch in diesem Moment hat sie sich für mich richtig angefühlt. Und noch wichtiger: Ich habe mich dazu entschieden, dass selbst, wenn er nicht investiert, ich nichts mit ihm anfangen darf. *Wenn er meine Gefühlswelt jetzt schon aus den Angeln hebt, was passiert dann, wenn wir wirklich zusammenkommen?*

Ich will die Antwort auf diese Frage gar nicht wissen. Es gibt einen bestimmten Grund, wieso ich bis jetzt keine feste Beziehung wollte. Ich wollte niemandem die Macht geben, mein Herz zu brechen – eine Einstellung, mit der ich bis jetzt gut gefahren bin. Bis Elijah aufgetaucht ist und ich plötzlich mehr wollte. Doch dieses Mehr wird nur Schwierigkeiten mit sich bringen, also entscheide ich mich für die Agentur und gegen Elijah James.

Ich könnte die Zukunft der Agency gefährden oder – noch schlimmer – mich verlieben. Es ist anders als bei Matt oder den anderen Männern, mit denen ich mich in der letzten Zeit getroffen habe. Bei ihnen habe ich nicht dieses Verlangen gespürt, ihnen immerzu nah zu sein, alles über sie zu erfahren oder mich völlig zu verlieren. Dass genau das nun ausgerechnet bei dem Mann eingetreten ist, der für mich verboten ist, macht mich unglaublich wütend.

In meiner Wut habe ich natürlich herausposaunen müssen, wie viel die anderen Investor*innen geboten haben. So habe ich Elijah dazu gebracht, einen draufzusetzen und mehr Geld zu bieten. Meine Schwestern wären dumm, sein Angebot bloß wegen meiner emotionalen Unsicherheit abzulehnen. Jetzt, wo ich in mein Büro zurückgekehrt bin, das zum Glück leer ist, balle ich die Hände zu Fäusten und ärgere mich über mich selbst. Etwas, das ziemlich oft vorkommt, seitdem ich Elijah getroffen habe.

Ich bin durchgedreht, obwohl das Problem nur bei mir liegt. Dieser Schlagabtausch mit Elijah war nicht für fremde Ohren gedacht. Wenn ich gestern Nacht nicht zu schwach gewesen wäre, einen Schlussstrich zu ziehen, wäre es nicht zu diesem Vorfall heute gekommen. Zwar habe ich für mich selbst entschieden, mich von ihm fernzuhalten, doch das hätte ich auch ihm klarmachen sollen.

Meine Schwestern und Mitarbeitenden müssen sonst was von mir denken, weil ich mich so aufgeführt habe. Aurora Madigan steht für Zuverlässigkeit, Fröhlichkeit und Professionalität. Das sind die Eigenschaften, die mich ausmachen, doch ich habe mich von meiner schlechtesten Seite gezeigt. Ich frage mich, ob Elijah schon gegangen ist und ich mich den Fragen meiner Schwestern stellen kann.

Meine Entscheidung ist immer noch dieselbe. Ich möchte ihn von mir stoßen, doch wie ich es getan habe, war einfach falsch. Nachdem ich ein paar Mal durchgeatmet habe, lege ich die Hand auf den Türgriff und schließe die Augen. Ich tue das Richtige, rede ich mir selbst ein. Bis jetzt habe ich die Männer um mich herum auch schnell vergessen können, dann wird es bei Elijah genauso laufen.

Als ich hinaustrete, tun alle beschäftigt, auch wenn ich weiß, dass sie noch über meinen verbalen Ausbruch geredet haben. Da ich meine Schwestern nicht mehr sehen kann, begebe ich mich direkt in Chelseas Büro. Dort erwarten mich zwei wütende junge Frauen, die die Arme vor der Brust verschränkt haben und die Augen zu Schlitzen verengen, als sie mich entdecken. Die Raumtemperatur scheint innerhalb von Sekunden zu sinken. Ich schließe langsam die Tür und stelle mich ihrer Wut.

»Was zum Teufel war das vorhin?«, zischt Chelsea aufgebracht. Sie kommt gleich zur Sache, deutet mit der Hand in Richtung des Großraumbüros, in dem wir eben noch gestanden haben. Ich wünschte, ich hätte eine nachvollziehbare Antwort, doch was ich fühle, möchte ich noch nicht preisgeben, da ich selbst nicht so recht weiß, wie ich empfinden soll. Alles überfordert mich gerade.

»Es tut mir leid«, sage ich, was die beiden mit einem Schnaufen abtun, während sie einander einen kurzen Blick zuwerfen, als hätten sie sich gegen mich verschworen. Natürlich ist diese Sache nicht mit einer einfachen Entschuldigung abgetan.

»Ist das alles, was du zu sagen hast? Du hast einen Investor vorgeführt und ihm die Leviten gelesen, weil er einfach nett sein und sein Angebot persönlich überbringen wollte.«

»Wenn wir jedem erlauben, unangekündigt vorbeizuschauen, weil er mal kurz quatschen will, dann würden wir überhaupt nicht mehr zum Arbeiten kommen.«

»Wer sagt, dass das überhaupt der Fall war? Es war zwar spontan, aber immerhin ein geschäftliches Meeting, und du kannst nicht für uns alle sprechen und ihn zurechtweisen.« Sie hat vollkommen recht, und mir ist das auch bewusst. Und mir fällt beim besten Willen kein Argument ein, das mein Verhalten rechtfertigen würde.

»Das war falsch, Rory«, sind die einzigen Worte, die von meiner zweieiigen Zwillingsschwester kommen, und dieser kurze Satz ist viel schlimmer für mich, als wenn mich beide heftig anschreien würden. Ich habe spontan gehandelt und somit einen Fehler begangen. Ich hätte ihn auch auf eine andere Weise von mir weisen können und habe den völlig falschen Weg gewählt.

»Du wirst dich bei ihm entschuldigen.« Chelsea lässt keinen Zweifel daran, dass sie noch immer wütend auf mich ist. Offensichtlich geht sie davon aus, dass er mir verzeihen wird, wenn ich zu Kreuze krieche. Doch ich hoffe inständig, dass er es nicht tut. Ihn um mich zu haben, macht mich zu einem Nervenbündel, und das kann ich nicht gebrauchen. Noch weniger kann ich den Gedanken ertragen, mich erneut mit ihm zu treffen, mit ihm allein zu sein. Denn ich vertraue mir selbst nicht, wenn er in meiner Nähe ist.

»Schon wieder?«, frage ich verzweifelt, denn so hatte ich mir das alles nicht vorgestellt. Wie hätte ich ahnen können, dass er nach meinem Auftritt eine Million mehr bieten würde? Jeder andere Mann wäre sauer abgezogen und hätte seine Investition zurückgezogen. Doch nicht Elijah. Er ist verbissen, was die Arbeit anbelangt, und ist somit wie ich. Wir zwei sind wie Feuer und Feuer. Das kann doch niemals gut gehen!

»Du hast dir zweimal einen Fehler ihm gegenüber erlaubt, also Ja. Courage bedeutet, für seine Fehler auch einzustehen.«

»Ich will nicht, dass er bei uns investiert.« Ich habe beschlossen, das auszusprechen, was ich preisgeben kann und das heißt, dass ich ein bisschen was von meiner inneren Zerrissenheit nach außen tragen muss. Würde ich meinen Schwestern davon erzählen, dass ich mich zu Elijah hingezogen fühle, würden sie es nicht gutheißen, also will ich mir diese Scham ersparen und flunkere.

»Und wieso nicht? Hat er dir irgendetwas getan?«, will Chelsea wissen und kommt einen Schritt auf mich zu. Natürlich merkt sie, dass etwas nicht stimmt, und lässt die liebevolle Schwester raushängen. In einer anderen Situation würde ich nicht zögern und ihnen erzählen, was in mir vorgeht, wie ich es immer schon getan habe. Aber das hier ist eine Ausnahme, genauso wie es an ein Wunder grenzt, dass ich mehr von einem Mann will als nur flüchtige Dates. Ich wünschte, es wäre nicht passiert, aber ich bin einfach machtlos gegen die Gefühle, die seit Kurzem in mir aufflammen.

»Ich habe ein schlechtes Gefühl bei ihm. Bei der Präsentation hatte er nur Augen für mich, und das hat keinen professionellen oder seriösen Eindruck bei mir hinterlassen.« Davon abgesehen, dass seine intensiven Blicke mein Herz dazu gebracht haben, heftig gegen meine Brust zu schlagen, auch wenn ich es nicht nach außen getragen habe.

»Dann dürften wir gar kein Angebot annehmen, denn sie alle haben dich angehimmelt«, sagt Sierra und nimmt auf einem der Stühle gegenüber von Chelseas Schreibtisch Platz.

»Das tut jeder, der dir begegnet«, fügt Chelsea noch hinzu, doch damit lasse ich mich nicht abspeisen, denn ich muss diese Diskussion gewinnen.

»Es fühlt sich falsch an, sich auf ihn einzulassen. Wir werden jahrelang miteinander verbunden sein, und hier ist Vertrauen und Harmonie wichtig. Das empfinde ich in seiner Gegenwart nicht. Außerdem gibt es Gerüchte, dass er seinem Vater eins auswischen möchte und ihm die Projekte wegschnappen will. Vielleicht sind wir genau eines dieser Projekte.« Die Worte hinterlassen einen bitteren Beigeschmack in meinem Mund, da ich es hasse, die wichtigsten Menschen in meinem Leben zu belügen. Aber ich habe mir die Suppe eingebrockt, und ich werde sie auch auslöffeln. Ich versuche sie mit meinen Argumenten zu überzeugen.

»Du weißt, mir liegt sehr viel an deiner persönlichen Einschätzung, wenn es um Kund*innen geht. Doch das hier ist eine wichtige Entscheidung, die sich auf die Zukunft unseres Unternehmens auswirkt, und wir dürfen uns nicht von persönlichen Dingen blenden lassen. Diese Sache mit seinem Vater ist mir auch zu Ohren gekommen, aber das kann eigentlich nicht sein, weil sein Vater etwas völlig anderes macht als Elijahs Unternehmen.«

»Inwiefern?«, fragt Sierra, die diese Information, wie ich, wohl zum ersten Mal hört.

»Während sein Vater Firmen aufkauft, umkrempelt und weiterverkauft, investiert Elijah in Unternehmen, ändert nichts an der Geschäftsführung und erwirkt keine großen

Veränderungen. Er unterstützt einfach vielversprechende Ideen.«

»Aber Geld regiert die Welt. Was, wenn er uns hintergeht?«, frage ich und klammere mich somit an den letzten Strohhalm.

»Die Verträge werden vorher genau geprüft, und wir werden so etwas nicht zulassen.«

Ich will mit einem klugen Spruch oder einem Satz antworten, der die beiden umstimmt, doch ich merke, dass ich hier verloren habe. Die beiden mögen Elijah und die Werte, die sein Unternehmen vermittelt. Da er darüber hinaus auch mehr bieten möchte, muss ich wohl einsehen, dass wir uns unweigerlich häufiger sehen werden. Ich gebe mich geschlagen und atme tief durch, ehe ich jeder meiner Schwestern in die Augen sehe.

»Es tut mir schrecklich leid, wie ich mich verhalten habe. Ich will nicht, dass ihr glaubt, dass ich jetzt immer dazu neigen werde, gegen unsere Geschäftspartner*innen zu spielen. Warten wir mal auf sein Angebot, und wenn ihr euch für ihn entscheidet, werde ich das auch, ohne mich von Gerüchten beeinflussen zu lassen.« Die angespannten Mienen lockern sich, und ich stelle dankbar fest, dass auch die Wut in den Augen meiner Schwestern verblasst.

»Das ist eine gute Entscheidung, wir werden immer für dich da sein. Wenn du dich unsicher fühlst, teile es in Zukunft bitte uns mit, und nicht direkt dem Geschäftspartner.« Chelseas Blick ist voller Zuversicht und Wärme. Ich kann tatsächlich jederzeit zu ihr gehen, wenn mich etwas bedrückt, das war schon immer so. Doch ich weiß, wenn ich offenbare, wie ich mich wirklich fühle, würde sie mich verurteilen und eine Beziehung missbilligen. Sie hat mehr als einmal betont, dass Beziehungen innerhalb des Unternehmens verboten sind.

»Okay. Das werde ich ab heute tun«, versichere ich, da ich

dankbar bin, dass meine Schwestern so ein großer Teil meines Berufslebens sind. Wir können dieses Unternehmen gemeinsam an die Spitze führen, also darf ich nicht gegen die beiden spielen. Ich muss damit leben, meine Gefühle zu verstecken, und wer weiß, vielleicht gehen sie nicht so tief, und ich kann es ertragen, ihn häufiger zu sehen, ohne dass mein Puls in die Höhe schießt. Und damit ist unsere Diskussion beendet. Keine der beiden ist nachtragend, und das liebe ich so an unserer Beziehung. Kommunikation ist uns allen wichtig, und wenn wir uns aussprechen, dann ist auch das, was uns bedrückt hat, abgehakt.

»So, da wir das geklärt haben, können wir bitte darüber reden, wie gut Elijah aussieht?«, schwärmt Sierra, und ich beginne vor Überraschung zu husten. Der Umschwung von einer Diskussion zu einem lockeren Gespräch ging mir gerade zu schnell. Und das Thema ist auch wie ein Minenfeld für mich.

»Wie bitte?«, flüstere ich, da mir das Atmen noch immer schwerfällt.

»Tu nicht so überrascht, Rory. Wenn du nur eine Spur von gutem Geschmack hast, findest du ihn unwiderstehlich.«

»Ähm, nein«, lüge ich, doch ich würde mir selbst auch nicht glauben, so lahm kommen mir die Worte über die Lippen.

»Du kannst mir nichts vormachen, denn ich kenne dich und spüre, wenn dir jemand gefällt.«

»So weit geht unsere Zwillingsbeziehung nun auch wieder nicht.«

»Das denkst du«, meint sie mit einem wissenden Tonfall und grinst mich frech an. *Weiß sie es? Habe ich irgendwie angedeutet, dass ich auf Elijah stehe?* Ich dachte, dass ich vorsichtig war, und mir nichts habe anmerken lassen, aber vielleicht hat Sierra auch recht. Womöglich habe ich bei der Präsentation die falschen Signale gesendet, und Elijah ist deshalb versessen darauf, mir nahe zu sein. *Wollte er mich deshalb im Auto küssen? Was wäre, wenn ich es zugelassen hätte?* Doch ich schüttle den Kopf und besinne mich wieder. Meine Gedanken wandern in verbotene Bereiche, und das ist in Anbetracht der Situation mehr als unpassend.

»Jetzt reißt euch mal zusammen. Haben wir nicht gesagt, dass wir nicht in dieser Weise von unseren Geschäftspartner*innen reden?«, sagt Chelsea vorwurfsvoll, was Sierra abwehrend die Hände heben lässt.

»Wir wollten die Investor*innen nicht wütend anfahren, aber dass Anschmachten verboten ist, hast du nicht gesagt.«

»Alles, was in den privaten Bereich fällt, ist verboten.«

Ich sehe meine Schwester an, erschrocken über ihre scharfen Worte. Sie strahlt mit jeder Pore Entschlossenheit aus, und verursacht mir so eine Gänsehaut. Doch sie ist noch nicht fertig.

»Unser Unternehmen bekommt eine Chance, noch weiter nach oben zu klettern, da können wir eure kindischen Kommentare nicht brauchen.«

»Beruhige dich, das war natürlich ein Scherz. Wir werden die Tugend von Elijah James nicht beschmutzen, okay? Rory und ich werden artig sein, oder, Sis?«, fragt sie belustigt, und da weiß ich, dass das vorhin nur ein Triezen ihrerseits war. Sie ahnt nichts. Sie weiß nicht, dass ich Elijah so sehr will wie noch nie einen Mann zuvor. Also nicke ich, denn was soll ich sonst tun? Ich stecke schon längst in Schwierigkeiten.

Mit wild klopfendem Herzen gehe ich nach dem Gespräch mit meinen Schwestern zurück ins Marketingbüro, wo auch der Rest der Truppe ist. Min-Ah tippt gerade etwas ein, Dean trinkt einen großen Schluck von seinem Kaffee, und Wyatt telefoniert. Ich setze mich auf meinen Stuhl, atme tief durch und umfasse mit den Händen meinen Nacken. Um meine Verspannung etwas zu lockern, lehne ich meinen Kopf nach hinten und rolle ihn hin und her.

Danach stürze ich mich in die Arbeit, doch nichts läuft, wie es laufen sollte. Stunden später blicke ich geistesabwesend auf meinen Monitor und lasse den Morgen im Geiste Revue passieren. Dieser Tag hat so schön begonnen, ich war froh und stolz auf mich, Elijah im Kopf abgehakt zu haben.

Doch seit Elijah in der Agency aufgetaucht ist, läuft einfach alles schief. Erst die Diskussion mit Chelsea und Sierra, danach ist einer meiner Bildschirme ausgefallen, den Wyatt einfach nicht wieder zum Laufen bringen konnte. Mein Mittagessen war versalzen, und seit dem Nachmittag habe ich heftige Kopfschmerzen. Ich beschließe, etwas früher Feierabend zu machen. Vielleicht will das Karma es mir heimzahlen, dass ich so gemein zu Elijah war. Was es auch ist, es macht mir heute das Leben schwer, und ich sehne mich nach einem ruhigen Abend, ein bisschen Lesezeit in der Badewanne und ein paar Folgen meiner Lieblingsserie.

Ich parke mein Auto auf dem mir zugewiesenen Parkplatz vor meinem Wohngebäude, schnappe mir meine Tasche und steige aus. Jetzt, wo ich mich auf den Weg zu meiner Wohnung mache, fühle ich mich etwas besser. Meine vier Wände sind mein Reich, meine Wohlfühlzone, wo ich einfach ich sein kann. An Wochenenden liebe ich es, den ganzen Tag im Pyjama zu verbringen, doch ich kann mich auch für Shopping-Trips und Partynächte begeistern. Mir ist die Zeit, die ich mit Freund*innen beim Ausgehen verbringe, auch äußerst wichtig, doch wenn mich etwas beschäftigt und ich das Gefühl habe, dass meine Batterien leer sind, kann ich in meiner Wohnung die Energie tanken, die ich so dringend benötige.

Ich werde diesen Tag einfach als einen Fail abhaken und weiterziehen, in der Hoffnung, dass der morgige Tag besser wird. Ich gehe entspannt und gemächlich in Richtung meines Wohngebäudes und bin so tief in Gedanken versunken, dass mir der weiße SUV gar nicht auffällt, bis sich plötzlich die Tür öffnet und ich Elijah James erkenne, der wohl auf mich gewartet hat.

14. KAPITEL

Elijah

Ich sitze seit einer halben Stunde in meinem Wagen und blicke aus dem Fenster, ohne wirklich etwas wahrzunehmen. Geistesabwesend streiche ich mit dem Daumen über meine Unterlippe, während ich erneut über die merkwürdige Unterhaltung nachdenke, die gerade stattgefunden hat. Vielleicht war ich naiv zu glauben, dass sich Rory freuen wird, mich zu sehen und begeistert über mein Angebot sein würde. Immerhin ist sie nach unserem Beinahe-Kuss aus meinem Auto regelrecht geflohen, nicht weil ich sie überrumpelt habe, sondern weil sie wohl eingesehen hat, dass auch sie mich will, es aber nicht sein darf.

Wir hätten uns gestern Nacht nicht von unseren Gefühlen überrumpeln lassen dürfen, das ist mir klar, doch ich bereue es auch nicht, ihr nähergekommen zu sein, denn so habe ich festgestellt, dass wir wohl dasselbe füreinander empfinden. Und gerade weil wir beide einander etwas bedeuten, habe ich nicht mit dieser verbalen Ohrfeige gerechnet.

Die Kälte, die sie ausgestrahlt hat, hat mir einen unangenehmen Schauer über den Rücken gejagt, denn ich zweifle nicht an ihren Worten. Sie hat jede Silbe ernst gemeint, doch was mich nicht loslässt, ist das Warum. Okay, sie hat gestern Nacht gemeint, dass es falsch wäre, wenn wir uns aufeinander einlassen, aber trotzdem rechtfertigt es nicht ihre Kälte mir gegenüber. Ich habe mehr verdient als das. Verdammt, ich sollte weiterziehen und sie einfach vergessen. Ich wollte doch Privates und Geschäftliches trennen. Das sollte ich tun, also besinne ich mich wieder, und sage meinem Fahrer, dass er mich ins Büro fahren soll.

Ich betrete das Büro, und werde von meinen Mitarbeitenden freundlich begrüßt. Ich versuche, ihnen ebenso fröhlich einen guten Morgen zu wünschen, was mir aber nicht so gut gelingt. Irgendwie ist heute nicht mein Tag.

»Guten Morgen, Mr James. Sie sehen aber heute nicht gut aus«, meint Blair besorgt und runzelt die Stirn.

»Tatsächlich?«, erwidere ich sarkastisch und bereue es direkt wieder. Ich sollte meine miese Laune nicht an meiner Sekretärin auslassen.

»Damit meinte ich, dass Sie etwas kränklich auf mich wirken. Falls es Ihnen nicht gut geht, kann ich Ihre Termine verschieben. Immerhin wurden die meisten schon auf Tyler übertragen.« Seufzend wende ich mich ihr zu und blicke sie entschuldigend an. Blair ist eine gute Seele und macht sich ehrlich Sorgen um mich, und ich fahre sie an. *Was für ein Arsch ich doch bin!*

»Entschuldigen Sie bitte meinen Tonfall. Der Tag hat nur nicht so gut gestartet. Seien Sie versichert, mir geht es gut. Ich brauche nur einen starken Kaffee und viel Arbeit.« Diesmal schenke ich ihr ein ehrlich gemeintes Lächeln. Seit ich in das Unternehmen meines Vaters eingestiegen bin, war Blair meine rechte Hand und mein kleiner Engel, wie ich sie manchmal nenne. Egal, was ich brauchte oder benötigte, Blair beschafft es mir. Wenn etwas droht aus dem Ruder zu laufen, biegt sie es wieder hin. Ich schulde ihr so viel.

»Den Kaffee bringe ich Ihnen sofort, und an To-dos wird es

Ihnen heute definitiv nicht mangeln. Ich sorge dafür, dass Sie ausgelastet sind. In Ordnung?«

»Das klingt perfekt. Ist Tyler von der Unternehmensbesichtigung zurück?«

»Noch nicht, aber ich erwarte ihn jeden Moment.«

»Schicken Sie ihn bitte zu mir, sobald er da ist.«

»Wird gemacht, Boss.«

»Danke.«

»Gerne«, meint sie fröhlich und will schon gehen, doch ich halte sie auf, indem ich ihren Namen rufe.

»Ernsthaft. Ich danke Ihnen dafür, dass Sie mich Griesgram ertragen und es mir nicht übel nehmen, wenn ich aus der Reihe tanze.«

»Es ist ja nicht so, als ob das oft passiert. Wir sind keine Maschinen, Mr James. Wir können nicht jeden Tag gut gelaunt sein und gute Miene zum bösen Spiel machen. Manchmal sollte man alles rauslassen, indem man spazieren geht oder bei einem Song alles rausbrüllt.«

»Das klingt so, als würden Sie aus Erfahrung sprechen.«

»Das ist richtig, also überstürzen Sie nichts, okay?«

»Ist gut«, antworte ich und gehe an ihr vorbei zu meinem Büro.

Ich betrete den lichtdurchfluteten Raum, setze mich in meinen gepolsterten Lederstuhl und drehe mich, sodass ich aus den bodentiefen Fenstern blicken kann. Ich lockere meine Muskeln und seufze auf, da meine Gedanken in einen Bereich wandern, den ich eigentlich meiden wollte.

Diese Sache mit Rory hat mit einem Missverständnis begonnen, ist in eine zarte Bindung übergegangen und hat mit einem verbalen Austausch geendet. Hier war nichts einfach, aber gerade das hat mein Interesse an ihr geweckt. Sie hat mich in ihren Bann gezogen, und ich wollte immer mehr über sie erfahren. Wollte ergründen, was dieses Knistern zwischen uns zu bedeuten hat.

»Verdammt«, knurre ich, und schlage mit der Handfläche auf die Armlehne meines Stuhls. Da schaffe ich es nicht einmal zehn Minuten, nicht an sie zu denken. *Was stimmt nicht mit mir?* Ist ja nicht so, als wäre sie die einzige Frau, der ich nach der Trennung von meiner Exfreundin vor einem Jahr begegnet bin. Ich hatte in den letzten Monaten einige One-Night-Stands und habe jeden der flüchtigen Momente genossen. Die Frauen mögen nun nicht mehr in meinem Leben sein, aber trotzdem waren auch diese Erfahrungen wichtig für mich. Ein Teil meiner Vergangenheit, die ich nicht missen will.

»Krieg dich mal wieder ein, Elijah«, murmle ich zu mir selbst und drehe mich wieder in Richtung meines Schreibtisches. Ich habe drei Bildschirme, die so platziert sind, dass ich meinem Gegenüber trotzdem ohne Probleme in die Augen sehen kann, wenn ich Besuch empfange. Die Bilderrahmen mit Fotos von Mom und mir, die zu meinem Highschoolabschluss aufgenommen wurden, stehen in der Ecke des Tisches. Dann eines von Mikaela, Arthur und mir, das wir an unserem ersten Tag am College aufgenommen haben. Somit habe ich Bilder der wichtigsten Menschen in meinem Leben hier. Ich muss lächeln, wenn ich an den Tag denke, an dem Mikaela und ich aufeinandergetroffen sind.

Es war mein erster Tag an der Harvard University, und ich hatte absolut keinen Plan, was ich dort überhaupt machen soll. Generell wusste ich damals nicht, was ich beruflich machen wollte, geschweige denn, wer ich wirklich war. Ich fühlte mich, als würde ich in ein Loch eingesogen werden, und außer meiner Mutter und Arthur hatte ich niemanden, an dem ich mich festhalten konnte. Ich saß also im Gras vor dem Campus und blickte ehrfürchtig auf das Gebäude vor mir, das immer einschüchternder auf mich wirkte, je länger ich es betrachtete.

Ich fühlte mich allein und leer, und auch wenn ich es nicht wollte, vermisste ich meinen Dad. Nicht den Mann, der er jetzt ist, sondern den liebevollen Familienvater von damals. Auch wenn ich wusste, dass diese Version meines Vaters der Vergangenheit angehört, sehnte sich mein Herz nach einer männlichen Bezugsperson in meinem Leben. Tränen brannten in meinen Augen, als meine Mutter mir aus dem Auto zuwinkte und sich auf den Nachhauseweg machte. Zwar ging Arthur auf dasselbe College, doch in diesem Moment war er nicht auffindbar. Ich fuhr mir mit den Händen übers Gesicht und seufzte auf, als ich eine Bewegung aus den Augenwinkeln wahrnahm. Eine junge Frau setzte sich im Schneidersitz neben mich.

Durch die Sonneneinstrahlung glänzten ihre schwarzen Haare im Licht, und sie blickte ebenfalls auf das Universitätsgebäude, während ich nur sie anstarren konnte. Sie war ganz in Schwarz gekleidet, als wäre sie auf dem Weg zu einer Beerdigung, wodurch ihre porzellanähnliche Haut noch heller wirkte. Ich kannte sie nicht, denn ihr Aussehen und ihr Lächeln wären mir im Gedächtnis geblieben. Es gab Leute, die nicht viel tun mussten, um positive Energie auszustrahlen, und diese Frau gehörte definitiv dazu.

»Ganz schön einschüchternd, was?«, fragte sie mich, ohne mich anzusehen, und nahm mir die Chance, selbst das Gespräch zu beginnen.

»Hmm, da hast du recht. Ich stehe sehr kurz davor, einfach in ein Taxi zu steigen und nach Hause zu fahren.« Ohne groß nachzudenken, öffnete ich mich ihr, machte keinen Hehl daraus, dass ich überall anders lieber gewesen wäre als hier.

»Das geht achtzig Prozent von all diesen Menschen so. Sie

können es nur gut überspielen.« Wir blickten beide auf die unzähligen Studierenden, die herumschwirrten, Fotos machten, in Plänen versanken oder sich unterhielten.

»Und ich nicht?«, wollte ich wissen, was sie zum Lächeln brachte. Sie löste den Blick von einer Menschentraube und sah mich aus freundlichen, strahlenden Augen an.

»Nein, man sieht dir an, dass du dich einsam fühlst, und da dachte ich, dass es am besten wäre, wenn wir uns anfreunden.«

»Wie kommst du darauf?« Es war nicht so, dass ich einen großen Freundeskreis hatte. Klar, ich war beliebt auf der Highschool, doch all die Menschen dort hatten mir nicht wirklich nahegestanden. Ich konnte den wenigsten vertrauen. Ich hatte Arthur, und das war genug für mich.

»Für gewöhnlich verstecke ich meine wahren Gefühle. Frag nicht wieso, das wurde mir quasi in die Wiege gelegt«, hatte sie geantwortet und eher traurig gelächelt. Damals wusste ich noch nicht, was für ein Kontrollfreak ihre Mutter war.

»Wie dem auch sei, du hast genauso ausgesehen, wie ich mich gefühlt habe, da habe ich den Drang gespürt, mich zu dir zu setzen.« Nie war mir ein ehrlicherer Mensch begegnet, so viel stand fest. Sie trug ihr Herz auf der Zunge, und das faszinierte mich so sehr, dass meine Bedenken und die Einsamkeit in den Hintergrund rückten.

»Danke«, murmelte ich, da es mir sehr viel bedeutete, dass sie mir das Gefühl gab, nicht der Einzige zu sein.

»Gern geschehen. Ich bin übrigens Mikaela.«

»Elijah«, antwortete ich und reichte ihr die Hand. Kurz darauf kam Arthur und lernte die junge Frau ebenfalls kennen. Das war der Startschuss einer tiefen und starken Freundschaft, die noch heute Bestand hat. Wenn ich Probleme habe, mir etwas im Kopf herumspukt, kann ich die beiden jederzeit anrufen und weiß, dass sie mir zur Seite stehen würden. Ich bin kurz davor, zu meinem Smartphone zu greifen und Mikaela anzurufen, als sich die Tür öffnet und Tyler hereinkommt.

Wir unterhalten uns über die geschäftlichen Termine, die er in meiner Abwesenheit wahrnehmen muss, und fleißig wie er ist, macht er sich viele Notizen auf seinem iPad und stellt alle relevanten Fragen. Tyler war, neben Blair, meine rechte Hand, als ich noch im Unternehmen von Dad gearbeitet habe, und als ich ihm eröffnete, dass ich ein eigenes Unternehmen gründen wollte, hat er sofort gekündigt und ist mir gefolgt, genauso wie meine Sekretärin. Einen großen Teil meines Erfolges verdanke ich ihm und meinen anderen talentierten Mitarbeitenden, ohne die ich die Organisation und den Arbeitsalltag nicht meistern würde. Wir trinken gemütlich unseren Kaffee und planen die nächsten Wochen, wobei wir auch berücksichtigen, dass ich dann eventuell nicht im Büro anzutreffen bin.

»Möchtest du wirklich diesmal selbst die Überprüfung des Unternehmens machen?«, fragt er mich verständlicherweise. Normalerweise ist das sein Job. Ich bin dafür bekannt, Ausschau nach neuen Projekten zu halten, während er sich um die internen Angelegenheiten bei den Start-Ups kümmert.

»Dieses Projekt liegt mir und meinem Vater sehr am Herzen, da will ich einfach auf Nummer sicher gehen, in welche Art von Unternehmen wir eventuell beide investieren werden.« Das entspricht nicht zu hundert Prozent der Wahrheit. Aber wenn ich zugeben würde, dass Aurora Madigan der Grund für mein Vorhaben ist, würde mich niemand mehr ernstnehmen.

Meine Methode, zuerst jedes Unternehmen auf Herz und Nieren zu überprüfen und die Mitarbeitenden kennenzulernen, ehe ich die Verträge aufsetze, stößt nicht immer auf Verständnis. Aber das ist nun mal meine Arbeitsweise. Sobald ich als Investor den Zuschlag bekomme, nimmt Tyler das Unternehmen unter die Lupe, ehe wir eine Woche später die Verträge aufsetzen und Nägel mit Köpfen machen. Es mag nicht die übliche Arbeitsweise sein, doch für mich hat sie sich bewährt, da bisher noch kein Unternehmen bei Tylers Prüfung durchgefallen ist.

»Aber es ist das Richtige. Es handelt sich hierbei um etwas Besonderes«, sage ich, auch wenn ich nicht weiß, ob es eine gute Idee ist, einen Monat Rorys Schatten zu sein. Vorrangig möchte ich mich natürlich mit der Unternehmensstruktur vertraut machen, aber ich würde lügen, wenn ich leugnen würde, dass ich es kaum erwarten kann, auch Aurora Madigan häufiger zu sehen. Auch wenn ich nichts mit ihr anfangen darf, kann ich sie sehr wohl besser kennenlernen.

»Darf ich mal so frei sein und fragen, wieso ich nicht wie üblich zu der Unternehmenseinschätzung eingeteilt werde? Und vier Wochen hatten wir noch nie auf dem Plan.« Natürlich stellt er diese Fragen. Schließlich führe ich mich wie ein verliebter Trottel auf, der Privates und Geschäftliches vermischt. Auch wenn ich es nicht wirklich will. Aber wenn jeder seine Gefühle kontrollieren könnte, wäre das Leben ziemlich langweilig.

»Es hat eher persönliche Gründe. Mein Vater will ebenfalls investieren, und da möchte ich mir die Zeit nehmen, alles genau zu prüfen.« Er nickt verständnisvoll, und ich bin froh, dass die Worte nicht ganz gelogen waren.

»Das heißt, du kannst bald loslegen?«

»Zuerst muss die Geschäftsführung meinem Angebot zustimmen.«

»Du hast es noch nicht vorgelegt?«

»Ich wollte es heute Morgen persönlich überbringen, aber es kam etwas dazwischen.«

»Persönlich? Das ist aber auch eine Premiere, oder?«

»Ja, das stimmt.« Eigentlich gebe ich den Leuten vorher

etwas Bedenkzeit, ehe wir bei einem Meeting darüber sprechen. Dass im Fall von Rory alles anders läuft als geplant, überrascht mich nun wirklich nicht.

Nachdem Tyler gegangen ist, stürze ich mich in die Arbeit. Ich segne das Angebot ab, das ich vor Tagen bereits zusammengefasst habe, lasse es von Brooke prüfen und an Chelsea senden. Dann beantworte ich die wichtigen Mails, die Blair mir hat zukommen lassen, und führe Telefonate sowie Videocalls. Gegen vierzehn Uhr öffnet sich meine Bürotür, und der herrliche Duft nach lecker gewürztem Essen dringt mir in die Nase, sodass ich hastig den Kopf hebe und Mikaela erblicke, die mit einer Tüte auf mich zukommt.

»Hey, das nenne ich eine Überraschung. Schön dich zu sehen«, sage ich und werde gleich daraufhin von meinem laut knurrenden Magen übertönt, der wohl eher scharf auf das Essen ist.

»Hey, und wusste ich's doch.«

»Wovon redest du?«

»Dass du mal wieder vor lauter Arbeit das Essen vergisst.«

»Und da sorgst du für Abhilfe und verwöhnst mich mit etwas Indischem?« Das habe ich sofort am Geruch erkannt.

»Könnte man so sagen. Bevor ich aber alle Lorbeeren ernte, muss ich gestehen, dass deine Mom es war, die zuerst an dich gedacht und dir das Essen bestellt hat.«

»Warst du mal wieder mit meiner Mutter shoppen und essen?«, frage ich, lasse die Tüte mit meinem Mittagessen dabei aber nicht aus den Augen. Der Hunger verstärkt sich mit jedem Augenblick.

»Du weißt, dass ich das mit meiner Mom nie tun könnte. Wir würden uns schon auf der Straße vor der Boutique an die Gurgel gehen.«

»Das war in keiner Weise als Vorwurf gedacht. Für Ann-Claire James bist du die Tochter, die sie nie hatte, aber insgeheim immer wollte.«

»Du weißt, dass ich jederzeit bereit bin, für deine Mutter Lobgesänge abzuhalten, aber jetzt iss endlich, sonst wird es noch kalt.«

Das braucht sie mir nicht zweimal zu sagen. Ich öffne die Knöpfe an meinem Handgelenk und kremple die Ärmel hoch, ehe ich die Tüte an mich ziehe, die noch in einer Plastikbox verpackt ist. Besteck sehe ich nirgendwo.

Ich will schon danach fragen, als Blair auch schon die Tür öffnet und mir einen Teller sowie eine Gabel reicht, da sie weiß, dass ich es hasse, von Plastiktellern zu essen.

Ich bedanke mich bei meiner Sekretärin, die auch an Servietten gedacht hat, während sich Mikaela gegenüber von mir hinsetzt und die Beine übereinanderschlägt. Trotz der herbstlichen Temperaturen trägt sie einen engen Bleistiftrock unter ihrem Trenchcoat. Wenn ich auf ihre glatten, weich aussehenden Beine blicke, fühle ich rein gar nichts. Und das ist es, was uns niemand glaubt. Nicht mal Arthur, der Mikaela und mich immer an der Seite des anderen gesehen hat.

Viele haben Wetten darüber am Laufen, wann wir zueinanderfinden, doch das ist völliger Schwachsinn. In ihr sehe ich eine kleine Schwester, die mich manchmal nervt, aber oft zum Lachen bringt. Wir werden gemeinsam alt werden, doch nicht auf die romantische Art – ich sehe schon vor mir, wie wir uns später treffen werden, um zu malen oder eine Galerie zu besuchen. Neben unserer jahrelangen Freundschaft verbindet uns auch die Liebe zur Kunst. Auch wenn es lange her ist, dass ich selbst zum Pinsel gegriffen habe.

Ich blicke auf das Gemälde in meinem Büro. Es war mein letztes Werk und zeigt einen von Bäumen umsäumten See bei

Sonnenuntergang. Wenn ich bewusst auf das Bild blicke, merke ich, wie sehr mir das Malen fehlt.

Ich öffne die Verpackung und finde Butterhuhn in mildwürziger Tomatensoße mit einer Portion Reis. Ich kippe alles gesammelt auf den Teller. Es muss nicht appetitlich angerichtet sein – ich weiß, wie das Gericht schmeckt, denn es ist eines meiner Lieblingsgerichte. Ich nehme einen Bissen und dann einen zweiten und verputze das Gericht schließlich in Rekordzeit, was Mikaela zum Lachen bringt.

»Na, glücklich?«, fragt sie mich, als ich mir mit der Serviette den Mund abwische und den Teller zur Seite schiebe. Ich werde ihn später in den Geschirrspüler geben. Auch wenn ich Mitarbeitende habe, die das erledigen können, mache ich das lieber selbst. Erstens, weil sie das nicht tun müssen, und zweitens, weil ich mir so gleichzeitig die Beine vertreten kann. Nur zu sitzen hinterlässt bei mir kalte Füße und eine gewisse Steifheit, die ich erst loswerde, wenn ich durchs Büro oder auf die Dachterrasse gehe.

»Und, habt ihr beim Shoppen auch wieder über mich gelästert? Das scheint in letzter Zeit euer Lieblingshobby zu sein.«

»Aber klar, was denkst du denn?«, gibt sie sarkastisch zurück, doch ihr Lächeln hat eine Schwere an sich, die mir nicht entgeht. Etwas scheint sie zu beschäftigen, und nun ist es an mir, es aus ihr herauszukitzeln.

»Immerhin haben wir ja überhaupt keine anderen Gesprächsthemen als den berühmt berüchtigten Elijah James.« Ihr Sarkasmus übernimmt das Ruder, doch für mich ist nun kein Raum für Scherze. Mikaela hat schon häufiger versucht, ihren Schmerz hinter einem Witz zu verstecken, was mich aber nur noch mehr in Alarmbereitschaft versetzt.

»Was ist los? Ist während deines Mädels-Urlaubs etwas passiert? Ich sehe doch, dass dich etwas beschäftigt.« Nachdem wir die Verlobung von Arthur gefeiert haben, ist sie mit ihren Freundinnen nach Barbados geflogen, um Party zu machen. Als ich die Frage stelle, verblasst ihr Lächeln, und sie setzt eine schuldbewusste Miene auf. Sie knetet ihre Hände, blickt kurz zur Seite, und es sieht beinahe so aus, als würde sie sich selbst Mut zureden, um mir ihr Geheimnis zu erzählen.

»Alles in Ordnung?«, bohre ich nach und lehne mich besorgt vor, um ihre Hand zu nehmen, doch sie entzieht sie mir und spielt mit dem Gurt ihrer Handtasche. Es scheint, als würde sie sich vor der Antwort drücken. Als hätte sie Angst vor meiner Reaktion, was mich stutzig macht.

»Das mit dem Mädels-Trip war ein wenig geflunkert.«

»Inwiefern? Was genau war gelogen? Großer Gott, du bist doch nicht krank, oder?«, spreche ich meine größte Sorge aus.

»Was? Nein, ich bin fit wie ein Turnschuh, keine Sorge.« Sie seufzt, strafft dann die Schultern und begegnet meinem Blick voller Entschlossenheit.

»Die Sache ist die: Es gab nie einen Mädels-Trip.«

»Du warst nicht auf Barbados?«

»Doch, das war ich, allerdings mit meinem Freund.«

»Deinem Freund? Du bist mit jemanden zusammen?«, frage ich erstaunt, da sie weder Arthur noch Lola oder mir etwas von einem Mann in ihrem Leben erzählt hat. Was für manche nichts Ungewöhnliches wäre, doch Mikaela ist eigentlich eine Person, die ihren Liebsten alles erzählt, außer wenn sie ihren Schmerz hinter Sarkasmus versteckt. Sie genießt nun meine volle Aufmerksamkeit, sodass ich kaum wahrnehme, dass Blair ins Büro kommt, den Teller mitnimmt und ihn durch eine Flasche Wasser ersetzt.

»Er heißt Stephan, und wir sind seit einem halben Jahr zusammen.«

»Einem halben ... und das sagst du uns nicht?«, frage ich und kann meine Enttäuschung nicht verbergen. »Versteh mich nicht falsch, Mika. Nichts macht mich glücklicher, als dass du den Richtigen findest. Aber warum hast du es mir verheimlicht?«

»Niemand hat es gewusst.«

»Aber wieso? Ich dachte, du vertraust mir.«

»Das tue ich auch. Es tut mir leid, dich enttäuscht zu haben, aber ich musste es geheim halten.«

»Vor uns?« Damit meinte ich Arthur, Lola, meine Mom und mich, denn ich dachte, wir sind diejenigen, denen sie am meisten vertraut.

»Ja, so konnte ich sichergehen, dass meine Mutter nichts von meiner Beziehung erfährt.«

»Du weißt, dass wir dichtgehalten hätten.«

Ihr Seufzen ist laut und tief, und ich weiß, dass es ihr im Nachhinein leidtut, uns nicht eingeweiht zu haben, aber sie hätte doch wissen müssen, dass wir immer für sie da sind und sie niemals hintergehen würden. Vor allem, weil wir wissen, was für ein Drache ihre Mutter ist.

»Ich weiß, und es tut mir auch leid. Zum ersten Mal seit Jahren war ich einfach nur glücklich, und das wollte ich auskosten, ohne mich rechtfertigen zu müssen.«

»Was meinst du mit rechtfertigen?«

»Er ist nicht reich. Er arbeitet als Barmann und unterstützt finanziell seine Schwester, die aufs College geht, da seine Eltern bei einem Unfall ums Leben gekommen sind.«

»Das klingt doch nach einem feinen Kerl, wo liegt das Problem?«

»Dir ist schon klar, dass die Gerüchteküche brodeln wird, wenn rauskommt, dass ich mit einem Mann zusammen bin, der nicht mindestens eine Immobilie in der Upper East Side besitzt?« An diese Aasgeier habe ich keinen Gedanken verschwendet, und ich frage mich, wieso sie das tut. Normalerweise interessiert es sie nicht, was die anderen von ihr oder ihrem Lebensstil halten.

»Immerhin ist es dein Privatleben, da haben andere den Mund zu halten.«

»Wenn das nur so einfach wäre. Du weißt, dass sie das nicht tun werden. Vor allem nicht meine Mutter. Sie würde Himmel und Hölle in Bewegung setzen, um uns wieder auseinanderzubringen, das weißt du.« Und wie ich das weiß. Seitdem ihre Mom herausgefunden hat, wer mein Vater ist, will sie um jeden Preis, dass Mikaela und ich zusammenkommen. Was jedoch niemals passieren wird.

»Mach dir wegen deiner Mutter keine Sorgen. Es ist dein Leben, und auch wenn sie dir droht, dich zu enterben oder Sonstiges, weißt du, dass es nur leere Worte sind.«

»Ich will ihr Geld nicht. Niemals möchte ich so werden wie sie, aber das ist es auch nicht, worüber ich mir Sorgen mache.«

»Was dann?«

»Stephan ist ein sehr sensibler und feinfühliger Mensch. Er ist das Gegenteil von meinem überschäumenden Wesen und würde die geballte Dreistigkeit meiner Mutter und ihrer Dämonen, die sie Freund*innen nennt, nicht gut verkraften. Ich habe Angst, dass er mich verlässt, wenn sie ihn in die Ecke drängen.«

»Das wird nicht geschehen, solange du uns hast. Wir werden ihn auf die Zukunft vorbereiten und alle Eventualitäten durchgehen, sodass ihn nichts erschüttern kann.« Tränen sammeln sich in ihren Augen, und ein Lächeln stiehlt sich auf mein Gesicht. Es ist um Mikaela geschehen, wie ich es noch nie zuvor erlebt habe, und das motiviert mich noch mehr dazu, alles zu tun, damit ihr Glück nicht getrübt wird.

»Also mach dir keine Sorgen, ja? Wir sind immer für dich da, und ich persönlich hoffe, diesen Stephan bald kennenzulernen.« Meine Worte bringen sie zum Lächeln, ehe sie eine Hand auf meinen Unterarm legt.

»Das wirst du. Mir ist bewusst, dass Arthur, Lola und du ihn nicht für seine Herkunft verurteilt, aber der Rest meiner Verwandten und sogenannten Bekannten wird es tun.«

»Alles zu seiner Zeit. Habe ich dir schon gesagt, wie stolz ich auf dich bin, dass du endlich dein Glück gefunden hast und es mit aller Kraft beschützen willst?« Ich stehe auf, und sie erhebt sich ebenfalls, sodass ich sie fest in den Arm nehmen kann. Sie drückt mich an sich, und ich spüre regelrecht an meinem eigenen Körper, wie die Last von ihren Schultern fällt, die sie wohl schon monatelang mit sich herumgeschleppt hat. Jetzt kann ich auch verstehen, wieso sie ihren Partner verheimlicht hat.

»Danke«, murmelt sie, doch ich bin es, der sich bedanken sollte, denn durch dieses Gespräch wird mir ebenfalls etwas klar. *Wenn es jemanden gibt, der dein Herz berührt, auf welche Art auch immer, solltest du alles in deiner Macht Stehende tun, um diese Beziehung aufrecht zu erhalten.*

Nachdem meine beste Freundin gegangen ist, versuche ich erneut, etwas zu arbeiten, gebe es allerdings schnell wieder auf und fahre nach Hause. Dort angekommen springe ich unter die Dusche, ziehe mich an und setze mich auf die Couch. Etwas, was ich schon lange nicht mehr gemacht habe. Meistens esse ich auswärts oder bei Freund*innen. Ich verbringe nur selten einen Abend auf der Couch. Kaum habe ich es mir gemütlich gemacht, kommen auch schon die Herrinnen des Hauses und kuscheln sich an mich.

»Na, Ladys? Hoffentlich war euer Tag besser als meiner«, sage ich und kraule Sher den Kopf, während Lock versucht, auf meinem Bauch den perfekten Liegeplatz zu finden. Sher miaut als Antwort, was ich als Zustimmung deute.

»Wenigstens einer von uns hatte den.« Wieder ein Miauen,

wobei Sher nun den Kopf neigt, als würde sie mich fragen, was mit mir los ist.

»Es geht mal wieder um Rory. Sie verwirrt mich und bringt mich dazu, mich völlig danebenzubenehmen.« Lock schnurrt laut und beteiligt sich nicht an unserem Gespräch, doch Sher ist Feuer und Flamme und scheint wissen zu wollen, was ich angestellt habe.

»Durch ihr Auftauchen stelle ich meine Prinzipien infrage. Ihr wisst doch, dann habe ich das Gefühl, ich deute ihre Signale falsch, und gestern Nacht …« Wenn ich an diesen intimen Moment im Auto denke, bekomme ich eine Gänsehaut am ganzen Körper. Es wäre der perfekte Zeitpunkt für einen Kuss gewesen, denn wir waren allein, weit weg vom Büro. Die Luft im Auto war geladen vor knisternder Energie, und auch Rory wollten meine Lippen auf ihren spüren. Das hat mir ihre Körperhaltung verraten.

Auch wenn sie einen Rückzieher gemacht hat und es zu keinem Kuss gekommen ist, erklärt das nicht ihr Verhalten von heute Morgen. Sie war mir gegenüber immer eine Spur unterkühlt, doch ihre Worte waren wie ein Faustschlag in die Magengrube, da ein Teil von mir gehofft hatte, dass wir uns näherkommen würden. Schnell wurde ich eines Besseren belehrt. Das wird die zukünftige Zusammenarbeit nicht leicht machen, sollten die Madigan-Schwestern mein Angebot annehmen. Aber diese Entscheidung steht auch noch aus und bringt mich dazu, frustriert das Gesicht in den Händen zu vergraben.

»Das reicht jetzt!«, rufe ich aus. Meine Katzen bekommen einen Schreck, rühren sich aber nicht von der Stelle.

»Ladys, es tut mir leid, aber ich muss sie sehen und diese Sache endlich klarstellen, sonst bekomme ich heute Nacht kein Auge zu.« Ich stehe auf, schnappe mir die Schlüssel für meinen SUV und ziehe meinen Mantel an. Auf dem Weg in die Parkgarage, frage ich mich, ob ich hier das Richtige tue und ob ich nicht zu impulsiv handle, doch ich denke, dass Rory und ich eine Verbindung haben. Wir haben einen Moment geteilt, der meiner Meinung nach unsere Freundschaft gefestigt hat, und dass Rory so abweisend reagiert, trifft mich hart. Ich brauche Klarheit, ich muss zu Rory.

15. KAPITEL

Rory

Elijah kommt auf mich zu, und wäre mein Tag nicht so ein Reinfall gewesen, hätte ich mich vielleicht darüber gefreut, ihn zu sehen. Er ist heute leger gekleidet, unter dem dunkelbraunen Mantel blitzen ein beigefarbener Rollkragenpullover und eine schwarze Stoffhose hervor, dazu trägt er braune Wildlederschuhe und sieht wirklich modisch und gut aus. Um nicht unhöflich zu sein, bleibe ich stehen und neige den Kopf nach hinten, um ihm in die Augen sehen zu können. Mein Herz macht einen Satz, als er mich anlächelt, und beinahe vergesse ich, dass ich mich eigentlich von ihm fernhalten wollte. Doch ich besinne mich und trete einen Schritt zurück.

»Guten Abend«, begrüßt er mich mit seiner angenehmen Stimme, die mich an einen der Sprecher von Dokumentationen erinnert. Sie geht einfach unter die Haut, genau wie die restliche Erscheinung von Elijah James. Sein kupferfarbenes Haar ist durcheinander, er macht einen verwegenen Eindruck, doch seine Augen vermitteln eher das Gegenteil. Sie zeigen mir klar, dass er mir noch näherkommen möchte, aber ich bin noch bei Sinnen und ignoriere es.

»Hallo. Mit Ihnen habe ich nicht gerechnet.«

»Sind wir wirklich wieder beim Sie angekommen? Ich dachte, wir duzen uns.«

»Im Anbetracht der Situation würde ich es besser finden, wenn wir wieder auf das Sie zurückkommen.« Das ist das genaue Gegenteil von dem, was ich will, aber ich muss einfach den Schein wahren, sonst geht alles den Bach runter. Alles deutet darauf hin, dass er Investor unserer Agentur wird, und somit ist er tabu. Punkt.

»Finden Sie das nicht etwas übertrieben?«

»Die förmliche Anrede?«, frage ich und halte dabei den Blickkontakt. Es ist, als würden wir uns ein Duell liefern.

»Nein, das Verhalten, das Sie seit heute Morgen an den Tag legen. Ich dachte gestern …«

»Gestern haben wir uns als gute Bekannte getroffen und zusammen etwas getrunken.«

»Und das heißt, dass gute Bekannte sich nicht mehr duzen dürfen?« Da hat er natürlich recht. Ich verhalte mich etwas kindisch, was das anbelangt.

»Vielleicht hast du recht.«

»Ah. Dieses *Du* klingt wie Musik in meinen Ohren.« Seine übertriebene Freude entlockt auch mir ein Grinsen. Danach fühle ich mich etwas freier und atme tief durch. Der Druck, den ich mir selbst auferlegt habe, muss unbedingt raus, sonst werde ich mich nie entspannen können.

»Was tust du hier?«, frage ich nun das, was ich schon vorhin wissen wollte.

»Ich konnte mich den ganzen Tag nicht konzentrieren und musste an unseren Schlagabtausch denken.«

»Auch ich habe den ganzen Tag daran zu knabbern gehabt. Zuallererst möchte ich mich bei dir entschuldigen. Egal, ob mir etwas gegen den Strich geht oder nicht, das ist eine Sache, die wir unter uns ausmachen sollten, und ich hätte dich nicht vor allen anderen anfahren sollen.« Elijah lenkt den Blick auf seine Schuhe.

»Womöglich habe ich auch über die Stränge geschlagen und dich belästigt, was mir wiederum leidtut.«

»Du hast was?«

»Na, gestern im Auto. Ich hätte dich nicht berühren dürfen, und dass ich dich küssen wollte, hat es nicht leichter gemacht.« Ich verstehe, was er meint, aber meiner Meinung nach hat er mich nicht bedrängt, ich wollte ja selbst, dass er mich berührt. Wir haben uns beide danach gesehnt, und das ist auch gut so.

»Wir sollten uns nicht schämen, weil wir den jeweils anderen attraktiv finden.«

»Nein, das sollten wir ganz und gar nicht«, stimmt mir Elijah ehrlich zu, ehe er mir wieder in die Augen sieht und mein Herz so erneut dazu bringt, gefährlich schnell zu schlagen. Das ist eine Sache, die ich unbedingt in den Griff kriegen muss.

»Und gerade, weil wir es tun, sollten wir nicht zusammenarbeiten«, sage ich mutiger, als ich mich tatsächlich fühle. Meine Absichten sind ehrlich, und ich tue das um unseretwillen. Doch meine Worte entlocken Elijah ein Schnauben.

»Nur weil du dich zu mir hingezogen fühlst, willst du einen Millionen-Deal ablehnen, der deinem Unternehmen zugutekommen wird?«

»Ja, weil wir mehrere Angebote haben, können wir hier frei wählen.«

»Das ist jetzt ein Scherz, oder?«, fragt er nun angesäuert. *Habe ich sein Ego verletzt oder ist er einfach enttäuscht?* Beides wäre möglich.

»Nein, ist es nicht. Beziehungen oder Affären am Arbeitsplatz sind bei uns verboten, und ich gedenke das auch weiterhin so zu praktizieren.«

»Wer sagt, dass wir überhaupt etwas miteinander anfangen würden?«, fragt er nun zurück, und ich merke, dass er nur Kontra gibt, weil ich ihn wohl beleidigt habe.

»Niemand kann es uns garantieren, und für mich ist das schon Risiko genug.«

»Du bist unglaublich, weißt du das?«, sagt er und fährt sich aufgebracht durchs Haar. Ja, ich übertreibe in dieser Hinsicht, aber es ist um unser beider willen.

»Was du denkst, ist deine Sache, aber ich bitte dich inständig, es dir zu überlegen und dein Angebot zurückzuziehen.«

»Pff, den Teufel werde ich tun!«

»Ach ja?«

»Ja. Das Unternehmen und die Arbeit dahinter sind viel zu wichtig. Du magst ein Problem mit mir haben, fein. Aber ich werde investieren, ob es dir passt oder nicht.« Wir sehen einander voller Argwohn und Wut an, und unser beider Atem geht in ein Keuchen über. Ich wusste, dass nichts Gutes dabei rauskommt, wenn er und ich uns nach der heutigen Diskussion gegenübertreten, doch dass wir uns erneut ankeifen, hätte ich nicht gedacht. Er will Krieg haben, dann soll er ihn auch bekommen.

»Tu es. Investiere, aber eines sage ich dir, leicht wird es für dich nicht werden.«

»Große Worte für jemanden, der sich in mich verlieben wird, Prinzipien hin oder her.« Zuerst denke ich, mich verhört zu haben, doch seine selbstsichere Haltung und der Gesichtsausdruck sind Beweis genug.

»Verlieben? In dich?«, frage ich empört und würde ihm sein siegessicheres Grinsen am liebsten aus dem Gesicht schlagen, doch ich bleibe ruhig. Streiche mit meinem Finger über seine Brust und stelle erfreut fest, dass er zusammenzuckt, als ich immer höher wandere und mich gleichzeitig seinem Gesicht nähere. Doch ich denke nicht daran, ihn zu küssen, sondern will nur nah genug zu seinem Ohr kommen, um ihm zuzuflüstern: »Träum weiter, Elijah.«

Danach gehe ich einfach an ihm vorbei zu meinem Wohngebäude. Ich spüre seinen Blick immer noch in meinem Rücken. Doch das macht mir nichts aus, denn ich hatte das letzte Wort, und das fühlt sich grandios an.

Als ich am nächsten Morgen die Etage unseres Büros erreiche, passt mich meine älteste Schwester ab und begrüßt mich überschwänglich. Das tut sie immer, wenn sie etwas von mir will, und was sie will, ist mir auch bewusst.

»Guten Morgen, Rory. Na, hast du gut geschlafen?«, fragt mich Chelsea liebevoll, doch ich rieche den Braten.

»Was willst du?«, stelle ich eine Gegenfrage und verdrehe die Augen. Meine Laune heute ist nicht die beste, und ein gewisser gut aussehender Mann, der mir das Leben schwer macht, ist daran schuld.

»Sierra wartet im Besprechungsraum auf uns, wir sollten keine Zeit verlieren.« Sie legt fröhlich den Arm um meine Schulter und tut so, als hätte ich eine Wahl, doch sie würde mich so oder so in den Besprechungsraum zerren, weil es hier ums Geschäft geht, und das ist meiner Schwester heilig.

»Morgen, Twin«, begrüßt mich Sierra, ehe sie sich wieder in den Stapel Akten vor sich vertieft. Wenn sie sich auf etwas konzentriert, dann redet sie wenig und ist vollkommen auf ihre Aufgabe fokussiert.

»Was soll das hier werden?«, frage ich mies gelaunt, weil ich noch keinen Kaffee hatte und die beiden jetzt schon übers Geschäft reden wollen.

»Na, was wohl, wir setzen uns jetzt hin, arbeiten eine Pro-und-contra-Liste aus und treffen dann die Entscheidung, für welchen oder welche der Investor*innen wir uns entscheiden.« Ich horche hoffnungsvoll auf.

»Du entscheidest dich nicht für Elijahs Angebot?«

»Nicht, wenn du dagegen bist. Deshalb gehen wir einfach alle Punkte durch und notieren die wichtigsten Aspekte, dann sollten wir noch heute zu einem Ergebnis kommen.«

»Das klingt fair«, antworte ich und lege meinen Wollmantel sowie meine Tasche ab, um mich gleich auf die Akten zu stürzen. Vier Stunden später bereue ich meinen Enthusiasmus, denn egal wie oft ich mir das Angebot der anderen Investor*innen ansehe, Elijahs ist unschlagbar – nicht nur, dass er die Geschäftsführung nicht ändern möchte, er hat auch keine versteckten Klauseln, die ab einer gewissen Summe an Umsatz einen Prozentsatz an Bonuszahlungen verlangen, und er bietet eine Million mehr als der Rest.

»Was sagst du, Rory?«, fragt mich Sierra, als ich erneut in dem Angebot von Elijah blättere, denn es gibt dort einen Absatz, der für mich zum Minenfeld werden könnte.

»Elijahs Angebot ist wirklich gut, aber die Klausel, dass er einen Monat hier mitarbeiten will und mich als Betreuungsperson angegeben hat, gefällt mir ganz und gar nicht.«

»Ich weiß, dass seine Arbeitsweise ungewöhnlich ist. Er unterzeichnet einen Zwischenvertrag, bis er die Unternehmensprüfung abgeschlossen hat.«

»Was ist, wenn er sein Angebot zurückzieht?«, frage ich. Auch wenn ich den Teil schon durchgelesen habe, muss ich es aus ihrem Mund hören.

»Dann muss er dreißig Prozent Strafzahlung von der ursprünglichen Investition an uns bezahlen.«

»Wie oft ist dieser Fall eingetreten?«, frage ich Chels, die ein Blatt Papier aus einem der vielen Stapel zieht.

»Laut meinem Informanten noch nie.«

»Dann ist er sich seiner Sache aber ganz schön sicher«, meint Sierra angetan und schreibt etwas in ihre Pro-Spalte.

»Ich weiß, dass du nicht deine Arbeit liegen lassen möchtest, um ihm alles im Unternehmen zu zeigen, aber es sind nur dreißig Tage, und davon sind acht Wochenendtage, also wirst du ihn noch weniger sehen müssen«, meint meine älteste Schwester und lässt mich nicht aus den Augen. Sie will eine Reaktion von mir, und allein, dass sie so aufmerksam ist, zeigt mir, wie sehr sie dieses Angebot annehmen will. Und nicht nur sie – Sierra ist auch dafür. Also greife ich nach meinem allerletzten Strohhalm, ehe ich nachgeben werde.

»Und wenn wir zwei der anderen Bietenden nehmen?«, frage ich, doch Chelsea schüttelt den Kopf. Auch Sierra zeigt mir mit einem Blick, dass ihr diese Idee nicht gefällt.

»Wenn wir mehrere Investor*innen haben, könnten sie einen Schatten über das Band der Schwestern, das diese Agency darstellen soll, werfen, und das wiederum ist schlecht fürs Geschäft, da über achtzig Prozent unserer Kund*innen weiblich sind.«

»Okay, dann …«

»Bevor du eine Entscheidung fällst, lassen wir dir ein wenig Bedenkzeit, okay? Lies dir die wichtigsten Punkte der Listen durch, und sag uns dann, wie du dich entscheidest. Solltest du völlig gegen Elijah James sein, dann werden wir das akzeptieren.«

»Okay«, sage ich, auch wenn ich diese Zeit gar nicht benötige, denn allein, dass meine Schwestern das Glück des Unternehmens wegen mir aufs Spiel setzen würden, ist ein unglaublicher Liebesbeweis, den ich nicht ausnutzen möchte. Bereits nach fünf Minuten verlasse ich den Raum und gehe ins Büro von Chelsea, wo auch Sierra auf mich wartet.

»Das ging aber schnell«, meint meine Zwillingsschwester belustigt.

»Ich habe mich entschieden und stimme für das Angebot von Elijah James«, sage ich, auch wenn ich jetzt schon weiß, dass ich es bitter bereuen werde.

Eine Woche später ist es auch schon so weit. Pünktlich um acht Uhr morgens betritt Elijah mein Büro, wie fast immer in der Agency trägt er auch heute Anzug und Krawatte. Heute hat er sich für einen dunkelgrauen Anzug zu pastellgrünem Hemd entschieden, das erstens seine Augen betont und zweitens einfach stylisch chic aussieht. Ich mag es, wenn ein Mann Sinn für Mode hat, das zeigt mir, dass er sich selbst – und hoffentlich auch seine Beziehungen – ebenfalls pflegt. Ich schüttle den Kopf über meinen Rückfall und verfluche mich innerlich. Ich bin durch mit diesem Thema, und er ist hier, um unsere Agency kennenzulernen und unsere Arbeitsphilosophie zu verstehen, und das werde ich ihm auch bieten.

Neulich habe ich zu ihm gesagt, dass er es bereuen würde, wenn er in unser Unternehmen investiert, jedoch ist mir bewusst, dass dies eine Kurzschlussreaktion war, die ich ihm aus Frust an den Kopf geworfen habe. Ich werde wie immer professionell sein, mein Bestes geben und ihm kollegial gegenübertreten. Nicht mehr und nicht weniger.

»Guten Morgen, Miss Madigan. Oder darf ich Rory sagen?«, fragt er mich demonstrativ vor den anderen. Alles in mir will daran festhalten, dass er mich siezt, einfach um eine gewisse Distanz einzuhalten, doch darauf zu bestehen wäre albern.

»Natürlich. Firmenintern duzen wir uns, also gilt das auch für dich. Denn wie besprochen wirst du einen Monat lang Teil unseres Unternehmens sein.« Ich betone den einen Monat, weil er anschließend Teil des Vorstandes ist und somit nur bei Vorstandsmeetings dabei sein wird, die nur zwei Mal im Jahr stattfinden.

»Gut, dass wir das geklärt haben. Also, in welchem Bereich beginnt unser erster Arbeitstag?«, fragt er äußerst motiviert, hält aber höflich Abstand.

»Da du einen Monat lang mein Schatten sein wirst, fangen wir mal damit an, dass du dich mit meinen direkten Mitarbeitenden und ihrer Arbeitsweise vertraut machst.« Ich deute ihm an, mir zu folgen, und wir gehen um meinen Tisch herum zu Min-Ah, die Kopfhörer aufhat, da sie am produktivsten ist, wenn sie Musik auf den Ohren hat. Ich tippe ihr sanft auf die Schulter, woraufhin sie sich zu mir umdreht und erst mir und dann Elijah ein breites Lächeln schenkt. Sie legt die Kopfhörer beiseite und steht auf, um ihm die Hand zu reichen.

»Guten Morgen, ich bin Min-Ah und Rorys rechte Hand, was Marketing und Promotions angeht.«

»Elijah James, freut mich, dich kennenzulernen.«

»Ich hoffe, du hast dich warm angezogen? Rory ist immer wie ein Wirbelwind und fegt durch alle Bereiche des Büros, um den anderen unter die Arme zu greifen.« Er runzelt die Stirn und wendet sich mir zu. Dass ich Wirbelwindmaterial bin, fällt ihm wohl schwer zu glauben.

»Ich dachte, du bist nur für das Marketing zuständig?« Ah, daher weht der Wind.

»Ich bin Einweiserin für alles. Neben dem Marketing arbeite ich auch an der Prüfung der Zielpersonen, unterweise Praktikant*innen, helfe bei Planungen für Workshops und gebe Ratschläge, wenn jemand mit einer Zielperson mal nicht weiterweiß.«

»Zielperson?«, fragt er nun, doch das ist ein Thema, über das wir nicht hier vor den anderen reden werden.

»Das können wir in einem der Besprechungsräume im Detail durchgehen«, antworte ich und stelle ihm den nächsten Mitarbeitenden vor.

»Das ist Dean.« Ich deute auf den Tisch neben Min-Ah, der im Gegensatz zu ihrem sehr unordentlich ist. Überall liegen Notizzettel, Stifte und Bonbons herum. Er ist derjenige, der einen Zuckerschock nach dem anderen braucht, und das meist in Form von kleinen Süßigkeiten.

»Hey, freut mich, dich kennenzulernen. Ich bin Grafiker und sorge dafür, dass unsere Homepage, Kampagnen und Social-Media-Auftritte gut aussehen.«

»Und das machst du hervorragend«, sage ich und klopfe ihm bestätigend auf die Schulter.

»Schön, dich zu treffen. Ich habe einige Stunden auf der Homepage verbracht, und mir ist direkt aufgefallen, wie gut alles harmoniert. Die Farben, das Layout und der dezent platzierte Inhalt.«

»Wow, gleich zweimal Lob von zwei Führungspersonen. Jetzt hört aber auf«, sagt er und bekommt leicht rosa Wangen, denn er hat noch nie gut mit Komplimenten umgehen können.

»Wir gehen sowieso weiter, das wars mal mit dem Lob. Nicht, dass du mir überheblich wirst«, sage ich und zwinkere ihm frech zu. Der Humor, den wir vier hier teilen, zeichnet unsere Agency aus.

»Das ist Wyatt, unser IT-Gott.«

»So, jetzt schleimst du aber«, meint er lachend und steht auf, um Elijah die Hand zu schütteln.

»Ich bin Wyatt und meist dann heiß beliebt, wenn die Technik mal nicht so läuft, wie es die anderen gewohnt sind. Und glaub mir, das passiert viel häufiger, als mir lieb ist.«

»Ich bin Elijah, freut mich. Bist du dann für den Support für das ganze Büro zuständig?«

»Ja, das bin ich. Ich könnte theoretisch zu jedem Kollegen gehen und ihm persönlich helfen, aber wir kommunizieren auch übers Intranet, und ich kann auch vieles per Fernzugriff steuern.«

»Also seid ihr schon mal technisch perfekt vernetzt«, meint Elijah, was Wyatt zum Lachen bringt.

»Wir sind gut ausgestattet, aber es ginge natürlich noch besser. Doch wenn ich von diesem Thema anfange, wird Rory mich schnell wieder in die Schranken weisen.«

»Aber nur, weil du dann nicht aufhören kannst, auf Fachchinesisch zu sprechen, und wir dich dann nicht verstehen.« Elijah sieht interessiert zwischen Wyatt und mir hin und her, sagt aber nichts mehr dazu.

»Nun gut, dann lass uns mal weitergehen.«

»Sollte ich nicht erst mal sehen, wo dein Arbeitsbereich ist?«, fragt er neugierig, doch ich schüttle nur den Kopf. Hier geht es nicht nur um mich. Die Social-Media-Abteilung bin nicht nur ich, das sind wir, und bevor wir mit den gewohnten Abläufen starten, muss er erst alle kennenlernen. Denn im Grunde investiert er in alle Mitarbeitenden, was ihm auch das Recht gibt, alle kennenzulernen. Ob es ihm nun gefällt, ist eine andere Frage. Nun ist er für kurze Zeit Teil unseres Unternehmens, und auch wenn ich seine Investition ursprünglich nicht wollte, soll er durch das Kennenlernen unserer Mitarbeitenden wissen, dass sein Geld gut angelegt ist.

16. KAPITEL

Elijah

Dass die Madigan-Schwestern sich für mein Angebot entschieden haben, hat mich etwas überrascht, da ich befürchtet hatte, dass Rory mich um jeden Preis aus dem Unternehmen raushaben will. Was ich jedoch in der kurzen Zeit, seitdem ich Rory kenne, festgestellt habe, ist, dass sie sehr professionell an ihre Arbeit geht. Deshalb habe ich beinahe ein schlechtes Gewissen, dass ich an ihr gezweifelt habe. Sie haben meinen Bedingungen zugestimmt, und somit kann ich vier Wochen lang das Unternehmen unter die Lupe nehmen. Dass ich dabei Rory ständig um mich herum haben werde, hat sich anfangs wie eine gute Idee angehört, doch nun bin ich mir da nicht mehr so sicher.

Wir beide wissen, dass wir einander attraktiv finden und dass die Nähe des anderen uns durcheinanderbringt. Es wird eine Herausforderung, aber ich habe mir fest vorgenommen, einen profitablen Deal nicht aufgrund von Gefühlen in den Sand zu setzen. Also kapsle ich mein Begehren, sie zu berühren und ihr näherzukommen, ab und starte meinen ersten Arbeitstag gefühlsneutral Aurora gegenüber.

Zuerst lerne ich ihre engsten Mitarbeitenden kennen – eine bunt zusammengewürfelte Truppe. Während Rory mir alle vorstellt, scheint sie den direkten Blickkontakt zu mir bewusst zu meiden. Sie würde mich wohl am liebsten zum Teufel jagen – auch wenn sie versucht, es nicht allzu deutlich zu zeigen. Klar, sie hat meinem Angebot und den Bedingungen zugestimmt, trotzdem sieht sie mich noch als rotes Tuch.

Nachdem ich ihre engsten Kolleg*innen getroffen habe, gehen wir weiter, ohne einen Blick auf ihren Arbeitsbereich zu werfen. Doch auf diesen bin ich unheimlich gespannt.

»Hier befindet sich das Großraumbüro, wo Akten angelegt, Zielpersonen analysiert und Chatnachrichten sowie E-Mails verfasst werden. Im Großen und Ganzen wird hier die Treue getestet.« Rory deutet auf die etwa fünfzehn Personen, die, durch Trennwände separiert, nebeneinandersitzen und ihrer Arbeit nachgehen.

»Guten Morgen, meine Lieben. Das ist Elijah James. Er wird vier Wochen Teil unseres Teams sein und dafür sorgen, dass unsere Agency wächst und unsere Räumlichkeiten angepasst werden.« Als Rory die Sache mit den Räumlichkeiten erwähnt, klatschen alle fröhlich in die Hände, denn offensichtlich sind sie darauf besonders scharf, was ich auch verstehen kann. Es wirkt ziemlich beengt hier.

»Hallo, und danke für den herzlichen Empfang. Bitte lasst euch nicht stören, sollte ich mal durch den Gang huschen und eure Arbeitsweise beobachten, das dient mir nur als Einschätzung.« Alle nicken verständnisvoll, und auch Rory lächelt leicht, ehe sie auf den Aktenkoffer in meiner Hand schielt.

»Komm, ich bringe dich in dein Büro, wo du dich einrichten kannst.«

»Warte, ich dachte, ich sitze bei dir in den Räumlichkeiten?«, frage ich verwundert, doch sie schüttelt den Kopf und steuert eine Tür an, ohne mir zu antworten. Meine Augen gleiten von ihrem Rücken zu ihren endlos langen Beinen. Heute trägt sie Heels aus schwarzem Samt, die so hoch sind, dass sie genauso groß ist wie ich. Bevor Rory mein Starren bemerken kann, reiße ich meinen Blick von ihrer Haut los und blicke verwirrt auf das Schild, das an der Tür hängt.

»Ich soll dein Büro benutzen?«, frage ich mit gerunzelter Stirn.

»Ja, du wirst dich mit deinen Mitarbeitenden oder wem auch immer kurzschließen müssen und deine Einschätzungen notieren wollen, da wäre es besser, wenn du einen ruhigen Ort zum Arbeiten hast.« Ich höre aus ihren Worten heraus, dass sie mich nicht in ihrer Nähe haben will, und das weckt den Trotz in mir. Auch mir fällt es schwer, meinem Verlangen, sie zu küssen, nicht nachzugeben. Trotzdem finde ich ihre kühle Haltung mir gegenüber übertrieben. Immerhin haben wir schöne und knisternde Momente miteinander geteilt.

»Das ist zwar schön und gut, aber trotzdem werde ich ja eher als dein Assistent fungieren.«

»Das kannst du ja auch, aber wenn wir acht Stunden am Tag aneinanderkleben, werden wir uns irgendwann an die Gurgel gehen, und das wollen wir ja beide nicht, oder?«

»Na ja …«, sage ich, wohl eher als Scherz, da sie ja schon weiß, dass ich sie mag. Doch sie unterbindet es sofort, dass ich weiterrede.

»Nein, wir wollen das nicht, Elijah«, betont sie, und ich sehe, wie ihre Augen einen wilden Ausdruck annehmen, als wäre sie schon wieder bereit für eine Diskussion.

»Okay, okay. Danke, dass du mir deine Räumlichkeiten zur Verfügung stellst.« Ich gebe nach, auch wenn ich nichts lieber sehen würde als das Feuer, das in ihren Augen brennt, wenn sie sich über mich aufregt.

»Gern geschehen. Bevor wir allerdings noch weiterreden, habe ich hier etwas für dich.« Sie geht zum Tisch, entnimmt einige Blätter aus einer Aktenmappe und reicht sie mir. Ich greife danach und lese nur den ersten Satz, ehe ich den Blick hebe und sie überrascht ansehe.

»Eine Verschwiegenheitsklausel?«

»Genau. Sie ist das Wichtigste für alle unsere Mitarbeitenden und auch für die Geschäftsführung. Jeder hat die exakt selbe Erklärung unterschrieben und abgegeben.«

»Ihr nehmt das sehr ernst, was?«, frage ich eher anerkennend als skeptisch.

»Natürlich tun wir das. In unserer Branche haben wir sehr viel mit Geheimnissen zu tun, die nicht wirklich schön sind, und unsere Klient*innen vertrauen uns. Es wäre stümperhaft, wenn wir ihr Vertrauen ausnutzen und anderen von ihrem Elend berichten würden.«

»Jede Firma hat eine dieser Erklärungen, doch die wenigsten nehmen ernst, was darin steht.«

»Das ist ihr Verlust, für uns ist es das wichtigste Kriterium, wenn man bei uns arbeiten möchte. Wer dagegen verstößt, hat mit verheerenden Konsequenzen zu rechnen.«

»Verstehe. Ist es denn vorgekommen, dass sich jemand nicht daran gehalten hat?«, frage ich neugierig, denn so etwas muss ich auch wissen. Ob in der Vergangenheit etwas vorgefallen ist, was sich auf die Zukunft der Agentur auswirken könnte.

»Ja. Ein Mal, aber das haben wir schnell geregelt.«

»Inwiefern?«

Sie sieht mich skeptisch an, als würde sie abwägen, ob sie es mir sagen soll oder nicht, doch als sie ausatmet, weiß ich, dass sie es mir erzählen wird.

»Die Mitarbeiterin hat für Geld gefälschte Beweise rausgegeben, wurde von uns erwischt und gefeuert. Sie musste eine hohe Geldstrafe zahlen und ist, soweit ich weiß, wieder in ihre Heimatstadt in Kansas gezogen.«

»Verstehe«, antworte ich, und plötzlich wiegen diese Papiere in meiner Hand viel mehr als noch vor einigen Minuten. Das hier ist wichtig und bedeutet Rory und ihren Schwestern unglaublich viel, vor allem nach dem Desaster, das sie wohl erlebt haben. Ich werde mir die Zeit nehmen, alles genau durchzulesen, und werde mich daran halten.

»Dann mach es dir bequem, und wenn du alles unterzeichnet hast, kannst du gerne ins Gemeinschaftsbüro kommen, dann bekommst du eine Unterweisung, was wir hier tatsächlich tun. Ich habe jetzt ein Telefonmeeting und bin in einer Stunde wieder da.«

»Okay, bis später.«

Als sie gegangen ist, lege ich meine Tasche auf dem massiven Holztisch ab und setze mich auf den gut gepolsterten Stuhl. Nachdem ich alles durchgelesen habe, ist eine halbe Stunde vergangen, doch ich bin jetzt um einiges schlauer. Diese Verschwiegenheitserklärungen sind gut durchdacht und rechtlich nicht anfechtbar. Sobald hier herauskommt, dass jemand Informationen an Dritte weiterleitet oder mündlich weitergibt, erwartet diese Person eine Strafzahlung im sechsstelligen Bereich, je nachdem, wie schwerwiegend der Schaden ist.

Weiterhin wird erklärt, dass alle Arbeitsschritte auf einem externen Server gespeichert werden. Sollte die Firmenleitung Grund sehen, einen Mitarbeiter zu prüfen, sind die digitalen Fußspuren somit nachvollziehbar. Alle Angestellten müssen diesen Klauseln und Bedingungen zustimmen, es gibt keine Ausnahmen, was ich persönlich verstehe. Sollte jemand das Gefühl haben, dass er diese Überwachung nicht möchte, dann ist die Agency nichts für ihn. Und ich habe das Gefühl, als würden Chelsea, Sierra und Rory mit ihrer Arbeitsweise gut vorankommen und den Respekt der meisten Angestellten auf ihrer Seite haben.

Auch ich unterzeichne, schnappe mein Smartphone, das ich

in meine Hosentasche stecke, und gehe wieder ins Gemeinschaftsbüro zurück, wo ich zu meiner Überraschung Rory vorfinde, die fleißig in die Tasten haut. War das mit dem Telefonat nur geflunkert oder ist sie einfach früher fertig geworden? Ich reiche ihr die Papiere, die sie mit einem dankbaren Nicken entgegennimmt.

»Danke, dass das so schnell funktioniert hat. So, jetzt können wir gehen.«

»Gehen? Wohin?«

»Damit wir die anderen nicht stören, gehen wir an einen ruhigeren Ort. Ach, und wie magst du deinen Kaffee?«, fragt sie mich und öffnet uns die Tür.

»Schwarz«, antworte ich, lasse ihr aber wie immer den Vortritt.

»Danke, dann werde ich die Praktikantin bitten, uns welchen zu bringen. Sie wollte sowieso gerade einen für sich selbst holen.«

»Danke.«

Rory tippt in Windeseile etwas in ihr Smartphone und deutet mir die Richtung an. Wir gehen in einen leeren Raum, in dem viele Smartphones aufgeladen werden. Auch hier befinden sich PCs auf den Tischen.

»Das ist der Telefon- und Zoom-Raum. Hier sprechen unsere Mitarbeitenden mit den Zielpersonen.«

»Verstehe.« Ich setze mich und stelle enttäuscht fest, dass Rory sich für den Platz gegenüber von mir entscheidet – weit weg von mir. Nachvollziehbar, aber ich bedauere es dennoch.

»Würdest du sagen, du bist ein treuer Mensch?«, fragt sie mich und erwischt mich aufgrund ihrer persönlichen Frage eiskalt. Ich blinzle, antworte dann aber selbstbewusst.

»Ja, bin ich. Ich habe noch nie eine meiner Partnerinnen hintergangen und habe dies auch nicht vor.«

»Dann gehörst du zu den fünfunddreißig Prozent, die in einer Beziehung noch nie betrogen haben. Und darauf baut unser Unternehmen auf; dass die Lebenspartner*innen unserer Klient*innen eben zu diesem geringen Prozentsatz gehören.« Sie stützt ihre Hände auf dem Tisch ab.

»Die Klient*innen betreten meist verzweifelt unsere Räumlichkeiten und werden direkt zu Chelsea und Sierra gebracht, die dann die Erstgespräche führen. Dort schildern sie, was der Grund für ihren Verdacht ist. Da gibt es die unglaublichsten Theorien, aber meist rührt die Beunruhigung daher, dass sich die Beziehung verändert hat.«

»Da gibt es ein breites Spektrum, oder?«, werfe ich ein, was Rory traurig nicken lässt.

»Leider sind in der Liebe ja meist keine Grenzen gesetzt, und das merken wir auch recht schnell. Chelsea stellt dann die für uns wichtigste Frage.« Die Tür geht auf, und eine blonde junge Dame reicht uns unsere Kaffeebecher, ehe sie sich wieder verabschiedet und geht.

»Danke, Myra«, sagt Rory, und trinkt einen Schluck. Als wir wieder allein sind, fährt sie fort.

»Die wichtigste Frage ist, ab wann der Betrug für unsere Klient*innen beginnt.«

»Du meinst ab welchem Punkt?«

»Genau. Verrat und Betrug sind nicht für jeden Menschen das Gleiche. Bei einigen Beziehungen werden individuelle Abmachungen getroffen und die Grenzen klar gesetzt, doch das ist nicht immer so – was es noch komplizierter macht. Manche sagen, dass bei ihnen Betrug bei den ersten anzüglichen Nachrichten startet, andere, wenn der oder die Partner*in behauptet, Single zu sein, und für andere beginnt es mit einem Kuss, wobei das bei uns nicht infrage kommt. Das ist eine unserer obersten Regeln.«

»Was tut ihr in solchen Fällen? Wenn bei einer Person ein Kuss der einzige Beweis für die Untreue ist?«

»Dann nehmen wir den Auftrag nicht an. Küsse und intime Berührungen sind streng verboten. Wir sind eine Treuetest-Agentur und kein Escort-Service. Uns ist es ein großes Anliegen, dass das den Kund*innen auch klar ist. Unser Ruf ist uns sehr wichtig.«

»Verstehe. Hat es schon Vorfälle gegeben? Übergriffe auf Mitarbeitende?«

»Zum Glück noch nicht, da wir die Fake-Dates immer ausschließlich an öffentlichen Orten stattfinden lassen. Zusätzlich ist immer Security-Personal dabei, das jederzeit einschreiten kann.«

»Ihr habt das gut durchdacht, danke für die Erklärung. Ihr fragt also die Schmerzgrenzen der Kund*innen ab, ehe es losgeht?«

»Genau. Sobald wir wissen, wann die Grenze bei den Klient*innen erreicht ist, händigt Chelsea eine Preisliste aus, die die ungefähren Kosten aufführt, je nachdem wie viel Arbeitsaufwand auf uns zukommt. Wenn eine mündliche Zustimmung erfolgt ist, wird eine Vereinbarung unterzeichnet, die Aufnahme gestartet, damit wir die Unterhaltung aufzeichnen können, und dann wird sich über die Zielperson unterhalten.«

»Sind denn alle damit einverstanden, dass aufgenommen wird? Manchen wird das sicher gegen den Strich gehen?«

»Nur wenige Personen lehnen das ab. Für uns ist es wichtig, da Sierra womöglich etwas vergessen könnte zu notieren und wir so immer auf die Sprachdatei zurückkommen können. Wir nennen die zu testenden Partner*innen Zielpersonen und erstellen eine Akte, in der wir die Vorlieben, Interessen und Traumideale festhalten. Also welcher Typ die Person anspricht.«

»Und wie macht ihr das mit euren Mitarbeitenden? Ich meine, ihr könnt wahrscheinlich nicht jeden Geschmack treffen?«

»Wir benutzen in diesem Fall meist Photoshop und verändern Haut- und Haarfarbe, da wir auch Social-Media-Profile faken müssen. Nicht bei jeder Zielperson ist ein persönliches Treffen nötig, um die Untreue zu beweisen. Vieles läuft digital per Chat oder durch Anrufe, die aufgezeichnet werden. Je nachdem, wo die Schmerzgrenze der Klient*innen liegt.«

»Das heißt, die persönlichen Dates sind eher die Ausnahme?«

»Ja. Für die meisten Klient*innen beginnt der Betrug schon auf der digitalen Ebene. Das erleichtert es unseren Mitarbeitenden, die Treue zu testen.«

»Schreiben sie dann die entsprechenden Personen direkt an?«

»Das kommt ganz darauf an. Wir führen immer zuerst eine Social-Media-Analyse durch, und sollte das nicht möglich sein, heuern wir eine*n unserer vielen Privatdetektiv*innen an, die uns eine ungefähre Einschätzung der Person geben.«

»Ihr habt fest angestellte Detektiv*innen?«

»Die haben wir. Wenn es mal knifflig wird, kommen sie zum Einsatz. Sie sind Teil des Unternehmens und arbeiten ausschließlich für uns.«

»Verstehe. Das heißt, euch wird nie langweilig, denn Testungen und Offenbarungen sind mit viel Drama verbunden.«

»Bis zu einem gewissen Grad ja, aber wir tun hier etwas Gutes. Wenn ich daran denke, wie es den Menschen vor vielen Jahrzehnten wohl ergangen ist, die zwar einen Betrug geahnt haben, ihn aber nicht beweisen konnten … Die Ungewissheit muss unerträglich sein.«

»Hmm, das mit Sicherheit«, murmle ich. Ich kann mir den Schmerz, den diese Menschen durchmachen, gar nicht vorstellen. Denselben Schmerz, den auch meine Mutter erfahren musste.

»So sieht unsere Arbeitsweise im Großen und Ganzen aus. Wenn Klient*innen sich uns anvertrauen, dann ist das ein tränenreiches Unterfangen, das mich persönlich zu sehr beschäftigen würde, deshalb bin ich bei diesen Meetings auch nicht dabei.«

»Wühlt es dich auf?«

»Nein, aber der Drang, der untreuen Person eins auszuwischen, ist dann groß, da ich ein sehr impulsiver Mensch bin. Chelsea denkt rational, fühlt zwar den Schmerz, lässt ihn aber nicht so nah an sich ran. Sierra ist diejenige, die mitfühlt und versucht, die Klient*innen mit ihrer einfühlsamen Art zu beruhigen.«

»Deshalb kümmerst du dich um andere Dinge?«

»Genau, ich versuche, überall ein wenig mitzuarbeiten, einfach weil ich in allen Bereichen gerne up to date bin. Sierra leitet die Treuetestungen, ist für das Personal und für bürointerne Angelegenheiten zuständig. Wir haben uns das alles gut eingeteilt, sodass wir voll ausgelastet sind.«

»Das klingt doch nach einem soliden Familienunternehmen«, sage ich und bin beeindruckt, wie sie das alles bisher gemeistert haben. Die eventuellen Lücken, die auftauchen könnten, haben sie alle berücksichtigt, und auch rechtlich sind sie gut abgesichert, sodass niemand sie einfach so verklagen könnte.

»Na, schwirrt dir schon der Kopf?«, fragt Rory amüsiert, und ihre Miene hellt sich auf. Ihr strahlendes Lächeln ist mir schon bei unserer ersten Begegnung aufgefallen und hat sich mir eingeprägt.

»Nein, ich verarbeite nur die Informationen, aber lass dir gesagt sein, dass ihr ein großartiges Unternehmen aufgebaut habt, das vielen Menschen schlaflose Nächte erspart.«

»Das kann sein, und ich bin auch stolz auf unsere Arbeit, aber in den meisten Fällen gehen am Ende Partnerschaften in die Brüche.«

»Wirkt sich das auch auf eure privaten Beziehungen aus?«

»Ich kann nur von mir selbst sprechen und muss sagen, dass ich den Glauben an die Liebe und die verbundene Loyalität manchmal infrage stelle, auch wenn ich meinen Job liebe.« Ihre Ehrlichkeit in Bezug auf dieses Thema überrascht mich. So ein ehrliches Geständnis hatte ich nicht erwartet. Durch die Gesprächspause wird wohl auch Rory klar, dass sie mir einen kleinen Einblick in ihr Innerstes gegeben hat, was mit Sicherheit nicht geplant war, also redet sie schnell weiter.

»Na ja, so viel dazu. Sollen wir uns eine aktive Treuetestung ansehen, an der ich gerade dran bin?«

»Klar, gerne. Es wird immer spannender.«

»Es ist auf jeden Fall viel Feingefühl notwendig, damit man sich in den Chatnachrichten nicht verrät und seine Rolle gut spielt.« Sie zeigt mir auf dem Laptop, den sie mitgenommen hat, wie die Prüfung vonstattengeht, und wird mit jedem Satz lockerer. Wenn ich sie so ansehe – den fröhlichen Ausdruck auf ihrem Gesicht, die losgelöste Haltung –, dann wird mir klar, dass sie für mich noch nie hübscher ausgesehen hat als in diesem Moment. Und ich bemerke, dass ich mich ernsthaft in sie verlieben könnte.

In den nächsten Tagen lerne ich mehr über die internen Strukturen und Arbeitsweisen der Angestellten. Ich bekomme einen Einblick in Rorys Arbeit und erfahre mehr über Marketing, Grafikdesign sowie die technischen Probleme, mit denen sich

Wyatt rumschlagen muss. Obwohl viel durcheinandergeredet wird, leisten alle gute Arbeit und scheinen sich nicht am Lärm zu stören. Für mich war es eine große Umstellung, doch mittlerweile habe ich mich an den Geräuschpegel gewöhnt.

Generell stelle ich fest, dass es lange her ist, dass ich in einem größeren Team mitgearbeitet habe. Da Tyler sonst die Unternehmensprüfungen macht, war ich sonst auf Meetings oder in meinem Büro, Teil eines großen Ganzen war ich seit dem Austritt aus Dads Unternehmen nicht mehr. Ich bin überrascht, wie gut es sich anfühlt, in der Proof of Love Agency mitzuarbeiten. Auch wenn ich meist nur stiller Beobachter bin, werde ich in Prozesse miteinbezogen.

Blair hält mich mit einer Mail pro Tag immer auf dem Laufenden, und ich bin froh, dass Tyler und sie alles so gut im Griff haben, denn so kann ich mich vollkommen auf die Agency konzentrieren. Rory ist dort sehr beliebt und wird häufig um Rat gebeten. Was sie auch im Unternehmen anfasst, sie erledigt ihre Aufgaben gewissenhaft und zuverlässig. Ihr zuzusehen macht unglaublichen Spaß, einerseits weil man viel von ihr lernen kann, andererseits sehe ich sie einfach gerne an. Ich halte Abstand, wie sie es wünscht, doch das heißt nicht, dass sich meine Gefühle ihr gegenüber verändert haben. Denn ich mag diese Frau. Ich mag sie sogar sehr.

Nach meinem ersten Arbeitstag fühle ich mich nicht müde, sondern bin voller Motivation und guter Laune. Also beschließe ich spontan, Lola und Arthur einen Überraschungsbesuch abzustatten. Sobald ich mich vergewissert habe, dass die beiden auch zu Hause sind, betrete ich die nächste Boutique, die auch Babyklamotten im Sortiment hat. Ich schlängle mich durch die Regale und Kleiderständer, als ich ein Set aus Body, Mützchen und Söckchen mit süßem Schildkrötenmotiv entdecke.

»Kann ich Ihnen helfen?«, fragt mich eine junge Mitarbeiterin und sieht von dem Body in meiner Hand zu mir.

»Ich suche etwas für eine Freundin. Sie erwartet ihr erstes Kind.«

»Was Sie dort in der Hand halten, ist aus Biowolle gefertigt und atmungsaktiv. Eines unserer Premiumsets.«

»Verstehe. Welche Größe sollte ich kaufen?«, frage ich.

»Ich würde empfehlen keine zu kleine Größe zu wählen, da es durchaus Babys gibt, die kräftiger auf die Welt kommen. Wann ist der errechnete Geburtstermin?«

»Puh, keine Ahnung, sie hat es uns gerade erst mitgeteilt.«

»Verstehe, dann ist sie vermutlich im dritten Monat. Dann würde ich das Set mit kurzen Ärmeln wählen und diese Größe hier nehmen.« Sie reicht mir ein Set, doch das reicht mir noch nicht. Ich habe im Kassenbereich Plüschtiere gesehen, und tatsächlich sind dort auch Minibabyschildkröten vertreten. Ich lasse mir meinen Einkauf in eine Geschenktüte packen, ehe ich mich auf den Weg mache.

17. KAPITEL

Rory

In den letzten Wochen war Elijah wie mein immerwährender Schatten, der mich bei jedem Arbeitsschritt verfolgt hat. Nicht, dass es mir unangenehm gewesen wäre, denn er war ein sehr motivierender Schatten. Er hat die richtigen Fragen gestellt, hat den Mund gehalten, wenn es sein musste, und ist mir nicht einmal auf die Pelle gerückt. Das hat es für mich leichter gemacht, seine Nähe überhaupt zu ertragen. Denn ich hatte sehr oft schwache Momente, in denen ich mich gefragt habe, wieso er so gut riechen muss, weshalb seine Stimme mir eine Gänsehaut verschafft und wieso ich meine Finger so häufig zu Fäusten ballen muss, wenn der Drang groß ist, sein Haar zu berühren, das so weich und verlockend aussieht.

Es wäre einfach, wenn er ein Arschloch wäre, eine unhöfliche Person oder zu sehr von sich selbst überzeugt, doch mir wird schnell klar, dass dies nicht der Fall ist. Er versteht sich gut mit Wyatt und Dean, selbst Min-Ah, die Fremde normalerweise nicht leiden kann, mag Elijah, und das ist schon eine große Leistung. In den letzten Tagen waren wir mit der Planung einer Fernsehwerbung beschäftigt. Auch Elijah hatte brauchbare Ideen, die wir umsetzen konnten. Die gemeinsame Zeit hat mir gezeigt, was für ein tolles Team wir sind. Wenn ich mich bei einer Sache schwertue, dann kann er sie meist erledigen, wenn er Hilfe braucht, bin ich da, und auch wenn man das als das perfekte Arbeitsverhältnis beschreiben könnte, gefällt es mir nicht.

Denn es lässt mich schwach werden und ihn mit anderen Augen sehen. Letztens hat er ohne Sakko und mit hochgekrempelten Hemdärmeln an einem Social-Media-Plan für den nächsten Tag gesessen und dabei so konzentriert gewirkt, dass ich nicht anders konnte, als ihn von meinem Arbeitsplatz aus anzuschmachten. Diese Momente zeigen mir, dass er mir mehr unter die Haut geht, als ich es zulassen wollte. Denn anfangs war er einfach der mögliche Investor, ein Geschäftspartner, mit dem wir nicht so viel Zeit verbringen werden, und nun ist er zu Elijah geworden – dem zuverlässigen Mitarbeiter auf Zeit, dem humorvollen Kollegen, der einfach mit allen auskommt und immer einen guten Witz auf Lager hat, dem attraktiven Mann, der mein Herz zum Stolpern bringt.

Je mehr Zeit ich mit ihm verbringe, desto interessanter wird er für mich. Doch an eine Sache halte ich mich strikt: Wir sind zwar gezwungenermaßen im Büro zusammen, doch im privaten Bereich verbringe ich keine Zeit mit ihm. Dann würde die Barriere fehlen, die mich so stark sein lässt, meinen Sehnsüchten nicht zu verfallen. Denn ich sehne mich nach ihm, es ist sogar so schlimm, dass ich letztens ein sich küssendes Paar beim Starbucks gesehen habe und mir wünschte, auch einmal Elijahs Lippen zu kosten.

In den Nächten ist es nicht besser, da frage ich mich, was er jetzt wohl macht, und kann mich gar nicht erinnern, wie oft ich versucht war, ihm eine Chatnachricht zu schreiben oder ihn anzurufen. Ich hätte die Kontaktaufnahme auf die Arbeit schieben können, doch das ist dann das Letzte, was ich am Telefon mit ihm besprechen will. Ich will ihn fragen, ob und was er zu Abend gegessen hat, will wissen, welche Filme er liebt, was er in seiner Freizeit gerne unternimmt, und noch so viele andere Dinge, die für mich eigentlich verboten sind. Auch wenn ich mir das Verbot selbst auferlegt habe, heißt das nicht, dass ich nicht heimlich leide.

Und diese Sehnsucht geht so weit, dass es sogar meine Schwestern mitbekommen, die natürlich wissen wollen, was mit mir los ist. Also sitze ich hier mit ihnen in der Kantine, wo sie mich mit Fragen löchern, wieso es in der letzten Zeit kaum Geschichten aus meinem aufregenden Single-Leben zu hören gab. Denn das gab es früher mehr, als es den beiden lieb war. Ich habe meine Freiheit genossen und mit so vielen Männern geflirtet, dass ich gar nicht mehr mitgezählt habe, und das war auch richtig so. Das hat mich ausgemacht. Nur, dass es jetzt nicht mehr so ist, und das Schlimmste ist, dass ich es meinen Schwestern nicht anvertrauen kann, ohne sie zu enttäuschen.

»Psst, man könnte euch hören«, weise ich sie zurecht, und sehe mich um. Natürlich entdecke ich einen Tisch weiter Elijah, der mit Wyatt und Dean zusammen isst. Ich bete, dass er nichts von unserem Gespräch mitbekommt, und werfe meinen Schwestern einen weiteren bösen Blick zu. Ich versuche, das Private vom Geschäftlichen zu trennen, aber die beiden können nicht wissen, wie privat ich mit Elijah sein möchte, deshalb soll er nichts aus meinem Leben erfahren, was über die Arbeit hinausgeht.

»Jetzt hab dich nicht so, wäre ja nicht das erste Mal, dass wir uns privat in der Kantine unterhalten«, meint Sierra und hat völlig recht mit ihrer Aussage. Sie kann nicht wissen, dass der Grund, wieso ich mich so untypisch verhalte, nur einen Tisch weiter sitzt und mir den Kopf verdreht hat.

»Was ist eigentlich aus Matt geworden?«, fragt Sierra zwar in normaler Lautstärke, doch es ist mir trotzdem unangenehm. Elijah, der gerade dabei war, die Gabel zum Mund zu führen, hält plötzlich inne, also hat er die Worte wohl auch vernommen. *War ja klar, dass er mithören würde.* Oh Mann, das wird ja immer besser heute. Vor einer Stunde habe ich mich dabei ertappt, wie ich seine Hände wie hypnotisiert angestarrt habe, was er zum Glück nicht mitbekommen hat. Ich bin so ein schwacher, schwacher Mensch und brauche dringend eine kalte Dusche.

»Matt und ich gehen seit einer Weile getrennte Wege. Es hat einfach nicht gepasst.«

»Das war's?«, fragt Chelsea erstaunt und legt ihre Gabel beiseite. Nun habe ich ihre volle Aufmerksamkeit, was das genaue Gegenteil von dem ist, was ich wollte.

»Was willst du noch hören?«

»Du erzählst normalerweise immer mehr Details und breitest dein Gefühlsleben vor uns aus, aber in letzter Zeit hast du gar nicht von deinen Abenteuern erzählt.«

»Weil es auch nichts zu erzählen gibt.«

»Das ist bisher selten bis nie passiert«, fügt Sierra an und lässt mich gefrustet aufstöhnen. Ich vergrabe mein Gesicht in den Händen und versuche mich zu ordnen.

»Bin ich ein weiblicher Casanova oder wieso nervt ihr mich heute so damit?«

»Sorry, das war nicht so gemeint«, sagt Sierra versöhnlich und streichelt mir beruhigend über den Oberarm. *Habe ich überreagiert?* Ich wollte sie nicht anfahren, aber es geht mir auch gegen den Strich, dass sie dieses Thema einfach nicht ruhen lassen wollen.

»Seit wann bist du verlegen? Du läufst sogar rot an«, sagt meine Zwillingsschwester, diesmal leiser, und ehrliches Erstaunen breitet sich auf ihrem Gesicht aus.

»Seit Neuestem, also Ruhe jetzt. Ich will über etwas anderes reden als über mich«, sage ich ernst und trinke einen Schluck

Wasser, um ihren neugierigen Blicken zu entgehen. Doch aus dem Augenwinkel erkenne ich sehr wohl, dass Elijah mich ansieht.

»Gut, wenn das so ist, dann würde ich dich gerne auf ein Blind Date schicken«, sagt Chelsea erfreut, als hätte sie nur drauf gewartet, dieses Thema anzuschneiden.

»Ähm, das lenkt das Thema auch wieder auf mich.«

»Ja, vielleicht, aber es ist zumindest etwas, was dir gefällt, oder? Du mochtest Blind Dates bis jetzt sehr gern.«

»Das stimmt, ja«, sage ich geistesabwesend und denke an die vielen tollen Abende und interessanten Gesprächsthemen, die ich mit den Dates angeschnitten habe. Sie waren perfekte erste Treffen, hatten aber nicht das gewisse Etwas, was bei mir mehr als Freundschaft möglich gemacht hätte. Ein neues Blind Date könnte meine Rettung oder eine Enttäuschung sein, aber ich mochte schon immer das Risiko. *Was ist also nun anders?* Dass ich während der letzten Wochenenden beim Ausgehen immer mit den Gedanken woanders bin, hat es schwer gemacht, neue Menschen kennenzulernen.

»Erzähl mir mehr«, sage ich, und Chelsea berichtet, dass der Bruder ihrer Freundin seit Jahren wieder mal in der Stadt ist und gedenkt, auch in New York zu bleiben, nachdem er durch die Welt gereist ist. Meine Schwester erzählt mir einiges über diesen Mann, doch meine Augen kleben an Elijahs Rücken, der sich plötzlich seltsam versteift hat.

Liegt es daran, dass er uns zuhört?

Warte mal, was schwirrt mir da wieder im Kopf herum?

Wie kann ich an diese Dinge denken, wenn ich doch diejenige war, die ihn nicht an sich ranlassen wollte, weder emotional noch körperlich. Also lasse ich meine Schwester erzählen und zwinge mich dazu, ihr zuzuhören. Für meinen verwirrten Kopf brauche ich unbedingt eine Abwechslung, und diese heißt offensichtlich Christian und wird wohl bald mein Date. Als ich schließlich zugesagt habe, herrscht endlich Ruhe, und wir können uns über etwas anderes unterhalten. Dass Elijah nach dem Essen schnell den Raum verlässt, werte ich als gutes Zeichen, denn so werde ich nicht weiter von seiner Präsenz abgelenkt.

Nach der Mittagspause müssen Elijah und ich zu einem Termin außerhalb der Agency. Die Proof of Love Agency veranstaltet Workshops für neue Mitarbeitende und diejenigen, die eine Auffrischung benötigen. Die Fortbildung findet in einem Saal im besten Schulungszentrum in Manhattan statt. Es bietet uns die Möglichkeit, unsere Mitarbeitenden optimal zu schulen und somit unsere Arbeit zu verbessern.

Als Teil des Workshops besucht eine von uns Schwestern diesen und hält eine kurze Rede, damit die Mitarbeitenden wissen, dass wir als Führungskräfte ihre Arbeit und den Drang, sich weiterzubilden, sehr wertschätzen. Es ist der erste Außeneinsatz für Elijah und mich, da wir bis jetzt nur im Büro gearbeitet haben. Ich versuche, mir nicht anmerken zu lassen, wie nervös es mich macht, Zeit mit ihm zu verbringen.

»Sollen wir mit meinem oder deinem Auto fahren?«, frage ich ihn, doch er schüttelt nur den Kopf und scheint mit den Gedanken woanders zu sein. Es dauert eine Weile, bis er mich ansehen kann.

»Ich habe leider kein Auto hier, da ich mit meinem Fahrer gekommen bin.«

»Ach ja, ich vergesse immer, dass du einen Fahrer hast. Dann nehmen wir eben meinen Wagen.« Wir betreten die Parkgarage, und ich krame in meiner Tasche nach dem Schlüsselbund, den ich wieder einmal nicht finden kann. Ich schwöre, manchmal wirkt meine Handtasche wie ein schwarzes Loch, das alles, was ich je brauche, einsaugt. Ich bin so in die Suche vertieft, dass ich weder Elijah noch meine Umgebung wahrnehme.

»Verdammt! Pass auf«, ruft Elijah plötzlich und greift nach meinem Handgelenk. Ehe ich es mich versehe, zieht er mich an seine Brust, gerade als ein Hupen ertönt, das mich jedoch nicht so sehr erschreckt, wie die Tatsache, dass ich die Wärme seines Körpers selbst durch den dicken Mantel an meinen Handflächen spüren kann. Eine Hand ruht auf meiner Taille, die andere hält sanft, aber bestimmt noch immer mein Handgelenk. Schwer atmend hebe ich den Kopf und begegne Elijahs wütendem Blick. Offensichtlich ist er genauso durch den Wind wie ich.

»Kannst du denn nicht aufpassen?«, knurrt er plötzlich, und die Wärme, die ich eben noch empfunden habe, ebbt ab.

»Es tut mir leid, ich habe nach meinem Schlüssel gesucht«, sage ich, um mich zu rechtfertigen. Doch das stößt bei ihm auf taube Ohren.

»Mag ja sein, aber du wärst fast von einem Auto angefahren worden.« Seine Stimme ist vorwurfsvoll, und das schlechte Gewissen ist groß, denn ich wollte ihn nicht erschrecken und mich mit Sicherheit nicht in diese Situation bringen. Er hat vollkommen recht, es hätte böse ausgehen können, doch er war da. Elijah ist in letzter Zeit immer da, ob nun in meinen Gedanken oder an meiner Seite.

»Entschuldige, Elijah. Ich wollte dich nicht erschrecken.«

»Du hast mir wohl eher einen kleinen Herzinfarkt verpasst.« Er lässt mein Handgelenk los, fährt sich durchs Haar, und ich folge jeder seiner Bewegungen. Mir ist bewusst, dass seine andere Hand noch immer auf meiner Taille ruht. *Wieso muss er selbst wütend einfach unwiderstehlich aussehen?*

»Danke, dass du mich gerettet hast. Ich schulde dir eine Menge.«

»Es ist gefährlich, in meiner Schuld zu stehen. Ich könnte Gefallen einlösen wollen, wenn du es am wenigsten erwartest.«

»Das nehme ich in Kauf.«

»Wenn du es sagst«, meint er und hebt seinen Mundwinkel zu einem frechen Grinsen, das mir eine wohlige Gänsehaut beschert. Er macht keine Anstalten, sich von mir zu lösen, und zum ersten Mal in Wochen will auch ich keinen Abstand zwischen uns. Die Wut seinerseits ist verraucht, und egal, was ich vorhin noch gefühlt habe, das ist alles vergessen, denn ich fühle mich einfach unglaublich gut in seinen Armen. Wir sehen einander an, sagen kein Wort, und doch ist es so, als würden wir uns mit Blicken abtasten, einander kennenlernen.

Ich will so viel mehr, will ihn küssen, denn das wäre der perfekte Moment, der richtige Zeitpunkt, um alles hinter uns zu lassen und ein neues Kapitel in unserer Beziehung aufzuschlagen. Die Agency, meine Schwestern, mein Ruf? Das ist alles nebensächlich, denn dieser Mann, der mich davor bewahrt hat, überfahren zu werden, ist jedes Risiko wert. Dann tue ich das, was die Rory, die ich kenne und liebe, tun würde. Ich lehne mich etwas vor und schließe langsam meine Lider, als auch Elijah den Kopf neigt, und bin voller aufgeregter Vorfreude, da das hier der Moment ist. Elijah James wird mich küssen, und ich werde es zulassen. Doch ich warte und warte. Spüre zwar seinen schnellen Atem an meinen Lippen, doch fühle keine Wärme.

Ich blinzle und öffne wieder meine Augen, doch Elijah ist mir nicht mehr so nah wie noch vor ein paar Herzschlägen. Er hat die Chance nicht ergriffen, und das tut weh. Verdammt weh.

18. KAPITEL

Elijah

Rory löst sich hastig von mir, streicht ihren Wintermantel glatt und blickt überall hin, nur nicht in meine Augen. Ich fluche innerlich. Ein Mal in meinem Leben habe ich nicht das getan, was mir mein Bauchgefühl sagte. Ich wollte das Richtige tun. Sie hat sich mit Händen und Füßen dagegen gewehrt, auf meine Avancen einzugehen, und vielleicht war es der Schock, der sie dazu gebracht hat, die Augen zu schließen. Nichts hätte ich lieber getan, als diese unglaubliche Frau zu küssen, fest an mich zu drücken und endlich die Gefühle zuzulassen, die ich in ihrer Nähe immer unter Verschluss halte.

Doch etwas hat mich gehindert, denn ich konnte es nicht tun. Nicht, nachdem sie fast von einem Auto angefahren wurde. Womöglich steht sie noch unter Schock. Sie würde es mir niemals verzeihen, wenn ich diese Situation ausnutze, und ich mir selbst auch nicht. So hat mich meine Mutter nicht erzogen. Ich will mit ihr reden und die Situation erklären, doch sie schweigt, steigt in ihr Auto und knallt die Tür so heftig zu, dass ich zusammenzucke. Sie ist sauer, auch wenn ich das Richtige getan habe. Ich gehe auf das Auto zu, um selbst einzusteigen, doch zu meiner Überraschung tritt sie aufs Gas und fährt davon. Das Quietschen der Reifen ist laut, doch es kommt nur dumpf bei mir an, denn ich bleibe völlig verwirrt zurück.

In den nächsten zwei Tagen meidet Rory es, mit mir zu sprechen, oder besser gesagt antwortet sie nur auf meine Fragen und schweigt danach wieder. Egal, wie oft ich ein Gespräch starten will – sie lenkt immer vom Thema ab. Langsam aber sicher sehe ich ein, dass ich die Situation vielleicht falsch gedeutet habe. Die letzten Nächte habe ich kein Auge zugetan und nur analysiert, was ich wohl getan habe, um sie zu verärgern.

Ich bin zu dem Schluss gekommen, dass Rory sehr wohl wollte, dass ich sie küsse, doch ich habe es nicht geschnallt. Jetzt muss sie denken, dass ich sie abgewiesen habe, nachdem sie endlich einen Schritt auf mich zugegangen ist. So, wie ich sie kenne, fühlt sie sich nun in ihrem Stolz verletzt, was wohl meine Chancen, je eine Beziehung mit ihr anzufangen, zunichtemacht. Doch mir bleibt nicht viel Zeit, um darüber nachzudenken, denn in den Morgenstunden sind sämtliche Server abgestürzt, und egal, was Wyatt tut oder wen er zu Hilfe holt, wir bekommen es nicht hin, die Daten wiederherzustellen. Laut Wyatt sind sie zwar nicht gelöscht, doch uns wird der Zugriff auf sie verwehrt.

Wie es zu diesem Absturz kommen konnte, weiß niemand, doch auch wenn wir das wüssten, würde das unseren Frust nicht mildern. Stundenlang arbeiten wir alle und helfen so gut wir können, doch erst nach sieben Stunden unzähliger Versuche, schafft Wyatt es endlich, die Systeme wieder in Gang zu setzen. Als er Entwarnung gibt und uns mitteilt, dass nichts verloren und alles wieder an seinem Platz ist, fällt uns eine große Last von den Schultern. Selbst ich habe selten so sehr bei einer Datenrettung mitgefiebert wie hier. Während viele bereits nach Hause gegangen sind, befinden sich Wyatt, die Madigan-Schwestern, Min-Ah und ich noch im Büro und trinken einen großen Becher Kaffee.

»Können wir beruhigt nach Hause fahren oder müssen wir noch etwas tun?«, fragt Chelsea ihren IT-Fachmann, und man sieht ihr an, dass die letzten Stunden an ihren Nerven gezehrt haben. An uns allen, um genau zu sein.

»Macht euch keine Sorgen. Ich habe nun alles im Griff. Euch nun zu erklären, was ich alles getan habe, um es hinzubekommen, würde nur für Verwirrung sorgen, aber glaubt mir, dass alles wieder wie am Schnürchen läuft.«

»Das ist gut«, meint Rory und legt ihre Hand um ihren Nacken. Das tut sie in letzter Zeit häufiger, als wäre sie verspannt und bereit für eine Pause.

»Nun, da alles wieder seinen gewohnten Gang geht, sollten wir nach Hause gehen«, meint Chelsea und klatscht in die Hände. In den letzten Wochen habe ich die älteste der Madigan-Schwestern besser kennenlernen können und habe festgestellt, dass sie wie ich ein Arbeitstier ist. Das Wohl ihres Unternehmens ist ihr genauso wichtig wie das ihrer Familie. Sie begegnet ihren Schwestern mit Liebe und Fröhlichkeit, doch bei den Mitarbeitenden und mir ist sie eine Spur kühler. Nicht, dass ich das als negativ auffassen würde. Es ist mir nur aufgefallen.

»Gute Arbeit, Leute. Ich danke euch für euren Eifer und euer Engagement«, fügt sie noch an und sieht jedem von uns in die Augen.

»Ihr habt euch den Feierabend jetzt wirklich verdient, also ab mit euch! Wir sehen uns dann morgen, hoffentlich ohne weitere Katastrophen«, fügt Sierra hinzu, und es dauert nicht lange, bis alle außer Rory und mir verschwunden sind. Wenn das nicht der perfekte Moment für ein klärendes Gespräch ist, dann weiß ich auch nicht. Also warte ich, bis sie ins Büro geht, das wir uns mit ihrem Team teilen. Ich folge ihr und schließe die Tür hinter ihr.

»Können wir reden?«, frage ich vielleicht eine Spur zu hoffnungsvoll, aber ich will die alte Rory zurück, die mich angelächelt und sich in meiner Nähe wohlgefühlt hat. Diejenige, die ihre Musik laut aufgedreht und im Takt dazu gewippt hat, weil es sie zu neuen Ideen inspiriert hat. Die Frau, die immer mit den Fingern durch ihr Haar fährt, wenn ihr etwas zu schaffen macht oder sie sich konzentriert.

»Wenn es um die Arbeit geht, gern.«

»Was neulich in der Parkgarage passiert ist, tut mir leid.« Ich gehe einen Schritt auf sie zu, und sie lässt es auch endlich zu.

»Du brauchst dich für gar nichts zu entschuldigen. Ich bin diejenige gewesen, die dich in der Parkgarage hat stehen lassen.«

»Das meinte ich auch nicht.«

»Was sonst?«

»Es geht um den Beinahe-Kuss.«

»Ach mach dich nicht lächerlich. Das war nichts.«

»Doch, das hätte etwas sein können.«

»War es aber nicht!«, knurrt sie. Dieses Thema ist wohl zu viel für sie.

»Und das ist meine Schuld.«

»Lassen wir das, Elijah.« Sie blockt ab und will schon gehen, doch ich greife sanft nach ihrer Hand und bringe sie so dazu, stehenzubleiben und mir zuzuhören.

»Ich habe dich nicht geküsst, weil ich weiß, wie du zu mir stehst. Weil ich weiß, dass du eigentlich das Geschäftliche und das Private trennen willst.«

»Das stimmt, deshalb solltest du auch Abstand halten.«

»Ich kann das nicht mehr, Rory. Als du fast vom Auto angefahren wurdest, dachte ich, dass du dich im Schockzustand befindest, und das wollte ich nicht ausnutzen.« So, jetzt ist es endlich raus. Sie stutzt, als hätte sie daran gar nicht gedacht. In ihren Augen tobt ein Sturm aus Gefühlen, doch ihre Miene ist immer noch ernst.

»Egal wie es gelaufen ist, es tut nichts zur Sache.«

»Aber …«

»Wir hätten es gar nicht so weit kommen lassen sollen«, murmelt sie, nimmt ihre Hand aus meiner und will sich schon mit ihren Sachen an mir vorbeischleichen. Doch ich bin es leid, immer stehen gelassen zu werden, und ich trete ihr in den Weg.

»Ich kann nichts dafür, dass du anscheinend nicht in der Lage bist, deine Gefühle einzuordnen und zu ihnen zu stehen.«

»Du weißt nichts über meine Gefühle!«, zischt sie mir entgegen, und ihre Haut bekommt rote Flecken vor lauter Verärgerung. Da ich dieses Hin und Her nicht mehr ertrage, werde auch ich wütend und kann die folgenden Worte nicht mehr zurückhalten.

»Damit liegst du richtig. Ich weiß nicht mal, ob du überhaupt fähig bist, dich für einen deiner Gefühlzustände zu entscheiden, aber ich werde nicht kuschen und klein beigeben. Ich wollte ein Gentleman sein, auch wenn ich mir nichts Schöneres vorstellen könnte, als dich zu küssen, habe ich mich zurückgehalten.«

»Glaubst du, dass dich das zu einem Helden macht? Tut es nicht. Du verbirgst auch etwas, also wage es nicht, mir zu unterstellen, dass ich nicht fähig bin, mit offenen Karten zu spielen.« Sie sagt diese Worte ruhig, aber bedrohlich, und es läuft mir sofort eiskalt den Rücken runter. Dann geht sie und lässt mich allein, wie schon so oft seit unserer ersten Begegnung. Das Traurige ist nur, dass ich mich mittlerweile daran gewöhnt habe.

19. KAPITEL

Rory

Ich atme tief durch, blicke strikt nach vorne und lockere die Schultern. Dann hebe ich den Bogen an, fixiere den Pfeil zwischen Zeige- und Mittelfinger und nehme die richtige Standposition ein. Als ich sicher bin, genügend Halt zu haben, spanne ich den Bogen an, wozu ich viel Kraft brauche, kneife ein Auge zu und visiere mein Ziel an. Dabei verlangsame ich automatisch meine Atmung und bleibe fokussiert und ruhig, bis der Moment da ist und ich den Pfeil loslasse, der zischend nach vorne schießt und dort stecken bleibt, wo ich ihn haben will.

Ein Jubeln dringt aus meiner Kehle, was unserem Vereinsleiter Lenny ein Lachen entweichen lässt.

»Du hast wohl Blut geleckt? Ich sehe, deine Treffsicherheit hat sich noch verbessert«, sagt er von seinem Schreibtisch aus, von wo aus er durch die Kameras, die auf die Zielscheiben ausgerichtet sind, genau erkennen kann, wo der Pfeil gelandet ist.

»Ich bin sehr motiviert, meinen Bogen heute vollkommen auszureizen.«

»Mach das, meine Liebe, und tob dich aus«, meint er, ehe er sich wieder der Buchhaltung widmet. Die nächsten zwei Pfeile fliegen so wie sie sollen und treffen jeden Punkt, den ich anvisiere. Ich sollte öfter herkommen, wenn ich wütend bin, denn dann bin ich offensichtlich besonders treffsicher. Ich bin so konzentriert, dass ich den Mann nicht sehe, der die Halle betreten hat und auf mich zugeht. Ich ziele, halte den Pfeil … Und plötzlich spüre ich ihn.

Elijah.

Ich fühle seine Präsenz, ohne dass ich ihn ansehe. Um sicherzugehen, drehe ich den Kopf nach links, und tatsächlich: Er steht nur zwei Schritte von mir entfernt und sieht mich fasziniert an. Unsere Blicke treffen sich, und dann lasse ich den Pfeil los, und mir ist egal, ob ich treffe oder nicht, denn was mich interessiert, ist, was er hier macht.

»Du hier?«, frage ich gereizt. Ich weiß, dass ich übertreibe, aber seine Worte haben mich verletzt. Aus reinem Reflex greife ich in den Köcher an meinem Rücken. Ich versuche, möglichst unbeeindruckt zu wirken, so als würde sein Auftauchen mich nicht aus der Bahn werfen.

»Sierra hat mir gesagt, wo ich dich finden kann.«

»Aber was tust du hier?«

»Ich musste dich sehen.«

»Für so etwas habe ich keine Zeit«, sage ich und wende den Blick von ihm ab, um den Pfeil an meinen Bogen zu legen und ihn mit meinen Fingern zu fixieren. Für eine weitere Diskussion habe ich keine Nerven.

»Wie wir auseinandergegangen sind, war einfach nicht richtig, und ich möchte mich mit dir aussprechen.«

»Ich denke, das ist jetzt nicht der richtige Moment dafür.«

»Komm schon, Rory. Ich versuche hier, mich zu entschuldigen.«

»Und ich versuche, mich hier zu konzentrieren«, erwidere ich und spanne den Bogen. Aus den Augenwinkeln sehe ich, dass er zuerst auf die Zielscheibe vor mir sieht, die Augen zusammenkneift und dann noch mal auf den Monitor über der Zielscheibe blickt, auf dem sein Gesicht zu erkennen ist, das ich an der Scheibe angebracht habe. Es ist von einigen Pfeilen durchlöchert. Ich wage es, trotz des gespannten Bogens den Kopf in seine Richtung zu drehen.

»Meinst du, mir würden Piercings stehen?«, fragt er in einem seltsamen Tonfall, den ich nicht deuten kann, aber das muss ich auch nicht. Ich will ihn nicht hierhaben, und es wird Zeit, dass er geht. Der Schießverein ist mein Safe Space. Der Ort, an dem ich einfach tun kann, was ich möchte, und mich vor niemandem rechtfertigen muss. Hier kann ich meiner Leidenschaft nachgehen und mich mit Freund*innen unterhalten, die dieses Hobby ebenso lieben wie ich. Also drehe ich mich mit gespanntem Bogen zu ihm um, hebe herausfordernd eine Braue und ziele auf seinen Schritt.

»Ich sehe eines an einer gewissen Körperstelle direkt vor mir«, sage ich seelenruhig. Er erschreckt, und hält sich schützend die Hand vor seine Kronjuwelen. Ich grinse nur, drehe mich blitzschnell wieder in die richtige Richtung, lasse den Bogen los und treffe genau seine Stirn. Elijah steht mit offenem Mund da, und seine Augen kleben wie hypnotisiert an der Zielscheibe. Erst als seine Mundwinkel nach unten wandern, hinterfrage ich mein Verhalten. Ich wollte Dampf ablassen und zum Spaß sein Foto beschießen, doch nun finde ich das nicht mehr witzig. Seine Schultern sinken herab, und als er mich wieder ansieht, erkenne ich, dass ich ihm wehgetan habe. Der Streit vorhin im Büro, mein verletzter Stolz und meine Verwirrtheit, die sich zu einer Wut in mir gebündelt haben, wirken plötzlich weit entfernt.

»Ich hätte nicht herkommen sollen. Eigentlich wollte ich mich mit dir aussprechen, aber ich weiß nicht, ob ich das noch will.« Mit diesen Worten dreht er sich um und geht mit gesenkten Schultern aus der Halle. Ich lege meinen Bogen auf den Tisch neben mir und schnalle mir den Köcher ab.

»Wer war das?«, fragt Lenny neugierig, da er zwar gesehen haben muss, dass Elijah hier war, unser Gespräch aber wohl nicht verfolgt hat.

»Meine Zielscheibe«, antworte ich abwesend, weil ich noch immer dorthin sehe, wo er vor einigen Sekunden gestanden hat. Bin ich zu weit gegangen? Ihn zu ärgern ist eine Sache, genauso wie ihn zu ignorieren oder mit ihm zu streiten, aber diesen niedergeschlagenen Gesichtsausdruck wollte ich nie sehen.

»Das ist er? Oje, Kleines, wenn er sein Gesicht voller Pfeile gesehen hat, dann musst du dich erklären. Lauf ihm nach und klär das.«

Ich gebe es ungern zu, aber er hat ja recht. Ich hätte kein schlechtes Gewissen, wenn er diese Szene hier nie gesehen hätte, aber er wollte sich entschuldigen, und ich habe es gar nicht erst dazu kommen lassen. Ich springe über meinen Schatten und laufe Elijah nach, der zum Glück noch im Gebäude ist und gerade auf den Ausgang zugeht.

»Elijah, warte!«, rufe ich, da ich im Gegensatz zu ihm meinen Wintermantel im Spind hängen habe und ihm nicht in die Kälte nach draußen folgen möchte. Er dreht sich um, sieht aber noch immer enttäuscht aus. *Herrje, was habe ich da nur angerichtet?*

»Ja?«, fragt er matt und sieht mich abwartend an. Aber immerhin ergreift er nicht die Flucht, was ich als gutes Zeichen werte.

»Es tut mir leid, dass ich dein Foto an die Zielscheibe gepinnt habe. Das war kindisch von mir, und ich hätte es nicht tun sollen.«

»Warst du so sauer auf mich, dass du dachtest, du müsstest mich mit Pfeilen durchlöchern?«

»Anfangs schon. Ich musste Dampf ablassen.«

»Dafür musstest du mein Foto ausdrucken?«

»Ich bin im Nachhinein nicht stolz drauf.«

»Aber wieso hast du es dann gemacht?«, fragt er aufgebracht, was auch mich an eine Grenze bringt.

»Ich bin eben impulsiv, okay?«, rufe ich aus und bin so dankbar, dass sich zu dieser späten Stunde niemand im Eingangsbereich aufhält.

»Was meinst du?«

»Diese Sache mit dem Foto bin ich, das sind die Dinge, die ich tue, wenn ich wütend bin. Der Umstand, dass du mich nicht küssen wolltest, als ich endlich über meinen Schatten gesprungen bin und die Regeln ignoriert habe, hat mich getroffen. Und statt wie eine erwachsene Frau mit dir darüber zu reden, habe ich den Frust in mich hineingefressen, bis ich schließlich explodiert bin. Und weil ich eben eine aufbrausende Person bin, habe ich dein Bild ausgedruckt und an der Scheibe angebracht. Es tut mir leid. Wirklich.« Okay, vielleicht hätte ich nicht mit einem verbalen Striptease starten sollen, aber sein enttäuschter Gesichtsausdruck hat mein schlechtes Gewissen bestärkt und mich aufgewühlt.

»Es ist alles etwas komplizierter geworden, oder?«, fragt mich Elijah und kratzt sich am Hinterkopf. Offensichtlich nimmt auch ihn diese Situation mit.

»Und wie, dabei war das nie meine Absicht.«

»Meine auch nicht. Du weißt, dass ich dich attraktiv finde.«

»Du bist mir auch nicht egal«, antworte ich, da ich noch nicht von Gefühlen reden möchte. Er ist und bleibt verboten. Chelsea würde mir die Hölle heiß machen, wenn sie erführe, dass ich Interesse an Elijah habe. Sie hat am Anfang, bevor er überhaupt Teil des Teams geworden ist, klargestellt, dass Elijah tabu ist. Das darf ich niemals vergessen, egal, wie weich meine Knie in seiner Anwesenheit werden.

»Hast du Lust, etwas trinken zu gehen? Dann können wir uns in Ruhe unterhalten.«

»Gerne. Warte hier kurz auf mich. Ich bin gleich wieder da.«

»Ist gut.« Ich nicke ihm zu und drehe mich um, um tief ein- und auszuatmen, ehe ich mich in Bewegung setze. Die Begegnung mit ihm hier in meinem Wohlfühlort fühlt sich intim und vertraut an. Als würde er, weil er hier ist, schon mehr über mich wissen, als ich je preisgeben wollte.

Nachdem ich Pfeil und Bogen wieder im Spind verstaut habe, verabschiede ich mich von Lenny, der wieder über den Umsätzen brütet, und ziehe meinen Wintermantel an. Ich trete auf den Parkplatz, wo Elijah schon neben meinem Wagen auf mich wartet. Er hat mich noch nicht entdeckt, sodass ich ihn für einen Moment ungestört anblicken kann. Elijah trägt einen langen, braunen Wintermantel, der ihm bis zu den Knien reicht, dazu einen dunkelorangenen Schal, unter dem sein beigefarbener Rollkragenpullover hervorblitzt. Sein gewelltes Haar ist vom Wind zerzaust, und er sieht konzentriert auf sein Smartphone. Seine Kieferpartie, die in ein breit zulaufendes Kinn mündet, ist mir als Erstes an ihm aufgefallen. Allein, wie er dort an meinem Auto lehnt, macht ihn für mich zum attraktivsten Mann, der mir je begegnet ist. Ohne sich überhaupt Mühe zu geben, stellt er meine Welt auf den Kopf. Mein Herzschlag beschleunigt sich, je näher ich ihm komme. Das Klacken meiner Absätze auf dem Asphalt lässt ihn aufsehen, und unsere Blicke treffen sich. Er schenkt mir ein Lächeln, das mir den Atem raubt und das er mir so im Büro nie zuwerfen kann. Ich stolpere beinahe, weil er so umwerfend ist, doch ich kann mich zusammenreißen und küsse nicht den Boden.

»Darf ich bei dir mitfahren? Ich bin mit dem Taxi gekommen«, fragt er mich und scheint nun viel besser gelaunt zu sein – genau wie ich.

»Sicher, steig ein. Diesmal lasse ich dich sogar mitfahren«, sage ich und verkneife mir ein Lachen. Das ist immerhin besser, als sich wie vorhin mit ihm zu streiten.

Wir betreten eine Location, in der Elijah nach eigener Aussage immer gerne abhängt, und finden zum Glück noch zwei freie Plätze an der Bar, wo wir uns auf die Hocker setzen. Ich liebe es hier auf Anhieb. Die Bartheke ist aus einem dunklen Holz gezimmert, wie in so vielen anderen Bars, die sich alle auf eine gewisse Art ähneln. Doch die Wände sind der Eyecatcher, denn dort hängen vor einem in Beige gehaltenen Hintergrund unzählige Fotografien von Schauspieler*innen der goldenen Ära.

Audrey Hepburn, Clark Gable, Grace Kelly, Dean Martin und noch sehr viele andere Prominente aus der Film- und Musikbranche sind in Schwarz-Weiß an allen Wänden abgebildet und geben dieser Bar, die passenderweise *Golden Era* heißt, eine völlig neue Bedeutung. Elijah bestellt uns zwei alkoholfreie Cocktails, was ich dankbar annehme, da morgen ein Arbeitstag ist und ich unter der Woche nur selten trinke. Es war zweiundzwanzig Uhr, als ich heute wutentbrannt das Büro verlassen habe, mein Inneres war durchflutet von so vielen Gefühlen, die mich zu erdrücken drohten, und nun sitze ich hier neben Elijah. Dass der Tag so endet, hätte ich niemals gedacht.

Während ich mich weiter umsehe, ruhen Elijahs Augen auf mir. Egal, was ich tue, er schenkt mir seine volle Aufmerksamkeit – im Büro und auch hier. Mit dieser Art der Zuwendung bin ich oft konfrontiert, doch bei ihm ist es etwas anderes. So viel mehr als nur Flirten mit den Augen. Es geht tiefer.

»Diese Bar ist wirklich etwas Besonderes«, sage ich begeistert.

»Schön, dass es dir gefällt. Ich mag das Flair ebenfalls. Es ist die Lieblingsbar meines besten Freundes Arthur und wurde mit der Zeit auch zu meiner.« Ich mag es, mich mit ihm zu unterhalten. Das ist uns von Anfang an leichtgefallen, aber bevor wir zum Small Talk übergehen, sollten wir darüber reden, was heute passiert ist.

»Ich möchte mich noch mal bei dir entschuldigen. Es ist so viel geschehen, dass ich gar nicht in Worte fassen kann, was alles schiefgelaufen ist.« Aufgrund meiner Worte wandert sein Mundwinkel nach oben, als hätte er genau das Gleiche gedacht.

»Dieser Tag ist in der Tat sehr ereignisreich«, meint Elijah und wischt mit dem Daumen das Kondenswasser seines Cocktailglases ab, ehe sein Lächeln zu verblassen beginnt. Mit einer einfachen Entschuldigung ist es nicht getan, das ist mir klar.

»Es tut mir leid, dass ich dich in den letzten Tagen gemieden habe. Der Moment in der Parkgarage hat mich aufgewühlt, sodass ich wütend auf dich, aber auch auf mich selbst war. Als die Server ausfielen und du mich zur Rede gestellt hast, wurde mir alles zu viel. Dabei habe ich mich nicht einmal richtig bei dir bedankt, dass du mich davor bewahrt hast, von einem Auto angefahren zu werden.«

»All diese Dinge, die uns Kopfzerbrechen bereitet haben, hätten durch ein Gespräch schnell aus der Welt geschafft werden können, aber es musste alles so kommen, sonst wären wir nicht hier. Würden wir uns gerade nicht außerhalb des Büros befinden, würden wir uns nicht so unterhalten können.«

»Das stimmt. Ich war wohl ziemlich streng, was die Regeln angeht«, gebe ich zu. Schließlich habe ich jegliche Treffen außerhalb der Agency unterbunden.

»Ich bin mir sicher, du hast deine Gründe. Auch wenn ich Gefahr laufe, erneut von dir mit Pfeilen beschossen zu werden, muss ich mit offenen Karten spielen. Wie du ja weißt, mag ich dich, schwärme für dich und hatte viel zu oft das Bedürfnis, dir näher zu kommen. Als ich dich in der Parkgarage gehalten habe und dir so nah war wie noch nie, wollte ich dich küssen, das kannst du mir glauben. Doch du hast am ganzen Leib gezittert, und deine Atmung ging viel zu schnell, nur deshalb habe ich es nicht getan.« Ich glaube jedes einzelne Wort, das seine Lippen verlässt. Dass er mich mag, sehe und spüre ich am eigenen Leib, doch jetzt, wo wir hier sind in einer eher ruhigeren Umgebung, wo wir uns ungezwungen unterhalten können, fällt es mir leichter, rational zu denken. Wenn er mich geküsst hätte, wäre es mit Sicherheit unglaublich gewesen. Wir hätten voneinander gekostet und nicht genug vom jeweils anderen bekommen, doch die Warnung meiner Schwester hätte den Moment getrübt. Elijah ist ein wunderbarer Mann, doch auch ein Investor und somit tabu.

»Vielleicht war es auch das Beste, dass du es nicht getan hast.« Ich sehe ihm an, dass meine Worte ihn treffen, trotzdem ändert es nichts an unserer Situation.

»Wie meinst du das? Ich dachte, du bist sauer, weil ich es nicht getan habe.«

»Das war ich auch, doch da hat mein Herz gesprochen und nicht mein Verstand.«

»Was so viel heißt, wie?«

»Dass du ein Investor bist. Somit dürfen wir nicht zusammen sein.« Ich sage die Wahrheit, und ihm ist das auch bewusst, das sehe ich ihm an. Doch dass es weh tut, lässt sich bei keinem von uns leugnen.

»Du willst es unterbinden, bevor überhaupt etwas passiert ist?«

»Es wäre das Beste.«

Er lässt enttäuscht den Kopf hängen, und nun sieht es beinahe aus, als wäre ich diejenige, die ihn verletzt hat. Aber es ist, wie es ist, daran kann auch ich nichts ändern.

»Wenn das dein Wunsch ist, werde ich ihn respektieren. Aber du sollst wissen, dass ich keine Sekunde zögern würde, dir näher zu kommen, solltest du es wollen. Das mit uns kann man nicht definieren, aber es ist etwas, was Bestand hat.«

»Danke, aber wie ich schon sagte, es wäre das Beste, wenn du einfach nur mein Kollege bist.«

»Nur dein Kollege? Ich dachte, du bietest mir deine Freundschaft an.«

»Kenne ich dich dafür überhaupt gut genug?«

»Jetzt brichst du mir aber das Herz. Ich dachte, dass du in den letzten Wochen sehr wohl gemerkt hast, was für ein Mensch ich bin.«

Das habe ich zum Teil tatsächlich. Ich weiß, dass er ein Arbeitstier ist und sich gerne in Projekten festbeißt. So sehr, dass er das Essen vergisst. Eine Sache, die mir niemals passieren würde. Dafür liebe ich Essen einfach zu sehr.

»Vielleicht hast du mir eine kleine Sneak Peak gegeben.«

»Na, siehst du. Das ist doch ein guter Start.« Mit einem Mal ist sein Lächeln gelöst, als wäre keine unsichtbare Barriere mehr zwischen uns, auch wenn diese wohl nie verschwinden wird, dafür mögen wir uns zu sehr. Nun fühle auch ich mich, als würde ich leichter atmen können, jetzt, wo wir die Dinge geklärt haben. Niemand sagt, dass es leicht wird, der Versuchung zu widerstehen, aber ich bin mir sicher, dass ich es schaffen werde. Für meine Schwestern und die Agency.

»Und wie.« Plötzlich abgelenkt greift er in seine Sakkotasche und holt sein Smartphone hervor, liest etwas und lächelt selig vor sich hin.

»Gute Neuigkeiten?«

»Meine Bestellung bei Babys Nerdstagram ist versendet.«

»Babys was?«, frage ich überrascht, da mir der Name absolut nichts sagt.

»Das ist ein Onlineshop für nerdige Babyklamotten. Mein bester Freund wird Vater, und ich habe einen Captain-America-Babybody, einen Doctor-Who-Pyjama und Lätzchen mit lustigen Sprüchen aus unseren Lieblingsserien bestellt.«

»Wie süß. Wann ist es denn so weit?«

»In fünf Monaten ungefähr.«

»Und da kaufst du jetzt schon ein?«

»Natürlich. Ich werde der coole Onkel Elijah, der das Knöpfchen mit Liebe und Aufmerksamkeit überhäufen wird.«

»Und mit Nerd-Stuff«, füge ich hinzu, was ihn zum Lachen bringt.

»Genau.« Seine Vorfreude ist herzerwärmend, und ich versuche mir vorzustellen, wie ich wohl reagieren würde, wenn Piper schwanger wäre.

»Ich denke wir ähneln uns, was die Kaufsucht anbelangt. Wenn meine beste Freundin Piper, Chelsea oder Sierra ein Baby erwarten würden, würde ich haufenweise Klamotten mit coolen Tanten-Sprüchen kaufen.«

»Ihr Schwestern habt eine sehr innige Beziehung zueinander, das sieht und fühlt man immer, wenn man in eurer Nähe ist. Ihr braucht oft keine Worte, um euch zu verständigen. Ihr könnt das so oder so.«

»So sehr wir uns auch lieben, umso mehr wollen wir uns manchmal an die Gurgel gehen. Aber du kennst das ja.«

»Ich? Nein wieso?«

»Oh, entschuldige, ich habe nur gelesen, dass du einen jüngeren Bruder hast.«

Er lächelt traurig, als würde er eine vergessene Erinnerung ausgraben.

»Mein Bruder und ich haben keinerlei Beziehung zueinander.« Die Worte kommen ihm so locker über die Lippen, als würde er über das Wetter reden. Ich sage nichts dazu, zum einen, weil ich nicht weiß, was, und zum anderen will ich, dass er sich Zeit lässt, wenn er sich schon mir gegenüber öffnet.

»Mein Vater hat meine Mutter betrogen und das über einen längeren Zeitraum. Unter anderem hatte er auch eine Affäre mit der Sekretärin, die dann schwanger wurde.« Ich schlucke, höre aber aufmerksam zu. Nicht auszudenken, wie es mir gehen würde, wenn Dad Mom betrügen würde. Elijah musste viel durchmachen. »Ich bekam einen Halbbruder, doch wir konnten uns noch nie ausstehen. Ich, weil ich ihm die Schuld an der Scheidung meiner Eltern gab. Er, weil ich seiner Meinung nach der Lieblingssohn unseres Vaters bin, und die Eifersucht konnte er noch nie im Zaum halten.« Als das Thema Eifersucht fällt, verengt er die Augen. Das scheint ein besonders wunder Punkt bei ihm zu sein.

»Glaubst du, das lässt sich kitten? Irgendwann mal?« Für mich selbst ist das Glas immer halb voll, also habe ich meist die Hoffnung, mit der Zeit alles wieder in Ordnung bringen zu können.

»Nein. Da zwischen uns keinerlei Kontakt oder Verbindung besteht, ist da nichts mehr zu retten.«

»Okay, aber du hast immerhin noch deinen besten Freund.«

»Stimmt, ihn, seine Verlobte und meine beste Freundin Mikaela. Sie sind wie Familie für mich. Selbst meine Mutter behandelt meine Freund*innen wie Familienmitglieder.

»Deine Mom muss cool sein.«

»Sie ist die Beste. Als meine Eltern sich scheiden ließen, war ich gerade mal zehn Jahre alt und musste erfahren, dass mein Vater andere Frauen meiner Mutter vorzog, die ich immer als perfekt angesehen habe. Ich hasste die Tatsache, dass meine Familie, wie ich sie kannte und liebte, zerbrach. Hasste meinen

Vater, der dafür verantwortlich war, und hasste meinen Halbbruder, der nichts mit mir zu tun haben wollte. Ich mag Menschen um mich gehabt haben, die mir eine Stütze waren, doch gegen die Wut in meinem Inneren kamen auch sie nicht an.«

»Waren wir als Teenies nicht alle ein wenig verloren und wollten rebellieren?«

»Das ja, doch bei mir war es nicht nur Rebellion. Wenn Arthur nicht gewesen wäre, hätte ich leicht auf die schiefe Bahn geraten können. Das hätte böse ausgehen können.«

»Ist es aber nicht. Sieh dich an. Du hast es mit deinem Unternehmen an die Spitze geschafft. Wirtschaftsblätter berichten über dich, und dein Ruf ist gut, weil die Menschen sehen, wenn jemand ein Händchen für den Job hat.«

»In Momenten wie diesen stimme ich dir vollkommen zu, doch nur weil ich erfolgreich in meinem Job bin, heißt das nicht, dass ich nicht manchmal Selbstzweifel habe. Manchmal nehmen sie Überhand, sodass es mir schwerfällt weiterzumachen.«

»Ich denke, dass Zweifel in jedem Lebensbereich völlig normal und vor allem menschlich sind. Es wäre doch langweilig, wenn du perfekt wärst.«

»Ach ja?«

»Ja. Du hast Ecken und Kanten, wie ich. Und diese kleinen Fehler machen eine Person doch aus. Findest du nicht?«

»Hmm. Da hast du allerdings recht.« Er hebt den Mundwinkel an und schenkt mir ein schiefes Lächeln, das mein Herz zum Stolpern bringt. Ich blicke in mein Cocktailglas und schlucke. Bevor wir die Sache weiter vertiefen können, wechselt Elijah das Thema, wofür ich ihm unheimlich dankbar bin. Falls er gemerkt hat, dass sein Lächeln mich schwach macht, lässt er es sich zumindest nicht anmerken. Zu meinem Glück.

»Wolltest du eigentlich immer diesen beruflichen Weg einschlagen, oder hat es sich einfach so ergeben?«, fragt Elijah und nimmt einen Schluck von seinem Drink.

»Nach meinem Collegeabschluss im Bereich Marketing war mir klar, dass dies die Tätigkeit ist, die ich für immer machen will. In welchem Unternehmen das sein soll, wusste ich damals nicht. Ich war offen für alles und hätte fast einen Arbeitsvertrag bei einem bekannten Modelabel unterzeichnet, als Chelsea nach ihrer traumatischen Trennung beschloss, die Proof of Love Agency zu gründen.«

»Und es war kein Problem für dich, die Chance auf die Stelle bei einem erfolgreichen Label aufzugeben, um quasi bei null anzufangen?«

»Nein, keine Minute lang. Die Idee meiner Schwester war vielversprechend, und weil sie Feuer und Flamme für dieses Projekt war, hat sie uns sozusagen angesteckt.«

»Manche Dinge fühlen sich einfach richtig an.«

»War das bei dir auch so?« Ich stütze meinen Ellbogen an der Bartheke ab, bette mein Kinn in meine Handfläche und sehe ihn neugierig an.

»Ich wollte mit der Zeit einfach etwas anderes machen als mein Vater. Du weißt ja, in welcher Branche sein Unternehmen tätig ist, oder?«

»Unternehmen, um die es schlecht steht, aufkaufen, umstrukturieren und weiterverkaufen?«

»Genau. Für ihn ist der Profit vorrangig. Die CEOs sind seiner Meinung nach ersetzbar, die Unternehmensstruktur ebenfalls, und von den vielen Mitarbeitenden, die aufgrund von Dads Umstrukturierungsmaßnahmen ihren Job verlieren mussten, möchte ich gar nicht erst anfangen. Und ich konnte das mit der Zeit nicht mehr mitansehen. Also tue ich im Grunde das Gegenteil von ihm.«

»Stößt das bei deinem Dad nicht auf Widerstand? Ich meine, immerhin bist du auch im Vorstand von Baron James Holdings«, erkundige ich mich neugierig, auch wenn die Frage vielleicht als zu persönlich aufgefasst werden kann.

»Hat es anfangs, da er Angst hatte, dass es zu früh war. Aber auch wenn wir unterschiedlicher Meinung waren, konnte ich ihn jederzeit zu Rate ziehen, wenn ich ihn brauchte.«

»Ist das oft vorgekommen?«

»Nicht wirklich, aber er kam mich häufig besuchen und hat mir Tipps gegeben, die durchaus hilfreich waren. Nur ist er auf mich zugegangen, nicht ich auf ihn.«

»Wegen der Sache von damals?«

»Nein, ich denke, es war mein Eifer. Ich wollte es ganz allein schaffen.«

»Was macht deine Mom beruflich?«, frage ich. Ich genieße es, dass er sich mir öffnet. Ich habe schon vorher eine Verbindung zwischen uns gespürt – ein erotisches Knistern –, doch jetzt lerne ich den wahren Elijah kennen, und wir setzen gerade das Fundament für eine Freundschaft. Denn auch, wenn ich nicht mit ihm zusammen sein kann, wäre ich gerne seine gute Freundin.

»Sie ist Autorin.«

»Kenne ich sie zufällig? Ich lese gern.«

»Ihr Pseudonym ist A. C. Gleeson.«

Ich nicke, dann blinzle ich, und der Inhalt seiner Worte sickert zu mir durch. Aufgeregt lege ich meine Hand auf seinen Unterarm.

»Warte! Deine Mutter ist die Göttin der Dark Romance?«

»Genau die«, meint er mit Stolz in der Stimme, doch gleichzeitig rümpft er die Nase. Um mein Cocktailglas nicht umzustoßen, schiebe ich es ein Stück von mir und drehe mich auf dem Hocker, sodass ich mich ihm direkt zuwenden kann.

»Nicht so begeistert über ihre Berufswahl?«, frage ich, und versuche, nicht allzu sehr das aufgeregte Fangirl raushängen zu lassen.

»Doch, aber die Lesungen sind für mich immer etwas herausfordernd.«

»Wieso?«

»Schon mal deiner Mutter zugehört, wie sie von pulsierenden Erektionen und harten Nippeln redet?«

»Igitt, nein!«

»Da hast du aber Glück. Auf Lesungen höre ich nämlich nichts anderes. Aber ich bin schlauer geworden.«

»Inwiefern?«

»Ich nehme mir immer vollgeladene EarPods mit und höre Rockmusik, während meine Mutter Reihenweise Frauenherzen zum Schmelzen bringt.«

»Wow, das ist eine tolle Idee. Ich liebe ja alle ihre Bücher, manche habe ich sogar mehrmals gelesen.«

»Ich sehe schon, du bist ein richtiger Vollblutfan.«

»Und wie ich das bin. Ich habe versucht, Karten für die Lesungen zu ergattern, aber die sind immer so schnell ausverkauft.«

»Wenn das so ist, dann musst du sie unbedingt kennenlernen. Sie wird sich freuen, jemanden zu treffen, der so viel Liebe für ihre Bücher aufbringt.«

»Das wäre wirklich ein Highlight für mich.«, sage ich. Ich kann es immer noch nicht richtig fassen. Elijah beißt sich auf die Lippen und senkt kurz den Blick, ehe er mir wieder in die Augen sieht.

»So gelöst habe ich dich noch nie erlebt. Es gefällt mir.« Bevor ich antworte, stelle ich fest, dass meine Hand noch immer auf seiner weichen Haut ruht, die ich spüre, da er sein Hemd mal wieder hochgekrempelt hat. Ich löse mich von ihm und räuspere mich verlegen. *Wie konnte ich das nicht merken? Sollte es mir nicht auffallen, wenn ich ihn berühre? Oder fühlt es sich einfach so vertraut an?*

»Ich sehe dich in einem neuen Licht, also bin nun ich dran, mehr von mir preiszugeben, was wir auf diese Art im Büro nie machen können. Also, ich bin Elijah. Scheidungskind, Hausbesitzer, Pflanzenkiller, Untergebener zweier Katzen und ein Arbeitstier, wobei ich versuche, das einzudämmen«, sagt er.

»Okay, wenn du kompakte Informationen magst, sollst du sie bekommen. Ich bin Aurora, aber alle nennen mich Rory. Ich habe zwei Pferde auf dem Anwesen meiner Eltern, liebe das Bogenschießen, handle manchmal impulsiver, als es gut für mich wäre, lese gerne erotische Bücher und träume davon, einmal am Eiffelturm zu stehen und Champagner zu trinken.« Elijah lächelt, dann trinkt er einen Schluck. Als er mir wieder in die Augen sieht, wirkt er nachdenklich.

»Auch wenn ich enttäuscht war, dass wir uns nicht auf die Art näherkommen werden, die ich mir gewünscht hätte, bin ich froh, dass wir uns anfreunden. Einen Menschen wie dich im Leben zu haben kann nur eine Bereicherung sein«, meint er und bringt mich innerlich zum Seufzen. Elijah ist einer der Guten, von denen ich nicht gedacht hätte, dass sie mein Herz zum Stolpern bringen würden. Er ist tabu, aber auch ich bin für seine Freundschaft sehr dankbar.

20. KAPITEL

Elijah

»Was soll dieses blöde Grinsen?«, fragt mich Hardin und holt mich damit aus meinen Gedanken, die immerzu um Rory kreisen. Gestern waren wir gemeinsam zu Mittag essen, und Rory hatte sich mit Ketchup am Kinn bekleckert, ohne es zu merken. Egal wie oft ich ihr beschrieben habe, wo der Fleck ist, sie konnte die Stelle nicht genau erwischen und hat es immer schlimmer gemacht. Wir haben uns gegenseitig aufgezogen und uns kaum wieder eingekriegt vor Lachen. Auch wenn tief in mir noch der Wunsch schlummert, sie zu küssen, akzeptiere ich ihr Anliegen, nur befreundet zu sein, und halte mich zurück.

»Ich wüsste nicht, was dich das angeht.« Wenn mir mein Halbbruder schon mit dummen Sprüchen kommt, dann kann ich genauso gut zurückfeuern. Mein Vater mag ein Schürzenjäger gewesen sein, doch er steht dazu, wenn er einen Fehler gemacht hat. Also hat er Hardin als seinen Sohn anerkannt, noch bevor er geboren war. All die Jahre hat er Unterhalt und Alimente an seine Sekretärin bezahlt, die jedoch nach der Elternzeit das Unternehmen gewechselt hat, als mein Vater ihr klarmachte, dass er keine Beziehung mit ihr eingehen würde.

Nun ist Hardin zwanzig Jahre alt, studiert an der Princeton University und arbeitet trotzdem Teilzeit in Dads Unternehmen. Auch er hat Anteile an dieser Firma bekommen, macht aber kein Geheimnis daraus, dass er mich hasst. Er findet, ich habe die Anteile nicht verdient, da ich gekündigt habe und nun mein eigenes Unternehmen führe, aber seine Meinung ist mir egal. Und dass ich ihn und seine Sprüche ignoriere und von Dad Lob dafür bekomme, wie angesehen Elijah James Holdings ist, schürt Hardins Hass auf mich noch mehr.

Dass er mich beneidet und eventuell eifersüchtig auf mich ist, war mir schon klar, als er es nicht nach Harvard geschafft hat, so wie ich. Er wollte immer den einfacheren Weg gehen und mich ausbooten, wann immer es ging, doch es ist ihm nicht gelungen, da ich mich nicht so leicht ins Bockshorn jagen lasse.

»Ist eine Weile her, seitdem ich dich gut gelaunt erlebt habe. Normalerweise hasst du die wöchentlichen Meetings mit Dad.«

»Ob ich sie mag oder nicht, hat dich nicht zu interessieren.«

»Wieso so kaltherzig?«, fragt er mit einem arroganten Grinsen im Gesicht.

»Überrascht dich das? In den letzten Jahren haben wir nicht mehr als zehn Sätze miteinander gewechselt.«

»Was, wenn ich unser Band als Brüder erneuern oder festigen will?«

»Erstens glaube ich dir kein einziges Wort, und zweitens würdest du das nur tun, weil du dir einen Vorteil davon erhoffst.«

»Denkst du so schlecht über mich?« Ich werfe ihm einen genervten Blick zu, denn es ist klar, dass seine Worte sarkastisch gemeint sind.

»Na schön«, meint er, und seine Miene wird wieder berechnend, kalt.

»Mein Freund hat eine unglaublich gute Idee im Bereich Mobilfunk am Start und ist auf der Suche nach…«

»Nein, danke«, unterbreche ich Hardin, woraufhin er die Zähne bleckt.

»Du lehnst ab, obwohl du noch gar nichts über die Idee weißt?«

»Ich lehne ab, weil ein Großteil deines Freundeskreises in krumme Geschäfte verwickelt ist.«

»Woher willst du das wissen?«

»Auch ich habe da so meine Leute, die genau wissen, was deine Kumpels so treiben, und mich vor ihnen gewarnt haben.«

»Uns werden viele Dinge vorgeworfen, weil wir jung sind.«

»Ich denke nicht, dass es an eurem Alter liegt, wohl eher an eurer Arbeitsweise.«

»Du verdammter …«, setzt er an, verstummt aber, als sich die Tür öffnet und unser Vater den Raum betritt. Er konnte mir seine Verwünschungen nicht ins Gesicht sagen, aber sein Blick und die gesamte Körperhaltung zeigen mir, dass er nichts als Hass für mich übrig hat.

Nach dem Meeting beschließe ich, mir den Vormittag spontan freizunehmen, und begebe mich ins Büro von Arthur, der mich zwar nicht erwartet hat, sich aber Zeit für mich nimmt. Ich erzähle ihm von dem Gespräch, das ich mit Hardin hatte.

»Wieso überrascht es mich nicht, dass er dich erneut provoziert? Der Typ ist zwanzig. Er sollte auf College-Partys gehen, seine Jugend genießen, aber alles, was er tut, ist, sich einen schlechten Namen in eurer Branche zu machen und den Hass auf seinen Vater an dir auszulassen.«

»Ich frage mich, wieso ich überhaupt darüber nachdenke. Ist ja nicht so, als hätte er je ein freundliches Wort für mich übrig gehabt.«

»Das vielleicht nicht, aber du bist nicht aus Stein. Auch du hast Gefühle, und ich denke, dass es dir lieber wäre, wenn ihr euch normal unterhalten könntet, ohne dass er dich aus kalten Augen anstarrt.«

»Manche Menschen ändern sich einfach nicht, und ich wäre

naiv zu glauben, dass ich an Hardin rankommen kann. Hinzu kommt, dass ich nichts mit ihm zu tun haben will.« Arthur nickt und nippt an seiner Tasse Kaffee, die uns seine Sekretärin gebracht hat.

»Aber genug von mir, wie geht es euch? Hast du neue Fotos vom Baby?« Er strahlt übers ganze Gesicht und greift nach seinem Portemonnaie. Er zieht ein Ultraschallfoto heraus und reicht es mir. Es ist ein 3D-Foto, auf dem bereits leichte Gesichtszüge zu erkennen sind. Ergriffen fahre ich mit dem Zeigefinger über das kleine Gesicht, und Wärme durchflutet meine Brust. Ein Leben wächst in Lolas Bauch heran, und in ein paar Monaten, werde ich die Möglichkeit haben, Arthurs Kind ein Onkel und hoffentlich gutes Vorbild zu sein.

»Unglaublich. Das Bild in den Händen zu halten macht es real.«

»Ich werde Vater«, flüstert Arthur, selbst gerührt, und es gibt keine Worte, die dem unendlichen Stolz in Arthurs Gesicht gerecht werden könnten. Er ist durch und durch glücklich.

»Du wirst bald ein Dad sein«, flüstere ich und gebe ihm das Bild wieder zurück.

»Ich begreife es erst, wenn ich das Foto ansehe oder wir zu den Untersuchungen fahren. An all den anderen Tagen wirkt es weit entfernt, als würde sich unser Leben nicht für immer verändern.«

»Das kann ich verstehen, deshalb genießt diese Zeit …« Das Klingeln seines Telefons unterbricht mich, und ich verstumme, da sein Handydisplay verrät, dass Lola die Anruferin ist. Seit sie schwanger ist, ist Arthur noch fürsorglicher als sonst.

»Hey Babe«, begrüßt er sie, doch sein Lächeln verblasst schnell wieder. Er erhebt sich abrupt, und ich kann blanke Angst in seinen Augen erkennen.

»Der bin ich. Was ist passiert?« Die Sorge, die in seinen

Worten mitschwingt, lässt auch mich aufstehen. Es muss etwas passiert sein.

»Welches Krankenhaus?«, fragt Arthur. Noch während er spricht, greift er nach seinem Mantel und seinen Autoschlüsseln.

»Okay, sagen Sie ihr, ich bin sofort da.« Dann legt er auf und sieht voller Angst und Verzweiflung in meine Richtung.

»Was ist los?«, frage ich besorgt und suche seinen Blick, doch er sieht nun wie durch mich hindurch, als müsste er das Gespräch erst mal verdauen.

»Lola ist im Krankenhaus, sie hat Blutungen. Sie ist mit Blaulicht ins Mount Sinai gefahren und stationär aufgenommen worden.«

»Geht es ihr und dem Baby soweit gut?«

»Das kann man noch nicht sagen, ich muss sofort los.«

»Soll ich mitkommen?«, frage ich, doch Arthur schüttelt heftig den Kopf.

»Nein.«

»Du kannst so nicht Auto fahren.«

»Das werde ich auch nicht. Ich werde ein Taxi nehmen.«

»Gut. Sag bitte Bescheid, sobald du Genaueres weißt, okay?«

»Mach ich«, er klopft mir auf die Schulter, und ich drücke seine Hand, damit er weiß, dass ich immer für ihn da bin, denn im Gegensatz zu Hardin ist Arthur ein wahrer Bruder, für den ich alles tun würde.

Ich fahre durch die Gegend und höre laut Linkin Park. Wenn mein Inneres zerrissen ist oder mich etwas quält, helfen mir die Songs meiner Lieblingsband. Ich schreie die Lyrics mit und fühle mich danach meistens besser, doch diesmal kann mir auch die Musik nicht meine Sorgen nehmen. Ich frage mich immer wieder, wie es Lola wohl geht und wann sich Arthur melden wird. Nach zwei Stunden halte ich in der Parkgarage neben der Agency und lehne meine Stirn gegen das Lenkrad.

Ich konzentriere mich auf meine Atmung und versuche, meinen Kopf klar zu bekommen. In dem Moment vibriert mein Smartphone. Sofort greife ich danach und atme erleichtert aus, da es tatsächlich eine Nachricht von meinem besten Freund ist. Ich öffne sie und erwarte, dass nun alles geklärt ist und Lola und das Baby wohlauf sind, doch es sind fünf Worte, die uns alle wohl weit in die Tiefe reißen werden.

Arthur: Lola hat das Baby verloren.

Wann und wie ich aus dem Auto ausgestiegen bin, weiß ich nicht mehr. Meine Füße tragen mich einfach, ohne dass ich weiß, wohin. Irgendwie bekomme ich aus dem Augenwinkel mit, dass ich mich in der Agency befinde, der Rest ist verschwommen. Ich höre, dass Rory meinen Namen sagt, doch ich kann jetzt nicht auf sie eingehen, sondern brauche Zeit für mich. Und Ruhe, ich brauche so viel Ruhe, denn mein Kopf will einfach nicht aufhören zu schreien. Er brüllt ebenso wie mein gebrochenes Herz.

Also gehe ich in das mir zugeteilte Büro und setze mich auf den Stuhl. Ich stütze die Ellbogen auf dem Tisch ab und vergrabe mein Gesicht in den Händen.

Wieso passiert das alles? Wieso musste uns das Glück auf so grausame Weise entrissen werden?

Ich kann mir nicht mal ansatzweise vorstellen, was Lola und Arthur durchmachen müssen. Alles in mir schreit danach, die beiden anzurufen, mit ihnen über alles zu sprechen und sie wissen zu lassen, dass ich da bin, aber sie brauchen jetzt einander. Doch ich bin mit meinem Schmerz allein, weiß nicht, wohin mit all dem Leid, das ich empfinde. Daheim liegt die Babykleidung, die ich bereits für das Kind gekauft habe und die ich wohl nie wieder ansehen kann, ohne einen Stich in der Brust zu spüren. Alles ist zerstört. All die Pläne, die wir in den letzten Wochen für die Zukunft des kleinen Wesens geschmiedet haben, wirken nun weit entfernt.

Ich vernehme ein leises Klopfen und hebe den Kopf an, um zur Tür blicken zu können. Rory öffnet sie, tritt ein und schließt sie wieder hinter sich. Ich habe das Licht noch nicht angemacht, sodass nur die Mittagssonne den Raum erhellt. Mit bedachten Schritten kommt sie auf mich zu, doch ich weiß nicht, ob ich will, dass sie hier und jetzt bei mir ist. Ich fühle mich verloren und leer und weiß nicht, wie ich damit umgehen soll.

»Was ist los?«, fragt sie besorgt. Sie setzt sich an die Kante des Tisches und ist mir plötzlich so nah, dass ich die Wärme spüren kann, die von ihr ausgeht.

»Ist es so offensichtlich, dass es mir nicht gutgeht?«, gebe ich etwas schroff zurück und schüttle einfach nur den Kopf.

»Für mich schon. Möchtest du darüber reden? Oder schweigen wir uns einfach an, denn das können wir auch tun, wenn du magst.« *Schweigen? Möchte ich das?* Ich könnte den Schmerz und Verlust in mich hineinfressen, aber das hat das Baby, was nun ein Sternenkind geworden ist, nicht verdient.

»Ich hätte Onkel sein können«, sage ich leise und erschrecke mich selbst über meine kratzige Stimme. Sie klingt, als hätte ich sie wochenlang nicht benutzt oder nur Whiskey getrunken. So oder so klingt sie nicht nach mir, doch sie spiegelt mein Leid wider.

»Ist etwas passiert?«

Ich nicke traurig, ehe ich weiterspreche.

»Die Verlobte meines besten Freundes hat ihr Baby verloren. Wie das passiert ist, weiß ich nicht, aber dieses kleine Wesen, das so viel Liebe bekommen hätte, ist nicht mehr da.« Ich verstumme, fahre mir durchs Haar, um mich zu sammeln. Kurz schließe ich die Augen, atme einige Male tief durch, öffne sie wieder und suche Rorys Blick.

»Ich kann nicht aufhören, mir auszumalen, wie es wohl wäre, wenn ich Onkel wäre. Ich hätte womöglich einen fixen Tag in der Woche, an dem ich sie oder ihn abgeholt hätte, um einen Uncle Day zu machen. Wir hätten zusammen gekuschelt, gegessen, gespielt und einfach nur Zeit miteinander verbracht. Aber das ist nun nicht mehr möglich. Weil er oder sie tot ist und nie das Licht der Welt erblicken wird«, sage ich mit gebrochener Stimme und merke, dass meine Wangen nass sind.

»Das tut mir schrecklich leid, Elijah«, flüstert Rory ergriffen und streichelt mir über den Oberarm. Ihre Berührung sollte mir Trost spenden, doch ich fühle nichts als Schmerz in mir.

»Wieso vermisse ich ein Wesen, das ich niemals kennenlernen werde?«, frage ich und blicke sie Hilfe suchend an. Diese Leere in mir zehrt an meiner Kraft, und ich habe keine Ahnung, wie ich diesen Tag durchstehen soll.

»Diese Gefühle lassen sich nur schwer erklären, aber es liegt wohl daran, dass du jemand bist, der mit dem Herzen sieht und fühlt. Und es tut sicher höllisch weh, an dieses Kind zu denken.«

»Das tut es. So sehr, dass ich um mich schlagen möchte, weil ich voller Wut bin. Wieso musste diese Tragödie stattfinden? Lola und Arthur wären die perfekten Eltern gewesen.«

»Das kann ich mir sehr gut vorstellen, aber ihr habt einander. Du wirst sie bei ihrem Trauerprozess begleiten und sie bestimmt nie im Stich lassen.«

»Und doch fühle ich genau das Gegenteil. Ich kann meinen besten Freund nicht anrufen und ihm sagen, wie leid es mir tut. Wenn ich nur daran denke, den beiden gegenüberzutreten, verkrampft sich alles in mir.«

»Lass es raus, Elijah. Ich bin da, und du kannst nun endlich loslassen. Okay?«, sagt sie und streichelt immer noch über meinen Arm, wandert dann aber zu meiner Schulter und gibt mir den Halt, den ich gerade so dringend brauche. Ich blicke zu ihr auf und sehe Tränen in ihren Augen schimmern. Diese berühren mich so sehr, dass der Drang, sie zu halten, übermächtig ist.

»Darf ich dich auf meinen Schoß ziehen? Ich brauche gerade Halt und…«

»Natürlich«, flüstert sie, also drehe ich den Stuhl, greife nach ihrer Hand und ziehe sie vorsichtig auf meinen Schoß.

Dann nimmt sie mich fest in den Arm, und ich drücke sie an mich, weil ich sonst zusammenbrechen würde. Rory bleibt an meiner Seite, während ich die Kraft sammle, um mich der schmerzhaften Realität stellen zu können, die das Leben von Arthur und Lola und auch mein Leben für immer verändert hat.

21. KAPITEL

Rory

Mit der dampfenden Kaffeetasse in der Hand stelle ich mich ans Fenster und blicke nach draußen, ohne etwas wahrzunehmen. Vor zwei Stunden habe ich Elijah am Boden zerstört vorgefunden. Sobald ich den Ausdruck in seinem Gesicht gesehen habe, als er das Büro betreten hat, wusste ich, dass etwas nicht stimmt. Als er auf mein Rufen nicht reagiert hatte, folgte ich ihm ins Büro, nur um ihn mit Tränen in den Augen vorzufinden. Der Schock stand ihm ins Gesicht geschrieben.

Als er vom Verlust des Kindes seines besten Freundes erzählt hat, konnte ich sehen, wie er immer tiefer in ein Loch fiel. Seine schmerzerfüllten Worte haben mich sehr getroffen, sodass auch ich weinen musste. Als er mich vorhin auf seinen Schoß gezogen und umarmt hat, breitete sich in mir eine wohlige Wärme aus. In seinen Armen fühlte ich mich geborgen, und auch wenn ich wusste, dass eigentlich ich ihn trösten sollte, hat seine Nähe dafür gesorgt, dass auch ich mich geerdet gefühlt habe. Danach habe ich ihn nach Hause geschickt. Erst hat er sich geweigert, doch für mich war klar, dass er nicht arbeiten kann, wenn er eigentlich um das kleine Wesen trauern sollte.

Ich wollte ihn heute trösten, wollte, dass er sich bei mir anlehnen und mir vertrauen kann. Ich hatte das Gefühl, als hätten meine Gefühle ein neues Level erreicht. Ich lege eine Hand über mein Herz und fühle, dass es schneller schlägt. Sehe Elijahs tränenüberströmtes Gesicht deutlich vor mir – noch nie habe ich einen schöneren Mann als ihn gesehen. Als er meinen Blick erwiderte, wollte ich ihm den Schmerz am liebsten mit einem Kuss nehmen. Versuchen, ihm etwas von seiner Last abzunehmen. Aber nichts davon ist passiert, und das sollte mich stolz machen. Doch das tut es nicht, denn die Sehnsucht nach diesem Mann ist größer als je zuvor.

»Hier bist du. Ich habe dich schon gesucht. Hast du Elijah gesehen?«

»Er nimmt sich für heute frei«, sage ich zu Chelsea, die dankbar den Becher heißen Kaffee annimmt, den ich bereits für sie auf dem Tisch abgestellt habe. Ich drehe mich zu ihr um und lächle, auch wenn mir nicht danach zumute ist.

»Okay, danke fürs Bescheidgeben. Wie läuft es denn mit euch?«

»Was!?«, frage ich erschrocken und sehe sie entgeistert an.

»Ich meine, wie ist die Zusammenarbeit?«

»Ach so. Also wir kommen gut miteinander aus, er hat brauchbare Ideen, und auch wenn er anfangs gesagt hat, er sei nur stiller Beobachter, bringt er sich immer ein.« Das ist sogar das, was mir an der Zusammenarbeit am besten gefällt.

»Das habe ich auch gemerkt. Hätte er kein eigenes Unternehmen, würde ich ihn sofort einstellen.« Vor ein paar Tagen hätte dieser Gedanke noch Panik in mir ausgelöst, doch mittlerweile denke ich anders über manche Dinge. Ich mag Elijah aus so vielen Gründen und habe gerne zugestimmt, als eine Freundschaft zwischen uns im Raum stand. Ihn als Freund zu haben ist eine Bereicherung. Doch ich bin mir nicht mehr sicher, ob das auf Dauer genug für ihn oder mich sein wird.

»Er ist ein guter Mensch«, sage ich nachdenklich, wodurch ich die volle Aufmerksamkeit meiner Schwester habe.

»Magst du ihn?«, fragt sie mich, und ich blicke ertappt auf, tue aber alles in meiner Macht Stehende, um mich nicht zu verraten. Denn da ist dieser seltsame, anklagende Ausdruck, der sich langsam, aber sicher in ihr Gesicht schleicht.

»Natürlich. Er ist ein fähiger Partner und freundlich den anderen und mir gegenüber.«

»Und mehr hast du nicht zu sagen?« Ihre Miene ist nicht anklagend, sondern neugierig – als würde sie etwas ahnen. Doch das kann nicht sein. Wir haben im Büro immer die Distanz gewahrt und nicht mehr als das Nötigste miteinander gesprochen.

»Nein, eigentlich nicht.« Ich hasse es, meine Schwester zu belügen. Hasse den Fakt, dass ich ihr zum ersten Mal nicht sagen kann, wie sehr ich verliebt bin. Aber ich kenne meine Schwester, und für sie ist der Erfolg der Agency das Wichtigste. Das darf ich nicht wegen meiner Gefühle zerstören.

»Gibt es niemanden, mit dem du dich gerade triffst?«, fühlt sie mir weiterhin auf den Zahn, doch ich schüttle den Kopf.

»Nein, eigentlich nicht. Matt war der Letzte, mit dem ich mich getroffen habe.« Diese Worte heben ihre Laune sichtlich, sie scheint mir die Lügen abzukaufen. *Oh wie tief bist du gesunken, Rory!*

»Was hast du vor?«, frage ich alarmiert, doch sie macht nur eine wegwerfende Geste.

»Du siehst so panisch aus, dabei habe ich doch gute Neuigkeiten für dich.«

»Welche?«

»Dein Blind Date Christian erwartet dich morgen Abend.«

»Was für ein Blind Date?«, frage ich, bis es endlich klick macht und ich mich wieder an das Gespräch in der Kantine erinnere.

»Du weißt doch, der Bruder meiner Freundin möchte dich gerne kennenlernen.«

»Ich weiß nicht, eigentlich habe ich keine Lust auf ein Blind Date«, sage ich, doch was ich wirklich damit sagen will, ist, dass ich am liebsten mit Elijah ausgehen würde.

»Wieso der Sinneswandel? Ich dachte, du hättest Lust, wieder einmal auf ein Date zu gehen? Oder hast du doch jemanden gefunden und willst es deiner großen Schwester einfach nicht verraten?«, hakt sie nach, und ich frage mich unwillkürlich, ob sie meine Gedanken lesen kann. Normalerweise ist sie nicht so neugierig, diesen Part übernimmt meist Sierra. Doch Chelsea scheint es wichtig zu sein, dass ich zu diesem Date gehe. Ich will sie nicht enttäuschen, und vor allem möchte ich nicht, dass sie mich länger ausfragt.

»Nein, habe ich nicht.«

»Was ist dann das Problem? Ich meine, wenn du wirklich nicht hingehen möchtest, will ich dich nicht dazu zwingen.«

Wie komme ich nur aus dieser Sache wieder raus? Will ich das überhaupt? Elijah und ich sind nicht zusammen, und auch wenn wir zu unseren Gefühlen stehen würden, würde unsere Beziehung unter keinem guten Stern stehen. Wieso also sollte ich mir Türen verbauen, wenn Christian der Richtige sein könnte? Dann hätte ich diese Chance vertan, nur weil ich an einem Mann hänge, dem ich nie wirklich mein Herz schenken kann.

»Es gibt kein Problem. Ich werde hingehen.«

Gesagt, getan. Am nächsten Abend betrete ich die Bar, in der das Treffen stattfinden soll. Das Lokal befindet sich in einem der vornehmsten Hotels Manhattans, also habe ich mir mit meinem Outfit Mühe gegeben. Ich trage eine Marlene-Dietrich-Hose zu einem hautengen Seidentop, dazu meinen langen weißen Blazer. Mein Haar habe ich heute eingedreht, und die weichen Locken umspielen mein dezent geschminktes Gesicht. Laut Chelsea trägt Christian heute ein hellblaues Hemd zu schwarzer Lederjacke, was ihn von den anderen Männern abhebt, also erkenne ich ihn direkt.

»Hallo«, begrüße ich ihn, und als er sich mir zuwendet, stelle ich fest, dass er gut aussieht. Sein dichtes dunkelblondes Haar hat er zu einer aufwendigen Stehfrisur gestylt, und ein perfekt gestutzter Bart macht das Klischee des Bad-Boy-Looks in Lederjacke perfekt. Als an seiner Hand auch noch Tattoos zu erkennen sind, sollte ich doch eigentlich ausflippen vor Freude, denn das ist genau mein Typ. Kein Anzugträger, jemand, der sicher eine interessante Vergangenheit und viel Charakter hat.

Die Tatsache, dass ich einen Mann, der optisch das genaue Gegenteil von Elijah ist, als meinen Typ bezeichne, lässt ein bitteres Gefühl in meiner Bauchgegend aufsteigen. Ich ermahne mich, nicht erneut an diesen Mann zu denken, der ein Freund und Geschäftspartner ist. Ich bin hier, weil ich ein Date mit einem interessanten Mann haben möchte, und da haben diese Gedanken und Gefühle keinen Platz.

»Hey. Ich bin Christian, freut mich, dich kennenzulernen.« Mit einem strahlenden Lächeln reicht er mir seine Hand, die ich ergreife und schüttle. Sein Händedruck ist erstaunlich fest, und seine Hände sind schwitzig, was ich auf seine Nervosität zurückführe. Auch ich bin nervös, da mein letztes Blind Date ewig her ist und ich im Vorfeld nicht wusste, ob dieser Fremde meinen Geschmack trifft oder nicht.

»Rory, das Vergnügen ist ganz meinerseits.« Da ich meinen Mantel bereits in der Garderobe abgegeben habe, setze ich mich ihm gegenüber.

»Meine Schwester meinte, dass du hübsch bist, aber ich denke, sie hat ziemlich untertrieben«, sagt er und wendet nicht einmal den Blick von mir ab. Er hat das Kompliment mit Sicherheit ernst gemeint, eine Freundlichkeit, die mein Selbstwertgefühl pushen sollte, aber es fühlt sich einfach falsch an, egal wie oft ich das Gegenteil erzwingen will.

»Danke«, antworte ich atemlos, was er wohl als Rührung missverstehen könnte, doch es ist die Wut auf mich selbst und Elijah, die diese Reaktion bei mir auslöst.

»Was möchtest du trinken?«, fragt er mich und hebt freundlich eine Hand, sodass ein Kellner auf uns aufmerksam wird.

»Einen trockenen Martini, mit einer Olive.«

»Alles klar.« Er gibt unsere Bestellung an den Kellner weiter, während ich einen Blick auf seine Hände werfe. Sie sind zwar sauber, weisen aber Schnitte auf, die nicht älter als zwei Tage sein können, und seine Haut wirkt rau, was mir vorhin nicht aufgefallen ist. Unwillkürlich denke ich an Elijahs perfekt geformte Finger und seine großen, gepflegten Hände, die meine schon ein paarmal gehalten haben. Am liebsten würde ich mir innerlich eine Ohrfeige verpassen, weil ich die beiden Männer vergleiche.

»Erzähl mir von dir«, sagt Christian plötzlich und holt mich aus Gedanken, die nicht um ihn gekreist sind. Ich erzähle das Übliche: wo ich arbeite, welche Beziehung ich zu meiner Familie habe und was ich in meiner Freizeit so unternehme. Mein Blind Date hört mir aufmerksam zu, stellt Fragen und lässt keinen Zweifel daran, dass er interessiert an mir ist, doch als er beginnt von sich zu erzählen, bleiben seine Worte nicht wirklich bei mir hängen. Denn alles, woran ich denke, ist, wie es Elijah wohl geht. *Hat er gegessen? Konnte er ein wenig zur Ruhe kommen?* Er hat sich auch heute freigenommen, und es hat mir in den Fingern gejuckt, ihm zu schreiben, doch ich habe die Idee wieder verworfen.

»Ich langweile dich, oder?«, fragt Christian, und ich zucke erschrocken zusammen, weil ich schon wieder nicht bei der Sache war. Ich lächle ihn entschuldigend an.

»Entschuldige, die Sache ist die …«

»Christian Bingham?«, sagt plötzlich eine tiefe Stimme, und als ich aufsehe, bemerke ich, dass unser kleiner Tisch von drei Polizisten umzingelt ist.

»Scheiße«, lautet seine Antwort, was der Cop wohl als Ja deutet.

»Sie sind wegen Fahrerflucht, Körperverletzung und Alkohol am Steuer verhaftet. Alles, was Sie sagen, kann und wird vor Gericht gegen Sie verwendet werden. Sie haben das Recht auf einen Anwalt, wenn Sie sich keinen leisten können …« Während der Mann weiterspricht, legt sein Kollege Christian Handschellen an, und als sie klicken, zuckt mein Date zusammen. In seinem Gesicht spiegelt sich Reue und Resignation.

»Entschuldige, Rory«, höre ich nur, als er auch schon aus dem Lokal geführt wird. Wie versteinert bleibe ich zurück, starre auf den Platz, auf dem mein Blind Date bis gerade noch saß, und blinzle. *Was ist gerade geschehen?* Irgendwie fühlt sich alles so unwirklich an, als wäre das nur eine Geschichte, etwas, was man aus dem Fernsehen kennt, was einem aber nie selbst passiert. Es ist Getuschel zu vernehmen, und erst jetzt bemerke ich, dass mich die anderen Personen in der Bar neugierig anstarren. Einige haben nur Verachtung für mich übrig, als wäre ich auch an seinen Verbrechen beteiligt gewesen. Ich schlucke schwer und blicke auf meinen Schoß.

Peinlich berührt versuche ich das Gemurmel auszublenden, doch auch wenn sie flüstern, dröhnt es laut in meinen Ohren. Sie verurteilen mich, und ich tue es auch, doch nicht wegen Christian, sondern weil ich eine Heuchlerin bin und mich zu etwas habe überreden lassen, das ich schlussendlich bereue. Nicht weil mein Date verhaftet wurde, sondern weil es von Anfang an falsch war. Der einzige Mann, mit dem ich ausgehen möchte, ist Elijah. Der Mann, der seit Wochen in meinem Kopf herumspukt, nach dem ich mich sehne, auch wenn mein Verstand mir sagt, dass es falsch ist, ihn zu wollen.

Bereits bei unserer ersten Begegnung fühlte ich mich wohl in seiner Gegenwart, und bei jedem unserer Treffen habe ich mich ein bisschen mehr in ihn verliebt. Er mag verboten sein, aber mein Herz will das nicht wahrhaben. Genauso wie es mich dafür verurteilt, dass ich einer Verabredung zugesagt habe, auf die ich im Grunde keine Lust hatte.

Gestern habe ich auf seinem Schoß gesessen, während er seine Arme um mich geschlungen und an meiner Schulter Trost und Zuflucht gesucht hat. Er brauchte mich, und ich war mehr als bereit, für ihn da zu sein. Wir hätten stundenlang so eng umschlungen sitzen können, und genau deswegen, weil ich mich zu ihm hingezogen fühle, breitet sich nun das schlechte Gewissen in mir aus.

Wie konnte ich hierherkommen und mich mit einem anderen Mann treffen, wenn es Elijah ist, den ich will? Ich kann mir weiterhin einreden, dass wir aufgrund der Arbeit nicht zusammen sein können, aber ich würde sowieso erneut schwach werden, wieso kämpfe ich also dagegen an? *Wieso quäle ich mich selbst?* Schließlich lege ich frustriert einen Fünfzig-Dollar-Schein auf den Tisch und verlasse die Bar. Die mitleidigen Blicke der Menschen ignoriere ich.

»Bella, was ist los?«, fragt mich Fabrizio statt einer Begrüßung. Ich lächle traurig und setze mich an den Tresen, ihm gegenüber.

»Nichts, außer dass ich eine Heuchlerin bin.«

»Nun, mir fallen viele Wörter ein, um dich zu beschreiben, aber Heuchlerin ist keines davon.«

»Nein? Dann wirst du bald eines Besseren belehrt.« Fabrizio stützt die Hände auf dem Bartresen ab und sieht mich besorgt an.

»Möchtest du reden?«, erkundigt er sich, und ich weiß, dass er sich jetzt eine Pause nehmen könnte, um in Ruhe mit mir zu sprechen, aber ich habe es satt, zu reden oder zu denken. Das tue ich ohnehin die ganze Zeit schon. In meinem Kopf spielt sich vieles ab, aber ich tue nichts und bin einfach untätig.

»Ich will Jack, Jim und Bailey und am besten alle gleichzeitig.«

»Ist 'ne Weile her, dass du die drei Herren auf einmal wolltest«, stellt er fest, rührt sich aber nicht vom Fleck. Das Letzte, was ich jetzt gebrauchen kann, ist, dass Fabrizio mir aus Sorge die Drinks verweigert.

»Nach dem heutigen Tag bräuchte ich eigentlich noch viel mehr als die drei.« Er sieht mich abschätzend an, setzt sich dann aber zum Glück in Bewegung, und es dauert nicht lange, bis drei gefüllte Gläser mit Eiswürfeln vor mir abgestellt werden. Jeweils eines mit Jack Daniels, Jim Beam und Baileys. Da mir nicht nach Reden zumute ist, trinke ich schweigend ein Glas nach dem anderen aus. Doch es ist nicht genug, denn diese Sehnsucht nach Elijah werde ich niemals betäuben können.

22. KAPITEL

Elijah

Als ich nach Hause komme, werfe ich meine Schuhe von mir, knöpfe mein Hemd auf und gehe schnurstracks ins Badezimmer, um mir ein heißes Bad einzulassen. Ich krame in einem der Schränke, wo ich Badezusätze finde, die ich mit in die Wanne schütte, und stelle mich vors Waschbecken. Nachdem ich das Hemd ausgezogen habe, blicke ich wie gebannt auf meine Hände, die vorhin noch Rory berührt haben. Dass sie bei mir war, als ich am Boden zerstört war, hat meine Gefühle für sie noch mehr gefestigt.

Arthur, meine Mutter, Mikaela – in Zeiten, in denen es mir schlecht ging, hatte ich meist das Glück, jemanden an meiner Seite zu haben. Doch als Rory bei mir war, war es anders. Sie hat durch ihre Berührung den Sturm in mir, der mich beinahe in die Knie gezwungen hat, zum Verstummen gebracht. Einfach nur durch ihre Anwesenheit. Es hat keinerlei Worte gebraucht, eine einfache Berührung hat gereicht.

Es war das erste Mal, dass unsere Körper sich so nah waren, und trotz meines Schmerzes habe ich gefühlt, wie gut mir diese Nähe getan hat. Ich entledige mich meiner Klamotten und steige in die frei stehende Badewanne. Das Wasser legt sich wie eine warme Decke um mich und lässt mich nach dem turbulenten Morgen wieder klar denken und vor allem freier atmen.

Ich lasse die Trauer zwar zu, reagiere jedoch nicht mehr so heftig darauf.

Rory hat meine Sorgen mit mir geteilt, sodass sie nicht mehr ganz so schwer auf meinen Schultern liegen. Wenn ich an sie denke, fängt mein Herz wie wild an zu klopfen, was mich an meine Teenagerzeit erinnert. Damals war ich einer der beliebtesten Schüler an der Highschool. Viele Mädchen schwärmten für mich, doch die, die ich wollte, war längst vergeben gewesen. Kaum hatte sie das Klassenzimmer betreten, fing mein Puls an zu rasen, und ich hatte nur Augen für sie. Dass nichts aus uns geworden ist, brauche ich nicht zu sagen. Sie war bereits in einer Beziehung, also habe ich es gar nicht versucht.

Rory mag es verbergen, aber ich fühle, dass ihre Gefühle für mich tiefer gehen. Ich erkenne es an den Blicken, die sie mir unbewusst zuwirft, an der Art, wie sie meine Hände ansieht oder mit mir spricht, wenn ich neben ihr sitze. Dann ist ihre Stimme dünn und ihre Atmung schnell, da sie mich mag. Das weiß ich, und doch haben wir es noch nicht geschafft, ganz ehrlich zueinander zu sein.

Wir bewegen uns aufeinander zu, nur um uns wieder voneinander zu entfernen, und das macht mich langsam verrückt. Ich will sie küssen, ihre Hand halten und mich nicht länger verstecken. Jeder sollte sehen, wie stolz ich bin, mit dieser wunderschönen, intelligenten Frau zusammen zu sein, doch das Problem ist, dass wir kein Paar sind. Und dass mich dieser Umstand frustriert, ist die Untertreibung des Jahrhunderts.

Am nächsten Tag besuche ich Arthur und Lola im Krankenhaus. Die beiden sind gebrochen und verzweifelt. Ich versuche, sie mit Worten und Umarmungen zu trösten, doch das ist ein Ding der Unmöglichkeit. Kein Elternteil sollte sein Kind zu Grabe tragen. Danach gehe ich stundenlang in der Stadt spazieren, um wieder einen klaren Kopf zu bekommen.

Erst als die Kälte sich in jedem Winkel meines Körpers ausgebreitet hat, gehe ich nach Hause, um heiß zu duschen und ein Nickerchen zu machen.

Abends verschanze ich mich im Arbeitszimmer und arbeite die Mails von Blair ab, die mich zum Glück so sehr ablenken, dass ich all meine Sorgen und Gefühle vergessen kann. Zum Glück haben Tyler und sie alles gut im Griff, sodass die Projekte weiterhin am Laufen sind und von uns betreut werden. Durch meine fähigen Mitarbeitenden läuft alles weiter, auch wenn ich nicht aktiv im Büro bin. So habe ich die Möglichkeit, mich um die wichtigen Sachen zu kümmern. Das gefällt mir ganz besonders an meiner Tätigkeit. Ich mache meinen Job so gerne, dass mich die Leidenschaft dafür immer wieder einnimmt und in ihren Bann zieht. Das merke ich auch bei Rory. Sie liebt das, was sie tut, und ist stolz, Teil eines so erfolgreichen Familienunternehmens zu sein.

In den letzten Wochen hat sie es mir ermöglicht, in jeden Bereich ihres Unternehmens reinzuschnuppern. Ich konnte mir ein eigenes Bild von den Arbeitsweisen und Mitarbeitenden machen, sodass sich mein Einschätzungsbericht über die Proof of Love Agency fast von allein schreibt. Mein Vater ist auch überaus zufrieden und hat sich entschieden zu investieren. Diese Information will ich aber noch geheim halten, da ich die Madigan-Schwestern überraschen will.

Auch wenn es mein Job ist, das Unternehmen zu inspizieren, bevor ich die Verträge aufsetzen lasse, erwische ich mich viel zu oft dabei, wie ich Rory mit einem verträumten Lächeln ansehe. Das ist wohl auch Wyatt nicht entgangen, doch er hat mich noch nicht darauf angesprochen, und ich bin nicht bereit, darüber zu reden. Zumindest nicht mit ihm. Zuerst muss ich mit Rory reden, sie muss einfach wissen, wie ich empfinde.

Nachdem ich bis tief in die Nacht gearbeitet habe, bekomme ich Hunger und mache mir ein Sandwich. Sher und Lock lassen mich nicht aus den Augen, während ich meinen Snack genieße. »Nichts da, ihr habt gerade Futter bekommen, und es nicht mal aufgegessen.« Sher miaut als Antwort.

»Keine Ausflüchte. Menschenessen ist nicht gut für euren Bauch.« Diesmal mault mich Lock an, doch ich lasse mich nicht von ihnen beschwatzen.

»Das hier ist mein Futter. Dort ist eures«, sage ich und deute auf die gut gefüllten Fressnäpfe. Doch sie wollen mir nicht das letzte Wort lassen. Sie streifen um meine Beine, als würden sie mich kleinkriegen wollen, und verdammt, sie sind so süß, dass ich versucht bin, ihnen zwei Scheiben Schinken zu geben. Doch dann klingelt mein Handy, und ich sehe es als Zeichen, stark zu bleiben. Mein Herz macht einen Satz, als ich Rorys Namen sehe, also hebe ich sofort ab, und alle Gedanken an Futter und Katzen sind wie weggewischt.

»Hey Rory, was gibt's?«, frage ich vielleicht etwas nervös, weil ich so aufgeregt bin wie ein kleiner Junge an Weihnachten. Ich bin so euphorisch, dass ich nicht mal merke, wie spät es mittlerweile ist.

»Du bist gemein«, flüstert sie traurig, und ich höre ein Schniefen, als würde sie weinen. Augenblicklich versteife ich mich und lege mein Sandwich auf den Teller.

»Was meinst du damit?«

»Ich wollte einfach weitermachen, auf ein Blind Date gehen und die Tatsache akzeptieren, dass Elijah und ich nur befreundet sind. Ich wollte es so sehr.« Dann gibt es eine kurze Sprechpause, aber ich will sie nicht unterbrechen, nicht, wenn sie so ehrlich mit mir ist, auch wenn sie wohl jemand anderen anrufen wollte.

»Ich will Elijah, Chels. Möchte mit ihm zusammen sein,

auch wenn du mich hassen würdest«, murmelt sie, und ihre Worte lassen mich ruckartig aufstehen.

»Rory? Wo bist du?«, frage ich sanft, denn ich ahne, dass sie betrunken ist, wenn sie meine Stimme nicht von der ihrer Schwester unterscheiden kann. Außerdem scheinen ihr die etwas längeren Wörter Schwierigkeiten zu bereiten.

»Wo soll ich denn sein? Ich bin in unserer Bar, nachdem mein Date verhaftet wurde. Das Date, das du mir verschafft hast, wohlgemerkt! Ich wollte einfach nur weg von dort und bin bei Fabrizio, von dem ich die leckersten Drinks bekomme.« Dann kichert sie, als wäre sie ein Kleinkind, das etwas im Schilde führt.

»Verhaftet? Rory, wo bist du genau?«

»Warte, wieso klingst du wie Elijah?« Dann höre ich ein Rascheln, als würde sie aufs Display blicken, gefolgt von einem Aufprall, der darauf schließen lässt, dass ihr das Smartphone aus der Hand gefallen ist. *Hat sie endlich gemerkt, dass ich nicht ihre Schwester bin?*

»Du bist ja sternhagelvoll. Für dich gibt es keine Drinks mehr. Ist das Chelsea? Sie soll dich abholen. Hallo? Chels?«, höre ich eine Männerstimme und mache mich schon auf den Weg, um Mantel und Schlüssel zu holen. Egal, wer dieser Fabrizio ist, ich mag ihn jetzt schon, weil er ihr die Drinks streicht und sie nach Hause schicken will.

»Nein, hier ist Elijah James. Von wo darf ich Rory abholen?«

»Sie ist in der Loft Bar an der Upper West Side. Sie hat Ihren Namen schon sehr oft fallen lassen und erwartet Sie wohl.«

»Ich bin bald da, passen Sie bis dahin auf sie auf.«

»Selbstverständlich.« Nach dem Gespräch google ich die Adresse der Bar, stopfe mein Smartphone in die Hosentasche und mache mich auf den Weg in die Garage.

Als ich die Bar betrete, erkenne ich Rory sofort. Sie hat den Arm auf dem Tresen ausgestreckt, ihren Kopf darauf gebettet und scheint zu schlafen. Ich eile auf sie zu und stelle mich neben sie, um in ihr Gesicht zu sehen. Tatsächlich schläft sie oder ist zumindest weggetreten. Die blonden Strähnen verdecken die Hälfte ihres Gesichts, also streiche ich ihr Haar zur Seite, doch selbst dann wacht sie nicht auf. Ich versuche, sie durch sanftes Rütteln an der Schulter zu wecken, doch es ist vergebens.

»Elijah?«, begrüßt mich ein Mann mit dunklem Haar und einem freundlichen Lächeln.

»Genau. Hi.« Ich reiche ihm zur Begrüßung die Hand, ehe ich mich wieder Rory zuwende. Sie hat sich keinen Zentimeter bewegt, und ich ahne schon, dass sie ziemlich viel getrunken haben muss, um so fest zu schlafen.

»Wie viel hat sie getrunken?«

»Es waren vier Gläser Whiskey und einige Shots Baileys. Die letzten Gläser habe ich durch Wasser ersetzt, und sie hat es nicht mal gemerkt.«

»Das klingt nicht gut.«

»Sie kam völlig fertig an, und wenn ich ihr keine Drinks ausgeschenkt hätte, wäre sie woanders hingegangen, und da hätte ich nicht auf sie aufpassen können. Also musste ich ihr was geben«, sagt er etwas schuldbewusst, aber ich verstehe seine Absichten gut. Er wollte nur auf sie achtgeben, und sie ist eine erwachsene Frau und weiß, wann sie genug hat.

»Ich werde sie nach Hause bringen und ihren Schwestern Bescheid sagen, dass sie morgen wohl nicht zur Arbeit kommen kann.«

»Du arbeitest eng mit ihr zusammen, oder?«, will er wissen, während er nach einem Glas greift, um es mit einem Tuch zu polieren.

»Ja, sie ist meine Geschäftspartnerin und Kollegin.«

»Sie mag dich, das habe ich aus ihrem Gestammel rausfiltern können. Normalerweise lässt sie sich nicht so leicht von einem Mann verwirren.«

»Ich mag sie auch«, sage ich nur, denn alles andere wäre gelogen.

»Das sehe ich. Gut, ich vertraue darauf, dass du sie wohlbehalten nach Hause bringst.«

»Das werde ich, versprochen.« Ich weiß es zu schätzen, dass er mich mustert und misstrauische Fragen stellt. So weiß ich, dass er ein guter Freund von Rory ist, der nur das Beste für sie will. Ich versuche noch mal, sie wach zu bekommen, und tatsächlich blinzelt sie und sieht mich aus matten Augen an.

»Elijah«, flüstert sie mit einem Lächeln. Dann schläft sie einfach wieder ein. Ich fackle nicht lange, lege meine Hand unter ihre Kniekehlen und hebe sie im Brautstil hoch. Fabrizio legt Rorys Handtasche unter ihre Hand am Bauch, deckt sie mit ihrem Wintermantel zu und folgt mir zu meinem Auto, wo er mit meinem Schlüssel das Auto entriegelt und mir die Tür öffnet, damit ich sie auf dem Beifahrersitz ablegen kann. Ich schnalle sie an, decke sie wieder zu und schließe leise die Tür, ehe ich mich zu Fabrizio umdrehe.

»Danke noch mal, dass du gekommen bist. Du bist ein guter Kerl, und ich hoffe, dass ihr beiden zueinanderfindet.«

»Ich auch, und gern geschehen.« Wir verabschieden uns, ich steige ein, starte den Wagen und heize das Auto auf, damit sie nicht frieren muss. Sie hat den Kopf in meine Richtung gedreht und sieht zufrieden und entspannt aus. Durch die Straßenlaterne und das Innenlicht des Autos ist zu erkennen, dass Rorys Wangen noch vom Alkohol gerötet sind. Ich streiche ihr sanft eine Strähne aus dem Gesicht, woraufhin sie aufseufzt und sich enger an den Sitz kuschelt. Ich betätige einen Knopf an meiner Tür und lasse den Sitz nach hinten gleiten, um es ihr noch bequemer zu machen.

Dann fahre ich los und konzentriere mich auf die Straße. Das Radio lasse ich ausgeschaltet, da ich sie nicht wecken will. Natürlich wäre es besser für mich, wenn sie wach wäre und eventuell selbst gehen könnte, doch ich will ihr den wohlverdienten Schlaf gönnen und hoffe, sie später vor ihrer Wohnung wach zu bekommen. Durch eine Baustelle muss ich eine Weile im Stau stehen, aber das macht mir nichts aus, denn Rory ist bei mir, und ich kann mir keinen besseren Abschluss des Tages vorstellen, als jetzt hier an ihrer Seite zu sein.

»Du bist so hübsch«, flüstert Rory plötzlich und erschreckt mich kurz. Ich drehe mich zu ihr um und hebe überrascht die Brauen. Sie liegt noch immer so da wie vorhin, nur dass ihre Augen nun geöffnet sind. Zumindest halb, aber das ist eine Verbesserung zu vorhin. »Danke, aber ich bin nichts im Vergleich zu dir.«

»Pff, das klingt so gar nicht nach Elijah.« Ihre Worte bringen mich zum Schmunzeln.

»Nein? Wie klinge ich sonst?«

»Er hätte einen sexy Spruch von sich gegeben.«

»Danke, dass du das Offensichtliche endlich einsiehst? So in etwa?«

»Genau! Das hätte mein Elijah gesagt«, flüstert sie, und ich frage mich, was sie gerade denkt. Weiß sie, dass sie mit mir spricht? Oder denkt sie, dass sie sich in einem Traum befindet?

»Dein Elijah?«, frage ich und spüre die Wärme, die in mir aufsteigt.

»Hier kann ich ehrlich sein«, murmelt sie, und ich sehe ihr an, dass ihre Lider schon wieder schwer werden.

»In meinen Träumen«, flüstert sie und schläft erneut ein. Ich finde es süß, dass sie zu träumen glaubt, und es stimmt mich hoffnungsvoll, dass ich in ihren Träumen auftauche. Vielleicht werden wir eines Tages doch zueinanderfinden. Genau in dem Moment kann ich weiterfahren, doch etwas in mir will diese Fahrt hinauszögern, denn vielleicht bekomme ich erneut wunderschöne Geständnisse zu hören. Geständnisse dieser unglaublichen Frau, in die ich mich verliebt habe.

Rory in ihre Wohnung zu bekommen ist nicht so leicht, wie es war, sie in meinem Auto abzulegen, denn nun ist kein Fabrizio da, der mir helfen kann. Rory wiegt zwar nicht viel, sodass ich sie leicht tragen kann, aber sie zu tragen und außerdem Türen zu öffnen ist eine Challenge, die ich nur mit Müh und Not bewältige. Als wir in ihrer Wohnung sind, ist Rory wach, wenn auch immer noch angetrunken.

»Du solltest jetzt schlafen gehen«, sage ich und stütze belustigt die Hand auf dem Tresen ab, als ich ihr dabei zusehe, wie sie neugierig ihren Kühlschrank durchsucht und schließlich nach einer Flasche Wasser greift.

»Gut, eine Flasche solltest du dir mit ins Schlafzimmer nehmen. Es ist wichtig, viel zu trinken, dann wird der Kater hoffentlich nicht so schlimm.«

»Ich will gar nicht schlafen, lass uns in eine Bar gehen«, sagt sie plötzlich putzmunter und will schon zur Tür eilen, doch ich stelle mich ihr in den Weg.

»Keine Drinks mehr für dich, aber ein warmes Bett wartet darauf, dass du dich hineinkuschelst. Klingt das nicht verlockend? Wärme, weiche Kissen und Ruhe?«

»Aber nur, wenn du mitkommst«, sagt sie, und ich nicke, weil ich sie so oder so ins Schlafzimmer begleitet hätte. Anstatt die Deckenleuchte einzuschalten, geht sie zum Bett und drückt auf einen Knopf, woraufhin viele Lichterketten erstrahlen. Sie tauchen den Raum in ein schummriges Licht, das perfekt zum

Einschlafen ist, weil es nicht zu hell und nicht zu dunkel ist. Zufrieden sehe ich dabei zu, wie sie die Wasserflasche auf dem Nachtkästchen abstellt, doch dann erschrecke ich mich, als sie ihren Blazer abstreift und ihr Top auszieht, sodass sie schließlich nur im BH vor mir steht. Ich drehe mich um und versuche meinen rasenden Puls zu beruhigen. Ich höre das Rascheln von Klamotten und dann ein Knarzen, als hätte Rory sich ins Bett gelegt. Doch ich traue mich nicht nachzusehen. Nichts läge mir ferner, als ihre Privatsphäre zu verletzen. Da sie betrunken ist, kann sie nicht klar denken, also übernehme ich das für sie.

»Du kannst dich umdrehen Elijah. Deine Tugend wird bewahrt.«

»Ich weiß nicht, ob ich dir trauen kann«, gebe ich scherzend zurück, wage aber einen Blick über meine Schulter und stelle zu meiner Erleichterung fest, dass sie sich tatsächlich ins Bett gekuschelt hat.

»Siehst du, ich habe nicht geflunkert«, meint sie mit einem frechen Grinsen.

»Okay, gut zu wissen. Du solltest deinen Schwestern schreiben, dass du eventuell nicht ins Büro kommst. So viel, wie du getrunken hast, weiß ich nicht, wie sich das auf deinen Kater auswirkt.«

»Hmm«, antwortet sie, tut aber nichts. Ich will den Raum schon verlassen, als sie plötzlich nach meiner Hand greift und mich daran hindert.

»Bleib«, flüstert sie, doch ich schüttle den Kopf. Ich würde diese Situation nicht ausnutzen oder etwas versuchen, und ich werde es auch nicht zulassen, dass Rory mir zu nahekommt, da ich nicht will, dass sie es am nächsten Tag bereut.

»Ich sollte wirklich gehen. Du bist betrunken, und das hier ist kein Traum, Rory.«

»Egal ob Traum oder nicht, ich will, dass du bei mir bist. Leg dich einfach zu mir, und ich verspreche, dass ich nichts tue, was uns beide in Verlegenheit bringen wird. Halt mich einfach«, sagt sie. Es klingt ehrlich, und der Ausdruck in ihren Augen ist so klar, so offen, dass ich ihr sofort glaube.

»Bitte, Elijah. Halt mich«, flüstert sie den Tränen nahe, und ihre Worte zerreißen mein Herz, also schließe ich resigniert die Augen, ziehe meinen Mantel und Pullover aus und lege mich in T-Shirt und Hose zu ihr. Sie kuschelt sich an meine Schulter und seufzt glücklich auf.

»So ist es perfekt«, murmelt sie und hat vollkommen recht mit ihrer Aussage, auch wenn ein Teil von mir es nicht gutheißt, geblieben zu sein.

23. KAPITEL

Rory

Ich genieße die Wärme, die meinen ganzen Körper umhüllt, da ich sonst in den Wintermonaten immer schnell friere. In meinem Kopf wütet ein pochender Schmerz, der jedoch durch das wohlige Gefühl, sich in mein Kissen zu schmiegen, etwas abgedämpft wird. Plötzlich spüre ich einen Arm, der sich um meine Schulter legt und mich an eine Brust drückt. *Habe ich gestern Nacht jemanden mit nach Hause genommen? Das Blind Date? Warte! Da war doch was.*

Meine lückenhafte Erinnerung verhindert es, dass ich alle Details der gestrigen Nacht wieder aufrufen kann, und mein Kopfschmerz wird heftiger, je mehr ich mich anstrenge, diese Gedächtnislücken zu schließen. Ich öffne resigniert die schweren Lider und sehe schönes, dichtes Haar, das das Gesicht des Mannes verbirgt. Das Gesicht mag ich aufgrund meines trunkenen Zustands nicht ausmachen, doch diesen Geruch würde ich überall erkennen. Ich reiße die Augen auf, richte mich auf, und tatsächlich: Neben mir im Bett liegt Elijah, die Arme um mich geschlungen. Er hat ein T-Shirt an, und je länger ich ihn ansehe, desto klarer werden die Bilder in meinem Kopf.

Ein Traum, der keiner war. Ich habe ihm Dinge anvertraut, die ich Elijah sonst nie erzählt hätte, habe mich vor ihm zum Affen gemacht und ihn angefleht, bei mir zu bleiben. Wie eine

Liebeskranke. Je schlimmer die Offenbarungen für mich sind, desto deutlicher kann ich mich erinnern. Ich löse mich von ihm, wobei ich ihn glücklicherweise nicht wecke. Ich stehe auf, stelle fest, dass ich nur Unterwäsche trage, und gehe rückwärts in Richtung Badezimmer, wobei ich ein Schluchzen unterdrücke.

Wenn Elijah jetzt aufstehen würde, würde ich vor Scham im Boden versinken. Bevor ich mich aber im Badezimmer verkriechen kann, um diese Situation, die ich noch immer nicht verstehe, verarbeiten zu können, blicke ich auf Elijahs entspanntes, schlafendes Gesicht, das so wunderschön ist, dass es mir im Herzen wehtut. *Wieso musste ich wieder schwach werden?*

Kann ich nicht einfach standhaft bleiben und mich nicht nach ihm sehnen? Es tut so weh, ihn zu wollen und nicht haben zu können. Beziehungen sollten einfach sein, doch bei uns ist sie kompliziert und verwirrend, ohne dass es einen Ausweg zu geben scheint. Ich wasche mein Gesicht und mache mich frisch, sodass ich wieder halbwegs wie ein Mensch aussehe, und überschminke meine Augenringe. Mit klopfendem Herzen öffne ich die Tür einen Spaltbreit und stelle erleichtert fest, dass Elijah immer noch schläft. Da ich nicht mit ihm über gestern Nacht sprechen möchte, greife ich leise nach einem grauen Rock und der weißen, langärmeligen Bluse. Rasch ziehe ich mich an, schnappe mir meine Tasche, schlüpfe in Mantel und Schuhe.

Da meine Wohnung eher klein ist, kann ich vom Eingangsbereich aus auf Elijah blicken, der friedlich schlummert. Es wäre so schön, wieder ins Bett zu kriechen, mich an ihn zu kuscheln und ihn wachzuküssen, aber das ist ein Traum, der mir verwehrt bleiben wird. Elijah und ich haben keine private Zukunft miteinander, und das muss mir ein für alle Mal klar werden.

Eine Stunde später begrüße ich meine Schwestern, die sich beide zufällig in Sierras Büro befinden. Ich will mich schon wieder verziehen, doch Chelsea hält mich auf und bittet mich, zu bleiben. »So leicht kommst du mir nicht davon«, meint sie lachend und erwartet, dass ich mich setze. Weil ich dieses Gespräch so schnell wie möglich hinter mich bringen will, nehme ich Platz.

»Du brennst vor Neugier, was?«, frage ich und erinnere mich unwillkürlich an Christian vom gestrigen Blind Date, der nett gewirkt hat, ehe unser Date ein ungewöhnliches Ende fand.

»Klar, erzähl schon. War er gut aussehend?«

»Ja er sah wirklich gut aus. Wie der James Dean der Neuzeit mit Lederjacke und dem Bad-Boy-Charme. Dass er *bad* war, fanden auch die Cops, die ihn nach wenigen Minuten wegen Fahrerflucht und anderer Dinge verhaftet haben.«

»Was!?«, ruft Chelsea erschrocken aus, doch ich zucke nur mit den Schultern, denn meiner Meinung nach war das noch das Harmloseste der gestrigen Nacht.

»Sie haben ihn vor den Augen aller in Handschellen abgeführt. Danach wurde ich angestarrt wie eine Zoo-Attraktion.«

»Scheiße, Rory, das tut mir so leid.« Sierra, die neben mir sitzt, legt den Arm um mich. Ich will nicht heulen, nicht wegen der Sache mit Christian, doch die Tränen bahnen sich ihren Weg, wenn auch aus einem völlig anderen Grund. Vielleicht liegt es an meinem Kater oder an meinem schweren Herzen.

»Nicht weinen«, murmelt Chelsea, die über den Tisch nach meiner Hand greift.

»Es tut mir so leid, dass ich dich zu dem Treffen gedrängt habe.« Diese Situation ist so falsch. Ich sollte meinen Schwestern erzählen, dass ich in Elijah verliebt bin und mit ihm zusammen sein will, aber ich weiß, wie die beiden reagieren würden. Sie würden mich verurteilen und mich für inkompetent halten, und das darf niemals passieren. Meine Schwestern sind meine Konstante in New York. Wir sind alle drei hier aufs College gegangen und haben uns in diese Großstadt verliebt. Haben gemeinsam ein Unternehmen aufgebaut und bilden ein Team. Elijah und meine Gefühle für ihn dürfen keinen Keil zwischen uns treiben.

Auch wenn ich Chelsea kein schlechtes Gewissen machen will, breche ich in Tränen aus, lasse die beiden in dem Glauben, dass es wegen des verpatzten Dates ist, obwohl doch eigentlich mein schweres Herz und die Sehnsucht nach Elijah dafür verantwortlich sind. Meine Schwestern schlingen die Arme um mich, halten mich fest.

»Ich werde mich nie wieder in dein Liebesleben einmischen«, flüstert Chels in mein Ohr, doch ich schüttele den Kopf.

»Ist schon okay. Ich brauchte diese letzte Nacht.«

»Wieso?«, flüstert Sierra, und die beiden lassen von mir ab, damit wir uns unterhalten können.

»Da ich durch diese Situation mit dem missglückten Date endlich geschnallt habe, was mir im Leben fehlt.«

»Und was ist das?«, fragt Chelsea mit belegter Stimme.

»Ich will keine flüchtigen Dates mehr. Mein Leben war gut so, wie es war, bis ich an den Punkt gekommen bin, an dem ich das haben will, wovon alle so schwärmen. Auch wenn ich mich dem immer verweigert habe.«

»Du hast es dir selbst verboten, dich zu verlieben?«, fragt unsere Älteste fassungslos, denn dieses schonungslos ehrliche Gespräch über mein Gefühlsleben hatten wir noch nie.

»Ja, das habe ich bewusst getan. Deine Beziehung und die von so vielen Menschen sind im Laufe der letzten Jahre gescheitert. Ich verdiene mein Geld damit, die Untreue von Menschen zu prüfen, und dass es viele nicht ernst mit der Treue meinen, hat Spuren bei mir hinterlassen. Ich wollte mich verlieben, wollte wissen, wie es sich anfühlt. Doch ich habe viele Menschen leiden gesehen, und das hat mir Angst gemacht, denn ich wollte nicht auf dieselbe Art verletzt werden. Niemals sollte mir ein Mann emotional so nahekommen, dass es dazu kommen könnte. Es mag weit hergeholt sein, aber das waren nun mal meine Ängste.«

»Hast du deswegen alle in den Wind geschossen, sobald sie mehr wollten?«, schlussfolgert Sierra richtig. Ich nicke und verfluche die heftigen Kopfschmerzen. Der Kater erschwert mir das Denken.

»Ach Rory, du solltest dir von schlechten Erfahrungen von deinem Umfeld nicht dein Glück verwehren lassen. Wenn du einen Mann findest, der sowohl deine Macken als auch deine Stärken mag, der wissen möchte, wie es tief in dir drin aussieht, und der dir hilft, wenn du ihn brauchst, dann solltest du nicht zögern.«

Schniefend wende ich mich Chelsea zu, die mich mit diesem ganz bestimmten Blick ansieht. Als wüsste sie, wie und wieso ich mich so fühle. Als wüsste sie, dass es Elijah ist, der mein Herz höherschlagen lässt.

»Aber was ist, wenn es Hindernisse gibt? Wenn wir im Grunde nicht zusammen sein sollten?«, frage ich, vielleicht einen Ticken zu hoffnungsvoll, doch ich errege kein Misstrauen bei den beiden.

»Dann solltest du tief in dich reinhorchen. Dein Herz weiß, was gut für dich ist, alle anderen Hindernisse könnt ihr dann gemeinsam aus dem Weg räumen«, flüstert Chelsea, und ihre Worte bewirken, dass all die Ketten, die mich zurückgehalten haben, sich von mir lösen und ich plötzlich freier atmen kann. Ich warte, ob sie noch mehr zu diesem Thema sagen wird, doch sie sieht mich einfach voller Wärme an, ebenso wie Sierra. Ich habe vor meinen Schwestern einen Seelenstriptease hingelegt, der schon eine Weile überfällig war, nachdem ich mich vor dem Mann, in den ich verliebt bin, bis auf die Knochen blamiert und ihn angefleht habe, mich nicht allein zu lassen.

Diese Woche kann so was von weg, aber ich lasse mich nicht entmutigen. Ich bin hier die Motivationskanone – wenn ich mich selbst nicht dazu bringen kann, alles hinter mir zu lassen und mich in die Arbeit zu stürzen, dann weiß ich nicht, wer es sonst könnte.

Es ist zwanzig nach zehn, als Elijah verschlafen ins Büro kommt. Da Wyatt, Dean und Min-Ah im Raum sind, spricht er mich zum Glück nicht auf gestern Nacht an, aber er setzt sich dicht neben mich, nachdem er den anderen einen guten Morgen gewünscht hat. Der Geruch seines Aftershaves umschmeichelt meine Nase, und ich kralle meine Finger unter dem Tisch in meinen Rock, um mich an etwas festzuhalten.

»Hey«, begrüßt er mich freundlich, doch ich bemerke auch Unsicherheit in seine Stimme. Ich rücke ein Stück weg von ihm und lächle ihn verlegen an. Auch wenn mir meine Schwester quasi durch die Blume erlaubt hat, mit Elijah zusammen zu sein, sitzt die Scham tief in mir. Ich habe um seine Nähe gebettelt, und das ist für mein Selbstbewusstsein wie ein Schlag in die Magengrube.

»Guten Morgen. Schön dich zu sehen, ich habe dir die Liste von diesem Jahr geschickt.«

»Danke, aber eigentlich …« Da ich vermute, dass er über gestern Nacht sprechen will, stehe ich auf und schnappe mir einen Aktenordner.

»Ich bin heute im Außeneinsatz und treffe eine Zielperson.«

»Was? Wieso gerade du?«

»Ich habe den Fall von Anfang an betreut und übernehme

deshalb auch das Fake-Date. Barry vom Security-Team wird mich begleiten.«

»Aber können wir nicht vorher reden?«, fragt er und sieht mich beinahe flehend an, aber ich kann einfach nicht. Nicht jetzt.

»Nein, können wir nicht. Ich habe es eilig.« Ich ergreife die Flucht, und es ist mir egal, wie das vor den anderen wirkt, aber ich muss gehen, muss weg von ihm und die Erinnerungen abschütteln, wie schön es sich angefühlt hat, in seinen Armen zu liegen, ehe wir ein klärendes Gespräch führen können.

Am liebsten würde ich nach dem Treffen mit der Zielperson sofort nach Hause gehen, doch ich muss zurück ins Büro. Weil ich es aufgrund meines überhasteten Aufbruchs im Büro vergessen habe, muss ich mein Privathandy noch aus der Agency holen. Zu allem Überfluss habe ich auch mein Diensthandy auf der Ladestation vergessen. Meine Vergesslichkeit schiebe ich auf meine dröhnenden Kopfschmerzen – der Kater will einfach nicht verschwinden. Doch ich schinde Zeit. Ich gehe einen Kaffee trinken, eine große Runde im Central Park spazieren. Ich tue alles, um nicht in die Agentur und somit zu Elijah gehen zu müssen. Im Laufe des Nachmittags verbessert sich mein Zustand, bis schließlich auch die Kopfschmerzen verschwinden.

Es ist längst nach achtzehn Uhr, als ich das Gebäude betrete und in den Aufzug steige. Herrliche Stille empfängt mich, und ich bin so erleichtert, dass niemand mehr da ist. In meinem Büro finde ich mein Smartphone genau dort, wo ich es abgelegt habe. Ich stelle meine Tasche auf dem Tisch ab, ziehe meinen Mantel aus, um ihn über die Stuhllehne zu legen, als ich Schritte höre. Ich drehe mich um und erblicke Elijah, der im Türrahmen steht und mich aus dunklen Augen ansieht.

»Da bist du ja«, sagt er kühl und kommt auf mich zu. Meine Nervosität nimmt augenblicklich zu, denn all die Gefühle, die ich in den letzten Wochen unterdrückt habe, drohen mich bei seinem Anblick zu überfluten.

»Ich hatte zu tun.«

»Damit, mir aus dem Weg zu gehen?«

»Mach dich nicht lächerlich«, sage ich und wünschte, ich könnte einen Schritt zurückmachen, doch mein Schreibtisch macht es mir unmöglich.

»Nein, diesmal kommst du mir nicht so leicht davon. Wie lange willst du mich noch von dir stoßen, wenn wir doch beide wissen, dass wir schnell wieder an diesem Punkt landen werden?«

»Und welcher wäre das?«

»Du und ich. Einander zugewandt, voller Sehnsucht und Verlangen nacheinander.«

»Hör auf, das hier ist nicht der richtige Zeitpunkt, um darüber zu sprechen.«

»Ich werde nicht aufhören. Ich will die Rory von gestern wieder. Die hat sich anders angehört«, sagt er und hebt den Mundwinkel an, sodass ich ihn am liebsten treten würde – oder küssen.

»Ich war voll wie ein Seemann und hätte den Weihnachtsmann angebaggert, wenn er da gewesen wäre.«

»Rede dir das nur weiter ein.«

»Du bist ein Arsch!«, sage ich, auch wenn ich mich eigentlich auf ihn zubewegen wollte, doch er provoziert mich, sodass ich ihm Kontra gebe, ohne groß nachzudenken.

»Und du eine Ignorantin. Himmelherrgott noch mal.« Er sieht aus, als würde er mich schütteln wollen, damit ich zur Vernunft komme, doch stattdessen fährt er sich durchs Haar.

»Gott, bist du dickköpfig!«, stöhne ich genervt auf.

»Dickköpfig? Ich?«

»Ja, du.«

Ich pikse ihn in die Brust, in der Hoffnung, dass er einen Schritt zurück macht, doch er bleibt an Ort und Stelle.

»Nein.« Ich hebe die Arme, um ihn von mir zu schieben, doch er greift flink und sanft nach meinen Handgelenken. Die Energie zwischen uns knistert und droht wie ein Feuerwerk zu explodieren. Jetzt, wo ich ihn berühre, ist es vorbei mit meiner Zurückhaltung. Chelsea hat vorhin gemeint, ich soll meinem Herzen folgen, also werde ich das verdammt noch mal tun.

»Ich hasse dich«, sage ich scherzhaft, und das erkennt dieser umwerfende Typ sofort, denn sein Mundwinkel hebt sich ebenfalls. Mein Körper vibriert aufgrund seiner Nähe, also löse ich meine Arme nicht aus seinem Griff, sondern schmiege mich beinahe an ihn.

»Dann wirst du mich gleich noch mehr hassen«, raunt er heiser, legt seine Arme an meine Hüften, versichert sich mit einem fragenden Blick meiner Zustimmung, und zieht mich dann an sich, ehe er seine Lippen heiß auf meine presst.

24. KAPITEL

Elijah

Wir hätten das viel eher tun sollen, denn als ich meine Lippen auf Rorys sanften Mund lege, habe ich das Gefühl, endlich dort zu sein, wo ich hingehöre. Sobald ich ihre Handgelenke frei gebe, lege ich meine Hände auf ihre weichen Wangen, während sie an meine Taille greift und ihre Finger in mein Hemd krallt. Rory drückt sich gegen mich, als könne sie keinen Zentimeter Abstand zwischen uns ertragen.

Ich lächle an ihren Lippen und widme mich voll und ganz dem wunderschönen Geschöpf in meinen Armen. Streiche mit der Zunge über ihre Lippen, die sie sofort öffnet, sodass ich mit meiner Zunge ihre erkunden kann. Unser Kuss ist nicht sanft. Unsere Münder drängen sich aneinander und wollen all das nachholen, was wir uns so lange verboten haben. Sie schmeckt nach Marzipan, so wie eine Marzipanrose auf einer Torte, und ich wäre verdammt, wenn ich nicht von ihr kosten würde.

Schwer keuchend löse ich mich von ihren Lippen, küsse ihre Wangen, ehe ich mich ihrem Hals widme. Ich fühle den rasenden Puls ihrer Halsschlagader an meinen Lippen und beiße sanft in ihre Haut, was Rory ein ausgiebiges Stöhnen entlockt. Dieser Laut geht mir direkt in den Unterleib, sodass ich mich nicht mehr zurückhalten kann. Ich packe sie am Po, hebe sie an, um sie auf den Tisch setzen zu können. Irgendetwas fliegt zu Boden, doch was es ist, interessiert mich nicht.

Ich sehe nur sie. Rory, diese Göttin, die ihre Arme um meinen Hals schlingt, während wir uns leidenschaftlich küssen. Sie zieht mich näher an sich, sodass sich mein Schritt genau an ihre Mitte presst. Diese Reibung lässt mich einen leisen Fluch ausstoßen, doch das ist Rory nicht genug. Sie kreuzt die Beine hinter mir und drängt mich dichter an sich. Ich vergrabe eine Hand in ihrem Haar, mit der anderen knöpfe ich ihre Bluse auf, so weit, dass ich ihren BH ertasten kann.

»Nicht hier«, flüstert sie an meinen Lippen.

»Wir müssen nicht«, murmle ich, doch sie bedeckt meinen Mund mit zwei Fingern.

»Ich rede nicht davon, dass wir nicht miteinander schlafen sollten. So lange sehne ich mich nach dir, und ich will dich, Elijah. Ich bin selbstbewusst genug, das zu sagen. Ich will nur einen Location-Wechsel. Komm mit.« Sie zieht mich mit in das Büro, das ich zurzeit nutze, und schließt die Tür ab. Wir gehen zur Couch, und sie gibt mir einen Schubs, sodass ich rücklings darauf falle. Sofort legt sie sich auf mich. Wir küssen uns erneut und genießen es, uns ganz einander widmen zu können.

Sobald wir das Gefühl haben, den anderen genug erkundet zu haben, werden unsere Bewegungen fahriger und unsere Küsse sanfter.

Jetzt darf ich ihre weichen Lippen kosten, ihren schlanken Körper an mich drücken, während ich eine Hand in ihrem Haar vergraben habe. *Atmen?* Wer braucht schon Luft, wenn er diese wunderbare Frau küssen kann. Das Gefühl, wirklich lebendig zu sein, erfahre ich erst jetzt durch Rory. Nichts hat sich je richtiger angefühlt, als sie jetzt und hier in den Armen zu halten.

Rorys Lippen wandern tiefer. Sie knabbert an meinem Hals, während sie nebenbei mein Hemd öffnet. Sie macht das mit flinken geschickten Fingern, sodass ich es mir kurz darauf vom Körper streifen kann. Ihre Lippen wandern zu meiner Schulter und bedecken sie mit heißen Küssen, sodass ich eine Gänsehaut am ganzen Körper bekomme. Ich lege den Kopf in den Nacken und atme tief ein und aus, bin erregt wie noch nie in meinem Leben.

Da ich schon aufrecht sitze, öffne ich ihre Bluse, dann folgt ihr BH, den ich von ihrem anbetungswürdigen Körper streife. Nun, da wir uns mit nacktem Oberkörper gegenübersitzen, kann ich nicht aufhören, ihre perfekten Brüste anzusehen, die genau in meine Hand passen. Auch sie mustert mich aus dunklen Augen. Wir könnten jetzt übereinander herfallen, weil wir uns so lange nach dem anderen gesehnt haben.

»Das ist besser als jede Fantasie«, gebe ich zu, und streichle sanft mit dem Finger über ihr Brustbein, hinunter zu ihrer Brustwarze, die sich aufgrund meiner Berührung aufrichtet.

»Ich weiß, was du meinst. Auch für mich fühlt es sich an wie das erste Mal.«

»Nur dass du Bescheid weißt, ich lasse mich alle paar Monate testen«, meint Rory, was ich ihr hoch anrechne, denn auch ich lege viel Wert darauf, mich auf sexuell übertragbare Krankheiten zu testen.

»Ich wurde auch kürzlich negativ getestet, danach ist nichts mehr passiert.«

»Dann kann der Spaß ja losgehen«, sagt sie mit einem frechen Grinsen und küsst meine Nasenspitze, aber ich will klarstellen, dass dies mehr ist als ein schneller Quickie.

»Das hier ist so viel mehr als Sex. Wir sind mehr als ein Klischee. Wir verdienen einander«, sage ich, damit kein Zweifel an meinen Absichten aufkommt.

»Mehr als alles zuvor«, flüstert sie und schluckt. Dabei sieht sie so wunderschön und sexy aus, sodass ich mich nicht länger zurückhalten kann. Ich packe sie an den Hüften, drehe mich mit ihr, sodass sie nun mit dem Rücken auf der Stoffcouch liegt und mir einen feurigen Blick zuwirft. Ich ziehe ihr Rock und Höschen vom Körper und entledige mich meiner Klamotten, sodass nichts als Haut zwischen uns ist. Ich beuge mich über sie, nehme eine Brustwarze in den Mund und genieße ihr Keuchen. Rory bäumt sich auf, und ihr Stöhnen ist wie Musik in meinen Ohren.

Ich wechsle zur anderen Brust und widme mich ihr ebenso innig, doch ich lechze nach mehr. Ich will mehr von ihr. Mein Mund wandert tiefer, bis zwischen ihre Beine. Ich lege meine Hände um ihre Oberschenkel, suche ihren Blick, registriere den ungeduldigen und zustimmenden Ausdruck in ihren Augen und senke meinen Mund, um ihre Mitte mit einem Kuss zu bedecken. Sie bäumt sich auf, und ihren Lippen entweicht ein lang gezogenes Stöhnen.

Diese Laute, die sie von sich gibt, will ich wieder hören, also wiederhole ich es immer und immer wieder. Ich verwöhne sie mit dem Mund, koste von ihr und kann gar nicht genug von ihr bekommen.

Rory wirft den Kopf hin und her, ist kurz davor über die Klippe zu stürzen, also lasse ich meine Zunge tiefer wandern, verwöhne sie so wie noch nie eine Frau zuvor. Als sie kommt, ist sie laut, euphorisch und so echt, wie ich es von ihr gewohnt bin. Nach dem Orgasmus ist ihr schwerer Atem der einzige Laut, der zu hören ist.

»Geht's wieder?«, frage ich und streichle mit einer Hand über ihre Wange, die gerötet ist.

»Mehr«, ist alles, was sie sagen kann, und ich soll verdammt sein, wenn ich ihr dieses Mehr nicht geben würde. Ich greife nach meiner Hose und hole ein Kondom hervor, das ich mir überstreife. Rory beobachtet mich aus dunklen Augen, also hebe ich ihr Knie an, positioniere mich über ihr und stütze die andere Hand neben ihrem Kopf ab. Ich sehe ihr in die Augen, als ich mit einem schnellen Stoß in sie eindringe und sie entzückt das Gesicht verzieht. Beim Sex liebe ich die Reaktionen des Körpers meiner Partnerin oder den Blick in ihren Augen, wenn ich in sie eindringe. In diesem Moment sind alle Gefühle so offen wie ein Buch. Und Rory ist das schönste Buch, das ich je gesehen habe.

Ihre Finger krallen sich in meinen Bizeps, und sie schlingt ihre Beine um meinen Po und drückt mich noch fester an sich. Ich dachte mir schon, dass sie auch härteren Sex mag, und genau den will sie gerade von mir. Ich gleite aus ihr hinaus und stoße erneut zu, was sie aufstöhnen lässt. Ich beschleunige mein Tempo und genieße den Anblick ihrer Brüste, die sich rhythmisch bewegen.

Unser Keuchen vermischt sich, und ein Schweißfilm bildet sich auf unserer Haut, während wir uns schnell und hart lieben. Als der Orgasmus erneut über Rory hinwegschwappt, komme auch ich mit einem Grollen und stoße noch einmal in sie, ehe ich kraftlos auf ihre weichen Brüste sinke. Ich für meinen Teil fühle mich einfach nur pudelwohl und glücklich, und hoffe, dass es Rory ebenso geht. Ich habe endlich die Frau meiner Träume bei mir und werde diesen Tag wohl nie wieder vergessen können.

Ich gleite aus ihr, verknote das Kondom und wickle es in ein Taschentuch, das ich aus der Box an Rorys Schreibtisch nehme, ehe ich es in den Mülleimer werfe. »Unter dem Deckel, bei diesem Hocker, befindet sich eine Decke«, meint Rory und lässt mich nicht aus den Augen. Mein Anblick muss ihr gefallen, so zufrieden, wie sie gerade aussieht. Ich hole die weiche Decke, lege mich neben Rory und ziehe den dünnen Stoff über unsere Körper. Wir liegen einander zugewandt, und ich kann einfach nicht anders, als sie erneut zu küssen. Diesmal sanfter.

Doch Rory bricht den Kuss ab und sieht mich mit geröteten Wangen und geschwollenen Lippen an. Ein Bild, das ich so schnell nicht wieder vergessen werde.

»Ist das gerade wirklich passiert?«, fragt sie mich schüchtern, und ich blicke sie einfach an. Ihr Haar ist durch meine Finger ganz zerzaust. Sie sieht wie eine personifizierte Sünde aus, und ich möchte sündigen. Immer und immer wieder.

»Kneif mich ruhig, denn es ist wahr. Du und ich.«

»Sollte ich mich nicht selbst kneifen, um mich zu überzeugen?«, fragt sie und entlockt mir ein Lachen.

»Das ist dir überlassen, aber ich würde dich sehr gerne in den Po kneifen, wenn du erlaubst.« Ein süffisantes Grinsen kann ich mir nicht verkneifen, denn alles an ihr erregt mich.

»Ich hätte nichts dagegen«, meint sie mit einem frechen Grinsen, was mich amüsiert den Kopf schütteln lässt.

»Du bist einfach außergewöhnlich.«

»Ist das ein anderes Wort für Freak?«, fragt sie belustigt, doch ich scherze nicht.

»Nein, das heißt, dass du unglaublich bist.«

»Dabei kennst du noch nicht all meine Ticks und Facetten.«

»Das vielleicht nicht, aber ich habe das Gefühl, dass wir uns in den letzten Wochen sehr gut kennengelernt haben.«

»Hmm, das haben wir tatsächlich. Es ist schon erstaunlich, wie viel wir in so kurzer Zeit von dem anderen erfahren durften.« Da hat sie recht, wir haben uns auf kollegialer Ebene kennengelernt, und ich persönlich mochte jede ihrer Facetten, doch es ist nicht genug. Ich will einfach alles von ihr wissen. Was sie braucht, um glücklich zu sein, was sie zum Weinen bringt und was ihr Lieblingsgericht ist.

»Dann wird es Zeit, das nachzuholen.«

»Jetzt?«, fragt sich mich und sieht sich um.

»Wieso denn nicht? Wir sind unter uns und können in Ruhe in einem der Büroräume reden.«

»Sei mir bitte nicht böse, aber wenn ich dich kennenlerne, will ich das in einem schönen und romantischen Ambiente tun und nicht nackt sein.«

»Das schreit ja geradezu nach einem Date«, sage ich und streiche ihr liebevoll übers Haar. Ich halte es wohl keine Sekunde aus, sie nicht zu berühren.

»Soll das eine Einladung sein?«

»Es ist ein Versprechen«, sage ich und küsse ihre Nase, wodurch sie sie kräuselt und dabei einfach unwiderstehlich süß aussieht.

Eine Stunde später sind wir wieder angezogen, während Rory aus dem Fenster sieht, schlinge ich meine Arme von hinten um sie und sehe in die gleiche Richtung wie sie.

»Du hast sicher Hunger, wenn du den ganzen Tag unterwegs warst, oder?«, frage ich und streiche mit meiner Wange über ihre.

»Einen Bärenhunger, irgendwie habe ich das Gefühl mich gerade verausgabt zu haben«, sagt sie amüsiert und dreht den Kopf in meine Richtung. »Dann brauchst du unbedingt Nahrung, denn ich habe vor, diesen unglaublichen Sex zu wiederholen.«

»Da wollen wir wohl dasselbe«, antwortet sie und löst sich von mir. Wir ziehen unsere Mäntel an und gehen Hand in Hand zum Aufzug. Sie lächelt mich an, und ich drücke sanft ihre Hand. Während wir nach unten fahren, sehe ich auf unser Spiegelbild im Aufzug und muss lächeln. Sie folgt meinem Blick und grinst ebenfalls.

»Sind wir nun ein Paar?«, frage ich, weil ich eine verbale Bestätigung brauche. Das zwischen uns war ein ewiges Hin und Her, sodass ich mir jetzt eine klare Aussage wünsche.

»Ja, das sind wir. Ich könnte mir keinen besseren Partner vorstellen«, antwortet sie, bevor ich mir überglücklich einen Kuss von ihr stehle.

Wir gehen in ein Restaurant nicht weit vom Bürogebäude, wo der Duft von gebratenem Fleisch mir in die Nase dringt und meinen Magen zum Brüllen bringt. Das Knurren habe ich schon längst hinter mir gelassen, weil ich heute vor lauter Arbeit und Sorgen um Rory einfach nicht viel essen konnte.

Doch das holen wir nach und bestellen uns ein Drei-Gänge-Menü, das so lecker klingt, dass mir das Wasser im Mund zusammenläuft.

»Was war heute in der Agentur los?«, fragt mich Rory, die es sich in ihrem Stuhl gemütlich gemacht hat. Es ist, als wäre eine unsichtbare Barriere zwischen uns zerschellt.

»Min-Ah hat die Models gecastet, wie du es aufgetragen hast. Sie hat eine engere Auswahl für den Werbespot getroffen. Um die Videomitschnitte hat sie sich auch gekümmert.«

»Meine Minnie ist schon ein Ass. Die meisten Dinge muss ich ihr gar nicht sagen, sie weiß, was ansteht, und erledigt alles von selbst. Der Traum einer jeden Vorgesetzten: selbstständiges Denken und Handeln.«

»Da könnte sie sich mit meiner Blair zusammentun. Sie ist fünfundzwanzig, und manch einer würde sagen, dass sie zu jung ist, um den wichtigen Posten der Assistentin und rechten Hand in einem millionenschweren Unternehmen zu übernehmen, aber sie hat es allen, die an ihr gezweifelt haben, gezeigt. Ich bin jetzt seit Wochen weg, und Tyler und sie haben alles im Griff und brauchen mich überhaupt nicht. Zumindest fühlt es sich so an.«

»Vertrauen ist wichtig. In allen Lebenslagen.«

»Es ist manchmal schwer, Vertrauen aufzubauen«, sage ich. Ich selbst wurde zwar noch nie verraten, kann mir aber vorstellen, welche Narben das hinterlassen kann.

»Wem sagst du das? Ich arbeite in einer Treuetest-Agentur. Menschen, die betrogen werden und die betrügen, gehören zu meinem Alltag. Anfangs konnte ich mich kaum auf einen Mann einlassen, weil ich Betrüger in allen gesehen habe.«

»Es macht das Leben schwerer, wenn man jeder Person misstraut.«

»Eigentlich kann ich die Grenze zwischen Beruflichem und Privatem gut wahren. Nun, zumindest bis du in mein Leben getreten bist.« Wir grinsen uns an, und mir wird bewusst, wie viel in dieser kurzen Zeit passiert ist. Ich habe das Gefühl, über mich selbst hinausgewachsen zu sein. Und dank Rory habe ich viel über mich gelernt.

»Erinnere mich daran, meinem Dad ein riesiges Geschenk zum Geburtstag zu kaufen, weil er mir vorgeschlagen hat, mir dein Unternehmen mal anzusehen.«

»Dein Vater war der Grund?«

»Ja. Er hat erfahren, dass ihr Investor*innen sucht, und obwohl das nicht gerade mein Ding ist, weil ich sonst immer in Start-ups investiere, meinte er, ich sollte mir unbedingt anhören, was ihr zu sagen habt.«

»Guter Dad.«

»Na ja, das war er nicht immer, aber wir haben wieder zueinandergefunden.«

»Ach ja? Wie meinst du das?«

»Na ja, meine Mutter hat sich scheiden lassen, als ich zehn Jahre und damit alt genug war, um zu wissen, was Betrug ist. Mein Dad hat es mit der Treue nicht so genau genommen, und das hätte meine Mutter fast gebrochen. Jetzt, zwanzig Jahre später, will er, dass ich in eine Treuetest-Agentur investiere. Ist das nicht ein krasser Widerspruch?«

»Nicht wirklich. Es sind zwanzig Jahre vergangen, und vielleicht hat er sich geändert, hat eingesehen, dass er einen Fehler gemacht hat, ihn aber nicht wieder rückgängig machen kann.«

»Er zeigt Reue, dass weiß ich. Er hat sich auch in Briefform bei meiner Mutter entschuldigt, während er mit mir das persönliche Gespräch gesucht hat. Ich wollte eigentlich nichts mehr mit ihm zu tun haben, bin aber schlussendlich froh, ihm eine Chance gegeben zu haben.«

»Schön, dass du ihm verzeihen konntest. Zeit ist ein kostbares Gut, und er ist immerhin dein Vater.«

»Ich war anfangs so sauer, und meine Mutter wäre beinahe in eine schwere Depression gerutscht, doch dann hat sie mit dem Schreiben angefangen, und das hat ihr Leben völlig verändert.«

»Ich fasse es immer noch nicht, dass deine Mom A. C. Gleeson ist.« Sie sinkt in ihren Stuhl zurück und blickt mich aus großen Augen an.

»Nun, dann gehe ich mal davon aus, dass du sie so bald wie möglich treffen möchtest?«

»Ja! Nein. Warte.«

»Wieso?«, frage ich und kaschiere mein Lächeln über ihre aufbrausende Art, indem ich mit der Hand über mein Kinn streiche.

»Es ist zu früh, um deine Mutter kennenzulernen.«

»Wer sagt das?«

»Der Beziehungskodex. Oder irre ich mich?«, fragt sie und wirkt plötzlich ziemlich unsicher.

»Kodex? Zu welchem Zeitpunkt hast du denn sonst die Eltern deines Freundes kennengelernt?«

»Ähm, noch nie«, meint sie kleinlaut und hat somit nun meine volle Aufmerksamkeit.

»Nie? Wieso?«

»Weil ich noch nie wirklich eine Beziehung hatte.«

»Wirklich noch nie? Das fällt mir so schwer zu glauben.«

»Ich hatte als Teenie Freunde.« Sie unterstreicht ihre Aussage mit Gänsefüßchen, die sie in die Luft malt.

»Aber das war nichts Festes«, schlussfolgere ich, und sie nickt als Antwort.

»Es gab eine Zeit, da dachte ich, dass ich kaputt wäre, weil ich mich einfach nicht in einen Mann verlieben konnte, so sehr ich es auch wollte. Aber es hat so sein müssen, denke ich. Ich habe wohl auf dich gewartet.« Diese einfachen Worte machen den heutigen Tag, der eigentlich schlimm angefangen hatte, zum besten seit Langem.

25. KAPITEL

Rory

»Das hat sich angefühlt wie ein erstes Date«, sage ich und krame in meiner Tasche herum, um meinen Schlüssel zu finden und die Tür aufzusperren. Diesmal sieht sich Elijah ganz genau in meiner Wohnung um. Doch er wird nicht viel entdecken, da meine Wohnung eher klein ist. Doch für mich als Single-Frau, die nicht so oft zu Hause ist, reicht es. Wenn ich nicht gerade im Büro bin oder ausgehe, halte ich mich ohnehin meist bei Piper oder meinen Schwestern auf. Zuhause bin ich nur zum Schlafen oder um ein ausgedehntes Bad zu nehmen, doch jetzt, da ich Elijah kenne, würde ich mich freuen, die Abende gemeinsam mit ihm zu verbringen.

Er tritt an die bodentiefen Fenster, die einen Blick auf die Terrasse und das benachbarte Gebäude geben.

»Warte, ist das eine Galerie im Gebäude gegenüber?«, fragt er neugierig und tritt hinaus auf die Terrasse.

»Ja, es ist eine Kunstgalerie, wo alle paar Monate neue Kunstwerke ausgestellt werden.«

Er verschränkt die Arme, bettet sie auf das Geländer und sieht geradezu sehnsüchtig auf die Bilder, die schwach beleuchtet werden.

»Magst du Kunst?«, frage ich und ahme seine Haltung nach.

»Ja. Es gab eine Zeit, in der ich selbst sehr gerne gemalt

habe, das wurde aber seltener, nachdem ich bei Dads Unternehmen angefangen habe. Wenn ich Ruhe und auch Inspiration für die Arbeit brauche, besuche ich Galerien in New York und Umgebung, wo ich meine kreativen Batterien auflade.«

»Was gefällt dir an der Kunst? Ich frage deshalb, weil ich mich noch nie mit Gemälden oder Gegenständen in diesem Bereich befasst habe.« Elijah hebt einen Mundwinkel, löst sich von dem Geländer, um seine Arme von hinten um mich zu schlingen. Sein Ohr ist meinem ganz nah, sodass ich erschaudere und glücklich aufseufze.

»Ich mag es, dass man mit einfachen Pinselstrichen so viel ausdrücken kann. Jeder Mensch fasst ein Gemälde anders auf, das liebe ich. Ich versinke in den Tiefen dieser Objekte.«

»Das klingt so schön. Kannst du mir das zeigen? Also was du in einem Bild siehst, wenn wir mal eine Galerie besuchen?«

»Es wäre mir eine Freude«, flüstert er, woraufhin ich mich in seinen Armen umdrehe, um ihn ansehen zu können. »Das mit gestern Nacht tut mir leid. Ich fühle mich so schlecht, dass ich dich angebettelt habe zu bleiben, auch wenn du es nicht wolltest.«

»Muss es nicht.«

»Doch. Ich habe mich echt mies aufgeführt, und du hattest wegen mir Umstände.«

»Du verstehst es noch nicht, oder?«, fragt er mich ernst, und ich runzle die Stirn, denn ich verstehe tatsächlich nicht, was er meint.

»Entschuldige, ich …« Doch sein intensiver Blick lässt mich verstummen. Wie automatisch finden unsere Lippen zueinander. Er packt meinen Nacken, während ich meine Finger in seinen Rücken kralle. Er erobert meinen Mund mit seiner Zunge, seinen Lippen, und jede Faser meines Körpers schreit nach mehr, viel mehr. Unser Kuss ist eine Mischung aus Leidenschaft und Zärtlichkeit, und ich frage mich, wieso ich mich so lange gegen das hier gewehrt habe. Elijah kann sehr viele Dinge gut, aber das Küssen hat er perfektioniert.

Als ich schon befürchte, in seinen Armen in Flammen aufzugehen, drückt er mich gegen die Terrassentür und entlockt mir ein überraschtes Aufkeuchen.

Bilder der letzten Stunden fluten meinen Kopf. Wie er mich aus dunklen Augen angesehen hat, als er tief und hart in mich eingedrungen ist. Die Hitze, die aufgrund dieser Erinnerungen in mir entfacht wird, treibt mich schier in den Wahnsinn. Ich brauche eine Wiederholung.

Als er seine Lippen von meinen löst, wimmere ich, weil ich nicht aufhören will. Doch er blickt mir tief in die Augen. »Du brauchst dich nicht dafür zu entschuldigen. Es war schön, diese Seite von dir zu sehen, also gibt es nichts, was dir leidtun muss.«

»Okay«, hauche ich gegen seine Lippen, dabei will ich so viel mehr sagen. Ich möchte ihm sagen, wie glücklich ich darüber bin, dass er mich wirklich mag, wie ich bin. Während wir uns weiter küssen, ziehe ich ihn in mein Schlafzimmer, wo wir erneut miteinander schlafen, und das zweite Mal fühlt sich noch schöner an als das erste. Weil er es ist. Weil er es immer gewesen ist.

Am nächsten Morgen wache ich in Elijahs Armen auf. Ich habe mich an seine Brust gekuschelt, und sein anderer Arm ruht auf meiner Hüfte. Er atmet gleichmäßig und sieht im Schlaf tiefenentspannt und zufrieden aus. Ich schließe kurz die Augen und atme seinen Duft nach Schweiß und Seife ein – eine Mischung zweier so gegensätzlicher Gerüche, die doch unwiderstehlich ist. Langsam öffne ich meine Lider und mustere sein Gesicht. Die gerade Nase, die schmalen Lippen, die breite

Kinnpartie und seinen Dreitagebart, der so herrlich an meiner empfindlichen Haut gekratzt hat. Dieser Mann ist so schön, dass es beinahe in meiner Brust schmerzt, weil es zu viel ist.

Ist das Liebe?

Ich habe so hart gekämpft, um mich nicht zu verlieben, nicht den Schmerz zu erfahren, den so viele unserer Klient*innen erleiden mussten, doch wenn das Liebe ist, dann finde ich es von Bedeutung, diese Erfahrung zu machen. Liebe zu erfahren, auch wenn sie vielleicht scheitern wird, ist ein Geschenk. Nie hätte ich gedacht, je so viel fühlen zu können. Es ist eine Flut an Emotionen, die mich immer erfasst, wenn ich in Elijahs Nähe bin. Das Gefühl ist so berauschend, dass ich nie wieder anders fühlen möchte.

Mit meinem Finger streiche ich ihm eine Strähne aus dem Gesicht, um ihn länger anzusehen, als er blinzelt und schließlich die Augen öffnet. Er lächelt ein so herzliches Lächeln, dass mein Herz ins Stolpern gerät, nur um danach doppelt so schnell weiterzuschlagen. »Guten Morgen«, murmelt er, und da er noch schlaftrunken ist, ist seine Stimme noch ein paar Nuancen tiefer geworden. Dieser Laut geht mir direkt unter die Haut.

»Morgen. Hast du gut geschlafen?«, frage ich ihn, woraufhin er ausatmet und mich noch fester an sich zieht, sodass ich die Wärme seines Körpers noch intensiver spüre.

»Wie könnte ich nicht, wenn du neben mir schläfst«, lautet seine Antwort, und ich lächle an seiner Brust.

»Wie spät ist es?«, fragt er, lässt mich aber nicht los. Ach, ich könnte mich an das hier so leicht gewöhnen.

»Als ich vorhin auf die Uhr gesehen habe, war es kurz vor sieben.«

»Uff. Dann müssen wir aufstehen und ins Büro gehen. Ich will aber hierbleiben.« Er spricht mir aus der Seele, denn ich könnte mir nichts Schöneres vorstellen, als mit ihm hier liegen zu bleiben.

»Das geht leider nicht. Meine Schwestern mussten gestern Nachmittag schon auf mich verzichten. Ich kann nicht schon wieder blaumachen.« Er küsst meine Nasenspitze und lässt mich endlich los, sodass ich aufstehen kann. Elijah winkelt den Ellbogen an und bettet sein Kinn auf der Handfläche, damit er mich ungeniert beobachten kann, während ich meine Kleidung zusammensuche, damit ich sie in den Wäschekorb geben kann.

»Du siehst heiß aus, wenn du so tust, als würdest du mich ignorieren.« Ich stemme die Hände in die Hüften und sehe ihn lächelnd an. Er hat ja recht, aber ich kann keinen Quickie einschieben, so sehr ich es auch will. Ich muss duschen und mich für die Arbeit fertig machen, und dafür brauche ich Zeit. Ich bin ohnehin schon knapp dran.

»Wir haben jetzt keine Zeit für Zärtlichkeiten. Du musst dich auch anziehen und für die Arbeit fertig machen.« Ich hasse es, so vernünftig zu sein, doch sein resigniertes Stöhnen zeigt mir, dass er weiß, dass ich recht habe. Nachdem ich die Zähne geputzt, mich gewaschen und umgezogen habe, erwartet mich Elijah mit einer Tasse in der Hand, und der Raum duftet herrlich nach Kaffee.

»Wie lieb von dir. Danke.« Ich gebe ihm einen Kuss, ehe ich einen Schluck nehme.

»Du siehst wie immer hübsch aus.« Ich blicke an mir runter auf den eleganten schwarzen Tüllrock, den ich mit einer blassrosa Seidenbluse kombiniert habe. Schlicht, einfach und doch elegant. Dazu habe ich meine schwarzen Louboutins angezogen.

»Danke schön. Wieso hast du keinen Kaffee?«, frage ich, da ich seine Tasse nirgendwo ausmachen kann.

»Ich muss leider nach Hause fahren, und nach Staten Island brauche ich eine Weile. Auch ich muss mich umziehen, da ich hier einen Fleck habe.« Er deutet auf seinen Kragen, auf dem ein dunkelrosa Lippenstiftabdruck zu erkennen ist.

»Oh nein, das tut mir so leid. Lass mich die Reinigung bezahlen.«

»Auf gar keinen Fall. Das wird mein Glückshemd, das ich immer bei großen Deals anziehen werde.«

»Na ja, wenn der Fleck nicht rausgeht, wird es dir den Ruf des CEOs verschaffen, der sich vergnügt, ehe er die Deals abschließt. So wird es zumindest rüberkommen.« Ich kann mir ein Lachen nicht verkneifen, auch wenn ich froh bin, dass der Fleck ihn nicht stört, sondern sogar freut.

»Das nenne ich doch ein schönes Gerücht«, meint er sarkastisch und muss grinsen.

»Wie machen wir das im Büro?«, frage ich ihn, als er sein Sakko anzieht.

»Die Frage sollte eher heißen, wie du es handhaben willst?«, fragt er mich.

»Ich finde, es wäre besser, wenn wir das zwischen uns noch geheim halten. Sobald die Verträge unterzeichnet sind, bist du sowieso nicht mehr aktiv im Büro tätig, und dann wäre der perfekte Zeitpunkt, es allen zu sagen.« Er kommt auf mich zu, legt Zeigefinger und Daumen unter mein Kinn, um es sanft anzuheben.

»Vertragsabschluss hin oder her. Das mit uns ist etwas, was Bestand haben wird.«

Ich bin verzaubert von seinen Worten und will antworten, doch er stiehlt mir einen Kuss, den ich so gerne vertiefen würde. Doch er geht schon in Richtung Tür, sodass ich ihm nur noch zum Abschied winken kann, ehe er geht. Erst später denke ich darüber nach, was er gesagt hat. Irgendwie hat sich das mit dem Vertrag vage angehört, als wäre er noch nicht sicher, ob er ihn abschießen will, aber ich schüttle den Kopf, denn Elijah würde mir nicht in den Rücken fallen, davon bin ich überzeugt.

Nach einem anstrengenden Arbeitstag erreiche ich mein Zuhause und bin traurig, dass Elijah ein wichtiges Treffen mit Tyler und Blair hat und somit nicht mit zu mir in die Wohnung kommen kann. Mein Herz ist in Aufruhr aufgrund der Ereignisse der letzten Tage. Als ich die Tür hinter mir schließe, fühle ich mich rastlos und wehmütig gleichzeitig. *Ist das zu fassen?* Da bin ich vierzig Minuten von ihm getrennt und vermisse ihn schon.

Doch selbst nach einer kühlen Dusche will mein wildes Herz keine Ruhe geben. Jetzt, wo ich weiß, wie es ist, Elijah zu küssen, wie es sich anfühlt, wenn er mich dicht an seinen Körper drückt und mir so das Gefühl gibt, als würde ich fliegen, will ich nie wieder ohne diese Empfindungen sein.

Ich setze mich auf die Couch, mache mir irgendeine Sendung an, aber ich kann mich nicht konzentrieren. Es ist einfach vergebens, also schalte ich den Fernseher wieder aus, ziehe meinen Pyjama an, putze mir die Zähne und lege mich ins Bett. Da ich sowieso nicht schnell einschlafen kann, greife ich nach meinem Smartphone, öffne Instagram und gucke mir die Fotos aus Elijahs Instagram-Feed an.

Auf dem einen Foto trägt er ein enges T-Shirt und eine Sonnenbrille, das dichte Haar wohl vom Wind zerzaust. Hinter ihm sind Palmen zu sehen. Es ist ein Bild aus dem Sommer, doch damals wie heute sieht er einfach unwiderstehlich aus. Auf einem anderen schirmt er seine obere Gesichtshälfte mit der Hand ab, sodass man es nicht sehen kann, doch dafür sein Lächeln. Es ist so authentisch, dass man ihn leicht für ein

Modell halten könnte. Er ist fotogen und verliert auf Bildern nichts von seinem Charme.

Auf anderen Aufnahmen sind seine Freund*innen zu sehen. Ein dunkelblonder Mann mit kantigem, aber hübschem Gesicht und dessen Freundin, die mit ihrer dunkelbraunen Haut und dem krausen Haar so unfassbar hübsch aussieht, dass sie alle anderen in den Schatten stellt. Auf anderen Fotos sehe ich eine dunkelhaarige Schönheit, die wohl seine beste Freundin sein muss, von der er öfter erzählt.

Mit einem verliebten Grinsen betrachte ich sein hübsches Gesicht und kann es kaum erwarten, ihn morgen zu sehen, auch wenn es eine ganz schöne Herausforderung ist, ihn im Büro nicht berühren zu dürfen. Ich bin tief in Gedanken versunken, sodass ich heftig erschrecke, als mein Smartphone zu läuten beginnt, und es versehentlich auf mein Gesicht fallen lasse. Der Schmerz, der mich durchfährt, wird schnell von Vorfreude abgelöst. Ich richte mich ruckartig auf und hebe ab.

»Hey«, begrüßt er mich, und nur dieses eine Wort lässt meine Knie weich werden, sodass ich froh bin, bereits zu liegen. Ich kuschle mich ins Kissen, reibe mein schmerzendes Gesicht und blicke an die Decke.

»Rory?«

»Ich bin hier. Hey auch an dich. Müsstest du nicht arbeiten und mit deinen Mitarbeitenden die nächsten Wochen planen?« In ein paar Tagen ist er nicht mehr aktiver Teil des Teams der Agency und wird wieder in seinem Büro erwartet.

»Ich habe mich rausgeschlichen, weil ich deine Stimme hören musste. Und da ist noch das Problem, dass ich dich vermisse.«

»Jetzt schon? Wir haben vor ein paar Stunden noch miteinander gesprochen.«

»Es sind fast vier Stunden.«

»Okay, dann vier Stunden.«

»Und ich vermisse dich immer, selbst wenn du kurz in einer anderen Abteilung in der Agentur warst, wollte ich, dass du schnell wieder an meiner Seite bist.«

»Wie süß du bist.«

»Es fühlt sich so gut an, diese Gedanken nicht mehr vor dir verbergen zu müssen.«

»Sie zu hören fühlt sich noch besser an.«

»Das zwischen uns ist wirklich passiert, oder? War das nichts, was sich nur in meinem Kopf und meiner Fantasie abgespielt hat?«

»Es ist wahr«, flüstere ich und lege meine Finger an die Lippen.

»Diesmal stößt du mich nicht weg, oder? Diesmal muss ich dich nicht wieder einfangen, oder?« Ich schüttle den Kopf und beiße mir auf die Unterlippe, einfach weil ich es so herzergreifend finde, dass er instinktiv weiß, dass ich ihn eigentlich will, doch meine Vernunft sich mir in den Weg gestellt hat. Er würde mich immer finden und mich dazu bringen, dass ich mich noch mehr in ihn verliebe als ohnehin schon. Ein anderer Mann hätte mich längst gehen lassen, hätte sich nicht die Mühe gemacht, um mich zu kämpfen, wenn ich ihn ständig von mir gewiesen hätte. Aber Elijah ist geblieben und hat sich für mich entschieden.

»Nein. Ich denke, die Zeit des Weglaufens ist vorbei. Das habe ich lange genug getan, obwohl ich doch eigentlich das Gegenteil wollte.«

»Diese Worte wollte ich schon so lange aus deinem Mund hören.«

»Hat sich das Warten gelohnt?«

»Ja. Ich würde immer wieder auf dich warten, Rory. Du bist es wert.«

»Danke«, flüstere ich mit belegter Stimme und blinzle die Nässe in meinen Augen fort, die ich jetzt nicht zulassen möchte. Ich will diesen wunderschönen Moment nicht mit Tränen ertränken.

»Was machst du gerade?«, fragt Elijah nun, und ich höre es rascheln, als würde er sich ins Bett legen.

»Ich liege schon im Bett, kann aber nicht einschlafen.«

»Was wohl der Grund ist?«, will er wissen, und ich sehe sein Grinsen vor mir.

»Der Nachbar hat mir heute zugezwinkert und seitdem steht mein Herz nicht still.«

»Sieht er denn wenigstens gut aus?«

»Und wie, seine Dritten sind strahlend weiß, sein Gehstock ist verchromt, und sein Lächeln lässt mich jedes Mal dahinschmelzen.«

»Ich sehe schon, das ist die große Liebe«, kontert er lachend, ehe er wieder still wird. Ungesagte Worten hängen zwischen uns, und ich bin mir sicher, dass wir sie beide fühlen.

»Das ist es«, flüstere ich und hoffe, dass er weiß, dass ich das nicht scherzhaft meine. *Ist es zu früh, diese Dinge zu sagen?* Das weiß ich nicht, da ich noch nie die magischen drei Worte zu einem Mann gesagt habe, außer in der Highschool, aber das zählt nicht, zumindest nicht für mich. Aber ich fühle es, weiß, dass er der Richtige für mich ist, dass wir mehr füreinander sind. So viel mehr.

»Wie war dein Date mit der Zielperson heute Nachmittag?«, fragt er mich, also rolle ich mich auf die Seite und schalte den Anruf auf Lautsprecher, sodass ich beide Hände frei habe.

»Er hat den Test bestanden. Er ist so ein Typ Mann, der auch viele Freundinnen hat, und er wollte mich einfach nur kennenlernen, ohne jegliche Hintergedanken.«

»Was auch völlig legitim ist, immerhin habe ich auch eine

beste Freundin, Mikaela.« Dass er offen damit umgeht, ist normal, ich habe auch männliche Bekannte, aber einen besten Freund hatte ich noch nie. Ich höre Stimmen im Hintergrund und ein schweres Seufzen von Elijah.

»Ich muss leider schon wieder Schluss machen, ich werde erwartet.«

»Okay, dann noch viel Erfolg.«

»Sehen wir uns morgen Abend? Ich möchte dich gerne zu mir einladen.«

»Sehr gerne. Ich freue mich schon sehr auf Sher und Lock.«

»Und auf mich nicht?«

»Du bist auf Platz drei.«

»Pff, du bist fies. Dieses Thema sollten wir im Bett noch vertiefen.«

»Machen wir«, antworte ich und grinse vor mich hin. Ich kann es kaum erwarten, ihn wieder in meiner Nähe zu haben und ihn küssen zu dürfen, ohne Angst zu haben, dass meine Schwestern uns erwischen könnten.

26. KAPITEL

Elijah

»Das sieht gut aus. Es wirkt zwar dunkler als die anderen Bilder im Feed, aber ich könnte mich auch täuschen«, sage ich zu Min-Ah, die den neuen Social-Media-Post vorplant.

»Hmm, da könntest du recht haben, es weicht wirklich vom ursprünglichen Filter ab. Ich werde das prüfen«, sagt sie und bedankt sich. Ich nicke ihr zu, blicke aber aus dem Augenwinkel zu Rory, die mit Dean an der Umgestaltung der Webseite arbeitet. Sie hebt kurz den Blick, und ich zwinkere ihr zu, als ich mir sicher bin, dass niemand es sieht. Sie lächelt kurz, ehe sie sich auf die Unterlippe beißt, um es abzuschwächen, bevor Dean Verdacht schöpft.

»Ich bin gleich wieder da«, sage ich und gehe hinaus, wo ich den Mitarbeitenden, die meinen Weg kreuzen, kurz zunicke und mich auf das Ende des Ganges zu bewege. Mit schnellen Schritten gehe ich zum Notausgang, der zum Treppenhaus führt, sehe mich um und höre genau hin, ob sich jemand in der Nähe aufhält. Ich stütze mich mit den Händen auf dem Treppengeländer ab und warte. Es dauert keine drei Minuten, bis sich die Tür öffnet und Rory erscheint. Sie stellt keine Fragen, sagt kein Wort, sondern schlingt ihre Arme um meinen Hals und küsst mich leidenschaftlich.

Das tun wir ein paar Mal am Tag. Stehlen uns davon, um

rummachen zu können. Eigentlich führen wir uns wie pubertierende Teenies auf, und die andern müssten mittlerweile Verdacht geschöpft haben, doch wir sind an dem Punkt angekommen, an dem uns das völlig egal ist, denn alles, was zählt, sind wir beide. In den letzten Tagen sind wir nach der Arbeit gemeinsam Essen oder ins Kino gegangen, um im Anschluss bei mir oder ihr die Nacht zu verbringen.

Unsere Küsse sind die von der langen, ausgiebigen Sorte, wir dehnen sie aus, können einfach nicht voneinander lassen. Als wir uns kurz lösen, um nach Luft zu ringen, grinse ich an ihren Lippen und drücke sie fest an mich, um ihr tief in die Augen zu sehen.

»Ich bin so froh, dass morgen Samstag ist.«

»Wegen des Wochenendes?«

»Eher, weil ich dich dann bis Montagmorgen nicht mehr loslassen will.« Meine Worte sind ein Versprechen, und das weiß sie auch.

»Heißt das, du willst mich am Wochenende treffen? Das ist aber ganz schlecht«, flüstert sie und stupst mich mit der Nase an.

»Sag nicht, dass du schon andere Pläne hast«, antworte ich neugierig und auch etwas unsicher. Ich war der festen Überzeugung, dass wir dieses Wochenende gemeinsam verbringen werden, doch als ihre Mundwinkel verdächtig zucken, weiß ich, dass sie scherzt.

»Na ja, ich wollte meine Steuererklärung machen, dann die Wohnung neu streichen und, und, und.« Ich grinse übers ganze Gesicht, sehe den Schalk in ihren Augen aufblitzen und bin wieder einmal dankbar für die Tatsache, dass ich endlich die wahre Rory kennenlernen darf. Nicht die unsichere Frau, die sich zurückgehalten hat, weil sie ihre Gefühle nicht zulassen durfte, sondern die wunderbare Person, die sie wirklich ist.

»Puh, na, wenn das so ist, werde ich mich wohl allein beschäftigen müssen.«

»Sieht leider ganz so aus«, murmelt sie und nickt gespielt bekümmert.

»Na dann«, sage ich und zucke mit den Schultern, will mich gerade umdrehen, um zu gehen, doch sie packt mich am Kragen und presst ihre herrlich weichen Lippen erneut auf meine, also fackle ich nicht lange und lege meine Hände um ihren knackigen Po und ziehe sie fest an mich.

»Ich liebe es, wenn du das machst«, haucht sie gegen meine Lippen.

»Dich zu küssen?«, frage ich keuchend und würde am liebsten meine Hand unter ihren Bleistiftrock schieben, doch wir sind im Büro.

»Das auch, aber wenn du mich fest an dich drückst. Dann fühle ich mich so geborgen wie noch nie zuvor.«

»Ich denke, das ist das schönste Kompliment, das mir eine Frau jemals gemacht hat.«

»Meine Worte?«

»Ja. Wenn jemand nur mein Aussehen komplimentiert, dann hat das meiner Meinung nach nicht viel Gewicht. Was ist, wenn mein Aussehen sich verändert? Bin ich die schönen Worte dann nicht mehr wert? Deshalb bedeuten mir Komplimente, die eher auf Gefühle und meinen Charakter ausgelegt sind, viel mehr.«

»Dieses Thema müssen wir auf jeden Fall vertiefen. Heute Abend, bei mir? Ich bestelle uns etwas – vielleicht mexikanisch? Und nach dem Essen können wir abhängen und müssen uns nicht mehr verstecken wie jetzt.«

»Das klingt himmlisch. Wann soll ich da sein, und was soll ich mitbringen?«

»Eine Flasche Rotwein wäre schön.«

»Gerne«, sage ich und kann meinen glücklichen Gesichtsausdruck nicht unterdrücken.

»Was soll der Blick?«, fragt sie neugierig.

»Du bist eine umwerfende Frau, Rory.«

»Weil ich Rotwein möchte?«

»Nein, weil ein gemütlicher Abend dir lieber ist als ein Date in einem Fünfsternerestaurant.«

»Ich habe kein Interesse an deinem Kontostand. Ich will nur dich mit Haut und Haaren.«

»Das bekommst du auch. Viel Haut auf jeden Fall«, raune ich und hauche einen Kuss auf ihren Hals, was ihr ein leises Stöhnen entlockt. Sie legt eine Hand auf meine Brust und kommt näher. So nah, dass sie mir ins Ohr flüstern kann.

»Das, was du gerade im Kopf hast, musst du dir merken und es wahrmachen«, sagt sie und leckt sich süffisant über die Lippen, ehe sie mir den Rücken zuwendet und wieder im Bürogebäude verschwindet. Mit einer Gänsehaut am ganzen Körper senke ich den Blick auf die Beule in meiner Hose und zwinge mich, meine Gedanken in eine andere Richtung zu lenken, sodass ich schließlich zurückgehen kann, ohne dass alle sofort sehen können, was Aurora Madigan mit mir anstellt.

Pünktlich um zwanzig Uhr drücke ich auf die Gegensprechanlage in Rorys Wohnhaus, warte einen kurzen Augenblick und sehe schon bald ihr hübsches Gesicht auf dem Videomonitor. »Da bist du ja und perfekt in der Zeit, das Essen ist schon da«, sagt sie, doch als ich sehe, was sie anhat, bekomme ich eine andere Art von Hunger. Ihre Haare sind feucht und hinterlassen nasse Spuren auf ihrem dünnen Pullover, der an einer Seite heruntergerutscht ist und die Haut an ihrer linken Schulter entblößt, dazu trägt sie Schlafshorts, die mehr von ihren Beinen zeigen, als sie verdecken.

In Windeseile eile ich zu ihrer Tür, wo sie mich mit einem strahlenden Lächeln begrüßt.

»Ich bin am Verhungern«, sage ich, auch wenn ich mit Sicherheit nicht das Essen meine. Sie packt meine Hand und zieht mich in ihre Wohnung.

Möbel, Vorhänge sowie Dekoration sind simpel gehalten, Weiß und gedeckte Farbtöne überwiegen. Die einzigen Farbtupfer sind die Kissen, ein Teil der Vorhänge und einige Bilderrahmen, die in einem pastelligen Ton gehalten sind. Es passt zu Rory und ihrem zwar aufgeweckten und doch ruhigen Wesen. Außerdem fallen mir ihre Pflanzen auf. Sie hat Dutzende kleine wie auch große Pflanzen in Töpfen in der Wohnung verteilt.

»Ich habe ganz vergessen zu erwähnen, wie schön du es hier hast«, sage ich ehrlich und sehe zu Rory, die in der Küche den Korken von der Flasche entfernt und uns zwei Gläser einschenkt. Auf dem Esstisch hat sie das gelieferte Essen auf Keramikteller verteilt und Kerzen angezündet.

»Danke dir. In den letzten Tagen warst du wohl zu sehr auf mich fixiert, wenn dir das jetzt erst auffällt.«

»Das ist wahr, aber wie könnte ich meine Augen von dir abwenden?«

»Du bist süß.«

»Immer. Das riecht aber herrlich.«

»Hoffentlich schmeckt dir, was ich für dich ausgewählt habe. Es war eine Challenge, weil du sagtest, dass du dich gerne überraschen lässt, und ich absolut keine Ahnung hatte, was du besonders mögen könntest.«

»Was Essen anbelangt, bin ich nicht wählerisch. Das war ich schon als Kind nicht, und meine Mutter wurde oft von ihren Freundinnen beneidet, weil deren Kids alles boykottiert haben, während ich alles anstandslos gegessen habe.«

»Ich war eher diejenige, die als Kind lieber Süßes als Herzhaftes wollte.«

»Das kann ich mir gut vorstellen. Ich brauche viel Essen und Energie, denn ich trainiere jeden zweiten Tag im Fitnessstudio.«

»Auch nach einem harten Arbeitstag trainierst du?«

»Ja, es entspannt mich, und da ich seit Jahren trainiere, habe ich genug Muskeln aufgebaut und muss jetzt keine zweistündige Session machen. Mir reicht manchmal auch eine halbe Stunde.«

»Aber bist du dann nicht müde?«

»Natürlich bin ich das, aber ich liebe das Gefühl nach dem Training. Der Schweiß an meinem Körper und dieses unglaubliche Gefühl, mit dem ich dann unter die Dusche steige.«

»Okay, mein innerer Schweinhund sagt, dass du merkwürdig bist.«

»Warte, bis ich dich mit meiner Leidenschaft anstecke und du auch mit Krafttraining anfängst.«

Sie hebt schockiert eine Hand.

»Erwähne Leidenschaft und Krafttraining nie wieder im selben Satz. Das ist nicht richtig.«

»Ja, ja, ich höre schon auf. Dann zeig mal, was du uns Leckeres bestellt hast. Ich sterbe vor Hunger.«

Nach dem Essen vergießen wir Lachtränen, weil wir mit den peinlichen Szenen aus der Vergangenheit angefangen haben und immer mehr düstere, aber witzige Geheimnisse ans Licht kommen.

»Und die Polizei hat dich im Adamskostüm verhaftet?«, fragt mich Rory lachend, als ich meine Eskapaden vom örtlichen Schwimmbad beichte.

»Fast, aber ich habe mich in den Büschen versteckt und bin durch ein Loch im Zaun abgehauen.«

»Und hat es sich wenigstens gelohnt?«

»Ich durfte ein tolles Mädchen küssen, also ja.«

»Alles für die Ladys, was?« Sie lacht und folgt meinem Blick, als ich ihren Pfeil und Bogen in der Ecke des Wohnzimmers erkenne.

»Seit wann bist du im Bogenschießverein?«

»Seit über fünfzehn Jahren. Eines Tages gingen unsere Eltern mit uns zum Tag der offenen Tür des Vereins in Grand Lake und als ich den Jugendbogen ausprobiert habe, hatte ich direkt drei von vier Treffern.«

»Zeig mir doch mal, wie man einen Bogen richtig hält. Ich bin neugierig«, sage ich.

»Klar«, sie erhebt sich vom Stuhl und holt ihre Ausrüstung. Sie erklärt mir den Bogen, aus welchem Material er gefertigt wird und welche verschiedenen Ausführungen es gibt. Sie erzählt über die preislichen Unterschiede und auf was man achten muss. Am meisten überrascht es mich, dass die Haltung bei diesem Sport so wichtig ist.

Dann legt sie den Pfeil an und spannt den Bogen, zielt einfach auf die Wand und redet über Techniken und Windverhältnisse. Wir unterhalten uns eine Weile über ihre Leidenschaft. Und je mehr sie darüber erzählt, desto sexier wirkt sie auf mich. Nichts ist schöner als eine selbstbewusste Frau, die über das spricht, was sie liebt.

Als sie noch mal den Bogen im Stehen spannt, kommt mir eine Idee. Es ist mein Zeichen, denn ich hatte schon ein Bild vor Augen, als ich sie das erste Mal im Schießverein in Action gesehen hatte. Ein Bild, das ich unbedingt verwirklichen wollte.

»Bleib so«, sage ich und stelle mich hinter sie, woraufhin sie den Rücken strafft und mich fragend ansieht.

»Was?«, fragt sie, doch ich antworte nicht, sondern streichle mit beiden Händen über ihren flachen Bauch.

»Ich möchte dich erkunden.«

»Und dafür muss ich mit gespanntem Bogen dastehen?«

»Ja, weil ich dich nie heißer gefunden habe als in diesem Moment.« Ich küsse ihre Schulter, mache einen Schritt auf sie zu und schiebe dann ihr noch leicht feuchtes Haar zur Seite, um ihren Hals mit sanften Küssen zu bedecken.

»Hmm«, schnurrt sie, hält aber den Pfeil eisern fest. Ihre Hand zittert nicht einmal. Mit der Zunge lecke ich über ihre Pulsader, während ich mit der Hand ihren Po kneife. Dann beginnt sie zu zittern, eher vor Lust als vor Anstrengung. Als meine andere Hand auf ihre Mitte drückt, ist es aus und vorbei. Es ist ein zischender Laut zu vernehmen, und der Pfeil saust davon und direkt auf den Schritt eines Models, das als Poster zur Dekoration an der Wand angebracht wurde.

Rory lässt den Bogen sinken, und wir sehen beide auf den Pfeil.

»Du bist eine verdammt gefährliche Frau«, raune ich heiser und stelle mich direkt vor sie hin, um meine Hände an ihre Hüfte zu legen.

»Das wirst du büßen«, keucht sie, doch ich bin da anderer Meinung.

»Ich kann's kaum erwarten«, sage ich, ehe ich meine Hände in ihrem Haar vergrabe und sie stürmisch küsse.

27. KAPITEL

Rory

Ich habe noch nie einen Pfeil in meiner Wohnung abgeschossen, doch Elijah hat es sich heute zum Ziel gemacht, mich bis an meine ertragbaren Grenzen zu treiben. Als er wollte, dass ich ihm zeige, wie man einen Pfeil in den Bogen spannt und zielt, dachte ich, dass ihn die Technik interessiert und nicht, wie ich reagieren würde, wenn er mich verführt, während ich mich konzentrieren muss.

Der Pfeil bohrt sich in das Schwarz-Weiß-Poster von einem männlichen Model, das in Unterwäsche posiert. Es sieht ästhetisch aus, und dass der Pfeil genau seinen Schritt getroffen hat, lässt Elijah grinsen und mich als eine gefährliche Frau erscheinen, und das gefällt mir sehr gut. Als Elijah mich küsst, klammere ich mich wie eine Ertrinkende an diesen umwerfenden Mann, den ich mir schon viel früher hätte krallen sollen.

Unsere Zungen umkreisen sich, die Münder pressen sich aufeinander, und die Leidenschaft in mir lässt mich innerlich brennen. Unsere Hände sind überall auf dem Körper des jeweils anderen, und meine Knie drohen, unter mir nachzugeben, also packe ich seine Hand und ziehe ihn hinter mir her ins Schlafzimmer.

Ich schubse ihn, sodass er rücklings auf dem Bett landet, und bin so froh über mein Kingsize-Bett, das ich mir dieses

Jahr gegönnt habe, es wird mir ab jetzt sehr gute Dienste leisten. Ich lege mich breitbeinig auf Elijah, drücke meine Mitte gegen seine Erektion und küsse ihn. Er möchte mich berühren, doch ich habe andere Pläne. Mit einem Blick vergewissere ich mich davon, dass ich keine seiner Grenzen überschreite, während ich seine Hände packe und sie links und rechts neben sein hübsches Gesicht presse. Zuerst weiß er nicht, wie ihm geschieht, doch er lässt mich gewähren, und ich teile ihm mit einem dunklen Blick und einem schiefen Lächeln mit, dass er diese Entscheidung nicht bereuen wird.

Ich löse meine Hände von seinen und knöpfe langsam sein Hemd auf, an jeder freien Körperstelle hauche ich einen Kuss auf seine erhitzte Haut. Er atmet schwer, und außer, dass er den Rücken und den Po anhebt, damit ich ihn entkleiden kann, bleibt er ruhig, auch wenn ein Feuer in seinen Augen lodert, das an die Oberfläche möchte. Als er schließlich nackt vor mir liegt, setze ich mich auf und ziehe meinen Pullover und meine Shorts aus. Er stößt einen Fluch aus, als ihm klar wird, dass ich die ganze Zeit keine Unterwäsche anhatte.

»Du bist ein schlimmes Mädchen. Nun werde ich mich immer fragen, ob du Unterwäsche trägst oder nicht.«

»Eine Antwort auf diese Frage wirst du nicht immer von mir bekommen. Da musst du schon persönlich nachsehen«, flüstere ich und gehe langsam, sehr langsam, wieder auf ihn zu und lege mich auf ihn. Ich küsse ihn, wandere gemächlich tiefer. Über seine vor Erregung aufgestellten Brustwarzen, sein Sixpack und noch tiefer – seine Augen weiten sich, als ihm klar wird, was genau ich vorhabe.

Ich verwöhne ihn, nehme sein bestes Stück tief in den Mund, so lange bis er beinahe kommt, doch da schiebt er mich sanft, aber bestimmt von sich. Ich höre ein Rascheln und erkenne aus den Augenwinkeln, das Elijah sich ein Kondom überstreift, während er mich mit dem Finger streichelt und verwöhnt. Er will meinen Orgasmus hinauszögern, doch ich bin zu erregt und werde es nicht mehr lange aushalten. Ich bin kurz davor, so kurz davor, und als ich schon glaube, dass ich falle, hört er auf, mich zu massieren, positioniert sich über mir und dringt tief in mich ein.

Und genau da erreicht er diesen einen Punkt, und ich komme, während ich seinen Namen schreie. Wellen der Lust schwappen über mir zusammen, immer und immer wieder erzittere ich, während er noch immer in mir ist, sich aber nicht bewegt, sondern mich einfach nur fasziniert beobachtet. Erschöpft und selig lächelnd blicke ich zu ihm auf.

»Dir allein zuzuschauen, hätte mir ausgereicht, um zu kommen«, flüstert er und küsst mich sanft auf die Lippen.

»Die Betonung liegt hier auf Kommen, mein Lieber«, sage ich, sammle meine Kräfte und schiebe ihn so weit aus mir, sodass wir erneut und zum letzten Mal die Plätze tauschen. Nun throne ich über ihm und beobachte jede seiner Regungen, als ich mich über ihm positioniere und mich langsam auf ihn sinken lasse, schließt er genüsslich die Augen und krallt seine Hände fest in meinen Po, lässt mich aber das Tempo bestimmen. Ich sitze aufrecht auf ihm, bewege meine Hüfte auf und ab, während ich meine Hände auf seinem Oberkörper abstütze.

»Das ist der verdammte …«, murmelt er, verstummt aber, als ich mein Tempo beschleunige und ihm das gebe, was ihn über den Rand der Klippe stoßen soll. Es dauert nicht lange, bis er seine Hüften gegen meine stößt und im selben Moment kommt. Dabei stöhnt er meinen Namen, nicht Rory, sondern Aurora. Immer und immer wieder ruft er ihn, bis ich mich schließlich kraftlos auf seine Brust fallen lasse. Er legt seine Arme um mich und hält mich fest.

Wir keuchen um die Wette, und die Nachbeben des Orgasmus sind bei ihm wie auch bei mir präsent. Eine Weile sind wir still, weil der Moment, den wir gerade geteilt haben, keinen Raum für Worte lässt. Und das ist auch nicht nötig, denn allein hier mit ihm zu liegen ist mehr, als ich mir vor Tagen noch ausgemalt habe.

»Ich will das hier. Jeden Tag.«

»Sex?«, sage ich und kichere an seiner leicht behaarten Brust, die sich weich an meiner Wange anfühlt.

»Dich. In meinen Armen. Versprich mir, dass ich dich immer halten darf, komme, was wolle.«

»Ich verspreche es«, antworte ich, und seine Brust bebt unter meiner Wange, als er leise lacht.

»Du hast nicht mal eine Sekunde nachgedacht.«

»Das muss ich auch nicht, denn wenn das zwischen uns immer so sein wird, dann bin ich dabei.«

»Es werden auch harte Zeiten kommen, in denen einer den anderen nicht ausstehen kann.«

»Auch wenn das passiert, werden wir das, was wir haben, niemals aufgeben. Ich für meinen Teil nicht.« Ich hebe den Kopf an, um ihm ins Gesicht sehen zu können, und erblicke all die Gefühle, die er für mich hat, glasklar, als würde ich in einen Spiegel blicken.

»Ich auch nicht, Rory. Ich bin so glücklich, dass ich am liebsten in die Welt hinausschreien würde, dass wir zusammen sind. Wann, meinst du, sollten wir es deinen Schwestern sagen?«, fragt er mich plötzlich und holt mich schneller von meinem Höhenflug in die Realität zurück, als mir lieb ist.

»Es ihnen jetzt zu sagen, bevor wir die Verträge unterzeichnen, wäre nicht richtig und könnte von anderen falsch aufgefasst werden.«

»Inwiefern?«

»Na ja, dass ich mit dir geschlafen habe, damit du überhaupt investierst.«

»Das ist doch Quatsch.«

»Manche Menschen denken aber so, deshalb sollten wir noch bis nach der Unterzeichnung warten.«

»Warten wir noch mit den Verträgen.«

»Wie meinst du das?«, frage ich.

»Mein Anwalt muss noch etwas prüfen. Die Verträge können erst neu aufgesetzt werden, sobald ihn diese Info erreicht.«

»Oh, verstehe«, sage ich, aber auch wenn ich gerne mehr darüber wissen will, werde ich jetzt nicht nachbohren. Wir sollten nicht ständig über die Arbeit reden, auch wenn seine Worte mich etwas stutzig machen. Aber ich schiebe es auf meine Unsicherheit.

»Du hast *was* getan?«, fragt mich Piper drei Tage später, als wir uns zum Frühstück treffen. Ich habe mir den Vormittag freigenommen, und Piper hat zwei Freistunden, ehe sie wieder an der Uni lehrt.

»Ich habe mit Elijah geschlafen, und wir sind zusammen.«

»Wow. Ich meine … wirklich? Wow«, sagt sie sichtlich erstaunt und nippt an ihrem Tee, ehe sie ihn wieder mit großen Augen abstellt.

»Ich wusste doch, dass du auf ihn stehst. Und das war unvermeidlich, trotz des ganzen Geschwätzes, dass er tabu wäre, weil ihr zusammenarbeitet.«

»Das ist immer noch ein schwieriges Thema.«

»Nicht, wenn ihr eure Gefühle füreinander und die Arbeit strikt trennt. Sollte das zwischen euch nicht funktionieren und eure Trennung bevorstehen, was ich ja nicht hoffe, dann hängt es von eurer emotionalen Stärke ab, wie ihr damit umgehen könnt.«

»Können wir uns jetzt bitte erst mal freuen, dass ich einen Freund habe, und nicht gleich von Trennung sprechen?«

»Ja, das können wir, wir sollten die Korken knallen lassen. Was sagen deine Schwestern dazu?«, fragt sie, und schneidet damit genau das falsche Thema an. Plötzlich ist das schlechte Gewissen wieder da, das ich zwar die meiste Zeit über verdrängen kann, das aber immer wieder an der Oberfläche erscheint.

»Sie wissen es noch nicht.«

»Nicht? Ihr erzählt euch doch sonst auch alles.«

»Ja, aber ich will warten, bis Elijah offiziell Investor ist und wir die Verträge unterzeichnet haben.«

»Wieso denn das?«

»Weil ich nicht will, dass sich das Gerücht verbreitet, er investiere nur, weil er mit mir geschlafen hat. Außerdem habe ich Angst, dass Chelsea und Sierra unsere Beziehung nicht gutheißen könnten.«

»Das kann ich mir nicht vorstellen. Sie sind deine Schwestern und werden dich immer unterstützen und sich für dich freuen.«

»Das weiß ich auch, aber die Beziehung zu Elijah ist noch nicht so gefestigt, dass ich Kritik annehmen könnte, ohne dadurch verunsichert zu werden. Immerhin ist es meine erste echte Beziehung.«

»Stimmt. Es gibt so viele Sachen, die wir feiern müssen«, meint Piper und beißt von ihrem Bagel ab.

»Ja, wie zum Beispiel den Start deiner Konzerte. Wie war die Generalprobe?«, frage ich, weil ich finde, dass wir genug über mich geredet haben.

»Ich sehe, du willst das Thema wechseln, aber das lasse ich dir durchgehen. Diesmal. Und ja, es war wirklich toll, wir hatten ein paar Probleme mit der Lichttechnik, aber der Dirigent und die Regie waren äußerst zufrieden. Und ich habe für dich und eine weitere Person Logenplätze besorgt. Eigentlich dachte ich, dass du Sierra mitnehmen möchtest, doch ich denke, deine Pläne haben sich geändert.«

»Vielleicht, aber ich werde natürlich vorher Sierra fragen, ob sie Lust hat. Wie du ja weißt, mag Chelsea eher laute Musik mit vielen schnulzigen Texten.«

»Oh Gott, ich weiß. Ihre Celine-Dion-Phase habe ich immer noch lebhaft vor mir.«

»Ja, und immer, wenn sich der Jahrestag ihrer Trennung nähert, hört sie sogar noch mehr von diesen Songs.«

»Ist sie noch immer nicht über diesen Arsch hinweg?« Ungläubig runzelt sie die Stirn, denn Piper war sozusagen die Erste von uns allen, die wusste, dass dieser Arsch mit falschen Karten gespielt hat.

»Über den Mann mit Sicherheit, aber die Sache beschäftigt sie noch immer, und das wird ihr niemand von uns je nehmen können. Da muss sie leider allein durch.«

»Ich denke, ihr würde es auch guttun, einen Mann an ihrer Seite zu haben, der ihr dieses Strahlen verschafft wie Elijah dir.«

»Strahlen?«

»Leider ist hier gerade kein Spiegel in der Nähe, aber ja. Du siehst so glücklich aus, dass es fast unmenschlich wirkt.«

Ich lege die Hand auf meine Wange und lächle. Früher habe ich Leute gehasst, die übertrieben verliebt waren und es jedem unter die Nase reiben mussten, doch jetzt, wo ich selbst eine von ihnen bin, könnte ich mir nichts Schöneres vorstellen, als auf ewig so zu fühlen wie in diesem Moment.

28. KAPITEL

Elijah

Wieder sind wir im Treppenhaus, weit weg von den Augen der anderen, küssen und necken uns. Es sind kurze Momente der Zweisamkeit, und doch bedeuten sie mir so viel. »Kommst du heute zu mir?«, frage ich keuchend an ihren Lippen. Sie raubt mir buchstäblich den Atem.

»Um was zu machen?«, fragt sie neckend und zieht mit ihren zarten Fingern Kreise auf meiner Brust. Ich unterdrücke ein erregtes Zischen und konzentriere mich auf Rory und darauf, meine Lippen nicht erneut auf ihre zu pressen. Auch wenn es mir schwerfällt.

»Ich will dich zum Essen einladen.«

»Du kannst kochen?«, fragt sie mich neugierig, und ich wünschte, ich könnte mit Ja darauf antworten, aber leider stimmt das nicht. Dieses Talent meiner Mom ist nicht auf mich übergegangen.

»Nein, das nicht so gut, aber ich lasse uns etwas Leckeres zaubern.«

»Wenn es dann dich als Nachspeise gibt, werde ich da sein«, sagt sie und küsst mich kurz lachend auf die Lippen, doch als ich sie an mich ziehen will, hören wir Schritte und richten unsere Klamotten und Haare, damit es nicht so verdächtig aussieht.

»Das ließe sich einrichten«, sage ich, zwinkere ihr zu und trete einen Schritt zurück.

»Dann bis heute Abend. Zwanzig Uhr?«

»Ich werde *kommen*«, sagt sie und zwinkert mir zu, wobei ihre Betonung beim letzten Wort mich schwer schlucken lässt und meine Erregung noch steigert, sodass ich eine Weile warten muss, bis meine Erektion abklingt.

»Lass das!«, ruft meine Mutter aus und klopft mir nicht allzu fest auf die Finger.

»Ich wollte dir nur ein wenig zur Hand gehen«, sage ich schmollend und reibe mir über die Haut. Die Frau hat ganz schön viel Kraft.

»Das ist auch sehr löblich von dir, aber ich brauche keine Hilfe. Es muss alles perfekt sein, wenn Rory kommt.« Dabei kennt sie meine Freundin gar nicht. Ich habe ihr bei unseren Telefongesprächen erzählt, dass es jemanden in meinem Leben gibt, der mir viel bedeutet. Über die Wochen hinweg wusste meine Mutter, neben Arthur und Mikaela, dass ich drauf und dran bin, mich in eine wunderbare Frau zu verlieben. Als ich ihr erzählt habe, dass wir zusammen sind und ich einen Caterer brauche, erschien sie kurzerhand mit zwei riesigen Tüten Lebensmittel vor meiner Tür und kocht nun für uns.

»Dad will ebenfalls in die Agentur investieren«, sage ich beiläufig und beobachte ihre Reaktion. Normalerweise reagiert sie empfindlich, wenn ich auf Dad zu sprechen komme, doch sie bleibt cool.

»Tatsächlich? Diese Branche passt so gar nicht zu ihm.«

»Das war auch mein Gedanke, und, um ehrlich zu sein, hatte ich erst Bedenken, aber sein Interesse ist ehrlich, und wenn mein Vater das Unternehmen meiner Freundin unterstützen möchte, werde ich mich nicht querstellen.«

»Das ist lieb von dir. Rory wird das auch viel bedeuten.«

»Sie weiß noch nichts davon.«

»Wieso denn nicht?«

»Ich möchte sie überraschen. Die Schwestern haben so viele Ideen und benötigen Kapital, um diese umzusetzen. Deshalb will ich Dads Entscheidung erst unmittelbar vor der Unterzeichnung offenbaren.«

»Ich halte zwar nichts von Geheimnissen in einer Beziehung, egal wie gut sie gemeint sein mögen, aber wenn du dir sicher bist, wird es schon passen.«

»Sie macht mich glücklich, und ich will sie im Gegenzug auch glücklich machen.«

»Und auch das sehe ich. Seitdem du in dieser Agentur arbeitest, bist du wieder wie mein lieber Junge.«

»Findest du nicht, ich bin etwas zu alt dafür, dein lieber Junge zu sein?«, frage ich, auch wenn ich es insgeheim mag, dass sie mich so nennt.

»Du bist mein Sohn, und wenn jemand das Recht darauf hat, dich mit diesem Kosenamen anzusprechen, dann ja wohl ich.«

»Alles gut, Mom.« Ich schlinge meine Arme um die zierliche Frau, die mir gerade mal bis zur Schulter reicht. Ihre blonden Locken kitzeln mich am Kinn. Sie legt sanft ihre Hand über meinen Arm und drückt mich zurück, doch der Moment der Nähe währt nicht lange, denn ich werde schnell wieder aus der Küche gescheucht. Meine Mutter hat es sich heute zur Aufgabe gemacht, die perfekte Gastgeberin in meinem Haus zu sein, und ich würde es bereuen, wenn ich mich ihr in den Weg stelle.

Da sie keine Hilfe von mir braucht, springe ich unter die Dusche und ziehe mich um. Ich entscheide mich für eine Jeans und ein weißes Hemd, da mir Rory erzählt hat, dass ihr diese Kombination an Männern am besten gefällt. Als ich die Knöpfe an meinem Hemdärmel zuknöpfe, fällt mir der riesige Stapel Bücher auf, den meine Mom mitgebracht hat.

»Wieso hast du alle deine Bücher mitgenommen?«

»Du sagtest, sie ist ein Fan, also wollte ich ihr eine Freude machen.«

»Aber sie hat doch schon jedes deiner Bücher.« Die hat sie mir voriges Wochenende voller Stolz gezeigt, und womöglich habe ich mich in diesem Moment noch etwas mehr in sie verliebt. Weil ihr die Geschichten meiner Mutter ein Lächeln aufs Gesicht zaubern und sie ihre Arbeit wertschätzt.

»Liebling, als richtiger Buchnerd träumt man nachts davon, seine Lieblingsbücher signiert im Regal zu haben.«

»Okay, bei dem Thema kann ich leider nicht mitreden, also überlasse ich das der Expertin.« Dann erklingt auch schon die Türglocke, und ich bringe meine Mutter zum Kichern, als ich mich hastig auf die Tür zubewege. Die Vorfreude kann und will ich nicht verbergen, denn es hat verdammt lange gedauert, bis ich diese Frau davon überzeugt habe, dass es die richtige Entscheidung ist, unseren Gefühlen eine Chance zu geben.

Als ich die Tür aufmache, steht dort Rory in einem schwarzen Kleid, das mit unzähligen weißen Punkten übersät ist. Es ist langärmelig, hochgeschlossen und reicht ihr bis zum Knie, ihren Wintermantel hat sie über ihren Arm gelegt. Das Outfit wirkt schlicht, doch der Eyecatcher ist die Schleife an ihrem Hals. Sie sieht wie ein Geschenk aus, das ich gerne auspacken möchte und später auch werde.

»Hey«, begrüßt sie mich und hebt dabei eine Tüte an.

»Du musst doch nichts mitbringen.«

»Hier ist auch nichts für dich drin.«

»Ach nein? Und für wen sonst?«

»Das wirst du früh genug erfahren«, meint sie mit einem frechen Grinsen.

»Komm erst mal rein. Ich habe eine Überraschung für dich.« Sie geht in ihren hohen, schwarzen Heels mit weißen Edelsteinen an den Absätzen an mir vorbei, doch ich lege meine Hand um ihre Taille und stehle mir einen Kuss, ehe ich sie wieder loslasse und als Dank ein strahlendes Lächeln erhalte.

»Gib mir deinen Mantel«, sage ich und nehme ihn entgegen, um ihn an der Garderobe aufzuhängen. Dabei spähe ich in die Tüte, doch sie zieht sie schnell wieder weg und haut mir auf die Schulter.

»Nicht schummeln. Gedulde dich etwas«, sagt sie kichernd und presst die Tüte an ihren Körper, als wäre es ihr wertvollster Besitz. Wenn diese Frau sich einmal etwas in den Kopf gesetzt hat, dann hält sie sich eisern daran.

»Du machst es ja richtig spannend.«

»So ist das auch gewollt.«

»Ich habe auch eine Überraschung für dich und wünschte, ich könnte sie als Rache auch verstecken.«

»Hast du die Küche abgefackelt, wobei warte, es riecht zu gut für eine derartige Überraschung. Was ist es?«

»Das mit dem Abfackeln wäre gar nicht so unrealistisch gewesen, wenn er mich nicht hätte«, sagt meine Mutter, woraufhin Rory sich umdreht und die zierliche Gestalt erblickt, die im Flur auf uns zukommt. Dad hat Mom damals immer eine Elfe genannt, weil sie lange Haare und helle blaue Augen hat und mit ihrer zierlichen Figur an ein solches Fabelwesen erinnert. Da ich neben Rory stehe, merke ich, dass sie sie zuerst nicht erkennt, doch ihre Augen klären sich langsam und werden dann groß.

»A. C. Gleeson? Ich fasse es nicht!«, haucht sie ergriffen und sieht mich an, als müsste ich ihr bestätigen, dass sie sich nicht irrt. Also nicke ich und genieße ihre Faszination und Freude.

»Du kannst mich ruhig Ann-Claire nennen, oder einfach Ann«, sagt Mom lachend und geht auf Rory zu, die noch immer überrascht dasteht.

»Ich bin ein großer Fan deiner Arbeit und habe all deine Bücher gelesen«, sagt sie wie ein richtiges Fangirl, und ich halte mir die Hand vors Gesicht, um mein Lächeln zu verbergen. Sie soll nicht glauben, dass ich sie auslache, denn es ist eher das Gegenteil der Fall. Ihre Freude ist regelrecht ansteckend.

»Danke für deine Leidenschaft für meine Bücher, du zuckersüßes Wesen. Schön, dich kennenzulernen. Ich wollte schon eine Weile wissen, wer diese junge Frau ist, die meinem Elijah so guttut.« Rory senkt verlegen den Kopf, wirft mir einen kurzen, liebevollen Seitenblick zu, ehe sie sich wieder meiner Mutter zuwendet.

»Ich wusste nicht, dass ich dich hier antreffen werde, sonst hätte ich meine Bücher mitgenommen. Ich liebe deine Werke, sie sind voller Feuer, Liebe, und jedes ist an Spannung kaum zu überbieten.«

»Es war meine Idee, hier für euch beide zu kochen. Was die Bücher angeht, brauchst du dir keine Sorgen zu machen.« Sie führt Rory zu dem Stapel ihrer Exemplare, woraufhin diese erstaunt die Hände vor den Mund schlägt.

»Das kann ich doch nicht annehmen, außerdem habe ich schon alle deine Bücher.«

»Ach Quatsch, natürlich kannst du das. Dann verschenke die unsignierten einfach weiter, diese hier sind alle für dich.«

»Vielen Dank, ich werde sie hüten wie einen Schatz«, meint Rory ehrfürchtig, und auch als Außenstehender erkenne ich sofort, dass sich hier zwei Buchmenschen unterhalten – auch wenn ich ihre Leidenschaft für das geschriebene Wort nicht komplett nachvollziehen kann, so ist es doch deutlich zu spüren.

»Und was ist mit mir?«, frage ich schmollend, was beide zeitgleich die Augen verdrehen lässt, und dass ich das erleben darf, macht mich sehr glücklich.

»Ich verlasse euch mal«, meint meine Mutter, als sie das letzte Gericht abgeschmeckt hat.

»Was? Wieso?«, fragt Rory traurig. Die beiden haben die letzte Stunde über Moms Bücher und ihr Leben als Autorin gesprochen, währenddessen habe ich etwas aufgeräumt und den Müll rausgebracht, ehe ich für einige Zeit in den Untiefen der Sozialen Medien versunken bin.

»Ich wollte für euch kochen, es war nie die Rede davon, dass ich bleibe«, sagt sie, als sei das klar gewesen, doch ich lege meinen Arm um ihre Schulter und halte sie auf, ehe sie gehen kann.

»Bleib noch ein wenig. Rory wird noch heulen, wenn sie dich nicht mehr ausquetschen kann.«

»Sie wird in Zukunft noch oft die Möglichkeit haben, sich mit mir zu unterhalten.« Meine Mutter sagt das mit einer Selbstverständlichkeit, als würde sie wissen, dass Rory und ich für eine sehr lange Zeit zusammen sein werden.

»Sicher?«, frage ich noch einmal, woraufhin sie mir auf den Oberarm boxt.

»Natürlich bin ich das. Kümmere dich um Rory, ich habe auch ein Date.« Bei der Erwähnung eines Dates, verkrampft sich etwas in mir, weil ich weiß, dass meine Mutter damals wie heute nur meinen Vater geliebt hat.

»Date?«, frage ich sichtlich schockiert, doch sie gibt mir mit einem Zeichen zu verstehen, dass ich mich beruhigen soll.

»Das sagt man doch so, wenn man sich auf einen Kaffee trifft.«

»Mit wem?«

»Mit deiner Tante Geena selbstverständlich.« Doch irgendetwas sagt mir, dass da etwas im Busch ist, auch wenn ich noch nicht weiß, was. Doch es ist der falsche Ort und die falsche Zeit, um da weiter nachzubohren, also lächle ich und drücke meine Mutter.

»Okay, dann grüß sie lieb von mir.«

»Mach ich. Komm her, meine Liebe.« Rory kommt auf sie zu, und die beiden nehmen sich fest in den Arm.

»Danke für das Essen und die Bücher«, flüstert meine Freundin, als sie sich von ihr löst.

»Gern geschehen. So, jetzt gehe ich aber wirklich. Macht es gut, ihr Süßen.«

»Bye.« Ich begleite Mom zur Haustür und verabschiede mich noch einmal, ehe ich zu Rory gehe, die gemeinsam mit meiner Mutter den Tisch gedeckt hat. Wir genießen das Essen und den Umstand, dass wir uns nicht verstecken müssen.

Nach dem Essen setzen wir uns ins Wohnzimmer, wo wir eine Runde Mario Kart auf der Nintendo Switch spielen. Was lustig beginnt, artet aber schnell in empörte Rufe und unseren ersten Streit aus. Wir brüllen uns gegenseitig an, vertragen uns aber schnell wieder und lieben uns auf der Couch, ehe ich sie in der Küche vernasche. Später liegen wir erschöpft im Bett.

»Dein Herz ist so laut«, flüstere ich in ihr Haar, denn ich fühle es nicht nur an meiner Haut, sondern höre es wahrhaftig.

»Wundert dich das? Ich bin zum ersten Mal in meinem Leben wirklich glücklich. Von Kopf bis Fuß, wie man so schön sagt.« Ich greife nach ihrer Hand und spiele mit ihren Fingern, als sich meine Mundwinkel aufgrund ihrer Worte heben.

»Und das alles nur wegen mir?« Ich weiß, dass sie und ich zusammen und glücklich sind, das ist voll und ganz bei mir angekommen, aber ich habe immer noch das Gefühl, als wäre das alles zu schön, um wahr zu sein.

»Was heißt hier *nur?* Du bist ein unglaublicher Mensch, jemand, der die Bedürfnisse der anderen über seine eigenen stellt.«

»Ach was, du übertreibst.« Das, was ich für meine Mitmenschen tue, ist selbstverständlich, und ich wurde so erzogen, dass Familienmitgliedern und Freund*innen geholfen werden muss, wenn es im Rahmen des Möglichen ist.

»Du hast heute Morgen Arthur geholfen, die Möbel zu entsorgen, die für das Baby gedacht waren, hast letzte Woche jeden Tag den Hund deiner Mutter Gassi geführt, weil sie auf Geschäftsreise war, und dich jeden Tag nach Mikaela erkundigt, als sie die Grippe hatte.«

Als sie Arthur und das Baby erwähnt, legt sich der Schleier der Trauer über mich, sodass ich schlucken muss. Rorys Hand berührt meine Wange, und sie sucht meinen Blick. Ich erkenne sie nur verschwommen. Der Verlust des Babys trifft uns alle noch immer hart, und es fällt schwer loszulassen.

»Geht's einigermaßen?«, flüstert sie und gibt mir Zeit zum Antworten.

»Es war für uns alle ein tränenreicher Vormittag. Lola hat den Entschluss gefällt, die Babymöbel zu spenden. Wenn ihr Kind nicht in diesem Bettchen liegen kann, dann soll es ein anderes tun, das vielleicht aus ärmlichen Verhältnissen stammt.«

»Wie geht's den beiden?«

»Sie machen weiter, sind aber nicht mehr sie selbst. Wir alle haben uns durch den Verlust verändert.«

»Das ist mehr als verständlich.«

»Mir hilft es, wenn ich über den Verlust reden kann. Arthur und Lola wollen zwar nicht darüber reden, aber ich habe dich, Mom und Mikaela, die mit mir trauern.«

»Egal wann und egal wo, wenn du mich brauchst, werde ich für dich da sein. Du musst da nicht allein durch.«

Ich küsse sie auf die Nasenspitze, um meine Rührung zu überspielen.

»Danke, das bedeutet mir sehr viel.«

»Nicht dafür.«

Ich lächle sie an und küsse ihre Stirn, während ich daran denke, wie Rory mein Leben beeinflusst und gleichzeitig bereichert hat.

»Schon erstaunlich, wie schnell sich mein Leben geändert hat, seit du ein Teil davon bist. Normalerweise habe ich gearbeitet, trainiert, mich mit Freund*innen oder Mom getroffen, ehe ich wieder gearbeitet habe. Ich kannte nichts anderes, aber jetzt merke ich, was ich alles verpasst habe.« Ich lenke bewusst von dem traurigen Thema ab, da ich befürchte, dass es mich runterziehen könnte.

»Dafür, dass wir uns so heftig dagegen gewehrt haben, etwas miteinander anzufangen, sind wir nun umso glücklicher.«

»Ich denke, dadurch, dass wir gewartet haben, haben sich unsere Gefühle sogar noch verstärkt.«

»Wahrscheinlich. Ich genieße es, dich halten, küssen und dir lauschen zu können. Allerdings werde ich traurig, wenn ich daran denke, dass mich das Arbeitsleben in meinem Büro bald wieder hat und ich dich nicht mehr den ganzen Tag sehen kann.«

»Dafür haben wir die Nächte.«

»Und die Wochenenden«, ergänze ich und streiche ihre eine Strähne aus dem Gesicht.

»Die Zeit ist zu schnell vergangen.«

»Und wie. Jetzt habe ich arbeitstechnisch ja nicht mehr viel zu tun, was sich aber in sechs Tagen wieder ändern wird.«

»Was? Nicht mal eine Woche haben wir noch zusammen?« Sie macht einen Schmollmund, was sie zuckersüß aussehen lässt.

»Genau, nicht mal eine Woche, und auch wenn ich die Auszeit mit dir genieße, wird es langsam Zeit, wieder in mein Büro zurückzukehren«, sage ich, obwohl ich insgeheim am liebsten für immer mit Rory zusammenarbeiten würde.

»Dir ist klar, dass ich dich vermissen werde, oder?«

»Und wie mir das klar ist. Mir werden unsere Gespräche und Treppenhaus-Dates auch fehlen. Aber nach der Arbeit haben wir uns ja wieder.«

»Hm«, macht sie nachdenklich und scheint in Gedanken plötzlich weit entfernt zu sein.

»Rory?«, frage ich sanft, doch es dauert eine Weile, bis ihre Augen klar werden und sie ihr Kinn auf meiner nackten Brust bettet, um mich ansehen zu können.

»Es ist erstaunlich, wie lieb ich dich in kurzer Zeit gewonnen habe.«

Ich streiche ihr mit den Fingern eine Strähne hinters Ohr und lasse ihre Worte sacken. *War ich je so glücklich?* Ich suche in meiner Erinnerung nach dem Gefühl, das ich jetzt fühle. Etwas Vergleichbares kommt mir aber nicht in den Sinn. Vielleicht weil ich jetzt schon weiß, dass ich Rory liebe wie noch keine Frau zuvor.

»Du bist meine ganze Welt geworden«, sage ich und schwäche die Worte, die ich ursprünglich sagen wollte, ab. Es wäre zu früh, jetzt schon von Liebe zu sprechen, aber sie zu fühlen ist in Ordnung.

»Wir sind alles, was zählt«, sagt sie und spricht mir damit aus der Seele.

Der nächste Morgen startet nicht so, wie ich es mir vorgestellt habe, denn statt von Rorys Küssen geweckt zu werden, ruft mich mein Security-Mitarbeiter Ali an, um mir mitzuteilen, dass es einen Hackerangriff auf den Server in meinem Unternehmen gab. Innerhalb einiger Minuten bin ich angezogen und aus der Tür raus, ohne Rory zu wecken. Auf der Fahrt erkundige ich mich beim IT-Team, wie schlimm es uns getroffen hat, und dass die verantwortliche Person eine ganze Weile nichts darauf erwidert, sollte eigentlich Antwort genug sein.

»Verdammte Mistkerle«, brülle ich später, als ich das Ausmaß der entstandenen Schäden besser einschätzen kann, und schlage mit den Fäusten auf meinen Schreibtisch. Drei Mitarbeitende haben sich mit ihren Laptops in meinem Büro verschanzt, während Tyler, Blair und ich nur am Telefonieren sind und ich mir einen Überblick darüber verschaffe, welche Daten gestohlen wurden. Ich bin so in meinem Problem versunken, dass ich stundenlang nicht auf mein Smartphone sehe und erst realisiere, dass Rory da ist, als sie mich am Nachmittag an der Schulter antippt und ich ihren mittlerweile vertrauten Geruch einatme.

»Elijah? Was ist passiert?« Ihrem besorgten Gesichtsausdruck nach zu urteilen, muss ich wohl so aussehen, wie ich mich gerade fühle. *Mies, richtig mies.*

»Es gab einen Hackerangriff auf unseren Hauptserver. Entschuldige, dass ich mich bis jetzt nicht gemeldet habe, du hast sicher versucht mich zu erreichen.«

»Dafür musst du dich nicht entschuldigen. Es ist verständlich, dass deine Gedanken woanders waren.«

»Hmm«, sage ich, ehe mir ein Seufzen entweicht. Diese Sache raubt mir jegliche Energie und Nerven.

»Wurde viel gestohlen? Gibt es Forderungen?« Als Inhaberin eines Unternehmens kennt sie ebenfalls die Masche einiger Hacker*innen, die Daten stehlen und sie dir für viel Geld wieder verkaufen wollen.

»Nein, noch nicht. Es wird gerade alles wieder startklar gemacht, und dann werden wir Schadensbegrenzung betreiben.

Das Gute ist, dass kein Geld und keine Kundendaten gestohlen wurden. Diese Ordner wurden zuerst überprüft.«

»Zum Glück, aber der Schaden ist da, egal aus welchem Blickwinkel man es betrachtet.«

»Stimmt«, ich kneife die Augen zusammen und drücke Daumen und Zeigefinger auf meine Augenlider. Mir war nicht bewusst, wie müde mich der lange Tag gemacht hat. Die Stunden sind einfach an mir vorbeigerauscht, ohne dass ich es gemerkt habe.

»Hast du überhaupt etwas gegessen?«, fragt mich Rory und weist mich an, mich zu setzen. Dass ich gesessen habe, ist wohl länger her, denn ich merke erst, wie gut es mir tut, als sich meine Muskeln langsam entspannen.

»Ich denke nicht«, gebe ich zu, und sie streicht liebevoll über meinen Rücken und zückt ihr Smartphone.

»Da du nichts zu dir genommen hast, bestelle ich eine Suppe und überbackenes Hühnerfleisch beim Italiener. Ist das okay?«

»Ja, aber bestell gleich zwanzig Portionen. Alle auf der Etage haben heute Himmel und Hölle in Bewegung gesetzt, damit wir alles gefixt bekommen.« Ich greife nach meinem Portemonnaie und reiche ihr meine Kreditkarte, die sie nickend entgegennimmt.

»Mach ich gern. Versuch, ein wenig zur Ruhe zu kommen, ja?« Sie geht an die Fensterfront und redet mit dem Lieferdienst. Ich lege meine schweren Arme in den Schoß und atme tief durch. Lasse es zu, dass meine Muskeln sich entspannen. Dieses Desaster heute habe ich nicht nötig gehabt, und doch hat es sich ein Arschloch zur Aufgabe gemacht, meinen Tag zu ruinieren, und ich schwöre, wenn ich erfahre, wer das war, werde ich ihm den Hals umdrehen.

29. KAPITEL

Rory

»Irgendetwas stimmt doch nicht«, sage ich am Telefon und gehe ein paar Schritte von meinen Schwestern weg, die Ausschau nach unserem Vater halten, der uns vom Flughafen abholen sollte. Seitdem ich vorhin Elijahs Anrufe entgegengenommen habe, höre und fühle ich, dass ihn etwas beschäftigt.

»Mir geht es gut, Rory. Mach dir keine Sorgen und genieß die Zeit mit deiner Familie.«

»Das werde ich, aber ich kann mich sicher nicht entspannen, wenn du mir nicht sagst, was los ist.« Er seufzt lang und tief, und alles in mir spannt sich an vor Neugier und auch Angst.

»Meine Leute haben einen Verdacht, wer hinter dem Hackerangriff stecken könnte.«

»Wirklich? Das ist doch wunderbar! Dann kannst du denjenigen endlich zu Verantwortung ziehen.«

»Leider habe ich keine Beweise, die ein Gericht akzeptieren würde, aber ich weiß, dass es stimmt, auch wenn es nur Gerüchte sind.«

»Wer ist es, dass es dich so mitnimmt?«, frage ich ergriffen und blicke hinüber zu meinen Schwestern, die gerade meinem Vater um den Hals fallen.

»Der Auftrag kam von meinem Bruder.«

»Hardin? Wirklich?«

»Ja«, sagt er, und ihm entweicht ein schwerer und trauriger Seufzer.

»Das tut mir schrecklich leid, Elijah. Gibt es etwas, was ich für dich tun kann? Soll ich nach Hause kommen?«

»Nein, denk nicht mal dran. Verbring Zeit mit deiner Familie, wir sehen uns ja sowieso in ein paar Tagen.«

»Okay, dann bis später. Ich vermisse dich.«

»Ich dich auch. Bye.«

Ich lege auf und gehe auf meinen Vater zu, der auf mich wartet, während Chelsea und Sierra sich unterhalten. Je näher ich ihm komme, desto schneller werden meine Schritte. Bis ich mich dabei erwische, dass ich auf ihn zulaufe und mich in seine Arme werfe. Sein vertrauter Geruch nach Minze und Zitrone dringt in meine Nase und bringt mich dazu, ihn noch fester zu drücken als ohnehin schon.

»Da ist ja mein Küken. Schön, dass du da bist«, flüstert er an meinem Ohr, und ich fühle mich direkt schuldig für den Gedanken, direkt wieder nach Hause fliegen zu wollen, um Elijah beizustehen, wenn ich meinen Dad doch so sehr vermisst habe.

»Du hast mir gefehlt«, sage ich und blinzle einige Tränen weg. Immer wenn ich nach Hause komme, überwältigen mich meine Gefühle, denn erst da wird mir bewusst, wie sehr ich Heimweh und Sehnsucht nach meinen Eltern hatte.

»Deine Mom und ich haben euch auch sehr vermisst, aber nun seid ihr ja da. Komm, wir wollen deine Mutter nicht so lange warten lassen.«

Als wir nach draußen treten, verhindern dicke Schneeflocken die Sicht. Im Flugzeug haben wir gemerkt, dass bereits Schnee liegt, doch es beginnt erst in dem Moment zu schneien, in dem wir hinaustreten.

»Dein Schnee begrüßt dich, Sierra«, sage ich und blicke zu meiner Zwillingsschwester, die ihre Hand ausgestreckt hat und versucht, Schneeflocken einzufangen. Ihr glücklicher Gesichtsausdruck erinnert mich an unsere Kindheit, als sie meinte, dass Jack Frost ihr Ehemann wird, weil es immer dann schneite, wenn sie es sich wünschte. Selbst im Sommer. Sie war immer schon das Wintermädchen, während ich eher den Sommer bevorzuge. Chelsea ist unser Herbstgirl, und das nicht nur, weil sie rote Haare hat, die perfekt zu den Herbstfarben passen. Sie nimmt sich im Herbst sehr viel Zeit für sich und lebt während dieser Jahreszeit bewusster als sonst.

Colorado ist meiner Meinung nach das schönste Fleckchen Erde, das es gibt. Mir ist bewusst, dass ich zu wenig gereist bin, um das sagen zu können, aber kein Ort der Welt, nicht mal New York, wird je an die Schönheit meiner Heimat herankommen können. Neben der gesunden und frischen Landluft haben wir auch noch den Grand Lake, Colorados längsten und tiefsten Natursee, in dem ich im Sommer mehr Zeit verbracht habe als zu Hause. Jedes Mal, wenn ich hierherkomme, fühle ich, wie leer meine Batterien waren und wie dringend ich diese Auszeit bei meinen Eltern brauche.

Auch diesmal freue ich mich auf die Nähe meiner Eltern, doch meine Batterien sind nicht leer. Dafür spüre ich eine stechende Sehnsucht in mir, und das nur, weil Elijah nicht bei mir ist. Ich lege ein kitschiges Verhalten an den Tag. Ich sollte die Zeit mit meinen Eltern und Schwestern genießen, aber alles, woran ich denken kann, ist der Mann, der in den letzten Wochen meine ganze Welt geworden ist.

Nach einer dreistündigen Autofahrt parkt Dad vor unserem Haus, das direkt am See liegt, nicht weit vom Grand Lake Inn, dem Hotel meiner Eltern. Neben dem Hauptgebäude gibt es auf dem großen Grundstück sechs kleine Holzbungalows, die innen modern ausgestattet sind und genug Platz für einen schönen Urlaub bieten. In den Nebengebäuden sind die Pferde untergebracht, sowie die Hühner, Katzen und Hunde. Chelseas Hund Donny hätte als Welpe unser Familienhund werden sollen, doch sie hatte auf Anhieb eine besondere Verbindung zu ihm, sodass sie ihn mit nach New York genommen hat. Mittlerweile ist er ein alter Herr, aber trotzdem noch fit. Während sie im Büro ist, ist er in einer Tagesstätte, wo er spielen kann und viel Freilauf bekommt.

Ich liebe die Pferde auf unserem Hof, die von den Besuchenden des Hotels für einen Ausritt gemietet werden können. Besonders Bluebell, die ich mir selbst vor ein paar Jahren gekauft habe, liebe ich sehr. Sie ist eine sanfte Seele, die aber auch mal wild sein kann, und irgendwie habe ich in ihrem Verhalten mich selbst gesehen, weshalb ich sie gekauft habe.

Wenn meine Schwestern und ich da sind, schlafen wir manchmal in unseren Kinderzimmern oder wählen einen der Bungalows, wenn wir Ruhe brauchen.

Obwohl wir unsere Familie lieben, brauchen wir auch von dieser manchmal eine Pause, und das Familienunternehmen bietet viele Möglichkeiten, etwas Abstand zu gewinnen. Chels, Sierra und ich haben jeweils nur einen kleinen Reisekoffer mitgenommen, da wir genug Kleidung bei unseren Eltern haben und dort ohnehin meist im Gammellook durch die Gegend laufen. Dad scheucht uns von unseren Koffern weg, da er sie, Gentleman, der er ist, reintragen wird.

Die Vorfreude, unsere Mom zu sehen, treibt uns an, sodass wir fast gleichzeitig das Haus betreten, wo Mom gerade aus der Küche kommt, in ihrer Schürze und dem geblümten Kleid, das so gut zu ihren wilden, roten Locken passt. »Da sind ja meine Business-Ladys«, ruft sie aus und schlingt einen Arm um Chelsea, den anderen um Sierra. Ich drücke alle drei von außen – Gruppenumarmungen sind unser Ding. Mom meint, es gibt nicht viel, was eine Umarmung nicht gutmachen kann, und das hat sich durch unser ganzes Leben gezogen. Ich mag es sehr, geliebte Menschen in meine Arme zu schließen.

Als wir uns voneinander lösen, erwischen wir Mom dabei, dass sie wieder Tränen in den Augen hat. Egal wann und wo, meine Mutter zeigt ihre Gefühle. Sie konnte sie noch nie gut verbergen. Diese Eigenschaft ist auf Sierra und Chelsea übergegangen, während ich das freche Mundwerk und das Charisma von meinem Dad geerbt habe.

»Nicht weinen, wir sind doch da«, sage ich und gebe ihr einen Kuss auf die Stirn.

»Ach was, ich weine doch nicht, das kommt nur vom Zwiebelschneiden«, meint sie schniefend, was uns nur belustigt den Kopf schütteln lässt.

»Kommt mal rein, setzt euch, und erzählt mir von all den Dingen, die in den letzten Monaten in eurem Leben passiert sind.« Während Chelsea und Sierra erzählen, nicke ich nur ab und an. Mir wird klar, dass ich so glücklich bin wie nie zuvor, es den wichtigsten Menschen in meinem Leben aber gar nicht mitteilen kann. Ich werde furchtbar traurig, weil ich mein Glück nicht mit meiner Familie teilen kann. Die Angst, dass meine Schwestern mir meine Beziehung übel nehmen könnten, ist groß, und trotzdem zerreißt es mich innerlich, sie belügen zu müssen.

»Rory, du bist so still. Ist alles in Ordnung bei dir?«, fragt mich Mom, da sie weiß, dass ich normalerweise die Erste bin, die vor sich hin plappert. Doch ich bin nicht mehr dieselbe Frau, die ich im letzten Sommer war.

»Alles gut, ich bin nur etwas müde«, sage ich und bemühe mich, mein Lächeln glaubwürdig rüberzubringen.

»Ach, ich vergesse immer wieder, wie ermüdend es für euch sein muss, mit dem Flugzeug zu reisen. Ein Bungalow wäre frei, sonst könnt ihr es euch in euren Zimmern gemütlich machen.« Als sie erwähnt, dass ich allein sein kann, an einem Ort, an dem ich mit Elijah telefonieren kann, ohne dass es die anderen mitbekommen können, werde ich wieder munter.

»Ich will den Bungalow haben«, rufe ich laut aus und erschrecke meine Schwestern damit. Doch meine Mutter wirkt so, als hätte sie es schon geahnt.

»Dann ist es beschlossene Sache.«

»Hey! Sie hat mir gar keine Zeit gegeben, mich zu melden!«, beschwert sich Sierra lauthals, was Chelsea die Augen verdrehen lässt.

»Wer zuerst kommt, mahlt zuerst, Schätzchen«, sage ich und zwinkere ihr frech zu, weil ich weiß, dass ich sie so auf die Palme bringen kann.

»Nenn mich nicht so, du gemeines Frauenzimmer.«

»Beruhigt euch, ihr zwei, sonst verfrachte ich euch beide in ein Kinderzimmer«, höre ich Dad schnaufen, der gerade die Koffer auf dem Boden abstellt.

»Hast du ein Glas Wasser für mich, Liebling?«, fragt er, und sein Gesicht glänzt vor Schweißperlen.

»Natürlich.« Mom reicht ihm ein Glas, das er sofort leert. Dad hat einiges an Bauchumfang dazugewonnen, und er fühlt sich wohl damit. Ihn stört nur, dass er zu schnell aus der Puste ist.

»Darf ich jetzt den Bungalow haben? Dann würde ich mich gleich ein wenig zurückziehen, um mich auszuruhen.« Meine Worte bringen nun alle, selbst Sierra, dazu, mich verwirrt anzusehen, da ich eigentlich keine Person bin, die so schnell eine Pause benötigt. Aber ich vermisse Elijah, fühle mich schlecht, so weit von ihm entfernt zu sein, wenn er mich doch nach der schlimmen Nachricht, dass sein Bruder ihm schaden wollte, braucht. Und da ist dieses schlechte Gewissen, das an mir nagt, weil ich meiner wunderbaren Familie nicht sagen kann, wie glücklich und verliebt ich bin.

»Okay, das Essen ist dann in zwei Stunden fertig. Ich mache Hackbraten, und der braucht eine Weile, wie ihr ja wisst«, meint Mom und nickt mir aufmunternd zu. *Ahnt sie etwas?* Sie wirkt zumindest, als würde sie meine innere Zerrissenheit spüren.

»Bungalow Nummer eins ist frei, Küken. Ich habe den Schlüssel stecken lassen, da ich geahnt habe, dass eine von euch ihn haben möchte«, sagt mein Vater, und ich nicke ihm dankbar zu.

»Okay, bis später!« Ich greife nach meinem Koffer und mache mich auf den Weg zu meinem Schlafplatz für die nächsten vier Tage. Von außen ist das Inn so wie alle Bungalows aus Holz, im Innenbereich variiert die Einrichtung jedoch. Von einem Bungalow mit rustikalen Holzmöbeln, Hirschgeweihen an der Wand und antiken Öfen, die aber eher Dekoelemente sind, bis hin zu einer eher modernen Einrichtung mit hellen Holzmöbeln, bunten Dekorationen oder skandinavischem Flair ist alles dabei.

Meine Eltern wollen allen die Möglichkeit geben, den Raum zu wählen, wo sie sich am wohlsten fühlen werden. Ich habe einen der modernen Bungalows bekommen. Die Wände sind in einem Grauton gestrichen, was das Innere zunächst dunkel erscheinen lässt, doch meine Eltern haben mit Hilfe einer Innenarchitektin jeden Raum wieder mit hellen Möbeln aufgepeppt. Ich lasse meinen Koffer in der Ecke stehen und gehe direkt ins Schlafzimmer, wo ich mich rücklings auf das weiche Doppelbett fallen lasse und an die Holzdecke starre, ehe ich zu meinem Smartphone greife.

Ich blicke auf das dunkle Display und frage mich, ob ich Elijah wirklich anrufen sollte, da wir ja vorhin noch miteinander telefoniert haben, aber ich sehne mich danach, seine Stimme zu hören, und muss wissen, ob es ihm den Umständen entsprechend gut geht. Ich bin gerade in Gedanken versunken, als das Smartphone in meiner Hand plötzlich zu läuten beginnt und mich so erschreckt, dass mir das Handy aus der Hand und auf meine Brust fällt.

Ich greife hastig danach und muss lächeln, als ich Elijahs Namen auf dem Display sehe. Mein Herz beginnt wild zu klopfen, als ich den Anruf entgegennehme.

»Hey«, flüstere ich und lächle glücklich vor mich hin.

»Gott, das habe ich jetzt gebraucht«, höre ich ihn murmeln, gefolgt von einem traurigen Seufzen.

»Dass ich dich begrüße?«, frage ich und kaue auf meiner Unterlippe, während ich auf seine Antwort warte.

»Ich musste einfach deine Stimme hören.«

»Was ist los? Du klingst wirklich nicht gut. Ist es wegen der Sache mit deinem Bruder?«

»Hmm. Er war es tatsächlich, hat es mir sogar gestanden, aber auch nur, weil er seine Spuren so gut verwischt hat, dass ich ihn rechtlich nicht belangen kann.«

»Das ist ja schrecklich. Wieso sollte dein Bruder so etwas tun?«

»Weil er mich hasst.«

»Hat er das gesagt?«, frage ich geschockt. Egal, wie schlimm die Vergangenheit ist, die man miteinander teilt – Hass ist ein zu großes und zu negatives Wort, um es im gleichen Atemzug mit der Familie zu nennen.

»Das muss er gar nicht, denn das spürt man, sobald wir gemeinsam in einem Raum sind. Unsere Beziehung war nie die beste, aber dass es so schlecht um uns steht, schockiert mich ziemlich. Meinen Vater auch, der ist dann dazugekommen, hat aber den Teil mit dem Hackerangriff nicht mitbekommen. Ich bin nicht der Typ fürs Petzen. Ich bekomme ihn dafür dran, und dann werde ich mich für immer von ihm fernhalten.«

»Ach Elijah. Das tut mir schrecklich leid. Kann ich etwas für dich tun?«, frage ich und reibe mir mit der freien Hand über die Brust. Ich leide mit ihm mit. Die Vorstellung, meine Schwestern und ich könnten uns in einer ähnlichen Situation wiederfinden, ist schrecklich. Ich würde daran zerbrechen, wenn eine von ihnen sich von mir abwenden würde.

»Dass du da bist, reicht mir schon völlig aus.«

»Das ist es ja, ich bin nicht bei dir. Ich wünschte, ich wäre nicht hierhergeflogen. Du brauchst mich mehr als meine Eltern. Wir telefonieren fast täglich und sehen uns alle paar Monate, aber du brauchst mich.«

»Ich werde dich immer brauchen, ob du nun Meilen entfernt bist oder nicht. Aber jetzt lass uns nicht mehr über dieses Thema reden. Das können wir immer noch ausgraben, wenn du da bist. Erzähl mir, wie es in Colorado ist.«

»Es schneit. Alles ist weiß und eiskalt.«

»Oh, ich bin neidisch, hier in Staten Island schneit es noch nicht.«

»Ich würde dir ja gerne etwas davon abgeben. Auch wenn ich es mag, wenn es schneit – hier übertreibt es der Wettergott gerne mal, und man ist dann eingeschneit und kann weder raus noch rein.«

»Also ich wüsste, was wir tun könnten, wenn wir eingeschneit sind«, meint Elijah, und sein brummendes Lachen sorgt dafür, dass sich eine Gänsehaut auf meinem gesamten Körper ausbreitet. Ich kann mir bildlich vorstellen, was wir tun würden.

»Hör auf. Du kannst mich nicht scharfmachen, wenn du meilenweit entfernt bist.«

»Klar kann ich das. Wenn wir schon getrennt sind, will ich

wenigstens dafür sorgen, dass dir nicht kalt ist. Ich möchte dich aufheizen.«

»Du brauchst einfach nur zu atmen, das reicht schon.«

»Ich wäre jetzt so gerne bei dir«, höre ich ihn seufzen, und mein Herz wird plötzlich ganz schwer vor Sehnsucht.

»Auch ich wünschte, dass du mitgeflogen wärst. Es wäre schön, wenn ich meiner Familie nicht verschweigen müsste, wie glücklich du mich machst, und wenn ich meine Schwestern nicht belügen müsste.«

»Du weißt, dass ich dich niemals drängen würde, wenn es darum geht, unsere Beziehung öffentlich zu machen. Egal wie du dich entscheidest, ich stehe hinter dir, doch wenn du meine Meinung dazu hören möchtest, wäre ich gerne bei dir und würde deine Eltern kennenlernen, damit sie erfahren, was für ein Mann ich bin. Ich möchte ihr Vertrauen gewinnen, damit sie wissen, dass du bei mir in guten Händen bist.«

»Ach du. Wenn du solche schönen Dinge sagst, dann klopft mein Herz so wild in meiner Brust und macht die Sehnsucht noch schlimmer.«

»Entschuldige. Ich bin nur ehrlich, aber wie schon gesagt, wir können es weiterhin geheim halten, bis du entscheidest, dass wir es nicht mehr tun müssen.«

»Danke für dein Verständnis. Das bedeutet mir viel. Aber ich hoffe auch, dass du weißt, dass ich es liebe, mit dir zusammen zu sein. Dass mein Leben heller und voller Farbe ist, wenn du bei mir bist. Durch dich habe ich eine neue Seite an mir entdeckt, die ich liebe, und das macht mich unglaublich glücklich.«

»Ich vermisse dich, Rory, und auch wenn es blöd klingt, weil wir uns in ein paar Tagen wiedersehen werden, wünschte ich, du wärst hier.«

»Mir wäre es lieber, wenn du hier wärst. Ich könnte dir meine Heimat zeigen, das schönste Fleckchen Colorados, dir meine Pferde vorstellen und einfach Zeit mit dir verbringen.«

»Das klingt schön.«

»Aber ich bin auch zufrieden, wenn ich deine Stimme hören kann.«

»Ich auch«, seufzt Elijah, ehe er sich räuspert. Ich höre ein Rascheln, als hätte er sich ins Bett oder auf eine Couch gelegt.

»Wo bist du eigentlich?«, frage ich schließlich. Es ist gerade mal elf Uhr morgens, eigentlich müsste er jetzt im Büro sein.

»Ich bin bei Lola und Arthur. Die beiden haben mich zum Mittagessen eingeladen.«

»Oh, verstehe, richte ihnen bitte liebe Grüße aus. Du solltest du nicht zu lange wegbleiben, wenn du zu Gast bist.«

»Ist schon gut. Sie merken ja selbst, wie sehr ich dich vermisse, da verzeihen sie es mir.«

»Das ist gut«, sage ich seufzend, ehe wir über meinen Flug und die Ankunft bei meinen Eltern reden. Ich erzähle ihm, wie sehr ich meine Heimatstadt liebe und dass ich darauf hoffe, dass es bald aufhört zu schneien, damit ich einen Ausritt mit Bluebell machen kann. Elijah wiederum erzählt von seinem Tag und wie gut es tut, Lola und Arthur wieder lächeln zu sehen, auch wenn sie nach dem Verlust ihres Kindes nie wieder dieselben sein werden. Und während ich seiner Stimme voller Wehmut lausche, vermisse ich ihn immer mehr.

30. KAPITEL

Elijah

»Es ist so arschkalt«, murmle ich, als ich meinen Mietwagen vor dem Grand Lake Inn parke und nach draußen blicke. Rory hat mit ihren Schilderungen über die Schneemengen nicht übertrieben. Mittlerweile sind richtige Winterstiefel nötig, um sich auf der Straße überhaupt fortbewegen zu können. Zum Glück habe ich meine Skiausrüstung durchwühlt und dabei auch meine dicken Stiefel gefunden, die zwar etwas klobig aussehen, ihren Zweck aber erfüllen.

Als ich mit meinem kleinen Reisekoffer den Eingangsbereich betrete, sehe ich mich staunend um. Die Wände sind in schlichtem Holz gehalten, und auch die Möbel sind aus unbearbeitetem Holz, doch der Eyecatcher ist die Fensterfront, die sich hinter dem Infoschalter befindet. Dort erkenne ich einen Flügel, einige Sitzgelegenheiten, von denen aus sich die wunderschöne Aussicht auf den See und die dahinterliegenden Berge genießen lässt.

Ich checke ein, werde von einem Pagen zu meinem Zimmer begleitet, das exakt so aussieht wie im Internet abgebildet. Neben dem Kingsize-Bett befindet sich ein Schreibtisch, an der Wand hängt ein Flatscreen-TV. Daneben befindet sich ein Bad, das weiß gefliest ist und damit ausgleicht, dass es kein Fenster hat. Das Zimmer hat außerdem einen Balkon, von dem aus ich dieselbe Aussicht habe wie unten an der Fensterwand. Der See glitzert in der Sonne und lässt es so aussehen, als würden weiße Diamanten auf der Wasseroberfläche tanzen.

Während ich die Aussicht genieße, läutet mein Smartphone, und ich lächle, als ich Rorys Name entdecke. Sie wird bestimmt vor Freude ausflippen, sobald sie erfährt, dass ich hergekommen bin. »Guten Morgen, du wunderbares Wesen. Hast du gut geschlafen?«, frage ich, da es erst acht Uhr morgens ist. Obwohl ich elf Stunden unterwegs war, verspüre ich keine Müdigkeit. Ganz im Gegenteil, ich fühle mich wie elektrisiert, weil ich Aurora wiedersehen werde.

»Hmm«, murmelt sie verschlafen, und es raschelt, als hätte sie sich erneut zugedeckt.

»Wieso bist du schon so früh wach?«

»Du hast dich nicht gemeldet«, sagt sie schmollend und gähnt ausgiebig.

»Ich hatte zu tun, mir ist etwas Wichtiges dazwischengekommen, um das ich mich dringend kümmern musste«, schwindle ich und verkneife mir das Lachen. Sie wird staunen, wenn sie mich sieht.

»War etwas mit Arthur und Lola?«

»Nein, keine Sorge. Bei den beiden ist alles gut … den Umständen entsprechend.«

»Oh. Okay, na dann.«

»Willst du gar nicht wissen, was ich zu tun hatte?«, bohre ich nach und setze mich an die Bettkante.

»Klar, erzähl mir, was du so getrieben hast, wenn du deine Freundin vergessen konntest.«

»Ich habe dich nicht vergessen, ich war nur nicht erreichbar, weil ich in einem Flugzeug gesessen habe.«

»Du bist an Thanksgiving auf Geschäftsreise?«

»Hmm. Wo bist du gerade?«

»Ich schlafe in meinem Lieblingsbungalow.«

»Echt? Wieso ist es dein liebster?«

»Weil er die Nummer eins hat. Meine Lieblingszahl.« Das ist genau die Information, die ich gebraucht habe.

»Wieso gerade die Nummer eins?«, hake ich nach, während ich meinen Mantel wieder anziehe und mich erneut nach draußen begebe. Ich habe vorhin schon die Schilder gesehen, die zu den Bungalows und zum See führen. Während Rory mir dies und jenes berichtet, stapfe ich mit meinen Stiefeln durch den Schnee und sehe endlich den Bungalow, der auch mein Ziel ist.

»Das heißt, Sierra und du prügelt euch immer darum, wer die größere Portion Kartoffeln bekommt?«

»Ja, damals schon. Mittlerweile macht meine Mutter reichlich, sodass es keine Opfer gibt.«

Ich klopfe an ihre Tür und verfluche innerlich den eiskalten Wind, der mich frösteln lässt. Auch wenn ich mich wirklich dick eingepackt habe, friere ich.

»Warte mal kurz, es klopft jemand an meiner Tür«, höre ich sie sagen und verstaue das Smartphone in meine Manteltasche. Als Rory die Tür öffnet, lässt auch sie fassungslos das Handy sinken.

»Das gibts nicht«, sagt sie atemlos, ehe sie loskreischt und sich regelrecht auf mich wirft. Sie schlingt ihre Arme um mich und ich meine um ihren Po, damit ich sie aus der Kälte in das warme Häuschen tragen kann. Ich schließe die Tür hinter uns und atme ihren vertrauten Duft ein, schließe die Augen und fühle einfach. Das Gefühl, sie zu halten und endlich bei ihr zu sein, ist überwältigend. Innerhalb so kurzer Zeit ist sie zum Mittelpunkt meiner Welt geworden. Nur einen Tag von ihr getrennt zu sein, war die Hölle für mich.

Rory löst sich von mir und sieht mich mit funkelnden Augen

an. Ich würde mal sagen, die Überraschung ist mir gelungen, denn sie strahlt übers ganze Gesicht.

»Wie? Wann? Wieso?«, fragt sie atemlos. Ich blicke auf das Smartphone in ihrer Hand, nehme es ihr ab und lege es auf eine kleine Kommode im Eingangsbereich. Dann küsse ich sie, ein kurzer, aber heißer Kuss.

»Mit dem Flugzeug«, antworte ich auf die erste Frage, greife nach ihren Händen und lege sie mir um den Hals, ehe ich ihr einen weiteren Kuss stehle, leidenschaftlicher diesmal. Ich löse mich von ihr, auch wenn sie mich nicht gehen lassen will.

»Gleich nach unserem Telefonat habe ich einen Flug gebucht«, flüstere ich und küsse ihre Nasenspitze. Ihre geröteten Wangen verleihen ihr etwas Engelhaftes, etwas Wunderschönes. Dass diese Frau etwas Besonderes ist, war mir schon bei unserer ersten Begegnung klar. Es ist ihr gutes Herz, das mich von Anfang an verzaubert hat.

»Und wieso ich hier bin?« Diese Frage ist am leichtesten zu beantworten.

»Weil ich dich liebe, Aurora. Du bist der fehlende Teil meines Herzens, den ich mein Leben lang gesucht habe.«

»Gibst du es endlich zu?«, fragt Rory zwar selbstbewusst, doch ihre Augen füllen sich mit Freudentränen.

»Hmm. Das tue ich, und ich werde es dir für eine lange Zeit immer wieder sagen.« Überwältigt von den Emotionen küsst mich Rory erneut, doch diesmal lässt sie es nicht zu, dass wir wieder voneinander weichen. Sie dirigiert mich ins Schlafzimmer, und noch bevor wir dort ankommen, zieht sie mir den Mantel aus, knöpft mir das Hemd auf und gibt mir einen kleinen Schubs, sodass ich rücklings aufs Bett falle. Rory zieht langsam ihren Pyjama aus und steht dann nackt und vollkommen vor mir. Ich entledige mich meiner restlichen Kleidung und setze mich auf, als sie näher kommt.

Sobald sie nah genug ist, greife ich nach ihren Hüften, ziehe sie an mich und drehe uns so, dass sie unter mir liegt, ehe ich sie erneut küsse und wir uns in unserer Leidenschaft verlieren. Immer und immer wieder, bis wir beide kommen und kraftlos in den Armen des anderen nach Luft ringen. Ich ziehe sie an mich und halte sie so lange, bis sich unsere Atmung normalisiert. In Momenten wie diesen wird mir klar, dass mein Glück nicht mehr von mir selbst gelenkt wird und es eine Person in meinem Leben gibt, die für meine Zukunft steht.

»Das ist schön«, flüstert sie an meiner Brust, und ich brumme zustimmend, streichle geistesabwesend über ihren Hinterkopf.

»Hast du Hunger?«, fragt sie zum Glück, da ich Gefahr laufe, einzuschlafen.

»Ich habe auf dem Flug hierher nicht wirklich viel gegessen.«

»Schön, meine Mom macht die besten …«, setzt sie an, verstummt aber wieder, da ihr wohl erneut klar wird, dass niemand von unserer Beziehung weiß. Langsam drehen wir uns, sodass wie einander gegenüberliegen und uns ansehen. In ihrem Gesicht spiegelt sich die Trauer, die sie wohl im Innern empfindet, wider. Ich wünschte, ich könnte sie ihr nehmen, doch die Entscheidung in dieser Frage liegt bei ihr.

»Du weißt, dass ich an deiner Seite bin, bis du bereit bist, es öffentlich zu machen. Ich weiß, dass unsere Gefühle echt sind, und auch wenn ich es schade finde, deine Familie noch nicht kennenlernen zu können, reicht mir das aus, was wir jetzt haben.«

»Wirklich? Für dich wäre es okay, noch länger mein Geheimnis zu sein?«, fragt sie unsicher und blickt auf meine Brust. Ich lege meinen Zeigefinger und Daumen unter ihr Kinn und hebe es, damit sie mir wieder in die Augen sehen kann.

»Wir sind so viel mehr als ein Geheimnis, also mach dir keine Sorgen, ja? Ich will dich nicht überrumpeln, weil ich hier aufgetaucht bin. Da ich weiß, dass du viel Zeit mit deiner Familie verbringen wirst, habe ich mir genügend Arbeit mit nach Colorado genommen, und du kennst mich. Ich kann immer und überall arbeiten.«

»Aber es ist Thanksgiving.«

»Das feiern wir in der Familie schon seit Jahren nicht mehr. Meine Mom und ich gehen für gewöhnlich essen, und ich schreibe meinem Dad eine Nachricht, das wars. Einladungen zum Essen von Arthur und Mikaela habe ich immer ausgeschlagen, weil ich mich nicht aufdrängen wollte und weil ich gar nicht mehr weiß, wieso die Menschen überhaupt diesen Feiertag feiern.« Rory nickt und scheint mit ihren Gedanken sehr weit weg zu sein, aber das ist okay.

Nach einer gemeinsamen Dusche fühle ich mich rundum wohl und ausgeglichen. Als ich mit feuchten Haaren die kleine Kochnische betrete, wo Rory uns gerade einen Kaffee macht, schlinge ich meine Arme von hinten um sie und küsse ihre Schulter. Sie schnurrt zufrieden und bietet mir ihren Hals wie eine Opfergabe dar. Als ich gerade dabei bin, zarte Küsse zu verteilen, öffnet sich plötzlich die Tür. Wir drehen uns erschrocken um und erkennen Sierra, die uns geschockt ansieht und schließlich breit grinst.

»Wusste ich's doch, dass da was zwischen euch läuft«, sagt sie statt einer Begrüßung und betritt den Bungalow. Ich löse mich augenblicklich von Rory, doch sie überrascht mich, als sie nach meiner Hand greift und ihre Finger mit meinen verhakt. Ich blicke sie verwundert an, doch sie lächelt nur, will mir damit wohl klarmachen, dass es okay ist und sie sich nicht mehr verstecken möchte.

»Es stimmt. Elijah und ich sind zusammen.« Sierra nickt nur und setzt sich auf den Hocker an der Arbeitsfläche der Küche. Sie scheint kein bisschen überrascht zu sein.

»Du wusstest es, oder?«, fragt Rory nun und nimmt mir die Frage regelrecht aus dem Mund.

»Ich habe es vermutet, und bevor du nach dem Wie oder Wann fragst, sei dir sicher, dass ich nicht die Einzige bin, die etwas ahnt. Ihr zwei habt euch eindeutig verliebte Blicke quer durch den Raum zugeworfen.«

»Aber wir waren so vorsichtig«, meint Rory und setzt sich neben ihre Schwester. Ich drehe mich um und mache noch eine weitere Tasse Kaffee für Sierra, da ich schon ahne, dass wir hier ein längeres Gespräch führen werden.

»Das denkst du, aber es steht euch beiden ins Gesicht geschrieben. Sorry, aber als Spione taugt ihr nichts«, meint Rorys zweieiiger Zwilling und knufft Rory liebevoll in die Schulter.

»Dann weiß Chelsea es auch, oder? Seid ihr nicht wütend auf mich?«

»Ich bin mir nicht sicher, ob Chels es weiß. Du kennst sie, sie hätte dich mit Sicherheit darauf angesprochen, wenn sie etwas geahnt hätte. Und meine Antwort ist nein. Ich bin nicht sauer. Ich wollte es sein, weil du es nicht für nötig gehalten hast, mich einzuweihen, doch wenn ich dich ansehe, wird mir klar, dass du noch nie so glücklich warst wie jetzt.« Sierra sieht zu mir, und Rory tut es ihr nach, wobei sich ihre Wangen zartrosa färben. Da ich mich noch nicht einmischen will, schweige ich, doch die beiden brauchen meinen Input nicht, sie müssen sich aussprechen.

»Ich bin glücklich, aber ich hatte auch Angst, euch von meinen Gefühlen zu erzählen.«

»Wieso? Wir sind eine Familie und würden uns nicht zwischen dich und dein Glück stellen.«

»Das weiß ich, doch Elijah ist unser Investor und Geschäftspartner, und Chelsea meinte, er wäre tabu.«

»Spielst du auf das an, was sie gesagt hat, als wir gescherzt haben? Das war mit Sicherheit so gedacht, dass wir keine Affäre mit ihm beginnen sollen. Wenn sie geahnt hätte, dass du dich zum ersten Mal verlieben würdest, dann hätte sie geschwiegen, glaub mir.«

»Woher willst du das wissen?«, fragt Rory sie, doch dann öffnet sich die Tür erneut, und Chelsea kommt herein. Ich bin so froh, mir vorhin eine Jeans und einen Pullover angezogen zu haben. Es wäre äußerst peinlich geworden, wenn die beiden uns in Unterwäsche angetroffen hätten. Sie sieht mich geschockt an, dann wandert ihr Blick zu Rory und Sierra. Anders als Rorys Zwillingsschwester steht der Geschäftsführerin die Überraschung ins Gesicht geschrieben.

»Elijah? Du hier?«, fragt sie mich, und während ich dabei bin, mir irgendeine Ausrede einfallen zu lassen, steht Rory auf und greift entschlossen nach meiner Hand.

»Ja, er wollte mich besuchen kommen.«

»Und wieso sollte er das tun?«, fragt sie ruhig. Doch ihre Stimme klingt kühl, und ich ahne schon, dass sie die Nachricht über unsere Beziehung nicht so positiv aufnehmen wird wie Sierra.

»Weil wir zusammen sind«, sagt Rory und drückt meine Hand fester, als würde sie nur darauf warten, dass ihre Schwester vor Wut zu toben beginnt.

31. KAPITEL

Rory

»Seid ihr das, ja?«, fragt mich meine ältere Schwester, und ich schwöre, ich fühle mich wieder wie eine Sechsjährige, die heimlich die ganzen Weihnachtsplätzchen aufgegessen hat.

»Seit einiger Zeit, um ehrlich zu sein. Bevor du jetzt ausflippst, sollst du wissen, dass ich das alles nicht geplant habe. Ich habe mich gegen meine Gefühle gewehrt, wollte nicht gegen unsere Firmenprinzipien verstoßen und meinen guten Ruf nicht riskieren, aber Elijah wollte mich nicht aufgeben.« Während ich über ihn spreche, drehe ich meinen Kopf, um ihn anzusehen.

»Immer wieder hat er seine Hand nach mir ausgestreckt, bis ich schließlich meine Gefühle ihm gegenüber akzeptiert habe. Und seitdem sind wir ein Paar.«

»Nicht zu fassen!«, faucht Chels und blickt zu Sierra.

»Hast du es gewusst?«, fragt sie wütend, doch meine Zwillingsschwester zuckt nur mit den Schultern.

»Ich habe es geahnt, und wenn schon. Sie ist kein Kind mehr.« Ich merke, dass Sierra auf meiner Seite ist, doch das mildert Chelseas Wut nicht – im Gegenteil. Sie macht ein paar Schritte auf uns zu, und ich verkrampfe mich augenblicklich, weil ich das hier nicht will. Ich will nicht, dass sie denkt, es wäre falsch, mit Elijah zusammen zu sein.

»Das weiß ich. Du bist kein Kleinkind, aber du verhältst dich wie eines.«

»Inwiefern? Ich habe meine Arbeit stets zufriedenstellend erledigt. Dass ich mit Elijah zusammen bin, hat meine Leistung nicht verschlechtert, und da wir unsere Beziehung geheim gehalten haben, gibt es auch keine Gerüchte und Spekulationen in der Agency.«

»Du denkst, deswegen bin ich sauer?«, fragt sie, und zum ersten Mal erkenne ich ihre wahren Gefühle. Sie ist nicht wütend, sondern, noch viel schlimmer, sie ist enttäuscht.

»Ich weiß es nicht, aber sei dir sicher, dass das, was Elijah und ich haben, mehr als nur eine Affäre ist. Wir lieben uns«, sage ich und spüre seinen Arm, der sich um mich legt und mich an sich drückt, als Zeichen dafür, dass meine Worte uns beide betreffen.

»Und gerade weil eure Beziehung tiefer geht als alle deinen anderen, hättest du zu mir kommen sollen. Ich dachte, wir verstehen uns und vertrauen einander.«

»Das tun wir auch«, sage ich eindringlich, doch sie schüttelt den Kopf.

»Anscheinend nicht, sonst hättest du uns von Anfang an die Wahrheit gesagt. Dass Elijah unser Investor ist, ist mir egal, aber ich hätte mir gewünscht, dass du zu uns kommst und uns von deinen Gefühlen erzählst.«

»Ich konnte nicht, weil meine Gefühlswelt ein Durcheinander war. Elijah war verboten, und doch fühlte ich so viel in seiner Nähe. Das hat mich so sehr in den Wahnsinn getrieben, dass ich ihn immer wieder von mir gewiesen habe. Aber nun sind wir ein Paar, und er macht mich sehr glücklich. Es tut mir leid, dass ich euch nichts gesagt habe. Ich denke, ich hatte einfach Angst vor eurer Verurteilung oder davor, dass ihr mir ein Ultimatum stellt.«

»Denkst du wirklich, wir wären dazu in der Lage?«, fragt Sierra, sodass ich mich von Elijah löse und auf sie zugehe.

»Nein, aber wenn man nicht weiß, was man empfinden soll, dann scheint all das Negative möglich. Einmal im Leben wollte ich mein Glück auskosten und nicht auf das hören, was die anderen sagen oder für richtig halten.«

»Ach Küken«, höre ich Chelsea sagen und spüre schon ihre Arme, die sich von hinten um mich schlingen und mich fest an ihre Brust drücken. Es dauert keine Sekunde, da ist Sierra vor mir und umarmt mich ebenfalls. Und dann lasse ich den Tränen freien Lauf. All der Druck und die Unsicherheit, die ich in den letzten Wochen gefühlt habe, die Schuldgefühle, fallen wie eine zentnerschwere Last von meinen Schultern.

»Wir würden dich niemals verurteilen. Erst recht nicht, wenn es um Liebe geht«, flüstert Chelsea mir ins Ohr und lässt mich schluchzen. Dies ist kein Moment der Schwäche, in dem ich mich selbst verliere, sondern ein Akt der Stärke, weil meine Schwestern immer zu mir halten werden. Egal, was kommen mag. In ihrer Umarmung fühle ich mich einfach wohl und glücklich, und ich merke, wie sehr ich es vermisst habe, meine Schwestern einfach zu halten, wie wir es als Kinder oft getan haben.

»Ihr zwei werdet immer die wichtigsten Menschen in meinem Leben sein. Bitte verzeiht mir, dass ich euch nicht früher eingeweiht habe.«

»Schon vergessen. Wir hätten auch nachfragen können, also sollten wir diese Sache hinter uns lassen«, meint Sierra, und wir stimmen nickend zu. Als wir uns mit geröteten Augen voneinander lösen, merke ich, dass Elijah nicht mehr im Raum ist. Er muss sich ins Schlafzimmer zurückgezogen haben.

»Elijah?«, frage ich, und es dauert nicht lange, bis er die Tür öffnet und wieder in den Wohnküchenbereich zurückkommt.

»Entschuldigt, es schien mir ein intimer Schwesternmoment zu sein, da wollte ich nicht stören«, sagt er, und ich kann ein verliebtes Aufseufzen gerade noch zurückhalten.

»Alles gut. Wir sind auch schon fertig mit dem sentimentalen Mist«, meint Sierra und lacht auf.

»Stimmt, es wurde definitiv genug geheult. Der Grund, wieso wir alle in Rorys Bungalow sind, war eigentlich, dass das Frühstück auf dem Tisch steht. Mom und Dad wundern sich bestimmt schon, wieso wir nicht zurückkommen.«

»Oh Gott, dann lasst uns gehen, nicht dass die auch noch hier auftauchen«, sage ich panisch und greife nach Elijahs Hand.

»Ich soll mitkommen?«

»Natürlich. Da wir uns ausgesprochen haben, ist keine Geheimhaltung mehr notwendig. Jetzt kann ich endlich mit dir angeben«, sage ich ernst, doch das Augenrollen meiner Schwestern entgeht mir nicht.

»Na, dann kommt, ihr Turteltauben, denn die wahre Prüfung steht euch noch bevor«, sagt Sierra lachend und spielt natürlich auf die Begegnung mit Mom und Dad an. Sierra und Chelsea gehen vor, sodass wir uns ungestört unterhalten können.

»Fühlst du dich jetzt besser?«, fragt Elijah und legt erneut seinen Arm um mich.

»Ja. Ich bin so erleichtert, dass die beiden positiv reagiert haben. Es hätte auch anders ausgehen können.«

»Hättest du dich von mir getrennt, wenn sie es verlangt hätten?«

»Nein. Das würden meine Schwestern auch nie fordern. Sie würden sich niemals aktiv in meine Beziehung einmischen. Das ist nicht ihre Art.«

»Schön, das zu hören. Dass es wahre Geschwisterliebe in deinem Leben gibt.« In seinen Worten schwingt Traurigkeit mit, sodass ich sofort weiß, dass er von seinem Stiefbruder redet.

»Möchtest du über Hardin reden?«

»Nicht jetzt. Ich will uns den Tag nicht durch meine Familientragödie vermiesen.«

»Deine Wut ist auch meine Wut, Elijah. Wenn du reden möchtest, müssen wir nicht zu meinen Eltern gehen. Wir könnten ins Restaurant frühstücken gehen und in Ruhe reden.«

»Es ist perfekt so, wie es ist. Lass uns schnell zu deinen Eltern gehen, damit ich mich ihrem Urteil stellen kann.«

»Kannst du angeln?«, fragt mich Sierra plötzlich, und mir wird klar, dass wir schon am Haus angekommen sind.

»Ja, früher bin ich mit meinem Dad fast jedes Wochenende zum Fischen aufs Land gefahren.«

»Dann wird mein Dad dich lieben. So einfach ist das«, meint Chelsea und kichert, woraufhin Elijah mich fragend ansieht.

»Dad ist Vorsitzender des Angelverbands, wenn du dich also auskennst, ist das die halbe Miete.« Elijah sagt zwar nichts, doch ich merke, dass er seine Muskeln lockert. Ich drücke ihm einen schnellen Kuss auf die Wange.

Meine Schwestern gehen schon vor ins Esszimmer und nehmen neben Mom und Dad Platz. Als die beiden merken, dass ich nicht alleine komme, werden ihre Augen groß. Natürlich haben sie mit einem männlichen Gast so früh am Morgen nicht gerechnet. Ich habe eine peinliche Vorstellungsrunde erwartet, ein Gespräch, in dem Dad Elijah verbal in die Mangel nimmt, wie man es sonst aus Filmen kennt – doch nichts dergleichen passiert.

Dad und Mom empfangen ihn mit offenen Armen. Während Dad interessiert lauscht, was Elijah beruflich macht, sieht meine Mutter mich an und wackelt mit den Brauen, als wolle sie sagen *Gut gemacht, Mädel, du hast dir einen richtigen Schnuckel ausgesucht.*

Ihr ist anzumerken, dass sie hin und weg von Elijah ist und sein Aussehen wie auch seinen Charakter mag. Sierra, Chelsea und ich sehen uns häufiger an und beobachten die drei, die ins Gespräch vertieft sind und uns kaum wahrnehmen. Doch so ganz stimmt das auch nicht. Elijah wirft mir immer wieder einen liebevollen Blick zu, was natürlich nicht unbemerkt bleibt. Doch das ist mir egal. Wir sind verliebt, und nichts in der Welt sollte uns dazu bringen, uns zu verstecken.

Nach dem Frühstück setzen sich Mom und Elijah ins Wohnzimmer und setzen ihre Unterhaltung fort, während wir den Tisch abräumen und die Einkaufsliste noch mal durchgehen, um zu überprüfen, ob wir noch etwas für Thanksgiving vergessen haben. Gemäß der Familientradition erledigen wir den Einkauf für unseren zweitliebsten Feiertag gemeinsam – ein Familienausflug zu Walmart.

Elijah ist den ganzen Vormittag von Mom und Dad umgeben, die ihm so viele Fragen stellen, dass ich die beiden schließlich bremsen muss. Doch mein Freund ist entweder höflich oder genießt die Aufmerksamkeit tatsächlich. Es ist später Nachmittag, als wir den Einkauf verstaut, die Getränke gekühlt und den Tisch gedeckt haben.

»Ihr deckt eine Nacht vorher den Tisch?«, fragt mich Elijah, als er das Besteck auf den Servietten verteilt.

»Ja, das entlastet uns am nächsten Tag. Heute Abend bestellen wir wie jedes Jahr Pizza und essen morgen die Reste, ehe wir am Abend reinhauen.«

»Ich sehe schon, hier herrschen eiserne Traditionen«, meint Elijah, der plötzlich das Besteck beiseitelegt. Ich kann kaum so schnell gucken, wie er an meine Seite ist und mich an sich zieht, um mich zärtlich und sehr innig zu küssen.

»Meine Eltern könnten uns sehen«, hauche ich gegen seine Lippen, als er sich von mir löst, doch er schüttelt den Kopf.

»Sie haben gerade den Fernseher angemacht, und ich höre keine Schritte, also sitzen alle, keine Sorge.« Plötzlich fühle ich mich albern dabei, die Zärtlichkeiten, die wir austauschen, verbergen zu wollen.

»Entschuldige. Ich denke, es wäre auch kein Problem, wenn sie uns erwischen. Ich bin es einfach nicht gewohnt, einen Partner zu haben. Das ist alles noch neu für mich.«

»Keine Sorge, ich werde dir alles beibringen und zeigen. Und wenn sie uns sehen würden, dann würden sie vermutlich einfach lächeln und den Kopf schütteln, wie bei verliebten Teenies, über deren Glück man sich insgeheim freut.«

»Kannst du die beiden schon so gut einschätzen?«, frage ich erstaunt und lege meine Handfläche auf seine Brust.

»Ja, ich denke schon. Deine Eltern sind aufrichtige und gute Menschen, die ihr Herz am rechten Fleck haben. Das erklärt auch, wieso du mir damals Geld gegeben hast.«

»Unsere erste Begegnung lässt dich noch immer nicht los, was?«, frage ich kichernd.

»Niemals, es war einfach der Augenblick, der alles verändert hat.«

»Für mich war es die Präsentation, da habe ich gemerkt, dass du meine Schwachstelle sein würdest.«

»Sehr romantischer Ausdruck.«

»Na ja, er hat auch nichts mit Romantik zu tun. Ich wollte mich nicht in dich verlieben. Wollte eigentlich niemanden an mich ranlassen. Alle Beziehungen in meinem Umfeld gingen in die Brüche, und unsere Zielpersonen waren zu dem Zeitpunkt fast alle untreu, da wollte ich dieses Leid nicht auch noch spüren.«

»Du wirst es auch nicht erleben müssen, denn ich schwöre dir, dass ich dir niemals wehtun würde. Das könnte ich einfach nicht, denn dein Schmerz ist mein Schmerz.«

»Hmm. Du hast recht. Ich vertraue dir, Elijah. Gerade deswegen habe ich das Gefühl, dass nichts in der Welt uns auseinanderbringen könnte.«

Nach einem ruhigen Thanksgiving mit viel leckerem Essen bricht auch schon der letzte Tag hier in Colorado an, den Elijah und ich allein verbringen wollen. Nachdem er zwei Tage von meiner Familie eingespannt wurde, möchte ich meinen Freund jetzt etwas für mich allein haben. Der Schneefall ist endlich zu Ende, und an diesem Tag scheint die Sonne und macht die kalten Temperaturen etwas erträglicher. Da Elijah schnell friert, hat er sich dick eingepackt.

Zuerst machen wir einen Abstecher in den Stall, wo ich Elijah meine Pferde Bluebell und Vanilla zeige. Während wir die Pferde striegeln, unterhalten wir uns, und ich erzähle ihm von meiner Leidenschaft fürs Reiten, die schon in meine Kindheit zurückreicht. Meine Eltern führen das Inn, seit wir Babys waren. Da sie geschulte Mitarbeitende haben, müssen sie nicht immer anwesend sein und können sich an Feiertagen freinehmen, aber eigentlich lieben sie das, was sie tun, und sind die meiste Zeit im Hotel.

Die Zeit mit den Pferden hat uns hungrig gemacht, also gehen wir in die örtliche Bäckerei frühstücken, ehe wir an meiner alten Highschool vorbeigehen und dann schließlich zum Spazierpfad kommen, der um den Grand Lake herumführt und eine herrliche Aussicht auf den See und die Berge bietet, die ihn umgeben. Elijah wird immer stiller, je länger wir unterwegs sind. Zuerst denke ich, dass er müde ist, doch ein Blick reicht aus, um festzustellen, dass er mit den Gedanken weit weg ist.

»Was geht dir durch den Kopf?«, frage ich vorsichtig und hake mich bei ihm unter. Während ich spreche, entweicht mir eine Atemwolke. Auch wenn die Temperaturen gesunken sind, fühle ich mich in Elijahs Nähe wohl und friere kein bisschen.

»Ich frage mich, wann es anfing, mit meinem Bruder schiefzulaufen.«

Er atmet tief ein und aus, als müsse er sich sammeln.

»Anfangs hat Hardin mich einfach gemieden, dann hat er angefangen mir Streiche zu spielen, die nicht mehr witzig waren, aber ich habe aufgrund seines jungen Alters keinen Aufstand gemacht, jetzt frage ich mich, wieso ich so naiv war. Mittlerweile habe ich auch mit meinem Vater gesprochen und ihm alles erzählt. Auch wenn ich keine stichhaltigen Beweise habe, muss mein Vater als CEO wissen, was vor sich geht. Immerhin sind wir alle durch die Arbeit verbunden. Der Angriff war keine Lappalie, sondern gesetzeswidrig.«

»Glaubst du, dein Vater hätte den Hackerangriff verhindern können?«

»Ich weiß es nicht. Hardin war für mich immer schon ein unlösbares Rätsel. Dass nur mehr Hass zwischen uns steht, ist traurig, aber so ist es nun mal.«

Wir drehen uns zum See um, der am Ufer bereits eine kleine Eisschicht gebildet hat. Elijah senkt enttäuscht den Kopf, und ich merke, wie tief ihn der Verrat seines Halbbruders verletzt hat.

»Was willst du jetzt tun? Nach dem Eingriff in dein Unternehmen, meine ich.«

»Ich habe einen Hacker sowie eine Privatdetektivin angeheuert, die ihn beschatten und Nachforschungen betreiben soll.«

»Wenn es sich richtig anfühlt, dann solltest du es tun. Was sagt dein Vater zu dieser ganzen Geschichte?« Er blickt kurz auf seine Schuhe, ehe er mir direkt in die Augen sieht.

»Er weiß selbst nicht, was er sagen oder tun soll. Es ist eine schwierige Situation, immerhin ist Hardin Teilhaber des Unternehmens und auch sein Sohn. Sobald ich ihn verklage, wird es an die Öffentlichkeit kommen und auch meinen Vater in ein schlechtes Licht rücken.«

»Diese Sache ist von Anfang an verzwickt gewesen«, sage ich traurig, denn ich möchte ihm irgendwie helfen, auch wenn ich es nicht wirklich kann.

»Mein Vater hat sich verändert. Er wirkt glücklicher als noch vor ein paar Monaten. Zuerst konnte ich mir keinen Reim darauf machen, aber jetzt verstehe ich sein Lächeln, weil ich es auch im Gesicht habe.«

»Ach ja?«

»Ja, er ist verliebt und grinst verträumt, wenn er auf sein Smartphone blickt. Er ist eine Spiegelung meines Verhaltens.«

»Stört dich das?«

»Nein, nicht im Geringsten. Immerhin hat er seit Jahren keine Partnerin in seinem Leben gehabt.«

»Vielleicht hatte er eine im Verborgenen.«

»Möglicherweise, aber ich bezweifle es. Er ist jemand, der sich gerne mitteilt, und wenn er eine Freundin hätte, hätten wir als seine Söhne es erfahren.«

»Ist das komisch für dich? Dass er jemand anderen liebt, nach deiner Mom?«

»Nein. Ich freue mich wirklich für ihn und bin gespannt, wann er es mir erzählt. Ich denke, er bereut es, meine Mutter betrogen zu haben. Es wirkt so, als hätte er sich über die letzten Jahre hinweg selbst dafür bestraft.«

»Hast du ihn je darauf angesprochen?«

»Ich wollte mich nicht in das Privatleben der beiden einmischen, also habe ich lange geschwiegen, aber es war keine gute Idee, es in mich hineinzufressen. Ich habe ihn einmal, als ich betrunken war und meine Mutter zufällig weinen sah, angerufen und zur Schnecke gemacht. Er hat sich alles angehört, aber kein Wort gesagt. Er hat wohl gewusst, dass ich einfach den Frust der letzten Jahre loswerden musste. Das war aber, bevor wir wieder mehr Kontakt miteinander hatten.« Der Wind nimmt zu, und Elijah schlingt die Arme um mich, damit wir uns aneinander wärmen können.

»Es sind nun zwei Jahrzehnte vergangen. Ich denke, es wird für alle Beteiligten Zeit, weiterzuziehen. Es kann nicht gut sein immer in der Vergangenheit festzustecken.«

»Ich weiß. Ich war in meiner Jugend so naiv zu denken, dass mein Vater deshalb keine Freundin nach meiner Mutter wollte, weil er nie über sie hinweggekommen ist. Der kleine zehnjährige Junge in mir hat gehofft, dass die beiden eines Tages wieder zusammenkommen könnten und wir wieder eine Familie sind.«

»Das zu hoffen ist nicht verwerflich. Es muss schrecklich für dich gewesen sein, als deine Eltern sich getrennt haben.«

»Am schlimmsten war es für meine Mutter. Wenn sie mich und das Schreiben nicht gehabt hätte, wäre sie untergegangen, und ich weiß nicht, ob wir sie je wieder zurückbekommen hätten. Meine Mutter ist ein sehr feinfühliger Mensch, und der Betrug ihres Mannes hat sie zu einer anderen Frau werden lassen. Einer stärkeren, aber auch einsamen Frau.«

»Sie ist danach auch keine Beziehung mehr eingegangen?«

»Nein, nicht dass ich wüsste. Wir erzählen uns normalerweise alles, was in unserem Leben vorgeht, also hätte sie es mir bestimmt gesagt.«

»Würdest du dich für sie freuen und auch für deinen Dad, wenn sie die eine Person treffen, die sie wieder an die Liebe glauben lässt?«, frage ich neugierig und bekomme einen Kuss auf die Stirn, ehe er meine Frage beantwortet.

»Ich wünsche mir für sie, dass sie jemanden finden, den sie so sehr lieben könnten, wie ich dich liebe«, sagt er und bringt mein Herz dazu, sich zu überschlagen. Dieses Wochenende hat mir in vielerlei Hinsicht die Augen geöffnet. In Bezug auf meine Schwestern, meine Eltern, Elijah und mich selbst. Endlich begreife ich, dass ich all die Männer in meiner Vergangenheit bewusst auf Abstand gehalten habe. Ich habe immer auf Elijah gewartet – ohne es je gemerkt zu haben.

32. KAPITEL

Elijah

»Hardin kommt auch zu deiner Geburtstagsfeier?« Die impulsiven Worte, die ich meinem Vater durchs Telefon entgegenschleudere, sind mir wohl etwas zu laut über die Lippen gekommen, denn Blair sieht draußen von ihrem Monitor auf und wirft mir einen fragenden Blick zu. Ich nicke ihr zu, um ihr zu signalisieren, dass alles in Ordnung ist, und mäßige meine Stimme. Niemand muss von der derzeitigen Situation zwischen mir und meinem Halbbruder wissen. Bis jetzt wissen die Privatdetektivin, mein angeheuerter Hacker, Taylor, Rory und Dad Bescheid.

»Er ist mein Sohn und Teilhaber unseres Unternehmens, Elijah. Wie würde das aussehen, wenn wir ihn ausladen? Schließlich wird auch die Presse anwesend sein. Außerdem habe ich mit ihm geredet.«

»Ohne es vorher mit mir abzusprechen?«

»Ich bin sein Vater, und das zwischen euch müsst ihr selbst regeln. Hardin bereut seine Tat und möchte auf der Party mit dir reden, um sich zu entschuldigen.«

»Glaubst du, mit einer Entschuldigung ist es getan, Dad? Wie kann ich sicher sein, dass er nicht aus Hass erneut etwas tut, um mir zu schaden?«

»Das wird er nicht. Er hat mir sein Wort gegeben.«

»Und falls es noch mal vorkommt?«, frage ich trotzig. Es ist eine Sache, wenn dir dein Bruder Salz in den Kaffee schüttet, um dich zu ärgern, aber hier reden wir von einem erheblichen finanziellen und emotionalen Schaden.

»Dann werde ich persönlich und geschäftlich eingreifen.« Seine Worte sind ernst gemeint, trotzdem fällt es mir schwer, von meiner Wut abzulassen. Sollte es wirklich zu einer Entschuldigung von Hardin kommen, weiß ich nicht, ob ich sie annehmen kann.

»Ich werde versuchen mich mit ihm zu einigen, auch wenn ich nichts versprechen kann.«

»Das ist mehr als ich verlangen kann. Danke, mein Sohn. Ich erwarte Rory und dich morgen um dreizehn Uhr.«

»Ist gut, wobei … warte mal. Woher weißt du von Rory? Ich habe dir nichts davon erzählt«, frage ich und runzle die Stirn. Er seufzt am Telefon auf, antwortet dann aber schnell.

»Ich habe deinen Instagram-Post gesehen.«

»Du hast Insta?«, frage ich nun schockiert, da ich nicht mal wusste, dass Dad ein Smartphone hat. Er nutzt schon seit über zehn Jahren das gleiche Blackberry.

»Ich musste umsteigen, da hat mich jemand glaubhaft überzeugt«, sagt er und kichert. *Warte mal. Mein Vater kichert?* Das muss mit seiner neuen Partnerin zusammenhängen. Das letzte Mal, als ich Dad so erlebt habe, war er noch mit Mom zusammen. Der Gedanke hinterlässt zwar einen bitteren Beigeschmack, doch es gelingt mir, das ungute Gefühl schnell wieder abzuschütteln.

»Will ich jetzt wissen, was hinter deinen kryptischen Worten steckt«, sage ich in der Hoffnung, dass er sich öffnet.

»Ach, nichts Besonderes. Bin nur nicht ganz weg vom digitalen Fenster, also keine Sorge.«

»Wie du meinst. Gut, dann sehen wir uns morgen.« Ich bin

gerade im Begriff aufzulegen, als er meinen Namen ruft, also halte ich inne und warte, aber er schweigt eine Weile.

»Ich hab dich lieb, mein Sohn. Wir kriegen das wieder hin mit Hardin. Hab Vertrauen.«

»Ich dich auch, Dad«, sage ich und unterdrücke ein Seufzen. Was in der Vergangenheit zwischen mir und Dad stand, hat sich mit der Zeit verzogen, und wir haben einander wieder liebgewonnen, was mich sehr glücklich macht. Auf die Sache mit meinem Halbbruder gehe ich nicht ein. Ich bin immer noch wütend und muss zuerst sichergehen, dass es ihm wirklich leidtut, ehe ich Hardin unserem Dad zuliebe noch eine Chance gebe. Ich bin nun erwachsen und weiß, dass Beziehungen zwischen Erwachsenen nicht so einfach sind, wie ich es als Kind gedacht habe.

»Okay, wir sehen uns.«

»Bye«, sagt er und legt auf, doch sein merkwürdiges Verhalten hinterlässt Fragezeichen in meinem Kopf.

Diese Fragezeichen rücken in den Hintergrund, als ich meine wunderschöne Freundin von der Agentur abhole, da wir gleich danach zu Dads Geburtstagsfeier aufbrechen. Bevor ich sie jedoch von ihrem Büro abhole, gehe ich zu Chelsea, die mich überraschenderweise mit einer Umarmung begrüßt. Sie sieht mir meine Verblüffung wohl an, zuckt aber nur mit den Schultern.

»Du gehörst nun zur Familie, und da gibt es kein Händeschütteln mehr.« Das Lächeln, das sie mir daraufhin schenkt, ist eines, das ich bei ihr bisher nur im privaten Umfeld wahrgenommen habe. Während der Arbeit macht sie meist einen reservierten Eindruck.

»Danke für die Aufklärung. Ich bin sehr froh, euch zu kennen.« Das bin ich wirklich. Ich bin ein Einzelkind und habe mir damals schon Geschwister gewünscht und es gehasst, immer allein zu sein. Es ist schön, nun Teil einer neuen, fröhlichen und warmherzigen Familie zu sein.

»Ihr geht jetzt ja zur Feier deines Vaters, oder?«

»Stimmt, er veranstaltet immer vor Weihnachten eine riesige Geburtstagsparty und tarnt es als verfrühte Weihnachtsfeier, ehe diese drankommt und er wieder auf den Putz hauen kann.«

»Ich sehe schon, du stammst aus einer Partytiger-Familie.«

»Hmm, stimmt. Meine Eltern wussten immer, wie man unvergessliche Feste feiert, während ich es lieber gemütlich mag. Ein entspannter Abend in der Bar trifft eher meinen Geschmack.«

»Bescheiden wie immer. Da du ja jetzt hier bist, wollte ich dich noch bezüglich der geschäftlichen Abwicklung sprechen. Wann können wir mit dem Vertrag rechnen?«

Ich unterdrücke ein Grinsen, da Chelsea ja noch nichts von der heimlichen Investition meines Vaters weiß. Damit es eine Überraschung bleibt, muss ich noch ein wenig flunkern.

»Mein Anwalt ist noch dabei, die Verträge aufzusetzen. Durch die Feiertage hat sich alles etwas verzögert.«

»Verstehe, dann warten wir einfach ab. Ich habe bereits einen Plan erstellt und mir überlegt, welche Pläne wir als Erstes angehen sollten, deshalb wollte ich wissen, wann wir sie realisieren können.«

»Danke für dein Verständnis.«

»Immer doch. So, jetzt hol meine Schwester ab, die ist schon sehr nervös, weil sie deinen Vater kennenlernen wird.«

»Ist sie das? Am Telefon klang sie sehr entspannt.«

»Nun, du wirst es selbst sehen«, sagt sie mit einem Schmunzeln und schürt damit meine Neugier.

»Bis bald.«

Ich trete hinaus ins Großraumbüro, wo ich alle Mitarbeitenden mit einem Winken begrüße, ehe ich zu Rory gehe, die sich gerade gebückt hat, um ihren PC herunterzufahren. Dabei präsentiert sie ihren perfekten Knackpo, den ich so gerne wieder drücken und kneten würde, aber wir müssen los, da wir ohnehin schon spät dran sind. Ich Arbeitstier habe mal wieder die Zeit vergessen.

»Hey Leute«, begrüße ich Wyatt, Dean und Min-Ah, damit ich nicht wie ein Creep rüberkomme, der seine Freundin anstarrt, als würde er sie fressen wollen. Mittlerweile wissen alle im Büro Bescheid, dass Rory und ich ein Paar sind. Nach der Offenbarung in Grand Lake haben wir die Geheimnistuerei beendet.

»Elijah! Schön, dich zu sehen.« Wyatt kommt auf mich zu, und wir umarmen uns kurz. Augenblicklich erinnere ich mich wieder an die schöne Zeit mit diesen lieben Menschen.

»Gleichfalls! Wie ich sehe, seid ihr wie immer fleißig.«

»Müssen wir sein, du weißt ja, was für eine Tyrannin unsere Chefin ist«, meint Dean scherzhaft, woraufhin Rory ihn mit einem zusammengeknüllten Papierball bewirft.

»Nicht frech werden. Ich war in der letzten Zeit zahm wie ein Kätzchen.«

»Bis sie dann wieder die Bossin raushängen lässt und uns zur Arbeit antreibt. Ich meine, arbeiten? Was für eine Frechheit«, sagt Min-Ah und zwinkert Rory zu, die nur den Kopf schütteln kann.

»Ich sehe schon, hier herrscht Harmonie«, sage ich und könnte meinen Sarkasmus nicht mal verbergen, wenn ich es wollte.

»Und wie! Du hast ziemlich viele Dramen und einige hitzige Diskussionen verpasst«, sagt Wyatt und rollt mit den Augen.

»Ja, ja. Wir sind die schlimmste Truppe ever. Wie können wir überhaupt miteinander arbeiten. Bla, bla, bla«, meint Rory mit einem breiten Grinsen und greift nach meiner Hand, um mich aus dem Raum zu ziehen.

»Wir müssen fahren, sonst verspäten wir uns noch mehr als ohnehin schon.«

»Gut, dann bis bald.«

»Bye Elijah. We miss you«, sagt Dean und formt mit beiden Händen ein Herz.

»Ich euch auch«, bringe ich noch raus, als ich auch schon aus dem Raum gezogen werde. Dann sind wir auch schon im Fahrstuhl, wo ich endlich Rorys Outfit bewundern kann, da sie ihren Wintermantel noch nicht angezogen hat. Sie trägt ein dunkelrotes Kleid aus einem weich fallenden Stoff, das am Saum leicht gerüscht ist. Die langen Ärmel sind ebenfalls rötlich, allerdings sind sie aus einem transparenten Material gefertigt. Es liegt enger am Oberkörper, wird aber ab der Hüfte breiter und reicht ihr bis zum Knie. Wenn sie sich schnell dreht, würde das Kleid sich so weit fächern, dass man locker ihre Unterwäsche sehen könnte. Memo an mich, sie beim Tanzen nicht zu sehr herumzuwirbeln.

»Du siehst wunderschön aus. Edel, und doch sexy.«

»Sexy? Was!«, meint sie panisch und dreht sich zu dem Spiegel im Fahrstuhl um.

»Zumindest für mich. Hey, keine Panik, das war ein Scherz.« Sie haut mir fest auf den Oberarm und sieht mich tadelnd an.

»Hör auf mit den Witzen. Ich habe noch nie die Eltern von meinem Freund getroffen und möchte mich einfach von meiner besten Seite zeigen und einen guten Eindruck hinterlassen.« Sie wirft schnell ihren Mantel über und richtet ihr Haar, ehe ich meinen Arm um sie schlinge, sie an mich ziehe und ihr in die Augen blicke.

»Du würdest meinen Vater selbst mit einem Kartoffelsack am Leib begeistern. Kein Elternteil will eine optische Prinzessin für seinen Sohn, wenn der Charakter nicht stimmt. Bei dir ist es das Gesamtpaket, und das werden er und der Rest meiner Familie schnell feststellen.« Rory stellt sich auf die Zehenspitzen und stiehlt mir einen viel zu kurzen Kuss.

»Danke, das habe ich jetzt gebraucht. Ich versuche, nicht zu nervös zu sein. Wie hast du das gemacht? Du sahst so entspannt aus, als du meine Eltern kennengelernt hast.«

»Ich wusste, dass ich gut mit ihnen auskommen werde, deshalb habe ich mich nicht verrückt gemacht. Wenn ich ihre Tochter liebe, kann ich gar nicht anders, als auch die Menschen zu mögen, die ihr das Leben geschenkt haben.«

»Du sagst immer so süße Sachen, das macht mich sehr glücklich.«

»Und du machst mich glücklich«, sage ich. Die Türen öffnen sich, und wir machen uns endlich auf den Weg zur Party.

Mein Vater ist ein großartiger Gastgeber. Das war er schon, als ich ein kleiner Junge war. Er hat die besten Feiern und schönsten Feste ausgerichtet, und jeder in der Nachbarschaft oder Familie kam gerne vorbei, um mit uns zu feiern, egal zu welchem Anlass. Sobald er Multimillionär war, hat er das Planen den Profis überlassen und war dann einfach der Stargast. Doch heute ist alles anders, da auch meine Mutter eingeladen wurde, und dass sie überhaupt zugestimmt hat, überrascht mich. Klar, er hat ihr einen Brief geschrieben und sich in aller Form dafür entschuldigt, sie verletzt zu haben, doch sie haben sich seit Jahren nicht mehr gesehen. Tante Geena hasst ihn, also hat meine Mutter es vermieden, ihn zu Geburts- und Feiertagen einzuladen, um Konflikte zu vermeiden.

Wir betreten Hand in Hand den großen imposanten Saal, wo leise Musik aus den Lautsprechern dringt. Es wurde nicht an Dekoration, Luxus und Dekadenz gespart. Auf den Tischen befinden sich Weinflaschen im Wert von Tausenden von Dollar. Die Bar ist prall gefüllt, der DJ und sein Team bauen gerade alles auf der Bühne auf, und überall schwirrt Servicepersonal mit Tabletts voller Champagner herum.

Die meisten der Anwesenden kenne ich bereits, da mein Vater die Gästeliste nicht wirklich oft erweitert. Rory und mir wird eine Karte mit unserer Tischnummer gereicht, was bedeutet, dass wir vorne bei der Bühne sitzen werden, was wiederum heißt, dass ich heute von vielen Menschen angesprochen werde. Denn auch wenn das hier eine Party ist, ist die Arbeit immer das Thema Nummer eins.

Ich drücke Rorys Hand, woraufhin meine Freundin mich ansieht und mir ein Lächeln schenkt. Das ist es. Mit ihrer bloßen Anwesenheit mildert sie alles ab, was mich beschäftigt, und ich fühle mich automatisch besser. Ja, womöglich werden mich Menschen ansprechen, die mehr Interesse an meinem Unternehmen als an mir haben, aber das kann ich alles ertragen, wenn Rory in meiner Nähe ist. Ich kann nicht anders, als kurz stehen zu bleiben und ihr einen Kuss auf die Stirn zu drücken, ehe wir unseren Tisch erreichen.

Meine Freude wird allerdings gedämpft, als ich Hardin entdecke, der sich mit einem Freund von Dad unterhält. Mir war klar, dass er hier auftauchen könnte, doch ihn auch wirklich zu sehen stößt mir sauer auf. Mein Team für juristische Fragen ist seit Tagen dabei, Beweise für den Hackerangriff zu finden, damit ich rechtlich gegen ihn vorgehen kann. Aber nach dem Telefonat mit Dad weiß ich nicht mehr, ob ich es tatsächlich tun kann. Immerhin ist er mein Bruder, und auch wenn er mich zu hassen scheint, sollte ich vielleicht zum Wohle des Unternehmens und unseres Rufs auf rechtliche Schritte verzichten.

»Da seid ihr ja«, höre ich die Worte meiner Mutter, bevor ich sie überhaupt sehe. Mom nimmt zuerst Rory und dann mich fest in den Arm.

»Ann, du siehst umwerfend aus«, spricht Aurora das aus, was ich mir denke. Meine Mutter trägt einen dunkelblauen, locker sitzenden Hosenanzug und darunter eine hellblaue Seidenbluse. Ihr blondes, lockiges Haar trägt sie heute offen, was sie jünger wirken lässt. Und glücklicher. Sie strahlt geradezu, obwohl ich eher gedacht hätte, dass es Unbehagen bei ihr hervorrufen würde, an Dads Party teilzunehmen. Doch dem scheint nicht so, was mich etwas beruhigt. Während die beiden sich unterhalten, spüre ich noch immer, dass ich angesehen werde. Es wundert mich nicht, dass Hardin mir hasserfüllte Blicke zuwirft. Es versetzt mich jedoch in Alarmbereitschaft, dass er auch Rory ins Visier nimmt. Sein Blick wird dunkler, und die Vorstellung, ihm zu verzeihen, erscheint mir weit entfernt.

In der Menschenmenge erkenne ich meinen Vater, der von allen Seiten belagert wird. Er ist in seinem Element, genießt die Aufmerksamkeit, wirkt aber entspannter als sonst. Zwar ist er noch immer der knallharte Geschäftsmann, doch er scheint seine Mitte gefunden zu haben, wenn er nicht in seinem Unternehmen ist.

Sein Blick wandert zu mir, dann zu Rory, der er von der Ferne aus freundlich zunickt und lächelt. Dann wandert sein Blick zu Mom, ehe das Lächeln auf den Lippen verblasst – nicht im negativen Sinne, sondern es scheint so, als würde ihre Schönheit ihn erneut verzaubern. Ich weiß nicht, wieso mich der Anblick irritiert, denn eigentlich sollte ein Teil von mir sich freuen, dass mein Vater die Schönheit meiner Mutter erkennt, aber da ich ahne, dass er eine Freundin hat, frage ich mich, ob es nicht auch eine Form von Betrug ist, meine Mutter so ergriffen anzusehen, wenn sein Herz doch vergeben ist. Er bahnt sich den Weg durch die Menge und umarmt uns zur Begrüßung, wobei er meine Mutter eine Spur länger an sich zieht, doch vielleicht bilde ich mir das auch ein.

Wir überreichen ihm unser Geschenk, das wir neben unserem Tisch abgelegt haben. Limitierte Golfschläger mit einer Signatur von Tiger Woods, dem Helden meines Vaters.

»Danke, Kinder. Ich liebe es. Wirklich«, meint er ergriffen und umarmt uns erneut.

Das Geschenk, das in einer durchsichtigen Plastikbox verpackt war, wird von einem Kellner entgegengenommen, der es zu den anderen Geschenken legt. Meine Mutter überreicht meinem Vater eine kleinere Box, die er allerdings nicht öffnet. Er bedankt sich mit einem warmen Lächeln. Kurz darauf wird er von einem anderen Gast gerufen und entschuldigt sich. Meine Mutter blickt ihm nachdenklich nach, und ich komme nicht umhin, mich zu fragen, ob sie noch Gefühle für ihn hat.

33. KAPITEL

Rory

Ich bin ein extrovertierter Mensch, doch wenn Ann-Claire nicht an meiner Seite wäre, würde ich mich in dem großen Saal sehr allein fühlen. Die Stimmung ist zwar ausgelassen, aber egal, wo man Gesprächsfetzen aufschnappt, geht es meist ums Geschäft. Es ist fast so, als wären die wenigsten hier, um den Geburtstag eines Freundes zu feiern, und das stimmt mich etwas traurig. Auch ich bin eine Business-Frau und liebe es, mein berufliches Netzwerk zu erweitern, aber ich vergesse nicht zu leben. Alles hinter mir zu lassen und einfach Spaß zu haben.

»Ziemlich düster hier, oder?«, fragt mich Ann, als wüsste sie genau, was in meinem Kopf vor sich geht.

»Irgendwie schon. Die wenigsten scheinen hier zu sein, um Spaß zu haben.«

»Das ist nur am Anfang so. Warte noch ein paar Stunden, dann wirkt der Alkohol, und diese Workaholics werden lockerer.«

»Schade, dass dafür Hochprozentiges benötigt wird.«

»Nimm's ihnen nicht übel. Der Markt ist erbarmungslos. Wer schläft, kann verlieren, also wird alles getan, um potenzielle Geschäftspartner*innen oder Investor*innen anzulocken.«

»Das werde ich wohl nie verstehen.«

»Elijah war auch so ein Typ, musst du wissen.«

»Wirklich?«

»Mein Sohn hat alles getan, um nicht wie sein Vater zu werden. Er wollte Unternehmen nicht auseinanderreißen, um sie zu verkaufen, sondern wollte ihren Aufstieg begleiten und beschleunigen. Menschlich hat er sich nicht geändert, ist immer noch der loyale und zuverlässige junge Mann, doch die Arbeit hat sein Leben beherrscht. Am Wochenende hat er sich mal verabredet, aber falls dies nicht der Fall war, hat er neben dem Training nur gearbeitet. Früher hat er die schönsten Bilder gemalt. Ob Kohlezeichnung, Aquarell oder Acryl – alles, was er geschaffen hat, hat etwas von seinem Wesen eingefangen. Es hat mir das Herz gebrochen, dass er so in der Arbeit versinkt, dass er oft sogar das Essen vergisst.«

»Das wusste ich nicht. Er wirkt sehr ehrgeizig, aber ich wusste nicht, dass er sich früher so selten frei genommen hat.«

»Er hatte wohl vergessen, was wirklich wichtig ist, doch durch dich gehört das der Vergangenheit an.«

»Durch mich?«

»Seitdem er Zeit mit dir verbringt, ist er wieder mein alter Elijah.«

»Ich habe zwar nichts gemacht, aber ich bin froh, dass er wieder auf den richtigen Weg zurückgefunden hat.«

»Du hast sehr viel gemacht, indem du ihn liebst. Der Rest kam von selbst.« Ich blicke dorthin, wo ich Elijah zuletzt gesehen habe, und tatsächlich: Er steht noch immer bei einem älteren Mann mit schütterem Haar und unterhält sich mit ihm, und es dauert nicht lange, bis sich unsere Blicke begegnen. Das ist einer dieser Momente, in denen jeder uns ansehen kann, dass wir uns lieben und zusammengehören.

Elijah zwinkert mir zu, verabschiedet sich von seinem Gesprächspartner und kommt auf mich zu. Er bewegt sich elegant durch den Raum und scheint gar nicht zu bemerken, dass sein Auftreten die Blicke der umstehenden Anwesenden auf sich zieht. Heute trägt er einen dunkelblauen Nadelstreifenanzug zu weißem Hemd und sieht darin unfassbar gut aus. Das kupferfarbene Haar hat er mit Gel in Szene gesetzt. Auch wenn ich seinen Dreitagebart liebe, sieht er so frisch rasiert einfach umwerfend aus. Es ist beinahe zu schön, um wahr zu sein. Als er mich endlich erreicht hat, will ich schon von meinem Stuhl aufstehen, doch er überrascht mich, indem er eine Hand auf der Lehne meines Stuhls ablegt, sich zu mir hinunterbeugt und mich küsst.

Dass der Raum voller Menschen ist, rückt in den Hintergrund. Wir beide sind alles, was zählt, und egal, wie alt ich werde, Momente wie diese werden sich für immer in meinen Erinnerungen einbrennen. Es sind die schönsten in meinem bisherigen Leben. Als Elijah seine Lippen von meinen löst, zieht er sich langsam zurück und blickt mich liebevoll an. Seine grünen Augen sagen mir, dass ich die Eine für ihn bin. Meine blauen sollen ihm mitteilen, dass ich nie glücklicher war als in diesem Moment.

Elijah setzt sich neben mich, greift nach meiner Hand, als Applaus erklingt und sein Vater die Bühne betritt, um die Anwesenden zu begrüßen. Danach beginnt eine Diashow, bei der private Bilder sowie Zeitungsartikel an die Leinwand gebeamt werden. Danach übernimmt der DJ das Abendprogramm, und die Stimmung wird lockerer, genau wie Elijahs Mom es vorhergesehen hatte. Auch Elijah und ich tanzen eng umschlungen bei einem langsamen Song und genießen den Abend.

Elijah wird immer wieder in ein Gespräch verwickelt, und schließlich stehe ich allein in dem großen Raum. Ich nehme mir ein Glas Champagner vom Tablett eines Kellners, bedanke mich und trinke einen Schluck. Mittlerweile ist es im Saal etwas stickig geworden, sodass ich etwas brauche, um meine Kehle zu befeuchten.

»Wir wurden einander noch nicht vorgestellt«, ertönt eine Stimme, und jemand stellt sich selbstbewusst vor mich hin. Es handelt sich um einen blonden Mann, dessen Alter ich auf Anfang bis Mitte zwanzig schätze.

»Das wurden wir tatsächlich noch nicht. Mein Name ist Aurora Madigan«, sage ich freundlich und reiche ihm meine Hand.

»Ah, Sie sind das. Mein Bruder redet in den höchsten Tönen von Ihrem Unternehmen. Ich bin Hardin James. Freut mich, Sie kennenzulernen.« Er packt meine ausgestreckte Hand, ohne dass ich sie zurückziehen kann, denn das hätte ich getan, auch wenn es unhöflich gewesen wäre. Ich habe Elijahs Halbbruder nie getroffen, aber nach allem, was er Elijah angetan hat, kann ich ihn ganz und gar nicht ausstehen.

»Hallo«, sage ich so freundlich, wie es in einer Situation wie dieser möglich ist. Als er meine Hand loslässt, trete ich einen Schritt zurück.

»Ich sehe schon, dass Sie wohl ebenfalls von mir gehört haben.«

»Das habe ich tatsächlich.«

»Und Ihnen gefällt nicht, was Sie vernommen haben, oder?«

»Nicht im Geringsten.« Ich will schon wieder gehen, doch er stellt sich mir in den Weg. Ich schenke ihm einen genervten Blick, doch er lächelt einfach und bewegt sich kein Stück.

»Geben Sie mir keine Chance, mich zu verteidigen und die Sache richtigzustellen?«

»Um ehrlich zu sein, nein.«

»Dann habe ich Sie wohl falsch eingeschätzt.«

»Was wollen Sie von mir? Es ist nicht so, dass wir uns etwas zu sagen hätten, oder? Sie sind unmöglich Ihrem Bruder gegenüber, und ich als seine Freundin glaube meinem Freund mehr als Ihnen.«

»Tun Sie das also? Wieso hat Elijah dann noch nicht investiert? Ich habe von keiner Pressekonferenz gehört, die das Investment verkündet.«

»Das geht Sie nichts an!«, zische ich, auch wenn mich der Umstand, dass wir noch keine Verträge gesehen haben, schon seit einer Weile verunsichert. Hardins Augen leuchten auf, als hätte er meine Gedanken gelesen.

»Wie würden Sie von Ihrem ach so großartigen Freund denken, wenn er das Investment zurückzieht? Wenn er Sie nur ausspionieren wollte, um Ihre Ideen und Arbeitsabläufe zu übernehmen?«

»Das würde Elijah niemals tun!«

»Glauben Sie das wirklich? Soweit ich weiß, dauert eine Überprüfung bei ihm nur eine Woche. Das ist reine Formsache, doch bei Ihnen war es ein Monat, und mittlerweile ist er wieder in seinem Büro, und Sie warten noch immer vergeblich. Oder?«

Ich öffne den Mund, um etwas entgegenzusetzen, doch ich kann es nicht. Denn ich denke zu scharf über seine Worte nach. Zweifle an den Absichten von Elijah, weil so viele Faktoren gegen ihn sprechen. Und dass ich das überhaupt tue, lässt mich wütend werden.

»Wissen Sie was? Sie sollten sich wirklich schämen, Lügen zu verbreiten, um einen Keil zwischen Elijah und mich zu treiben.« Wellen des Zorns überfluten mich, und ich muss mich zusammenreißen, um ihn nicht vor aller Augen anzuschreien.

»Ich habe die Wahrheit gesagt, doch Sie sind diejenige, die sich von ihren Gefühlen blenden lässt. Und ich dachte, Sie sind Geschäftsfrau. Offensichtlich habe ich mich in Ihnen getäuscht«, sagt er, als Elijah sich an meine Seite stellt. Wie viel er von unserem Gespräch mitgehört hat, weiß ich nicht, aber seine Wut ist beinahe greifbar. Ich sehe zu ihm auf und stelle fest, dass all seine Sinne auf Hardin ausgerichtet sind.

»Was tust du hier?«, fragt Elijah seinen Bruder langsam und bedrohlich. Selbst ich bekomme eine Gänsehaut bei der Eiseskälte, die uns plötzlich umgibt.

»Ich feiere wie du den Geburtstag unseres Vaters«, gibt er spöttisch zurück, sodass Elijah die Hände zu Fäusten ballt.

»Du weißt, wie ich das gemeint habe.«

»Ach, wieso ich mich hier so nett mit deiner Freundin unterhalte? Ganz einfach, sie ist eine der toughsten Geschäftsfrauen New Yorks. Ihre Schwestern und sie werden in einigen Businessportalen erwähnt, und da wollte ich die Frau kennenlernen, die für ihre Professionalität berühmt ist.« Seine Worte wecken in mir das Bedürfnis, all die Zweifel von mir abzuwaschen. Außerdem erreicht er mit seiner sarkastischen Bemerkung, dass ich mich wie ein leichtes Mädchen fühle, das das eigene Unternehmen für einen Mann verraten hat.

»Du tust nichts ohne einen Hintergedanken.«

»Immer denkst du das Schlimmste von mir, Brüderchen«, sagt Hardin mit einem schelmischen Grinsen, sodass Elijah einen Schritt auf ihn zugeht und ihn am Arm mit sich in einen anderen Raum zieht, der wie ein Technikraum für die Bühne aussieht. Während ich den beiden hinterherblicke, fechte ich einen inneren Kampf mit mir aus.

Ich möchte nicht, dass die Worte eines Mannes, der seinem eigenen Bruder nur das Schlimmste wünscht, Kerben in mein Selbstbewusstsein schlagen. Dieser Mann hat Elijah Ärger bereitet, seinem Unternehmen geschadet und ist ungeschoren davongekommen. Sein ganzes Wesen strahlt Arroganz aus, und er scheint jedes Wort sarkastisch zu meinen. Ich mag ihn nicht, und doch hat er es geschafft, mich zu verunsichern.

»Hey, da bist du ja. Wo ist Elijah?«, höre ich Ann-Claire fragen, noch bevor ich sie sehe.

»Er unterhält sich mit Hardin, dort drinnen, wird aber hoffentlich gleich wiederkommen.« Ich deute mit dem Kinn auf die Tür, durch die die beiden verschwunden sind.

»Die beiden in einem Raum, das geht bestimmt nicht gut aus.«

»Genau das habe ich mir auch gedacht, aber ich konnte Elijah nicht stoppen. Es ging alles zu schnell.«

»Mach dir keine Sorgen. Die beiden bewerfen sich mit harten Worten, doch die Fäuste sind bisher noch nie geflogen. Sie kämpfen ihre Schlachten verbal.«

»Okay. Aber Hardin vermag mit wenigen Worten viel Verunsicherung hervorzurufen.« Meine Worte sind nur ein Flüstern, und doch gehen sie tief in mein Innerstes.

»Hat er etwas zu dir gesagt?«, fragt sie mich und legt ihre Hände auf meine Schultern. Ihre Hand ist warm und tröstend zugleich.

»Wir haben uns kurz unterhalten, und er …« Ich verstumme, weil ich einfach nicht weitersprechen kann. Es fühlt sich falsch an, das wiederzugeben, was er gesagt hat.

»Er?«, fragt sie, doch wir werden zum Glück von Elijah unterbrochen, der zwar aufgebracht ist, sich aber entspannt, sobald er seine Mutter sieht.

»Können wir reden?«, fragt Ann uns beide und wird plötzlich ernst.

»Klar«, antworten wir gleichzeitig, sodass der Mann an meiner Seite lächelt und nach meiner Hand greift.

»Folgt mir. Hier wird das nicht gehen.« Verwundert über ihre Aussage gehen wir ihr hinterher und kommen in einen Bereich, zu dem nur das Personal Zugang hat. Schließlich erreichen wir eine Art Garderobe für Stars. Gemütliche Sitzgelegenheiten, Schminktische und eine kleine Bar sind im Raum verteilt. Was uns jedoch überrascht, ist die Anwesenheit von Baron James, Elijahs Vater.

»Was machst du hier?«, fragt Elijah seinen Dad, der aber nur Augen für Ann hat.

»Wir wollten es dir eigentlich bei einem gemütlichen Essen sagen, doch das hat sich nicht mehr ergeben. Später wird ein Video abgespielt, auf welchem auch ich zu sehen sein werde«, sagt Ann und sieht ihren Sohn entschuldigend an.

»Ich verstehe nicht ganz«, antwortet dieser, doch als sein Dad nach der Hand seiner Mutter greift, wird uns klar, was sie gemeint hat.

»Wir sind wieder zusammen«, sagt Baron James und schenkt seiner Exfrau ein warmes und liebevolles Lächeln, das mich an den zärtlichen Blick erinnert, den Elijah mir oft zuwirft.

»Ihr seid was?«, fragt er und zieht seine Brauen zusammen. Er wirkt wütend, überrascht und ungläubig zugleich.

»Wie du ja weißt, habe ich mich in Briefform bei deiner Mutter entschuldigt, und wider Erwarten hat sie mir geantwortet. Ihr Brief hat mich in meinen Grundfesten erschüttert, weil ich beim Lesen erst so richtig die Tiefe meines Verrats begriffen habe. Ich musste ihr antworten und mich erneut entschuldigen«, meint Mr James und sieht betreten zu Boden. Er hat einen Fehler gemacht, aber er hat Buße getan und das zwanzig Jahre lang.

»Unser Briefwechsel ging jahrelang. So haben wir wieder zueinandergefunden, ohne uns persönlich zu sehen. Wie es das Schicksal will, haben wir uns vor ein paar Monaten zufällig in einem Restaurant getroffen, uns zusammengesetzt und unterhalten. Das Gespräch ging weit über das Essen hinaus, und wir haben stundenlang Zeit miteinander verbracht. Aus einem Treffen wurden Dates, und nach vielen Wochen, in denen wir über die Vergangenheit, die Gegenwart und die Zukunft gesprochen haben, wurde uns klar, dass die Gefühle, die wir füreinander hatten, wieder da sind und sogar tiefer gehen als je zuvor«, erklärt Ann, und ich blinzle ein paar Tränen weg. Die beiden müssen so viel durchgemacht haben, und doch hat die Liebe über den Schmerz gesiegt. Elijah blinzelt, sagt aber kein Wort.

»Meine Fehler haben bei euch Narben hinterlassen, die ich nie wieder ungeschehen machen kann, aber ich liebe euch«, sagt Dad.

»Was, wenn sich die Vergangenheit wiederholt?«, fragt er seine Mutter, und die Spannung in seinen Schultern löst sich langsam.

»Das wird nicht passieren. Ich vertraue deinem Vater wieder. Es sind zwanzig Jahre vergangen, und ich habe ihm verziehen, so wie du es auch getan hast.«

»Aber kannst du vergessen?«, fragt er sie neugierig.

»Das werde ich nie können. Diese Erfahrung hat mich fürs Leben gezeichnet, aber ich bin bereit, deinem Vater eine zweite Chance zu geben.«, antwortet sie und schenkt den beiden Männern in ihrem Leben ein strahlendes Lächeln.

»Wir erwarten nicht, dass du unsere Beziehung sofort anerkennst, doch wir wollten nicht, dass du aus allen Wolken fällst, wenn die Bilder später gezeigt werden.« Elijah nickt, doch aus seiner Miene kann ich keine Emotion herauslesen.

»Ich brauche Zeit«, sagt er schließlich, und ich greife instinktiv nach seiner Hand, um ihm beizustehen, egal was er empfinden mag.

»Das verstehen wir. Wenn du magst, können wir die Tage essen gehen und über alles sprechen«, meint Baron. Elijah nickt. »Lasst uns das machen.« Er drückt meine Hand noch fester. Danach gehen Baron und Ann-Claire Hand in Hand aus dem

Raum, und wir bleiben allein zurück. Ich stelle mich vor Elijah und umschließe seine Wangen mit meinen Handflächen.

»Ist alles in Ordnung?«, frage ich ihn und suche seinen Blick, doch er sieht einfach an mir vorbei.

»Ich weiß es nicht.«

»Komm her«, flüstere ich und ziehe ihn an meine Brust. Seine Arme schlingen sich um meinen Körper, und er drückt mich fest an sich. Das ist alles, was ich gerade für ihn tun kann, doch es ist genug für Elijah. Wir beide, Arm in Arm – mehr brauchen wir nicht.

34. KAPITEL

Elijah

In letzter Zeit wurde ich häufiger mit der Vergangenheit konfrontiert als je zuvor. Seitdem auch die Öffentlichkeit weiß, dass meine Eltern wieder ein Paar sind, berichtet ständig die Presse über sie. Obwohl mein Dad eher in Wirtschaftsmagazinen geglänzt hat, sind Mom und er auch in den Boulevardzeitungen vertreten.

Mittlerweile habe ich mich an den Gedanken gewöhnt, die beiden miteinander zu sehen. Nach der Offenbarung haben sie mich häufig angerufen und besucht, sodass ich mich nun für die beiden freuen kann. Als Kind habe ich mir immer gewünscht, dass meine Eltern eines Tages wieder zusammenkommen, und nun ist dieser Wunsch wahrgeworden, wenn auch später als gedacht.

Kurz vor der Mittagspause bekomme ich einen Anruf von Rory. Wir tauschen uns über die Arbeit aus, und sie erzählt mir, dass ihre Schwester Sierra sich in letzter Zeit etwas zurückgezogen hat.

»Ich denke, sie ist einsam.«

»Hast du schon mit ihr darüber geredet? Ich meine, die Antwort kann nur sie dir geben.«

»Klar habe ich es versucht, aber sie hat es mit einem Witz abgetan oder das Thema gewechselt.«

»Was ist, wenn du angespannt bist und deshalb zu viel hineininterpretierst? Die Businessmesse steht bald an, und du stehst seit Tagen unter Strom.« Sie hat in den letzten Tagen alles gegeben, um für die Messe genug Werbematerial, technisches Equipment, Plakate, Banner und Folder zusammenzustellen.

»Ich weiß, vielleicht übertreibe ich ein wenig. Ach, die Vorbereitungen rauben mir alle Kraft.«

»Es ist bald überstanden. Wenn es zu viel wird, komme ich vorbei, und du könntest im Treppenhaus deine Batterien aufladen. Ich nehme dich fest in den Arm und dann fällt alles etwas leichter.«

»Du hast auch ein Unternehmen zu leiten. Das könnte ich nie verlangen.«

»Ich biete es an, Rory. Du verlangst absolut gar nichts. Außerdem habe ich auch etwas davon. Ich kann meine Freundin noch vor heute Abend sehen.« Ich höre sie aufseufzen und weiß, dass sie gerade lächelt. Meine Worte haben Wirkung gezeigt, sie klingt entspannter.

»Danke. Ich wüsste nicht, was ich ohne dich machen würde.«

»Ich werde niemals von deiner Seite weichen, Rory. Wenn es dir schlecht geht, lass es mich wissen, dann bin ich dein Fels. Wenn es mir nicht gutgeht, bist du auch für mich da. Es ist ein Geben und Nehmen.«

»Hmm. Du hast recht. Ich hole mir jetzt einen Kaffee und starte dann wieder mit einem klaren Kopf«, stimmt sie mir zu und bringt mich so zum Lächeln.

»Bis später.«

»Bye. Und danke, Elijah. Ich bin so froh dich zu haben«, flüstert sie und erwärmt damit mein Herz, wie es sonst niemand kann. Ich lächle immer noch, als ich das Telefonat beende und mein Smartphone auf dem Tisch ablege.

»Hör auf, sonst klebst du am Stuhl fest und kannst nie wieder aufstehen, so eklig süß bist du«, sagt mein Halbbruder, der das Büro betritt und die Tür hinter sich schließt.

»Was zum Teufel tust du hier?«

»Wir konnten unser Gespräch auf Dads Feier nicht mehr fortführen.«

»Ich wollte mich nie an diesem Gespräch beteiligen, deswegen bin ich gegangen.«

»Du hast mir nicht zugehört und den Ernst der Lage nicht verstanden«, erwidert er.

»Das habe ich, nur interessiert es mich nicht, was du willst«, gebe ich arrogant zurück. Er fordert, dass ich ihm meine Anteile, die ich an Baron James & Son halte, überschreibe, sonst – so seine Drohung – werde ich alles verlieren, was mir lieb ist. Als er mir diese Worte das erste Mal gesagt hat, habe ich ihn ausgelacht, doch der Ernst, der diesmal in seinen Worten mitschwingt, lässt mich stutzen.

»Bist du dir sicher? Immerhin hast du viel zu verlieren«, meint er beiläufig und geht ein paar Schritte durch mein Büro, als würde das seinen Worten mehr Gewicht verleihen.

»Ich werde dir meine Anteile nicht überschreiben, und ganz sicher lasse ich mich nicht von dir erpressen, Hardin. Wegen des Hackerangriffs werde ich dich drankriegen, früher oder später. Und falls ich es nicht schaffe, werde ich einfach warten, bis du einen Fehler begehst, und dann bist du dran.« Hardin dreht sich langsam mit einem spöttischen Lächeln im Gesicht um, als würden meine Worte ihn amüsieren.

»Das sagst du jetzt. Ich habe ein paar Asse im Ärmel, die dich überzeugen werden.«

»Was stimmt nicht mit dir!? Wann bist du so ein hasserfüllter Mensch geworden?« Er war schon immer distanziert, aber nie in diesem Ausmaß.

»Ihr habt mich zu diesem Menschen gemacht! Du und dein verdammter Vater!«, brüllt er und lässt zum ersten Mal Emotionen zu. Bis jetzt hat er seine eiskalte Maske aufrechterhalten, doch diesmal sehe ich, wie tief sein Groll sitzt. Das ist kein Spiel, keine harmlose Aufmüpfigkeit. Er meint es todernst, und wenn er meint, dass er mich in die Knie zwingen wird, dann wird er nicht ruhen, ehe er es geschafft hat. Ein eiskalter Schauer rieselt über meinen Rücken, denn zum ersten Mal sehe ich Hardin als das, was er ist: ein Mensch, der nur auf Rache aus ist.

»Wir können darüber reden und eine Lösung dafür finden, dass du dich ausgeschlossen fühlst«, versuche ich ihn zu beschwichtigen und stehe auf. Ich muss ihm auf Augenhöhe begegnen, wenn ich zu ihm durchdringen möchte.

»Der Zug ist abgefahren, Elijah.«

»Sag das nicht. Wir sind beide erwachsen. Wir können mit einem klärenden Gespräch das Kriegsbeil begraben.«

»Kein Interesse, aber danke«, lautet seine knappe Antwort. Die Angst, dass seine Wut ihn nicht rational denken lässt, bereitet mir Sorgen. Er könnte jemanden verletztten, denn offensichtlich hat er jeden Bezug zur Realität verloren. Ich will nach meinem Smartphone greifen, als Hardin weiterspricht.

»Was ist mit Rory?«, fragt er plötzlich und erwischt mich eiskalt. Ich verenge die Augen zu Schlitzen und gehe auf ihn zu, um ihn bedrohlich anzufunkeln.

»Lass sie aus dem Spiel.«

»Wieso denn? Sie mit einzubeziehen macht alles viel spannender.« Dieser Typ ist ja völlig abgedreht, aber ich darf ihn nicht weiter provozieren. Wer weiß, was er sonst tun würde. Also lüge ich.

»Sie ist niemand.«

Diese Worte nur zu denken fühlt sich wie eine fatale Lüge an, doch sie auszusprechen schmerzt regelrecht. Rory hat mein

Leben verändert, mir die Augen für Dinge geöffnet, die ich vorher nie sehen konnte. Sie ist das Beste, was mir in meinem Leben passiert ist. Ich liebe sie und würde alles für sie tun, aber ich sehe auch den Wahnsinn und Hass in Hardins Augen. Als ich ihn und Rory auf Dads Geburtstagsparty zusammen gesehen habe, haben alle Alarmglocken in mir geschrillt, weil sie ihn offensichtlich nicht mochte und er nichts als Verachtung für sie übrig hatte.

Was würde passieren, wenn er seine Drohung wahrmacht? Würde er der Agency schaden wollen? Alles, was Rory und ihre Schwestern sich aufgebaut haben, zerstören? Oder, Gott bewahre, sie verletzen? Die Horrorszenarien zwingen mich innerlich in die Knie, doch ich darf es mir vor Hardin nicht anmerken lassen. Ich muss ihn mit meinen Lügen zu überzeugen versuchen, Rory zuliebe.

»Ach? Rory bedeutet dir nichts?«, hakt er nach, und ich versuche, die Fassade der Gleichgültigkeit aufrechtzuerhalten. Zu Rorys Schutz, bis ich mit Dad eine Lösung gefunden habe. *Wir müssen diesem jungen Mann Einhalt gebieten, um Schlimmeres zu verhindern.*

»Nein. Ich wollte nur das Unternehmen unter die Lupe nehmen. Sie ist sozusagen ein Bonus.« *Gott, ich hasse mich dafür, diese Worte auszusprechen.*

»Das heißt, du wolltest von Anfang an nicht investieren?«

»Nein, das war nur Schein. Ich war auf ihre Arbeitsweise aus.« Die Lügen schmecken bitter, und ich muss schwer schlucken.

»Du bist nicht besser als ich, Elijah. Du nutzt eine junge Frau aus, nur um an Firmengeheimnisse zu kommen. Das ist erbärmlich.«

»Wie es auf dich wirkt, ist mir egal. Ich will mein Unternehmen an die Spitze bringen.«

»Sieht ganz danach aus. Ich gebe dir drei Tage Zeit. Bis dahin kannst du dich entscheiden, ob du mir die Anteile überschreibst oder ob ich andere Saiten aufziehen muss«, sagt er, setzt ein eiskaltes Lächeln auf und geht hinaus. Die Anspannung fällt von mir ab, und ich sacke in mich zusammen, so sehr, dass ich mich mit einer Hand auf dem Schreibtisch abstützen muss.

Es fühlt sich an, als hätte Hardin mir all meine Energie genommen, und die Lügen haben ihr Übriges getan. Ich bin so froh, dass die Lügen, die ich von mir gelassen habe, nie jemand hören wird, denn allein diese Worte zu sagen, auch wenn sie unwahr sind, fühlt sich wie Verrat an Rory und ihren Schwestern an. Ich greife nach meinem Smartphone und rufe meinen Anwalt Gordon Mitchell an.

»Hallo Elijah. Was kann ich für dich tun?«, begrüßt er mich, und ich komme gleich zur Sache.

»Wann können Sie frühestens die Verträge für die Proof of Love Agency aufsetzen?«

»Nachdem ich mich mit deinem Vater zusammengesetzt habe, sollte ich es in fünf Tagen schaffen.«

»Geht es nicht schneller?«

»Ich werde sehen, was ich machen kann, aber versprechen kann ich nichts.«

»Dass du es versuchst, reicht mir schon aus.«

»Gut, dann melde ich mich, sobald ich fertig bin.«

»In Ordnung.«

»Ist alles okay, Elijah?«, fragt er mich besorgt. Er ist seit Jahren ein guter Freund meines Vaters und kennt mich, seit ich ein kleiner Junge bin, doch diese Sache mit Hardin und meiner Angst davor, dass er Rory verletzen könnte, kann ich nur mit Dad besprechen.

»Danke, alles bestens. Ich bin nur etwas überarbeitet.«

»Ich verstehe. Pass auf dich auf und mach deinem Vater keine Sorgen, ja?«

»Mach ich. Bis dann.«

»Auf Wiedersehen.«

Nach diesem ereignisreichen Vormittag kann ich mich nicht auf die Arbeit konzentrieren. Immer wieder denke ich an Hardins Worte und die Wut, die mich erfüllt hat, als er Rorys Namen in den Mund genommen hat. Als er sich mit ihr auf der Party unterhalten hat, ging ein Ruck durch mich durch, der sich mit Sorge vermischt hat. Ich konnte mir keinen Reim darauf machen, wieso er das Gespräch mit meiner Freundin gesucht hat. Nun ist es mir völlig klar. Er wollte sie zu meiner Schwäche machen, also musste ich sie verleugnen, auch wenn es mich innerlich zerrissen hat.

Ich greife nach meinem Smartphone, rufe Rory an und verabrede mich mit ihr an unserem Platz im Treppenhaus. Den Drang, sie zu sehen, kann ich nicht ignorieren, denn alles in mir brennt darauf, meine Worte ungeschehen zu machen, indem ich sie halte und mich mit Taten für etwas entschuldige, was sie doch niemals erfahren wird.

Sobald ich das Gebäude betrete, gehe ich sofort ins Treppenhaus und nehme zwei Stufen auf einmal. Ich laufe auf Rory zu, in der Hoffnung, dass ihr Anblick mein schlechtes Gewissen vertreiben wird. Völlig außer Atem erreiche ich unsere Etage, wo sie bereits auf mich wartet und überrascht aussieht – offensichtlich irritiert es sie, dass ich völlig durch den Wind und komplett verschwitzt bin.

»Was ist los?«, fragt sie. Als ich die Sorge in ihrer Stimme höre, muss ich kurz die Augen schließen, da mich der sanfte Klang tief trifft. Ich habe vor ein paar Stunden alles verleugnet, was ich für sie empfinde und ihr Unrecht getan. Auch wenn es leeres Gerede war, hat es Spuren in mir hinterlassen. Ich gehe auf sie zu, langsamer diesmal, und hoffe, dass sie in meinen Augen, all die Antworten finden wird. Heute und auch in Zukunft. Denn Rory und ich, das ist etwas, was für immer ist. Ich umfasse mit den Händen ihre weichen Wangen und blicke ihr so tief in die Augen, wie sie es bei mir immer tut.

»Ich liebe dich, Rory«, flüstere ich aus vollster Überzeugung. Mein Daumen streicht über ihre Wange, und das Aufkeuchen, das ihr aufgrund meines Liebesgeständnisses entweicht, fange ich mit einem Kuss auf. Ich lasse ihr keine Zeit zum Antworten, da ich egoistisch bin und sie an mich ziehen muss. Meine Lippen gleiten sanft über ihre, und ich lege all meine Gefühle in diesen Kuss.

Unter meinen geschlossenen Lidern brennen Tränen, und mein Herz wird plötzlich schwer, bei dem Gedanken, dass Hardin das zerstören könnte, was wir uns aufgebaut haben. Niemals werde ich zulassen, dass wir beide getrennt werden. Ich werde für uns kämpfen, wenn es sein muss, und ich werde Aurora lieben, wie wir beide es verdient haben.

35. KAPITEL

Rory

Etwas hat sich verändert. Ich kann es nicht genau beschreiben oder den exakten Zeitpunkt nennen, doch irgendetwas an Elijah ist anders. Manchmal scheint er mit den Gedanken woanders zu sein und drückt mich dann immer fester an sich, als hätte er Angst, mich zu verlieren. Als ich ihn darauf angesprochen habe, hat er beteuert, dass alles in Ordnung sei, und direkt das Thema gewechselt. Das ist mir nicht nur im privaten Bereich aufgefallen, sondern auch im geschäftlichen. Jedes Mal, wenn ich ihn nach den Verträgen für die Investition frage, meint er, dass sein Anwalt krank oder im Urlaub sei. Ich will nicht das sein Halbbruder Einfluss auf meine Gefühle nimmt, doch je länger Elijah den Vertragsabschluss hinauszögert, desto häufiger muss ich an Hardins Worte denken.

Es ist ungewöhnlich, dass man sich für einen Vertragsabschluss so viel Zeit nimmt, aber da es mein Freund ist, mit dem wir zusammenarbeiten werden, habe ich mir nicht viel dabei gedacht. Elijah würde uns nicht hintergehen. Doch da er sich so verändert hat, kann ich nicht aufhören, über das nachzudenken, was Hardin gesagt hat.

»Hat Elijah wirklich nicht erwähnt, wann es zur Unterzeichnung der Verträge kommen wird?«, fragt mich Chelsea. Wir sitzen gemeinsam mit Sierra im Besprechungsraum und halten eine Krisensitzung ab. Der Anlass dafür ist, dass uns das Investment, das uns Elijah zugesagt hat, noch nicht erreicht hat.

»Nein. Er meinte nur, dass es noch etwas dauern wird«, antworte ich, und mir wird klar, wie unprofessionell ich klinge. Würde es sich bei dem Investor nicht um Elijah handeln, würde ich nicht still dasitzen, sondern Klarheit wollen und diese auch einfordern.

»Ich habe das Gefühl, er hält uns hin«, sagt Sierra und verschränkt die Arme vor der Brust. Sie mag Elijah, das weiß ich, doch jetzt sollten Gefühle keine Rolle spielen. Es geht ums Geschäft, und da brauchen wir Ergebnisse und Taten. Ich wünschte, ich könnte Elijah verteidigen und ihr das Misstrauen nehmen, aber das kann ich nicht. Denn mir geht es wie ihr, und allein der Gedanke tut weh.

»Er wird investieren, da bin ich mir sicher«, sagt Chelsea und überrascht mich mit ihren Worten. Normalerweise ist sie diejenige, die immer vom Schlimmsten ausgeht.

»Was lässt dich da so sicher sein? Er könnte die Strafzahlung leisten. Er ist Millionär, und das wäre nur ein Tropfen auf den heißen Stein«, wirft Sierra ein, während ich still bin und den beiden lausche. Ich greife nach meinem Smartphone und entsperre das Display. Nichts. Seit gestern Nacht hat sich Elijah nicht mehr gemeldet, was mehr als untypisch für ihn ist.

»Rory, er ist dein Freund, was denkst du?«, fragt mich Sierra, sodass ich schlucke und fieberhaft nach den richtigen Worten suche.

»Ich … weiß es nicht. Seit ein paar Tagen verhält er sich merkwürdig«, gebe ich zu, während ich aufstehe und im Raum auf und ab gehe.

»Wenn du so herumgeisterst, wirst du dich nie beruhigen können«, meint Sierra, die es schon immer gehasst hat, wenn ich das tue. Ich nicke und setze mich an den Besprechungstisch, sodass Chelsea zu meiner rechten und Sierra zu meiner linken sitzt.

»Wie meinst du das? Inwiefern verhält er sich anders?«, fragt Chels und legt mir eine Hand auf die Schulter. Ich suche ihren Blick und versuche, meine Gefühle und Erinnerungen zu ordnen.

»Er ist in Gedanken woanders, und wenn sein Vater anruft, verlässt er sofort den Raum. Das hat er früher nie getan.«

»Glaubst du, er verheimlicht dir etwas?«, fragt mich Sierra mitfühlend, aber das Misstrauen verschwindet nicht aus ihrem Gesicht.

»Ja. Etwas Wichtiges.«

»Du hast in den letzten Wochen mit ihm über die Investition gesprochen, oder nicht?«, will Chelsea wissen, woraufhin ich nicke.

»Natürlich. Ich habe nicht viel aus ihm herausbekommen, aber ich habe nicht an ihm gezweifelt.«

»Und jetzt?«, fragen beide gleichzeitig.

»Nun, sein Verhalten spricht gegen ihn. Aber ich will es nicht glauben. Ich will nicht an seinen Absichten zweifeln. Ich …« Der Benachrichtigungston meines Smartphones erklingt, und da ich verzweifelt auf eine Nachricht von Elijah warte, blicke ich direkt auf den Bildschirm. Doch mir wird nur der Eingang einer neuen E-Mail angezeigt. Ich will sie schon ignorieren, doch der Nachname weckt mein Interesse.

James.

Ich öffne die Mail, die von Elijahs Bruder Hardin stammt. Es ist eine Sprachdatei angefügt, außerdem schreibt er, er wolle mir nicht wehtun, sei aber der Meinung, ich solle mir die Nachricht anhören.

»Was ist los?«, fragt Chelsea, da ich mich nicht mehr am Gespräch beteilige. Ich atme tief durch und erkläre meinen

Schwestern, was auf der Party von Baron James vorgefallen ist. Welche Worte Hardin benutzt hat und wie groß meine Zweifel geworden sind. Zuerst will ich die Datei allein öffnen, doch es gibt nichts mehr, was ich meinen Schwestern verheimlichen werde.

»Wir sind für dich da«, flüstert Sierra, als ich die Sprachnachricht anklicke. Ich höre, wie Elijah all das mit Füßen tritt, was der Mittelpunkt meiner Welt geworden ist. Er bestätigt meine größten Ängste, dass er mich nur benutzt hat, um an Firmengeheimnisse zu kommen, und alles, was wir miteinander geteilt haben, eine Lüge war. Mein Kopf realisiert, was die Worte bedeuten, doch mein Herz will es nicht wahrhaben. Ich schüttle den Kopf, als die Tränen über mein Gesicht perlen, aber egal wie oft ich es tue, es ändert nichts daran.

Ich werde von meinen Schwestern in eine Gruppenumarmung gezogen, doch niemand sagt ein Wort. Mein Schniefen ist der einzige Laut, der zu hören ist. Ich befinde mich im Schockzustand, und mein ganzer Körper ist voller Spannung. Ich blinzle und blicke auf den verschwommenen Umriss des Besprechungsraums, da die Tränen nicht versiegen wollen.

»Es tut mir so leid, Küken«, flüstert mir Chelsea ins Ohr, doch ich schüttle den Kopf. Sie muss mich nicht bemitleiden. Es ist meine Schuld, denn ich habe mich verliebt, und die Arbeit geriet in den Hintergrund. Das hat mir ein gebrochenes Herz eingebracht.

»Ich kann es nicht glauben«, flüstere ich. Auch wenn ich die Worte aus Elijahs Mund gehört habe, kann ich sie nicht als die Wahrheit akzeptieren.

»Das kann wohl niemand. Er hat uns alle zum Narren gehalten«, meint Chelsea traurig.

»Ich muss es aus seinem Mund hören«, sage ich, löse mich von ihnen und greife nach meinem Smartphone. Während ich seine Nummer wähle, blicke ich in die traurigen Augen meiner Schwestern. Sie hatten die Hoffnung, dass Elijah mit seiner Investition unserem Unternehmen helfen wird. Wir hatten so große Pläne. Doch jetzt befinden wir uns wieder am Anfang, nur dass die Hoffnung fort ist. Was bleibt, ist der Schmerz über den Verrat.

Egal wie oft ich anrufe, ich erreiche nur die Mailbox, also versuche ich es bei seiner Sekretärin Blair, doch auch dort hebt niemand ab. Frustriert nehme ich das Handy vom Ohr und sehe meinen Schwestern entschlossen ins Gesicht.

»Ich werde ihn finden und zur Rede stellen.«

»Du kannst in deiner Verfassung nicht Auto fahren«, sagt Sierra ruhig, doch ich schüttle den Kopf.

»Ich werde ein Taxi nehmen. Macht euch keine Sorgen. Ich bin auf dem Smartphone erreichbar, also ruft an, wenn etwas ist.«

»Machen wir. Viel Kraft.«

Mit schweren Herzen stöpsle ich die EarPods in mein Ohr und höre die Sprachnachricht im Taxi noch mal ab. Ich suche Anzeichen dafür, dass er lügt, suche krampfhaft nach einem Beweis, dass ich falschliege. Dann wähle ich erneut seine Nummer, doch ich komme nicht durch. Ich öffne unseren Chatverlauf, blicke auf die Bilder, die wir uns in den letzten Tagen geschickt haben. Selfies und auch Fotos, die der jeweils andere gemacht hat. Ich wische über sein Gesicht, das mir vom Display aus entgegenlächelt, und ignoriere die Tränen. Ich beginne zu tippen.

Rory: Ich habe eine Sprachnachricht von Hardin erhalten, in der du das zwischen uns als Lüge darstellst. Als Mittel zum Zweck, um unser Unternehmen auszuspicnieren. Was hast du dazu zu sagen?

Ich sende die Nachricht und blicke auf ein Häkchen, das mir zeigt, dass die Chatnachricht zwar gesendet wurde, jedoch noch nicht angekommen ist oder gelesen wurde. Doch ich kann nicht nur hier sitzen und weinen. Ich muss mir einige Dinge von der Seele schreiben.

Rory: Wie konntest du das tun? Wie konntest du mich verleugnen. Mich wie jemanden dastehen lassen, der sich durch deine Lügen hat blenden lassen. Ich liebe dich, verdammt.

Sobald ich einmal angefangen habe zu schreiben, kann ich nicht aufhören.

Rory: Ich hasse es, dass ich trotz der Beweise an deine Unschuld glauben will. Dass ich die Tatsachen ignoriere, weil meine Gefühle für dich so stark sind.
Rory: Ich wollte nie einen Mann, weil ich nicht wirklich an die Liebe geglaubt habe. Dann kamst du daher und hast meine Welt völlig auf den Kopf gestellt. Jetzt bin ich zu einer Frau geworden, die wegen schöner Augen ihr Unternehmen und das Vertrauen ihrer Schwestern verlieren könnte.
Rory: Ich hasse dich, Elijah James. Das tue ich wirklich. Wo bist du, verdammt? Bitte sag, dass das alles nicht wahr ist. Nimm mich in den Arm, und sag mir, dass es sich bei der Sprachnachricht um eine Fälschung handelt!

Als das Taxi vor Elijahs Firmengebäude stehen bleibt, springe ich aus dem Auto, durchquere schnellen Schrittes die Lobby und fahre mit dem Aufzug bis zu seiner Etage. Blair erhebt sich alarmiert und sieht mich aus großen Augen an. Ich muss schrecklich und verquollen aussehen.

»Wo ist Elijah?«

»Ich weiß es nicht. Als ich von einer Besprechung kam, war das Büro leer, und ich kann ihn nicht erreichen.«

»Sie auch nicht?« Ich kaue auf meiner Unterlippe herum, da sich plötzlich Sorge in mir ausbreitet. *Ist ihm etwas passiert?*

»Kann es sein, dass er nach Hause gefahren ist?«

»Das wäre unwahrscheinlich, aber unmöglich ist es nicht. Ist etwas passiert?« Ich schüttle den Kopf und verabschiede mich rasch, ehe ich erneut in ein Taxi steige und die Adresse von Elijahs Haus in Staten Island angebe.

Rory: Bitte sag mir, dass dir nichts zugestoßen ist. Denn wenn dich jemand erwürgen darf, dann bin ich das, okay?

Rory: Bitte melde dich. Ich mache mir Sorgen.

Bei ihm zu Hause macht mir niemand die Tür auf. Ich lehne kraftlos an der Haustür und seufze auf. *War das alles wirklich eine Lüge? Hat er mich nur benutzt, um an das zu kommen, was er wollte?* Ich will es nicht wahrhaben, will den Glauben an die wahre Liebe nicht direkt wieder begraben. Ich habe Elijah geliebt, wie noch nie eine Person zuvor und habe mir eine gemeinsame Zukunft mit ihm ausgemalt. Wollte unsere Leben miteinander verweben und mit ihm alt werden. Ich wollte mein Herz in seine Hände legen. Und nun stehe ich wieder allein da.

Unter Tränen wähle ich erneut seine Nummer, doch als ich auch diesmal nicht durchkomme, trifft mich die Erkenntnis wie ein Schlag ins Gesicht. Egal wie sehr ich an uns festgehalten habe – seine Taten sprechen gegen ihn.

Es zerreißt mich innerlich, als mir klar wird, dass der erste Mann, dem ich vollkommen vertraut habe, mich auf so schreckliche Art und Weise hintergangen hat. Auch wenn ich mich an die Vorstellung klammern will, dass all das nicht wahr ist – ich habe die Sprachnachricht gehört. Die Worte wurden gesagt und können nicht mehr zurückgenommen werden. Während mein Herz zerschellt und die Tränen über mein Gesicht strömen, wird mir eine Tatsache bewusst.

Es ist vorbei.

Ich leite ihm die Sprachnachricht weiter, um ihn wissen zu lassen, dass sein falsches Spiel aufgeflogen ist. Was er auch zu sagen hat, interessiert mich nicht mehr. Meine Schwestern, die Agentur und ich sind mir wichtiger, *müssen* mir wichtiger sein. Ich habe versucht, mich auf die Liebe einzulassen, und das Ganze hat damit geendet, dass ich mich verrannt habe und so verletzt wurde wie noch nie zuvor.

Mit gebrochenem Herzen erhebe ich mich und wähle die Nummer von Sierra. Ich informiere meine Schwestern darüber, dass ich mir eine Auszeit nehme und noch nicht weiß, wann ich wieder zurückkomme. Ich brauche Zeit zum Reflektieren, Zeit, um mich wieder zusammenzuflicken. Jeder Winkel im Büro erinnert mich an Elijah, also muss ich einen Cut machen und heilen, ehe ich wieder zurückkommen kann.

36. KAPITEL

Elijah

»Was zur Hölle tust du schon wieder hier?«, frage ich Hardin, der wohl Blairs Mittagspause und anschließende Besprechung abgepasst hat, um mir wieder einen unangekündigten Besuch abzustatten.

»Wieso immer so genervt? Ich will doch nur meinen Bruder besuchen. Dad wäre mit Sicherheit erfreut darüber, dass wir den Kontakt zueinander suchen.« Wenn er bloß wüsste. Ich habe Dad mitgeteilt, was für ein falsches Spiel Hardin spielt, und er ist schon dabei, ein Treffen mit seinen Anwält*innen anzusetzen. Es wird noch eine letzte Besprechung stattfinden, ehe Dad Hardin aus dem Unternehmen suspendiert. Ihm wird eine Zwangspause aufgebrummt, mit der er seine Anteile retten könnte, doch was mich betrifft, so werde ich auf Meetings nicht länger persönlich erscheinen. Ich bin fertig mit Hardin. Dad hat außerdem Leute beauftragt, die Beweise dafür finden sollen, dass Hardin hinter dem Hackerangriff steckt. Natürlich war er enttäuscht über das Verhalten seines Sohnes, doch er hat sich auf meine Seite gestellt, weil er ja auch selbst gemerkt hat, dass sich sein Jüngster immer mehr zu einem hasserfüllten Menschen entwickelt.

»Hardin. Lass es gut sein. Niemand nimmt dich mit deinem kindischen Verhalten noch ernst.« Er lächelt mich kalt an, tippt auf seinem Handy herum, ehe er es wieder einsteckt und mich herausfordernd ansieht.

»Oh, du wirst mich bald sehr ernstnehmen, Brüderchen. Mails und Sprachnachrichten haben eine große Wirkung, musst du wissen«, meint er, doch ich kann ihm nicht folgen.

»Hör auf, in Rätseln zu sprechen.«

»Du hast recht, das sollte ich nicht tun. Ich sollte meine Taten sprechen lassen.« Er steuert auf meinen Schreibtisch zu, nimmt mein Smartphone und schleudert es mit voller Wucht auf den Boden. Das Display zerspringt und wird augenblicklich schwarz, doch Hardin ist noch nicht fertig und tritt zusätzlich darauf herum, sodass es total verbogen ist. Das bringt das Fass zum Überlaufen. Ich packe ihn am Kragen und fixiere ihn. Dabei lege ich all den Hass in meinen Blick, der sich in letzter Zeit in mir aufgebaut hat.

»Du kannst nicht einfach hier auftauchen und mein Eigentum zerstören. Was glaubst du, wer du bist?«

»Jemand, den du fürchten solltest.«

»Das werde ich niemals tun. Du bist doch nur ein kleiner Junge, der um sich schlägt, weil er Daddys Aufmerksamkeit haben will, aber lass dir eines gesagt sein: Je mehr du aufstampfst, desto mehr verliert er den Respekt, den er noch für dich übrig hat.«

»Halt deine Klappe«, knurrt er, doch ich lächle in mich hinein, denn ich habe ihn getroffen. Er konnte immer schon besser austeilen als einstecken.

»Was denn? Deine eigene Medizin willst du nicht schlucken, was?«

»Lass mich los«, sagt er und ignoriert meine Worte, aber ich habe das erreicht, was ich wollte, und löse meine Hände von seinem Kragen. Er geht einen raschen Schritt zurück und sieht mich aus großen Augen an. Ich habe sein Verhalten auf einem gewissen Level einfach ignoriert und ihn toben lassen, aber er hat eine Grenze überschritten und muss in seine Schranken verwiesen werden.

»Ich werde meine Anteile niemals abgeben oder verkaufen. Mein Vater hat das Unternehmen mit Mühe aufgebaut und zum Erfolg geführt. Ich werde nicht zulassen, dass du sein Lebenswerk mit deinem Machthunger zerstörst.«

»Du hast keine Ahnung von meinen Zielen.«

»Und sie interessieren mich auch nicht. Nach dem, was in letzter Zeit passiert ist, will ich dich nicht mehr sehen. Ich werde zu keinem der Treffen kommen, solltest du anwesend sein. Wir sind fertig miteinander, und das weiß Dad auch.«

»Bist du etwa wie ein Loser petzen gegangen?«

»Das bin ich, und weißt du was, er hat mir sofort geglaubt, ohne irgendwelche Beweise. Ich musste ihn nicht mal überzeugen.« Dieser Satz und die Tatsache, dass Dad kein Vertrauen in ihn hat, lässt ihn einen Schritt zurücktreten.

»Das werdet ihr noch bereuen.«

»Einen Dreck werden wir. Du und ich sind geschiedene Leute, also verlass auf der Stelle mein Büro. Wenn du etwas zu sagen hast, will ich es nicht wissen, solltest du mir begegnen, werde ich dich ignorieren, du hast eine Grenze überschritten, und es gibt kein Zurück mehr.«

»Ich habe sowieso das erreicht, was ich wollte. Du hast etwas Wichtiges verloren, als du in meine Falle getappt bist, das reicht fürs Erste.«

Ich horche alarmiert auf. »Wovon redest du?«

»Das wirst du schon bald herausfinden. Ich an deiner Stelle würde mein Handy schnell reparieren lassen.« Danach dreht er sich um und geht endlich. Ich bleibe mit unzähligen Fragezeichen im Kopf zurück. Ich greife nach meinem Smartphone, das völlig kaputt ist, und versuche vergebens, es einzuschalten. Also schnappe ich mir Mantel und Autoschlüssel, um in den nächsten Handystore zu fahren und mir ein neues Smartphone zu kaufen.

Das erweist sich als schwerer als gedacht, da ich mein Portemonnaie vergessen habe und noch mal zurück ins Büro fahren muss. Blair ist immer noch nicht aus der Besprechung zurück, und so aufgewühlt, wie ich gerade bin, hinterlasse ich ihr nicht mal eine Nachricht, sondern fahre direkt weiter. Im Store entscheide ich mich für das Modell, das ich auch vorher schon hatte, und fahre wieder zurück. Als ich wieder ins Büro komme, begrüßt mich Blair und teilt mir mit, dass eine völlig aufgelöste Rory mich sehen wollte.

»Was hat sie gesagt?«

»Nicht viel, aber sie sah sehr aufgewühlt aus.«

»Mein Smartphone war kaputt, also habe ich Ersatz besorgt und werde sie gleich mal anrufen.«

»Okay.«

Ich setze mich in meinen gepolsterten Lederstuhl, nehme die Box aus der Tragetasche und mache mein Smartphone startklar. Als ich es endlich in Betrieb nehme, werden mir sehr viele Anrufe angezeigt. Dreiunddreißig von Rory, zehn von Blair, zwei von Chelsea. Verwundert gehe ich in meinen Chat, wo ich viele Nachrichten von Rory erhalten habe, die absolut keinen Sinn ergeben.

Die letzte Nachricht ist eine Audiodatei, die ich augenblicklich öffne. Ich erstarre, als ich meine und Hardins Stimme höre. Ich weiß, worum es in unserem Gespräch ging, und höre die Lügen, die sich so falsch angefühlt haben. Hardin war so klug, die Datei zu schneiden, sodass man nur meine Lügen hört und nicht das vorausgegangene Gespräch. Rory hat sie ebenfalls gehört, und diese Tatsache reißt mir den Boden unter den Füßen weg. Ich blicke auf die Uhr. Es sind Stunden vergangen, seit sie mir die Nachrichten geschickt hat.

Ich wähle ihre Nummer, erreiche aber nur die Mailbox. Dann versuche ich es bei Chelsea, die zum Glück sofort abhebt.

»Wie konntest du nur?«, sagt sie statt einer Begrüßung. Auch sie muss die Datei gehört haben und glaubt nun bestimmt, dass ich alle hinters Licht geführt habe.

»Chelsea, das war alles gelogen.«

»Du gibst es sogar zu, du Mistkerl!«

»Nein, nichts gebe ich zu. Die Worte habe ich nur gesagt, weil mein Bruder mir gedroht hat, Rory in unseren Streit hineinzuziehen.«

»Hörst du dir eigentlich selbst zu? Deine Worte ergeben absolut keinen Sinn.«

»Chelsea, bitte.«

»Sie ist weg.«

»Was?! Wann? Wohin?«

»Das werde ich dir mit Sicherheit nicht sagen. Sieh eure Beziehung als beendet an, und wage es ja nicht, hier noch mal anzurufen oder aufzutauchen.«

»Bitte warte«, sage ich, doch sie hat bereits aufgelegt. Ich lehne mich zurück und lese noch mal Rorys Nachrichten. Der Schmerz, den sie gefühlt hat, ist beinahe greifbar. Dieser verdammte Mistkerl. Ich schäme mich für die Tatsache, dass wir verwandt sind. Ich hatte noch nie zuvor das Gefühl, dass mir jemand wirklich Böses will. Auch bei Hardin hatte ich die Hoffnung, dass meine Befürchtungen sich nicht bewahrheiten, doch bei diesem Kerl ist nichts unmöglich. Er ist in der Tat böse.

Nun ergeben seine Worte mit den Mails und Sprachnachrichten Sinn, denn er hat an seinem Handy herumgetippt, ehe er meines zerstört hat. Dieser Mistkerl hat alles so geplant, dass Rory mich nicht erreichen konnte. Er hat sogar dafür gesorgt, dass ich unterwegs war, um Ersatz zu holen, während meine Freundin mich im Büro aufgesucht hat.

Er hat alles geschickt eingefädelt, aber ich wäre verdammt, wenn ich aufgeben würde. Ich liebe Rory und werde sie von meiner Unschuld überzeugen. Augenblicklich rufe ich die Sicherheitsfirma an, die für die Videoaufnahmen in meinem Büro zuständig ist, und bitte sie darum, mir eine bestimmte Sequenz herauszusuchen und zukommen zu lassen. Da dies allerdings ein paar Tage her ist und die Firma unterbesetzt ist, kann es eine Weile dauern. Die Tatsache ärgert mich, aber ich habe keine Wahl.

In den nächsten Tagen versuche ich vergeblich, Rory zu erreichen. Ich schicke ihr Nachrichten, Mails, Sprachnachrichten und sogar einen Brief. Doch sie ist seit einer Woche nicht mehr zu Hause gewesen, wie mir eine Nachbarin mitteilt, als sie mich in ihrem Flur herumlungern sieht.

Auch in der Agency ist meine Anwesenheit nicht erwünscht, und ich werde bereits beim Betreten der Etage darum gebeten zu gehen. Mittlerweile habe ich alle Verträge hier, nur die Unterschriften fehlen, doch auch davon will keine der Madigan-Schwestern etwas hören.

Ich bin nicht in der Lage, meine Arbeit zu erledigen, also übernimmt Tyler für mich, und ich melde mich ein paar Tage krank, um mit der Situation klarzukommen, dass ich wegen meines rachsüchtigen Bruders meine Freundin verloren habe, die ich so sehr liebe. Ich nehme an, dass sie bei ihren Eltern untergetaucht ist, und alles in mir will diese Distanz zwischen uns überbrücken und sie konfrontieren. Doch die Datei, auf die ich warte, hat mich noch nicht erreicht. Außerdem akzeptiere ich ihren Wunsch. Ihr hinterherzufliegen würde eine Grenze überschreiten.

Während ich Zeit zum Nachdenken habe, wird mir schmerzlich bewusst, wie tief meine Gefühle für sie gehen und wie positiv sie mich beeinflusst hat. Ich esse mehr, nehme mir mehr Zeit für mich und habe sogar wieder damit begonnen, Bleistiftzeichnungen anzufertigen. Sogar neue Leinwände habe ich mir schon besorgt.

Durch sie bin ich über mich hinausgewachsen und wollte der Mann sein, den sie stolz als ihren Freund bezeichnen kann. Ich wollte derjenige sein, an den sich Rory anlehnt, wenn ihr alles zu viel wird. Wollte niemals von ihr getrennt sein, weil sie die Liebe meines Lebens ist. Jetzt stehe ich allein da, und diese Tatsache führt dazu, dass ich endlich den Tränen freien Lauf lasse. Ich weine um unsere innige und für mich perfekte Beziehung, die durch Lügen und Eifersucht zerstört wurde.

37. KAPITEL

Rory

»Rory, bitte iss doch etwas«, höre ich dumpf die Stimme meiner Mutter, als ich nach draußen auf den zugefrorenen See blicke. Wie in Zeitlupe drehe ich meinen Kopf zu ihr und blinzle ein paarmal.

»Ich habe dir Kartoffeleintopf gemacht. Den liebst du doch so sehr.«

»Danke, aber ich habe keinen Hunger«, sage ich mit kratziger Stimme und bin selbst erschrocken, weil ich mich gar nicht mehr wie ich selbst anhöre.

»Das sagst du schon seit einer Woche, aber es reicht jetzt. Ich werde dich zwingen, wenn du nicht endlich anfängst, wieder zu essen.« Ihre Augen sind voller Mitleid, und auch ich bemitleide mich selbst. Ich kann es nicht fassen, dass ich zu dieser Frau geworden bin, die sich in ihrem Schmerz zu verlieren droht.

»Ich gehe ein wenig spazieren. Wenn ich zurückkomme, werde ich essen. Versprochen«, sage ich und mühe mir ein Lächeln ab, was meine Mutter erleichtert ausatmen lässt.

»Ist gut, mein Schatz. Geh nicht zu tief in den Wald, okay? Es wird bald dunkel.«

»Okay«, antworte ich mit dem dünnen Stimmchen, das ich zu hassen beginne. Ich erhebe mich, ziehe mich so an, dass ich bei Minus fünf Grad nicht sofort erfriere, und trete hinaus in die eiskalte Wintersonne, die mich nicht mehr wärmen kann. Nichts und niemand kann die Kälte in mir vertreiben. Ich stapfe durch den vereisten Schnee und komme nur schwer voran, doch nachdem ich einige Tage nur gesessen oder gelegen habe, tut die Bewegung gut.

Ich gehe am See entlang und blicke in den wolkenlosen, blauen Himmel, der mir zu klar, zu fröhlich für meine Stimmung erscheint. Ich nehme meinen Schlüsselbund in die Hand und begutachte den Holzengel, den mir Elijah geschenkt hat. Ich habe dieses Geschenk wie einen Schatz gehütet, weil es mir sehr viel bedeutet hat. Doch jetzt erfüllt mich allein der Anblick mit Wut und Verzweiflung.

Mühsam entferne ich den Schlüsselanhänger vom Bund, schließe die Hand darum und will ihn schon von mir schleudern, doch etwas hält mich davon ab. Klar, ich bin verletzt und wünschte, ich hätte Elijah nie kennengelernt, doch mit ihm war ich glücklich. Auch wenn er mich zum Narren gehalten hat, waren meine Gefühle echt. Ich bin aus mir herausgegangen, bin an der Beziehung gewachsen.

Ich lasse meine Hand wieder sinken und seufze tief. Nachdem ich den kleinen Engel wieder befestigt habe, gehe ich schweren Herzens weiter. Immer weiter, ohne ein wirkliches Ziel vor Augen zu haben.

Hauptsächlich bin ich nach draußen gegangen, um nicht länger dem mitleidigen Blick meiner Mutter ausgesetzt zu sein. Ihre Fürsorge, so lieb sie auch gemeint ist, macht alles nur noch schlimmer. Der Grund, wieso ich nach Hause geflogen bin, war, dass ich Abstand brauchte und wusste, dass, wenn Elijah an meiner Tür auftauchen würde, ich ab einem gewissen Punkt schwach werden würde.

Also war Flucht die einzige Option. Wenn die alte Rory wüsste, wie tief sie wegen einem Mann sinken würde, hätte sie sich nie auf Elijah eingelassen. Genau aus diesem Grund wollte ich keine Beziehung führen. Weil es über kurz oder lang immer zu Verletzungen führt. Das habe ich so oft bei den Klient*innen gesehen. Auch wenn ich nicht bei den Offenbarungen, dem Offenlegen des Betrugs dabei bin, reicht mir ein Blick in die Augen der Betroffenen. Ihr ganzes Leben wurde aus den Angeln gehoben und zerstört, wegen Menschen, die ihre Liebe nie verdient hatten.

Wenn mich jemand fragt, ob ich Elijah immer noch liebe, würde ich ohne zu zögern mit Ja antworten. Im Gegensatz zu seinen Lügen waren und sind meine Gefühle echt. Auch wenn er mich verletzt und verraten hat, kann ich nicht einfach aufhören ihn zu lieben. Das liegt nicht in meiner Macht. Es bleibt mir nichts anderes übrig, als mir ein dickes Fell zuzulegen und mit diesem Verlust und der Scham zu leben.

Jede der vergangenen Nächte lag ich lange wach, weil sich die schönsten Momente meines Lebens mit dem schlimmsten und schmerzvollsten Moment abwechselten. Jede einzelne Erinnerung tut weh. So weh, dass ich mich im Bett krümmen, die Arme um mich selbst schlingen musste, um nicht völlig zusammenzubrechen.

Während ich am Grand Lake vorbeigehe, bin ich ganz allein mit meinen Gedanken und Gefühlen. Ich habe mich bewusst für diese Auszeit entschieden, aber mittlerweile vermisse ich meine Schwestern. Als ich ins Flugzeug gestiegen bin, habe ich mein Smartphone ausgeschaltet und nicht mehr eingeschaltet. Ich habe Angst davor, Nachrichten von Elijah vorzufinden oder, noch schlimmer, kein Wort von ihm zu hören. Wenn er mich völlig fallen gelassen hat, will ich es nicht wissen, denn das würde alles noch schlimmer machen.

Als meine Finger trotz dick gefütterter Handschuhe vor Kälte taub werden, mache ich mich auf den Nachhauseweg.

Müde und nun auch sehr hungrig, gehe ich die Stufen der Veranda hoch, öffne die Tür, und höre zu meiner Überraschung die Stimmen meiner Schwestern. Die Stiefel im Eingangsbereich bestätigen ihre Anwesenheit. Also beschleunige ich meine Schritte und folgen dem Duft von Essen und den Stimmen von Sierra und Chelsea.

Als sie mich sehen, erheben sie sich, um mich fest in den Arm zu nehmen. Ohne dass ein Wort unsere Lippen verlässt, halten wir einander, und die beiden geben mir damit so viel Kraft, wie ich sie seit Tagen nicht mehr gespürt habe. Als wir uns voneinander lösen, sind unsere Augen feucht, aber wir lächeln, weil wir endlich wieder vereint sind.

»Es tut gut, euch wiederzusehen«, sage ich und schniefe, weil ich wieder mal die Tränen nicht zurückhalten kann. Mittlerweile sollten sie eigentlich versiegt sein, aber ich überrasche mich selbst immer wieder.

»Dann lassen wir euch Mädels mal allein. Rory, iss deinen Teller leer, dann könnt ihr euch unterhalten«, meint Mom, ehe sie mit Dad hinausgeht, um im Hotel nach dem Rechten zu sehen. Ich setze mich mit Chels und Sierra an den Esstisch und löffle meinen Eintopf, dabei achte ich darauf, nicht zu gierig zu essen, damit ich keine Bauchschmerzen bekomme.

»Moms Eintopf ist der beste«, murmle ich, ehe ich mir einen Nachschlag nehme.

»Du warst immer schon verrückt danach«, meint Sierra und rümpft die Nase. Es ist nicht gerade ihr Lieblingsgericht.

»Wie geht es dir?«, fragt Chelsea, was mich kurz innehalten lässt. Ich bleibe ihr eine Antwort schuldig und schweige, bis ich aufgegessen und mir den Mund mit einer Serviette abgewischt habe.

»Es geht mir den Umständen entsprechend. Wenn ihr gekommen seid, um mich wieder nach Hause zu holen, kommt ihr gerade richtig. Heute habe ich beschlossen, wieder nach New York zurückzukehren.

»Wir sind eigentlich aus einem anderen Grund hier.«

»Ach ja? Und welcher wäre das?«

Sierra seufzt und überlässt das Reden Chelsea, die meinen Blick sucht.

»Elijah hat nicht gelogen.« Sobald sein Name fällt, verkrampft sich alles in mir.

»Da brauche ich mehr als nur diese vier Worte. In welcher Sache hat er nicht gelogen, immerhin haben wir viel Auswahl diesbezüglich.«

»In jeglicher Sache. Er hat uns nie angelogen oder etwas vorgespielt.«

»Euer Ernst? Habt ihr euch etwa von ihm einlullen lassen?«, will ich fassungslos wissen. Sie können doch nicht alles vergessen haben, was er uns angetan hat. Was er mir angetan hat.

»Ich denke, wir sollten dir alles zeigen, bevor wir weiterreden. Du wirst uns sowieso nicht glauben, ehe du es mit eigenen Augen gesehen hast.« Sierra öffnet ihren Laptop und klickt etwas herum, ehe sie ein Video öffnet, das Elijah an seinem Schreibtisch zeigt. Man hört ihn telefonieren. Mit mir wohlgemerkt. Als er auflegt, schleicht sich ein verliebtes Lächeln auf sein Gesicht, das beinahe überzeugend ist und meinem Herzen einen Stich versetzt.

Doch das Video geht weiter, denn plötzlich steht Hardin in seinem Büro, und sie unterhalten sich. Mitten im Gespräch wird Elijah von seinem Halbbruder bedroht. Dabei nimmt er sogar meinen Namen in den Mund. Ich lasse Elijah nicht aus den Augen und erkenne seine Angst um mich, als mein Name fällt. Ich lese in seinem Gesicht, dass er den Ernst der Lage erkennt, und dann sagt er die Dinge, die ich in der Sprachnachricht gehört habe. Doch es kostet ihn ungeheure Kraft, sie auszusprechen. Er bemüht sich, cool zu bleiben, aber wenn man ihn besser kennt, erkennt man sofort, dass ihm nicht wohl bei der Sache ist.

»Er hat gelogen, um Hardin von mir wegzulocken«, flüstere ich ergriffen und legen meine Hand vor den Mund. Ich habe Elijahs Worte unzählige Male gehört, doch erst diesmal erkenne ich sie als Schutzmechanismus. Elijah wollte vermeiden, dass ich in die Sache mit reingezogen werde. Er wollte meine Schwestern und mich schützen. Ich atme tief ein und aus, und plötzlich ist da kein Gewicht mehr, das mich niederdrücken will. Stattdessen spüre ich, wie Erleichterung mich durchflutet. Endlich habe ich Antworten auf die Fragen bekommen, die ich mir in den letzten Tagen unzählige Male gestellt habe.

»Elijah hat in den letzten Tagen sehr hartnäckig versucht, ins Büro zu kommen. Wir haben ihm keine Chance gelassen, weil wir natürlich der Sprachnachricht geglaubt haben. Erst als er uns diese Videoaufnahme geschickt hat, haben wir ihn angerufen.«

»Aber die Verträge?«, frage ich verwirrt, doch Sierra redet nun weiter.

»Sein Vater will mit seinem Privatvermögen bei uns investieren. Es sollte eine Überraschung sein, also hat er es verschwiegen. Und weil sein Vater erst verspätet die Verträge bei seinem Anwalt in Auftrag gegeben hat, hat sich alles verzögert.«

»Aber … wieso sagt er nicht einfach etwas? Ich mag nicht mal Überraschungen«, sage ich und verfluche Elijah und seine Geheimniskrämerei.

»Ich denke, nach der ganzen Geschichte mit seiner Exfrau wollte sein Vater die Investition tätigen, um Buße zu tun. Damit niemand so unwissend dasteht wie damals Elijahs Mutter.«

»Ich brauche ein paar Minuten, um das alles zu verarbeiten«, flüstere ich, denn es sind zu viele Informationen auf einmal.

Ich greife nach der Karaffe mit der hausgemachten Limonade und gieße mir ein Glas ein. Während ich trinke, festigt sich die Erkenntnis in mir, dass Elijah mich nie angelogen oder ausgenutzt hat. Dass er von Anfang an ehrlich und loyal mir gegenüber war.

Wieder sammeln sich Tränen in meinen Augen, doch diesmal sind es Freudentränen, die meine Erleichterung widerspiegeln. Dass ich der Sprachnachricht geglaubt habe, wird mir niemand verübeln können, und doch schäme ich mich, einfach gegangen zu sein, ohne ihm eine Chance gegeben zu haben, sich zu erklären.

»Habe ich einen Fehler begangen, indem ich einfach hierhergeflogen bin?«, frage ich niemand Bestimmten. Denn jetzt, wo ich darüber nachdenke, war es eine Kurzschlussreaktion, die so gar nicht zu mir passt. Aber mit einem gebrochenen Herzen war rationales Handeln nicht möglich. Ich fühlte mich verloren und betrogen.

»Nein. Ich denke, wir alle hätten so gehandelt. Du warst verletzt und am Boden zerstört und brauchtest eine räumliche und emotionale Trennung.«

»Trotzdem fühlt es sich gerade an, als hätte ich kein Vertrauen in unsere Beziehung gehabt.«

»Du und Elijah müsst euch aussprechen. Alle offenen Fragen und Gewissensbisse wirst du erst los, wenn du dich mit ihm triffst.« Ich nicke zustimmend und lasse die alten Gefühle, die ich so lange verdrängt habe, zu. Denn auch wenn er mich verletzt hat, war und ist meine Liebe für ihn ungebrochen.

»Will er mich überhaupt noch sehen?«

»Natürlich will er das. Er hat uns beinahe auf Knien angefleht, hierher zu fliegen und dich zurückzuholen.« Ich muss unweigerlich über Sierras Worte lächeln. Elijah hat meine Schwestern gebeten, mich wieder zu ihm zu bringen, weil er genau weiß, dass es niemand anderes vermag. Er kennt mich wie sonst keiner und wusste genau, wie er mich wieder nach Hause holen kann.

»Er ist etwas Besonders«, flüstere ich, tief in Erinnerungen versunken. Bei unserer ersten Begegnung war mir nicht bewusst, dass Elijah der Mann sein wird, für den sich mein Herz zum ersten Mal vollkommen öffnet. Die Zeit, die ich schon verloren geglaubt habe und die mir so viel bedeutet hat, erfüllt mich wieder mit Dankbarkeit und Glück. Er und ich sind nichts, was man so leicht vergessen könnte, und ich bin froh, dass alles sich zum Guten gewendet hat.

»Das ist er wirklich«, meint Chelsea und sieht mich voller Stolz an. Auch sie weiß, wie viel dieser Mann mir bedeutet und wie sehr mich der Racheakt seines Halbbruders runtergezogen hat. Doch ihr Lächeln macht mir Mut und schenkt mir die Kraft, aufzustehen und wieder zu der Rory zu werden, die sich von nichts und niemandem stoppen lässt.

»Du hast den Richtigen getroffen, Rory. Er liebt dich wirklich.«

»Hmm. Das weiß ich jetzt auch.« Tief in meinem Innern wusste ich es schon immer, nur hat die Rachsucht seines Bruders einen Keil zwischen uns getrieben, den wir nur gemeinsam entfernen können.

»Das schreit doch nach einem Filmmarathon, ehe wir morgen nach Hause fliegen, oder?«, meint Sierra lächelnd und greift über dem Tisch nach meiner Hand.

»Was schwebt dir denn vor?«, frage ich interessiert, da ich in den letzten Tagen nur vor mich hin gelebt habe, ohne irgendeiner bestimmten Tätigkeit nachzugehen. Da klingt eine Movie Night nach der richtigen Beschäftigung.

»Pretty Woman? Romeo und Julia? Eiskalte Engel? Oder besser gesagt, alles Gute, was die Neunziger zu bieten haben.«

»Ich bin dabei«, meint Chelsea und steht auf, um ins Wohnzimmer zu gehen. Ich muss lächeln, da meine Schwestern genau wissen, wie sie mich ablenken können. Auch wenn ich die letzten Tage gelitten habe und der Schmerz unerträglich war, fühlt es sich nun noch schrecklicher an, zu wissen, dass all das umsonst war. Hätte ich Elijah eine Chance gegeben, sich zu erklären, wäre ich nun in seinen Armen und nicht Hunderte Meilen von ihm entfernt.

Die Filme können mich zwar ein wenig ablenken, doch meine Gedanken sind und bleiben bei Elijah. Ich ziehe mich früh in mein Zimmer zurück und greife dort nach meinem Smartphone, um es zum ersten Mal seit einer Woche zu starten. Kaum habe ich Empfang, erhalte ich Nachrichten, Mails und Benachrichtigungen. Erst als es aufhört, in meiner Hand zu vibrieren, mache ich eine Bestandsaufnahme.

Ich habe über fünfzig entgangene Anrufe von Elijah, außerdem dreißig Nachrichten. In den meisten Nachrichten schreibt er darüber, dass er mich nicht hintergangen hat und alles tun wird, um seine Unschuld zu beweisen. In anderen Nachrichten teilt er mir mit, wie sehr er mich vermisst. Er hat mir Gedichte, Songs und Videos geschickt, die ihn an mich erinnern. Ich höre und lese jede einzelne seiner Nachrichten.

Als ich schließlich ein Foto von einer Kohlezeichnung von mir öffne, beginne ich erneut laut zu schluchzen. Tränen der Rührung perlen über mein Kinn, als ich die Details, mit denen er mein Gesicht gezeichnet hat, betrachte. Es sieht beinahe aus wie ein Foto. Jede Sommersprosse, jedes Muttermal ist an der richtigen Stelle, und mir wird klar, dass mich neben meiner Familie niemand so gut kennt wie Elijah.

Es sind auch Tränen der Erleichterung, denn ich habe diesen wunderbaren Mann nicht verloren. Ich streiche mit den Fingerspitzen über mein Display und fühle mich so gut wie seit

Tagen nicht mehr. Ich bin glücklich über den Ausgang dieser Geschichte, die mit einem gebrochenen Herzen begonnen und mit einem verliebten Lächeln geendet hat. Sein Herz gehört mir, das sehe ich anhand dieser Zeichnung.

Ich fühle es am ganzen Körper, wenn er bei mir ist, und lese es in seinen Nachrichten. Für ihn gab es keinen Zweifel, dass ich die Richtige für ihn bin, und nun bin ich überzeugt, dass auch er der Mann meines Lebens ist. Im Bett lese ich erneut seine Nachrichten, bis ich schließlich mit einem Lächeln auf dem Gesicht einschlafe.

38. KAPITEL

Elijah

»Wir haben ihn«, lautet die Nachricht, die mich aus den Gedanken an Rory reißt. Mein Anwalt hat endlich stichhaltige Beweise gefunden, um Hardin für den Hackerangriff dranzukriegen. Zwar hat er diesen nicht selbst begangen, doch der Auftrag kam von ihm. Hinzu kommen die Drohungen, die ich durch die Videoaufnahme nachweisen kann, sodass ich wenigstens etwas in der Hand habe, um ihn mir vom Hals zu halten.

Ich fahre zum Büro meines Anwalts und frage mich unweigerlich, wie es Dad wohl dabei gehen wird, wenn die Sache in den Medien breitgetreten wird. Nach der Sache mit Rory ist der Zug, das Ganze im Stillen zu lösen, abgefahren. Er hätte mir alles an den Kopf werfen können, ich hätte es ertragen, doch dass er Rory mit Lügen gegen mich aufgebracht hat, werde ich ihm nie verzeihen können.

Den Schaden, den er angerichtet hat, konnte ich nur mit Mühe und Not beheben. Ich habe lange versucht, mit Chelsea und Sierra zu sprechen, um meine Unschuld zu beweisen, doch das war ein schwieriges Unterfangen. Ich wurde immer und immer wieder abgewiesen, doch meine Hartnäckigkeit hat sie auch stutzig gemacht. Als ich ihnen schließlich das Video gezeigt habe, das meine Unschuld beweist, haben sie mich zum ersten Mal wirklich angehört. Das Investment und die Gefährdung meines Rufs waren mir dabei egal. Ich wollte nur Rory zurück, und das habe ich ihnen auch gesagt. Sie haben mir jedes Wort geglaubt und mir versprochen, Rory die Wahrheit zu überbringen. Mit der Erleichterung kam aber auch das Warten. Jedes Mal, wenn das Smartphone eine neue Nachricht oder einen Anruf ankündigte, hoffte ich, Rorys Namen zu lesen.

Tage fühlten sich an wie Wochen, und ich wusste nichts mit mir anzufangen. Mikaela, Arthur, Lola und meine Eltern versuchten mich abzulenken, doch ich fühlte mich immer noch unruhig und verloren. Erst als ich in einer der schlaflosen Nächte in mein altes Malzimmer ging, wuchs der Drang in mir, etwas zu zeichnen. Als ich den Kohlestift in die Hand nahm, war es wie die Antwort auf alle meine Fragen. Etwas in mir wollte sich die Sorgen und Ängste von der Seele malen.

Auch wenn ich etwas aus der Übung war, flog meine Hand geradezu über das Blatt. Was genau ich zeichnete, erkannte ich durch meinen Tunnelblick zunächst gar nicht, sondern konzentrierte mich auf die Gefühle, die mich leiteten. Als der Morgen anbrach und die Sonne auf meine Zeichnung schien, blinzelte ich und stellte fest, dass ich Stunden damit verbracht hatte, Rory zu zeichnen. Ich hatte ihr verliebtes Lächeln verewigt, das immer mir gegolten hatte.

Ich machte mit meinem Smartphone ein Foto und schickte es ihr per Chatnachricht. Bis jetzt hatte sie keine meiner Nachrichten gelesen, aber das war verständlich. Rory brauchte Zeit, und auch wenn es mir schwerfiel, gab ich sie ihr.

In den letzten Tagen habe ich mich regelrecht in die Arbeit gestürzt, um nicht ständig an Rory denken zu müssen.

Als ich heute Morgen das Büro betrete, finde ich zu meiner

Überraschung meinen Vater und Hardin vor. »Was zum Teufel?«, murmle ich, schließe die Tür hinter mir und sehe meinen Vater ungläubig an. Innerlich tobe ich, packe Hardin am Kragen und brülle ihn an, wie er das alles nur tun konnte, doch ich bleibe ruhig.

»Setz dich«, befiehlt Dad meinem Halbbruder, und an seiner tiefen, verärgerten Stimme wird mir klar, dass hier jetzt Tacheles geredet wird. Ich setze mich den beiden gegenüber. Jetzt sehe ich auch Gordon, der am Ende des langen Besprechungstisches sitzt.

»Hardin«, meint Dad und sieht ihn streng an. Er schmollt, mahlt mit dem Kiefer und weicht dem Blick unseres Vaters aus. Doch nach einem Räuspern erhebt er das Wort und wendet sich mir zu.

»Es tut mir leid. Was ich getan habe, war ein großer Fehler. Ich werde dich nie wieder belästigen und werde aus dem Unternehmen austreten.« Zuerst glaube ich an einen Scherz, doch Hardins matten Augen und die gesenkten Schultern machen mich stutzig.

»Was?«, frage ich noch mal nach, um auf Nummer sicher zu gehen. Denn Hardin James hat sich noch nie entschuldigt. Niemals.

»Dad hat mir meine Anteile abgekauft, und ich bin ab heute kein Mitglied von Baron James & Son mehr.« Seine Stimme ist leiser als sonst, und der arrogante Zug um den Mund ist verschwunden. Was passiert hier? »Meinst du das etwa ernst?«, frage ich ungläubig, woraufhin er mit dem Kopf nickt. Dieser junge, traurige Mann wirkt nun nicht mehr wie der hasserfüllte Hardin, sondern wie ein verlorener Junge.

»Ich habe tiefgreifende Fehler gemacht, und die Konsequenz ist, dass ich aus dem Unternehmen austreten muss. Ich möchte dich außerdem darum bitten, die Anzeige fallen zu lassen.«

»Wieso sollte ich das tun? Du hättest beinahe mein Leben zerstört. Du hast mit den Menschen gespielt, als wären sie Bausteine.«

»Es tut mir wirklich leid. Dad hat mich vor die Wahl gestellt. Entweder Gefängnisstrafe oder Rausschmiss. Und ich habe mich für Letzteres entschieden.«

Ich will schon etwas sagen, doch Dad kommt mir zuvor.

»Wenn du dir mein Vertrauen wieder verdienen möchtest, dann lass Taten sprechen, bis dahin will ich dich nicht sehen.«

»Das werde ich«, sagt Hardin entschlossen, doch auch wenn es so aussieht, als würde er Reue zeigen, kann ich es nicht wirklich glauben.

»Gut, dann gibt es nichts Weiteres zu sagen. Konzentriere dich aufs Studium und lass dich an den Feiertagen sehen. Wie gesagt, überzeuge mich, dass in dir ein besserer Mann steckt.« Erst als die Tür ins Schloss fällt, höre ich ihn seufzen. Dann senkt er traurig den Kopf. So sieht ein gebrochener und tieftrauriger Vater aus. Ein Bild, dass ich selbst nach Stunden des Zeichnens nicht hinbekommen würde.

»Geht's einigermaßen?«, frage ich und lege ihm meine Hand auf die Schulter. Er zieht die Mundwinkel hoch, doch das Lächeln erreicht seine Augen nicht.

»Nicht wirklich. Ich frage mich, was falsch gelaufen ist, dass er so hasserfüllt werden konnte, aber ich werde es nicht zulassen, dass der Ruf unseres Unternehmens in den Dreck gezogen wird. Es musste etwas passieren, damit er zur Vernunft kommt und du dein Vorhaben einer Anzeige nicht wahrmachen musst.« Da hat er nicht ganz unrecht. Auch wenn ich auf Rache aus bin, würde ein Rechtsstreit ein negatives Bild auf die Familie James und deren Unternehmen werfen.

»Ich werde ihn nicht anzeigen.«

»Danke Elijah. Ich weiß, seine kurze Entschuldigung wird deinen Ärger nicht mildern, aber ich versichere dir, dass ich ein Auge auf ihn haben werde.«

»Ist das denn nötig?«

»Er wollte dir schaden, Elijah. Finanziell und auf privater Ebene wollte er dir wehtun. Was ihn wirklich dazu angetrieben hat, werden wir wohl nie erfahren, aber es muss sich etwas ändern. Hardin ist zwar mein Fleisch und Blut, aber seine Ignoranz und Arroganz machen es schwer, mit ihm eine tiefe Beziehung aufzubauen.«

»Ich will nichts mit ihm zu tun haben.«

»Das verstehe ich, aber wer weiß, vielleicht wird er von seinem Hass ablassen und ein besserer Mensch werden, der unser aller Vertrauen verdient.«

Jetzt kann ich es mir nicht vorstellen, doch wenn mich die Zeit eines gelehrt hat, dann, dass Wunden heilen können. Mein Vater hat auch Fehler gemacht, wenn auch nicht im kriminellen Ausmaß, und doch hat er sich verändert und Buße getan. Jetzt ist er wieder mit Mom zusammen und glücklich wie noch nie. Die beiden sind die meiste Zeit in Spas oder gehen romantisch Essen, ins Kino und so weiter. Sie legen ein schnelles Tempo vor, weil sie die verlorene Zeit wieder aufholen möchten. Ich freue mich für sie und weiß, dass es diesmal klappen wird. Das sagt mir mein Gefühl. Auch Rory wird mir verzeihen und zu mir zurückkommen, doch ich frage mich, wann es so weit sein wird. Jeder Tag ohne sie ist die Hölle. Es ist, als wäre der Mittelpunkt meines Lebens verschwunden – nichts ergibt mehr Sinn.

Doch ich habe entschieden, mich ihr nicht aufzudrängen. Sie war verletzt, tieftraurig und wütend, und diese intensiven Gefühle hinterlassen Spuren. Also arbeite ich, fahre nach Hause, trainiere und falle anschließend todmüde ins Bett. Manchmal lasse ich das Training ausfallen und male. Tue alles, damit die Zeit schneller vergeht.

Am nächsten Morgen fällt mir das Warten schwerer als je zuvor. Getrieben von Sehnsucht finde ich mich im Gebäude der Proof of Love Agency wieder, wo ich ins Treppenhaus gehe und langsam die Stufen hochsteige. Ich weiß gar nicht, wie oft ich in der letzten Woche hier war, einfach weil ich ihr nahe sein und mich in der Erinnerung verlieren wollte. Hier haben wir so schöne und innige Momente geteilt, die ich nie wieder vergessen werde.

Meine Füße sind schwer, weil ich weiß, dass niemand auf mich warten wird. Mein Kopf ist gesenkt, doch das Klackern von Heels lässt mich den Kopf heben. Die Tür wird geöffnet, und plötzlich steht Rory vor mir, die mich überrascht anblickt.

»Du hier?«, frage ich, um sicherzugehen, dass meine Fantasie mir keinen Streich spielt.

»Ja. Ich bin wieder da«, flüstert sie, und in ihren Augen sehe ich eine Flut an Emotionen. Diese Begegnung war nicht geplant, und doch erfüllt sie mich mit so viel Erleichterung und Dankbarkeit. Ich hatte gedacht, sie verloren zu haben, doch nun steht sie vor mir. Aurora Madigan ist die Frau, die ich eines Tages heiraten werde, mit der ich eine Familie gründen möchte, wenn sie es will.

Rorys Augen füllen sich mit Tränen, und mein Herz wird schwer, da ich im Moment nicht erkennen kann, ob sie überwältigt oder traurig ist. Sie flüstert leise meinen Namen, und ich höre die Sehnsucht in ihrer Stimme.

»Komm her«, sage ich und reiche ihr meine Hand, doch sie ignoriert sie und wirft sich in meine Arme. Ich senke meinen Kopf, und der Duft ihres Haares umhüllt mich und gibt mir das Gefühl, endlich wieder zu Hause zu sein. Eine Weile halten wir einander einfach.

Als Rory sich schließlich wieder von mir löst und mir tief in die Augen sieht, ist meine Welt wieder heil und ohne Sehnsuchtsschmerz. »Elijah, es tut mir so leid.«

»Dir tut es leid? Ich bin derjenige, der sich entschuldigen sollte. Immerhin hat mein Halbbruder dieses Desaster angerichtet.«

»Vielleicht sollte keiner von uns es tun.«

»Hmm, das stimmt. Wir brauchen keine Schuldzuweisungen, sondern einander und ein klärendes Gespräch.«

»Da hast du recht. Wohin möchtest du fahren?«

»Lass uns zu mir fahren«, schlägt sie vor, also nehme ich ihre Hand und führe sie zu meinem Auto. Sie informiert ihre Schwestern, dass sie unterwegs ist und heute nicht mehr ins Büro kommen wird. Auf dem Weg zu ihr schweigen wir, doch es fühlt sich nicht unangenehm an.

Wir müssen erst die letzten Wochen verarbeiten, ehe wir an unser altes Leben anknüpfen können. »Möchtest du ein Glas Wein?«, fragt mich dieses zauberhafte Geschöpf, und ich nicke verträumt, da ihre Präsenz eine ungebrochene Wirkung auf mich hat. Ich weiß jetzt, wie es sich ohne sie anfühlt, und möchte nie wieder zu diesem Punkt zurück.

Als wir uns auf die Couch setzen, fühle ich mich bereit, das Gespräch zu beginnen. »Die Worte, die ich gesagt habe, tun mir unheimlich leid. Dass ich sie nicht ernst gemeint habe, spielt gar keine Rolle. Sie waren verletzend, und ich schäme mich dafür, sie ausgesprochen zu haben.«

»Es hat unheimlich wehgetan. Ich dachte ich bekäme keine Luft mehr, und alles, was ich geglaubt habe zu fühlen, schien falsch und zu viel.«

»Gott, Rory.« Ich greife nach ihrer Hand und drücke sie fest. Es ist wichtig, dass wir uns alles von der Seele reden.

»Die Zeit, in der ich dich nicht erreichen konnte, war

schrecklich. Ich weiß mittlerweile, dass er dein Handy kaputt gemacht hat, aber ich habe mich blenden lassen und dachte wirklich, dass du mich nur benutzt hast.«

»Ich hoffe, du weißt, dass ich das nie tun könnte. Ich wäre niemals in der Lage, dir wehzutun.«

»Das weiß ich, aber das alles schien in sich zusammenzubrechen. Ich war zu keinem rationalen Gedanken fähig, deshalb dachte ich auch nur noch an Flucht.«

»Das verstehe ich. Mir ist bewusst, dass du gehen musstest und die räumliche Trennung brauchtest. Auch wenn ich am liebsten zu dir fliegen wollte, um meine Unschuld zu beteuern.«

»Ich hätte dir nicht geglaubt und dich zum Teufel geschickt.«

Ich lächle ein trauriges Lächeln und nicke.

»Das hättest du mit Sicherheit getan. So bist du. Du verteidigst dein Herz, auch wenn ich nie dachte, dass du es mal vor mir beschützen musst.«

»Was Hardin getan hat, war schrecklich. Ich werde niemals verstehen, wie man jemandem so etwas antun kann. Wieso man ein Paar, das sich offensichtlich liebt, auseinanderreißen möchte.«

»Was ihn schließlich angetrieben hat, werden wir nie erfahren, denke ich. Dad hat ihn aus dem Unternehmen gekickt, und er hat sich bei mir entschuldigt, auch wenn ich ihm nicht verzeihen kann.«

»Das braucht Zeit.«

»Ich weiß nicht, ob der Moment je kommen wird.«

»Wenn mich das Leben eines gelehrt hat, dann, dass man nie wissen kann, wie sich die Dinge entwickeln. Du hast deinem Dad nach vielen Jahren verziehen, auch wenn er dich sehr verletzt hat. Vielleicht kannst du das bei Hardin auch.«

»Könntest du das? Jemandem verzeihen, der dir so etwas angetan hat?«

»Wenn seine Entschuldigung ernst gemeint ist und aus tiefstem Herzen kommt, wäre das im Bereich des Möglichen.« Ich nicke, auch wenn die Vorstellung einer Versöhnung in weiter Ferne zu liegen scheint. Die Trauer aufgrund der Situation verschwindet aber schnell, als sich Rorys Miene erhellt und sie ihre Hand um meine Wange legt. Ich lehne mich sehnsüchtig dagegen und schließe die Augen.

»Das habe ich so vermisst«, flüstere ich mit geschlossenen Augen. Ich erwarte eine Antwort ihrerseits, spüre aber stattdessen ihre warmen Lippen auf meinen. Überrascht öffne ich die Augen und sehe in Rorys tiefes Blau. Dort sehe ich unsere Zukunft, die voller Liebe und Zuversicht ist. Wir sind gefangen in den Augen des anderen, bis wir den Kuss vertiefen, unsere Lider langsam schließen und einfach fühlen.

Jetzt wo ich sie wieder in meinen Armen halte, scheinen die Unsicherheit und die ewigen Fragen weit entfernt. Alle Gefühle werden gefiltert, bis nichts mehr übrig ist als Liebe. Rory und ich haben einige Hindernisse überwinden müssen, um an diesen Punkt zu kommen, und ich weiß, dass wir gemeinsam alles schaffen können. Diese Gewissheit besiegeln wir mit einem weiteren Kuss, auf den noch so viele weitere folgen werden.

DANKSAGUNG

Wie soll ich die Danksagung meines 15. Buches beginnen? Was könnte ich noch sagen, was ich nicht schon so viele Male erwähnt habe? Es scheint, als würde ich mich immer wiederholen, denn die Menschen, die es möglich machen, dass ihr dieses Buch in den Händen haltet, sind noch dieselben.

Meine wunderbare Lektorin Silvana gibt meinen Büchern immer diesen gewissen Feinschliff und hilft mir mit ihren Anmerkungen und ihrem Lob so oft weiter. Durch die Arbeit mit ihr wurde ich zu einer besseren Autorin. Danke dafür.

Ein großer Dank gilt meinen Patreons Steffi und Jenny, die mich als Teil meiner Bookish Crew unterstützen, weiterhin Vollzeitautorin zu bleiben. Danke von ganzem Herzen.

Danke an meine Kolleg*innen und Viewer*innen, die auf Twitch jeden Wochentag mit mir zusammenarbeiten. Ohne euch wäre das Schreiben sehr einsam.

Meine Familie ist meine Konstante, und ohne sie könnte ich nichts schaffen oder erreichen. Sie ist mein Fels, und ich liebe meinen Mann und meine zwei wunderbaren Kinder über alles.

Ich bin auch dafür dankbar, dass ich in der Lage bin, mit Musik zu schreiben. Je nach Song und Genre werde ich beflügelt und lasse mich von Emotionen leiten, die die Musik in mir auslöst. Ohne Musik wäre mein Leben ärmer und farbloser. Musik ist mein Leben. Schaut euch gern meine öffentlichen Playlists auf Spotify an, und hört rein, wenn ihr mögt. Vielleicht findet ihr dort genau die richtige Musik für euch.

Mein*e liebe*r Leser*in. Danke, dass du dich für mein Buch entschieden hast. Danke fürs Lesen und danke, dass ich dich erneut mit nach New York nehmen durfte. Es war mir ein Vergnügen und dir vielleicht auch. Danke, dass ich durch dich meinen Traum leben kann.

x April

Triggerwarnung

Dieses Buch enthält Elemente,
die triggern können.

Diese sind:
Fehlgeburt, Scheidung, Fremdgehen.

Wie weit würdest du für deine große Liebe gehen?

April Dawson
UP ALL NIGHT

416 Seiten
ISBN 978-3-7363-0967-8

Als Taylor Jensen an ein und demselben Tag nicht nur ihren Job an einen Kollegen verliert, sondern auch ihren Freund beim Fremdgehen erwischt, hat sie von Männern erst einmal genug. Völlig verzweifelt läuft sie Daniel Grant in die Arme, der ihr ein Zimmer in seiner WG anbietet. Einst waren sie beste Freunde, aber ein männlicher Mitbewohner mit sexy Tattoos und einem unwiderstehlichen Lächeln ist das Letzte, was Tae jetzt gebrauchen kann. Doch Dan steht schon lange auf Männer, weshalb das heiße Prickeln zwischen ihnen nichts zu bedeuten hat – oder etwa doch?
»Eine Geschichte, die Mut macht und zeigt, dass jedes Ende ein neuer Anfang sein kann.« LOVINBOOKSWORLD

LYX

Weil sich in jedem Herzen etwas Gutes verbirgt

April Dawson
DARE TO TRUST

432 Seiten
ISBN 978-3-7363-1435-1

Als der Geschäftsmann Hayden Millard seiner ehemaligen Mitschülerin Tori Lancaster gegenübersteht, gerät seine Welt ins Wanken. Schließlich war sie es, die ihm das Leben in der Highschool zur Hölle gemacht hat – auch wenn sie ihn scheinbar nicht wiedererkennt! Als Hayden herausfindet, dass Tori einen Job braucht, bietet er ihr eine Stelle als Assistentin bei seinem Plattenlabel an - um es ihr endlich heimzuzahlen! Doch Hayden merkt schon bald, dass sein Herz ganz andere Pläne hat …

» Diese wundervolle Geschichte zeigt, dass du jederzeit zu dem Menschen werden kannst, der du sein willst.« NADJABOOKDATING

LYX

Ihr seid mein Zuhause

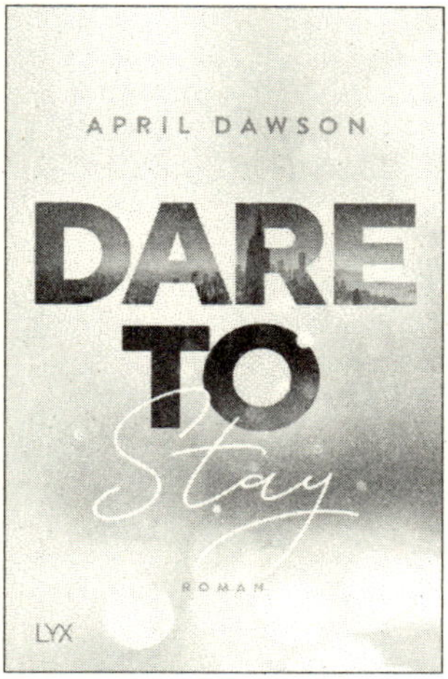

April Dawson
DARE TO STAY

400 Seiten
ISBN 978-3-7363-1495-5

Verwüstete Hotelzimmer, Frauen und Partys sind das Leben von Rockstar Ian Millard – bis seine Band ihm ein Ultimatum stellt: Entweder er bekommt sein Leben in den Griff oder er fliegt aus der Band! Doch erst als seine Nachbarin Brooke ihn bei sich aufnimmt, ändert sich sein Leben schlagartig. Die alleinerziehende Mutter hat eigentlich ganz andere Sorgen als den Rockstar. Aber mit ihrer liebevollen Art weckt Brooke Gefühle in Ian, die er noch nie zuvor gespürt hat. Und plötzlich sehnt er sich nach mehr als nur einer kurzen Affäre, doch eine Frau an seiner Seite ist das Letzte, was Ians Fans jetzt von ihm wollen …

»Emotional und tiefschürfend!« HERE.IS.KATHI

LYX